徳間文庫

蒼《そう》煌《こう》

黒川博行

徳間書店

目次

1

大阪難波、淀屋デパートに着いたのは十時五分前だった。タクシーを降りて新館に向かう。玄関前には七、八人の女性客が並んでいた。待っているはずの美術部長の姿が見あたらない。

「どうしたんや、伊谷は。おらんやないか」

腕の時計に眼をやって、いらだたしげに室生《むろお》がいう。

「おかしいですね。十分前には新館の前にいるというたんですけど」

大村は室生のそばを離れた。小走りで『虹の街』のほうへ行く。カフェテリアの向かいにもう一カ所、淀屋の入口があったが、そこにも伊谷はいなかった。

くそっ、なにしとるんや——。舌打ちした。開店までに伊谷に会わせないと、室生の機嫌がまたわるくなる。タクシーの中でもしょっちゅう時計を見て、運転手を急《せ》かしていた。

暑い。汗が噴き出してワイシャツの襟もとを濡らす。上着を脱ぎたいが、室生の前ではネクタイを弛《ゆる》めることもできない。

走って玄関前にもどると、伊谷が室生のそばに立っていた。ピンストライプのダブルのスーツにダークブルーのシャツ、臙脂《えんじ》のネクタイに同色のポケットチーフ、でっぷりと肥《ふと》

っていて上背もあるから、鮲ネズミのような室生よりはよほど貫禄がある。伊谷は大村に気づいて、

「申しわけありません。ご迷惑をおかけしました。わたくし、新館の北玄関でお待ちしておりました。ちゃんとご説明すればよかったんですが」

と、大村にではなく、室生に向かって頭をさげる。室生は額の汗を拭いながら、

「元沢先生はいつ来はるんや」伊谷に訊いた。

「十一時ごろ、来られると思います」

「わしの花は」

「さっき、会場に飾らせていただきました。白のカサブランカです」

「元沢先生の絵にカサブランカはないやろな」

「ございません」伊谷はかぶりを振って、「二十七点の作品のうち、花を描かれたのは九点で、あとはみんな風景です」

花の絵は、牡丹《ぼたん》と椿が三点、薔薇、睡蓮《すいれん》、芥子《けし》が一点ずつだという。

「稲山さんから、花は」大村は訊いた。

「とどいております。スタンド仕立ての白薔薇です」と、伊谷。

「元沢先生の薔薇の絵は」

「染付の花瓶に、赤薔薇を一輪、白薔薇を二輪差しています」

「ということは、白薔薇がかぶりますね」

大村はほくそえむ。些細なことだが、絵に描かれた花と個展の会場に贈られた生花が同じというのは褒められたことではない。日本芸術院会員元沢英世の白薔薇より会場に置かれた白薔薇のほうが見栄えがすれば、そこで稲山は失点一。元沢にとって稲山健児は気がきかない絵描きということになる。

十時——。ガラスドアが開いた。通路の両側に店員が立って客を迎え入れる。室生と大村は伊谷の案内でエレベーターホールへ歩いた。

「元沢先生がお見えになるまで、お茶でもいかがですか。八階にコーヒーラウンジがございます」

「いや、わしは絵を見たい。お茶はあとや」

室生はいう。元沢が現れるまでに絵を買い、売約済の標《しるし》をつけておきたいのだ。

「じゃ、会場に参りましょう」

エレベーターの扉が開いた。乗り込む。ボックス内のイベント案内に《六階美術画廊元沢英世日本画特別企画展》とあった。

画廊入口には美術部員の津村がいた。室生をみとめて姿勢をただす。伊谷は受付の芳名録を広げて文鎮を置き、硯《すずり》に墨汁を垂らして室生の後ろに控える。室生はおもむろに筆を

とり、

《京都東山　室生晃人》と、墨色鮮やかに記名した。

「どうぞ、大村先生もお書きください」津村が筆を差し出す。

「いえ、ぼくはあとで書かせてもらいます」

大村は筆を受けとったが、もとにもどした。以前。室生の隣に名を書いて、きみも偉《えろ》うなったもんやな、と嫌味をいわれたことがある。室生は画壇における〝格〟に異常にこだわり、それを冒すものは絶対に容赦しない。

会場には夥《おびただ》しい数の鉢植と盛り花が並んでいた。胡蝶蘭、カトレア、シンビジウム、デンドロビウムなどの洋ランと、薔薇、グラジオラス、ヒマワリ、ダリア、ユリなどの季節の花に、ヤマアジサイ、サンキライ、ノアザミなどの山野草もある。贈り主は大半が画商で、邦展評議員クラスの画家数人と、元沢のパトロンらしき人物の名もいくつかあった。稲山健児から贈られた白薔薇のスタンドはひときわ嵩《かさ》が大きく、横に置かれた室生のカサブランカを圧している。

「伊谷くん、あんな下品な薔薇とわしの花が隣合わせというのは、どういう意味なんや」

室生は伊谷を睨《ね》めつけた。

「申しわけございません。会場準備にあたふたしておりまして、わたしが眼を離したときに並べたようです」

「いっそ、元沢先生の薔薇の絵の下に、あの薔薇を置いたらどうや」

「それは先生、いくらなんでもできません」

伊谷は津村を呼んで、白薔薇とカサブランカを両端に移動させた。

「こういうミスはきみ、あとに響くんやで。ちゃんと気ぃつけてもらわんとな」

「申しわけございません。以後、気をつけます」神妙な面持《おもも》ちで伊谷は謝る。

室生は会場内を歩きはじめた。後ろに伊谷がつき、その後ろに大谷がつく。元沢の風景画は十号から十五号程度の大きさで、里山を遠くから俯瞰《ふかん》したものが多く、山も森も緑一色に霞んでいる。池や田圃《たんぼ》の水面に月明かりの空や雲が映り込んで静謐《せいひつ》な印象を受ける。技術的には達者な絵だが、いかにも小品、観るものに訴える力はまったくない。九点の花の絵は明らかに手抜きで、花弁にも葉にも生気がなく、個展の数合わせの売り絵としか感じられなかった。

室生はひとわたり絵を見て、会場中央のソファに腰をおろした。大村は横に座り、伊谷が向かいに座る。女性美術部員が茶を運んできた。

「元沢先生が気に入ってはる絵、あんた、分かるか」

室生は上体を前に傾け、小声で訊いた。伊谷は少し考えて、

「それは存じませんが、元沢先生は絵の配置をわたしどもに指示されました」

と、会場奥、正面の絵を手で差し示した。「あの作品がいちばんのお気に入りではない

かと思います」

杉山の上辺に雲がたなびいた『湧雲山稜《ゆううんさんりょう》』という作品だった。十五号の変形で縦に少し長い。邦展の元老クラスの描く絵はすべて天然の岩絵具を使っているから緑青《ろくしょう》の色がふわりと柔らかく、光が拡散するような品がある。

「よっしゃ、あれ、いただきましょ」室生がいった。

「ありがとうございます」伊谷は膝を揃えて礼をいう。

「それと、花の絵も一点欲しいな」

「どの作品にいたしましょう」

「牡丹やな。十号の牡丹」

「ありがとうございます」伊谷はまた深く頭をさげた。

「ほな、わしは元沢先生にお土産を買《こ》うてくるさかいに、あとは大村くんと相談してくれるか」

室生は立って、痩せた肩を揺すりながら画廊を出ていった。いつもこうだ。邦展理事の室生は口が裂けても値段の交渉はしない。

伊谷は津村を呼び、『湧雲山稜』と『牡丹』に売約済のシールを貼るようにいった。大村は茶をすすり、煙草をくわえて、

「――で、絵はいくらですか」切り出した。

「風景は号百二十万円、花は号百万円でお願いしております」

大村はすばやく計算した。『湧雲山稜』は十五号だから千八百万円、『牡丹』は十号で一千万円だ。

「二点で二千八百万ですか」

「はい、そうなります」低くいって、伊谷は作品に眼を向ける。

「伊谷さん、室生先生もそう余裕はないんです」

ライターを擦った。煙草に火をつけて、ゆっくりけむりを吐く。「二千万になりませんかね」

「それはどうも、きついですね」伊谷はつぶやく。

「なんとか考えてもらえませんか。美術部長の権限で」

押したが、伊谷は口をつぐんでいる。淀屋の取り分はたぶん、言い値の四割から五割といったところだろう。元沢に払う画料を削るわけにはいかないから、値引き分はすべて淀屋がかぶることになる。

「ね、伊谷さん、こんな言い方はしとうないんやけど、おたくも室生先生には世話になってるやないですか。手持ちの絵も何点かあるでしょ。室生先生が上に行ったら、五百万や一千万、すぐに元はとれるんとちがいますか」

「分かりました」伊谷は顔をあげた。「二千万円にさせていただきます。……ただし、このことは室生先生と大村先生とわたしだけの話にしてください」

恩きせがましく伊谷はいう。小狡《こずる》い男だ。どうせこのあとも、稲山を相手に同じようなやりとりをするのだろう。

「そしたら、二千万。室生先生に伝えます」

あの室生のことだ、半額は現金で払い、残りの半額分は自作の絵を何点か引きとらせるにちがいない。室生の絵もマーケットでは号あたり五十万円の値がついている。

「ところで大村先生、最近のお仕事はどんなものを」伊谷はうってかわって、にこやかにいった。

「この春、室生先生のお供で写生旅行をしたんです。能登半島の羽咋《はくい》から輪島、珠洲《すず》、七尾をまわって、白川郷にも寄りました。描きためたスケッチをいま、作品にしてます」

「それはずいぶんおもしろそうですね。画趣を誘うような風景はございましたか」

「長手崎から雲津あたりの海岸線と、浜の漁師小屋が印象に残りましたね」

画趣という古風な表現を久々に耳にした。そういえば、伊谷は定年が近い。いまは美術の教科書に載っているような大物の物故作家とつきあいながら、伊谷はこの世界を泳いできたのだ。

「作品がまとまったら見せていただけませんか。大村先生には、わたしが淀屋にいるあいだに個展を開いていただきたいと考えております」

「お話はうれしいですけど、ぼくはまだそんな器やないです。京都には偉い先生方が山ほどいてはるんやから」

「しかし大村先生、律儀に順番待ちをしていたら、その順番どおりにしかチャンスは巡ってきませんよ」

「伊谷さん、ぼくは出る杭になるほどの性根はないんです」

そう、出る杭は打たれる。画壇の序列を無視したら出世がとまる。才能はありながら……いや、才能があったがゆえに妬《ねた》みを買い、画壇を弾き出された絵描きはいやというほど見てきた。

「じゃ、室生先生が芸術院会員になられたら」

「そのときはまた考えさせてもらいます」

いくらデパートの美術部長が相手とはいえ、迂闊なことはいえない。

室生がもどってきた。手に淀屋のショッピングバッグを提げている。

「酒器セットや。江戸切子の」バッグをテーブルに置き、ソファに腰をおろす。

「それはいいお土産ですね。元沢先生もおよろこびでしょう」伊谷が追従《ついしょう》をいう。

「名のある作家の切子やけど、三十万もするとは思わんかった」

いちいち値段をいうのは、伊谷から元沢に伝えられることを期待しているからだ。

「元沢先生には重たいかもしれんさかい、伊谷くん、別便で鎌倉のお宅にとどけてくれるか」

「承知いたしました。手配いたします」

「それと、絵のほうは……」

室生は会場奥の『湧雲山稜』を見やった。売約済の赤いシールを確認して、うなずく。

「これでええ。あとは元沢先生のご尊顔を拝むだけや」

「ところで室生先生、元沢先生とのご昼食はいかがなさいますか。千日前の割烹を予約しておりますが」

「先生の奥さんもいっしょやな」

「はい。いらっしゃいます」

足が不自由な夫の付き添いだ。八十四歳の元沢は春の邦展懇親会のとき、車椅子に乗っていた。

「わし、遠慮しとこ。個展の初日から相伴《しょうばん》にあずかるのは図々しいさかいにな」

室生は元沢の夫人が苦手なのだ。室生が鎌倉の邸《やしき》に挨拶に行っても、元沢が顔を見せることはなく、玄関先で夫人に頭をさげるだけで邸をあとにする。手土産の菓子折の底にはいつも商品券の束を忍ばせているが、礼をいわれたことは一度もない。〝元沢はんは若いころ、むちゃくちゃ遊んだ。外に認知した子もおるから、あの婆さんに頭があがらんのや〃大村が鎌倉に同行したとき、室生はそう吐き捨てた。

「じゃ、昼食はなさらない、ということで」伊谷がいう。

「わしは元沢先生に挨拶したら、すぐに退散する」

室生はソファにもたれかかった。


一般の鑑賞客に混じって、顔見知りの邦展の画家がふたり、会場に現れた。ソファに座っている室生と大村に目礼し、会場をひとまわりして出ていった。やつらは近くの喫茶店でコーヒーでも飲みながら噂をしているにちがいない。室生晃人は元沢英世の芸術院会員選挙の一票が欲しさになりふりかまわぬ運動をしている――と。

いいたいやつにはいわせておけばいい。ただ漫然と絵を描いているだけで出世できるとでも思っているのか。アトリエにこもって制作をしていれば、いつのまにか有力画商がつき、マスコミにもてはやされて売れっ子になるとでも思っているのか。そんな青い考えで成り上がった絵描きがいたら教えてくれ。食うや食わずの貧乏暮らしで絵具代にもこと欠き、それでもいつかは認められると信じて絵を描きつづけるやつは一生を棒に振る。

津村がそばに来た。元沢先生がいらっしゃいます、と室生に耳打ちする。室生はあわてて受付の脇に立ち、大村も後ろに待機した。

貴金属売場の向こうに元沢の白髪が見えた。先導は伊谷。元沢は杖をつき、一歩ずつ足もとを確かめるように歩いてくる。元沢夫人は薄茶の絽《ろ》に藤紫の帯、夫を気遣うように後ろから手をそえている。

室生は画廊から出て元沢を迎えた。

「本日はおめでとうございます。先生のお作を拝見するのが楽しみで、朝から大阪に飛んでまいりました」

這《は》いつくばるかのように腰を折り、「どのお作も期待どおりのすばらしさで、心が洗われる思いがしました」

「いや、いや、お礼をいうのはこちらのほうです」

元沢がいった。「京都から大阪は遠いでしょう」

「とんでもない。新幹線で十五分です。眼と鼻の先ですよ」

室生の家は今熊野の智積院《ちしゃくいん》裏の高台にある。大村はJR京都駅のホームで室生と待ち合わせ、新快速電車で大阪駅、そこからタクシーを拾って難波に来た。大阪の街は雑然として潤いがなく、人間はがさつで落ち着きがない、よくもあんな息苦しいところで絵を描けるものだと、室生はいつも大阪在住の画家を嗤《わら》う。

「室生先生は元沢先生の『湧雲山稜』と『牡丹』をお求めになりました」伊谷が元沢にいった。

「先生のお作を座右に置いて、絵の精神を勉強しようと思います」室生がひきとる。

「いつもお気遣いいただいて、ありがとうございます」

元沢夫人が前に出た。「元沢も常々、室生先生の絵には深みがある、と申しております」

「そのお言葉はわたしにとってなによりの宝です。励みになります」

室生は愛想よくいったが、元沢の表情に変化はない。

「それで伊谷さん、いつまでここで立ち話を？」夫人は元沢の足もとに眼をやり、伊谷に訊いた。

「あ、これは……」

伊谷はハッとして、「すぐそこにティールームがございますから、ご案内いたします」

「そのティールームには、ほかのお客さんもいらっしゃるんでしょう」

「あいにく、わたしどもは百貨店ですから……」

「じゃ、けっこうです。画廊で休みます」

尖《とが》った口調で夫人はいう。室生は元沢に、

「わたしはここで失礼します。お荷物になるかもしれませんが、お祝いの品を伊谷さんに預けておきましたので、ご笑納ください」

一礼して、エレベーターホールに向かった。大村も頭をさげたが、元沢はこちらを見ようともしなかった。

淀屋本館の正面玄関から外に出た。眩《まぶ》しい。見あげた空には雲ひとつない。真夏の陽射《ひざ》しが首筋をじりじり灼《や》く。横断歩道で信号待ちをした。

「稲山はいつ来るんや」ぽつり、室生が訊いた。

「今日の夕方やそうです」

伊谷が時間割を組んだのだ。個展初日の午前中に室生、午後遅くに稲山、と。万が一、芸術院会員補充選挙を争う候補者ふたり――まだ立候補したわけではないが――が会場でバッティングしてしまったら収拾のつかないことになる。淀屋の美術部長ともなれば、画家の格、系列、派閥、仲の良し悪しなど、あらゆることを勘案して画廊を運営しなければならない。

「稲山は夕方に来て、元沢はんと飯でも食うんやないやろな」

「元沢先生は夜の会食はしません。伊谷がいいました」

「そら、あんなよぼよぼではな。酒なんぞ飲ましたら、その場でお陀仏や」

室生は片手で拝むようなしぐさをして、「けど、まだ往生してもろたら困る。あの爺さんにはどえらい投資をした。なんせ、今日だけでも二千と五十万やさかいな」

「切子は三十万とちがうんですか」

「二十万の商品券を箱に入れたわ」

信号が変わった。歩きはじめる。

「しかし、元沢先生がウンというたら、三票は確実です」

「そやさかい、わしは奴隷の真似をしとるんや」

現在の日本芸術院第一部（美術）第一分科会（日本画）は会員十四名（欠員二）で、邦展系の画家が九名、新展系の画家が四名、燦紀《さんき》会系の画家が一名という構成になっている。邦展系九名のうち元老と称されているのは、村橋青雅《せいが》、弓場光明《こうめい》、元沢英世の三名で、村橋が四名、弓場が二名、元沢が三名の派閥を形成しているため、頭目の元沢を落とせば、ほぼまちがいなく三票が獲得できる。

横断歩道を渡って戎橋《えびすばし》筋商店街に入った。アーケードで陽射しが遮られ、通りに面した両側の店からエアコンの冷気が流れてくる。

「なにを食う」室生がいった。

「蕎麦でもどうですか」

室生とふたりのときは、鮨や鰻が食いたいといってはいけない。吝《しわ》い男だから、いっぺんに機嫌がわるくなる。

道頓堀まで歩いて、松竹座の向かいの蕎麦屋に入った。天麩羅か板わさで生ビールを飲みたいが、室生の払いでそれはできない。大村はせいろ、室生はにしん蕎麦を注文した。

「わしはいま、何票くらいとれてるんやろな」

室生はおしぼりで顔を拭き、麦茶をすすった。九月下旬の会員候補者推薦開始まであと二カ月。そろそろ具体的な票読みをしなければならない。

「一昨年の選挙で先生が獲得した票は二十票です。その二十票のうち、洋画の井上先生と彫塑《ちょうそ》の高橋先生、工芸の山本先生が亡くなった。……つまり、残りの十七票が固定票と考えて、少なくともあと十三、四票は上積みが必要です」

いってはみたが、今回の選挙も基礎票が十七という根拠はない。季節ごとに会員の邸をまわって挨拶はしているが、それは他の候補者も欠かさずにしていることだ。噂では、東京の矢崎柳邨《りゅうそん》は第六分科（建築）の会員にまで実弾を撒《ま》き、突き返されたという。対する室生は京都画壇で人望がなく、関西在住の工芸や書の作家にも受けがわるい。頼みは東京の元老だが、村橋、弓場、元沢の三人をとりこむのは容易ではない。

「とにかく、各分科会の長老に働きかけることです。金をもろて怒る人間は滅多にいませんし」

芸術院会員クラスの画家、彫刻家、工芸家、書家は若いころから公募展の審査員をしているから金をもらい馴れている。百万、二百万の大金を懐に入れても抵抗感や罪悪感はない。

「金をとるだけとって、わしの名前を書かんやつもおるやないか」

「それは議員の選挙もいっしょです。撃った弾が必ず当たるとは限りません」

「けど、わしはもう弾がないんやで」

「丸裸になってもええやないですか。会員になって元をとるんです」

そう、三、四年もすれば元はとれる。だからこそ身代を傾けるほどの投資をするのだ。

「盆がすぎたら東京をまわってください。お供します」

「しゃあない。わしの全財産、ばらまいたろ」

つぶやくように室生はいった。


蕎麦屋を出て、大村は室生と別れた。室生は地下鉄で淀屋橋へ行き、京阪電車で京都に帰るといった。枯れ木のような貧相な後ろ姿を見送っていると、あんな痩せ馬の馬券を買ったのはまちがいではなかったかと不安になる。芸術院会員候補者には軍資金だけでなく、声の大きさと押し出しも必要なのだ。

携帯電話を出して、玲子の短縮ボタンを押した。二回のコールでつながった。

――もしもし、おれ。いま道頓堀におるんや。

――なにしてるの。

――室生さんのお供や。元沢英世の個展に来た。

――室生さんは。

――さっさとお帰りになった。元沢の絵を二点も買うてな。

値段をいうと、玲子は絶句した。呆れた顔が眼に見える。

——玲子はいま、どこや。

——わたしは研究室。もうすぐ授業。今日は一コマやから、三時には出られるけど。

——ほな、阿倍野で会うか。

玲子が教えている美大は近鉄南大阪線の藤井寺駅の近くにある。藤井寺から終点のあべの橋まで電車で十五分だ。

——パレスホテルの喫茶室。三時半や。

——分かった。行く。

玲子の声を聞いただけで少し勃起した。玲子とはもう半月も会っていない。まだどこかぎごちない真希に比べて、玲子のセックスは滾《たぎ》るような激しさがある。

三時半までには時間がある。心斎橋筋を北へ歩き、周防町の画廊『湛静洞《たんせいどう》』に顔を出した。

「こんにちは。久しぶりです」

「ああ、大村先生」

松下はカウンターの向こうで煙草をくゆらせていた。「大阪へ出てきはったんですか」

「淀屋の元沢先生の個展にね」室生といっしょだとはいわなかった。

「そういや、今日が初日でしたな。ま、そこにかけてください」

いわれて、ソファに腰をおろした。ガラステーブルの上に『元沢英世七十年の歩み　日本画特別企画展』の葉書が置いてある。

「飲み物はなにがよろしい」

「コーヒーを」

松下は電話をとり、近所の喫茶店にブレンドをふたつ注文した。立ってこちらに来る。

「客の入りはどないでした」ソファに座り、煙草をもみ消した。

「盛況でしたよ。元沢先生の絵はさらっとして華があるから」

「もう、ええ齢《とし》ですやろ。あの先生」

「八十四かな。さっき会場で挨拶したけど、眼光は衰えてませんね」

「芸術院会員で文化勲章ももろてはる。功なり名遂げた人は気の持ちようがちがうんですな」

「邦展第一科のナンバースリー。ぼくらにとっては雲の上の人ですわ」

「ナンバーワンはやっぱり村橋青雅ですか」

「いまは弓場光明のほうが上かもしれませんね。村橋先生は九十五で、去年の邦展も出品してなかった。出入りの画商がいうには、寝たきりやそうです」

寝たきりで絵は描けなくても隠然たる影響力がある。村橋は邦展の理事長経験者だ。

「九十五とはね。画家の先生は長生きしますな」

「絵描きやから長生きするんやない。長生きしたから大物になって名前が売れたんです」

日本画は伝統を重んじる。伝統すなわち制約であり、花鳥風月を表現の対象とした具象絵画という制約の中で何百年の歴史を覆《くつがえ》すような革新的な絵は生まれようがない。日本中の日本画家がすべて同じ技法で似たような伝統絵画を描いているのなら、結果的に長生きして長く描きつづけたものが勝ち残って画壇に君臨することになる。

「うちも文化勲章の先生の絵を壁に並べるような画廊になりたいもんですわ」

「邦展の出品委嘱程度ではあきませんか」

「あ、いや、大村先生は委嘱でしたか」

松下は首に手をあてて笑い、「ところで先生、去年の邦展、見せてもらいましたよ」

上野の都美術館まで泊まりがけで見に行ったという。

「あれ、『古寺逍遥』いう題名でしたかな、さすがに先生の絵はすばらしい。新幹線代とホテル代を遣《つこ》うた甲斐がありましたわ」

奈良の秋篠寺を描いた百五十号の作品だ。テーマはすぐに決まったが構成に手間どり、完成までに三カ月もかかった。

「けど、分からんのは十点あった特選ですわ。素人目にも下手としか思われへん。それとも、わたしの見方がわるいんですかね」

「いや、松下さんの眼は確かです」うなずいた。「去年の特選十点のうち、五点はインチキです」

「インチキ……」

「五人のうち三人が審査員の息子か娘、一人が審査員の愛人、一人が元理事長の孫です」

「なるほど、そういうからくりでしたか」

「邦展の特選は情実審査があたりまえなんやけど、さすがに去年はひどかった。元老の弓場光明が第一科の審査員長を呼んで苦言を呈したという噂です」

「これからは邦展係累図と相関図を作らんとあきませんな。それで値上がりする絵が分かりますがな」

松下の下卑た笑いが気に障った。こんな三流画商に大きな顔をされてたまるか。

「――ぼくの絵、ありませんね」

壁面を見まわした。この春、松下に渡した『臘梅《ろうばい》』と『木蓮』が見あたらない。

「すんまへん。あれはいま金沢の清泉堂に預けてますねん」

画商は頻繁に絵の貸し借りをする。絵が売れたときは湛静洞が清泉堂に売値の二、三割をキャッシュバックするのだ。大村は松下から十号の絵一点につき十二万円の画料を受けとり、松下はその絵に八十万円の値をつけている。

「このごろは交換会に絵を出しても売れませんな。相場の半分まで値を下げても買い手がないんやからね、どないもしゃあないですわ」

京都美術倶楽部や大阪美術倶楽部で定期的に開催される交換会――美術商が手持ちの作

品を持ち寄って売買する——は滞貨一掃のためのバーゲンセールという一面もある。

「困ったもんや。晴れ間は見えませんか」

「あきまへん。土砂降りですわ。先生の絵もうちで捌《さば》きたいんやけど、金沢に行ってしもた。動くのは安物《やすもん》の版画か、せいぜい二、三十万までの新人の絵だけ。正直なとこ、いつ夜逃げしよかと考えてますねん」

まんざら冗談でもなさそうに松下はいい、「不景気な話はやめにして、せっかく先生が来てくれはったんや。今晩は宗右衛門町あたりでパーッといきますか」

「それはありがたいけど、先約があるんですわ」

「まさか、ほかの画廊に浮気してんのとちがいますやろな」

「浮気できるほど売れるんなら、うれしいですけどね」

「ほんまにね、この不況がいつまでつづくんやろ」

松下は肘掛けに寄りかかり、長いためいきをついた。

湛静洞で三時まで時間をつぶし、地下鉄で阿倍野へ行った。パレスホテルの喫茶室に入ると、玲子は窓際の席で外を眺めていた。

「待った？」

「いま来たとこ」

玲子は首を振った。フロントをブリーチしたショートヘア、オフホワイトのボートネックニットに色の抜けたジーンズ、両手の指に指輪が四つ、手首に二本のブレスレットをつけている。

ウェイトレスが来た。玲子はアイスコーヒー、大村はレモンティーを注文した。

「珍しいね、紅茶飲むの」

「さっき、湛静洞でコーヒーを飲んだ」

「あんな画廊で元沢英世が個展したの」

「するわけないやろ。淀屋の美術画廊や」

「室生さんが買った絵、大きさは」

「十号の花と十五号の風景。なんのおもしろみもないくだらん絵や」

「むちゃくちゃやね。十号と十五号で二千万円もするて」

「淀屋の付け値は二千八百万やで。室生さんが買うたから二千万になったんや」

「室生さんはその絵をどうするのよ。家に飾るわけやないでしょ」

「いや、芸術院会員になるまでは応接間に掛けとくやろ。すぐに転売したことが元沢の耳に入ったら、室生さんのいままでの苦労は水の泡や」

「哀れやわ。七十すぎの年寄りが八十すぎの年寄りの機嫌とるやて」

「その哀れな年寄りの先棒かついで、玲子のために動いてるのは、どこの誰や」

あてこするような玲子の言葉がひっかかった。玲子の下手な絵が四回も邦展に入選したのは、大村が室生に頼んで審査員に工作をしたからだ。玲子が入選するたびに大村は室生に借りをつくっている。

「なんやの。わたし、祥ちゃんのことをいったつもりやないで」

利かん気の玲子は絶対に謝らない。室生の使い走りをする大村を舐《な》めている。会うたびに癇《かん》に障ることがあるが、大村はよほど足手まといにならない限り、玲子と別れるつもりはない。

「これからどうする。部屋をとるか」話題を変えた。

「忙《せわ》しないね。まだコーヒーも来てないのに」

「汗を流したいんや」

「それだけ？」

「いろいろあるやろ」

「わたし、ジャンジャン横丁に行きたい。串カツ食べるねん」

いつものように玲子はじらす。

大村は喫茶店を出てフロントに向かった。でたらめの住所、名前は書き慣れている。

2

パネルに膠《にかわ》で溶いた盛り上げ胡粉《ごふん》を垂らし、ペインティングナイフで塗り広げながら凹凸をつける。ところどころを櫛《くし》で掻き落とし、ナイフを押しつけてヘラ目をつけ、厚くなりすぎたところを削って下地をつくっていく。次に銀箔を貼り、絵具を塗ったときに、どんなマチエールが表現できるかを予測し、作業を進める。

百五十号の全面に胡粉を塗りあげ、少し離れて全体を俯瞰しているところへノックの音がした。ドアが開き、

「梨江、お仕事は」

美千絵がアトリエに入ってきた。

「いま、一段落したとこ」

「わるいけど、車を出してくれる」

「どこか、買物？」

美千絵は髪をセットし、よそいきのレースのツーピースを着ている。

「大阪の淀屋。おじいちゃんもいっしょに乗せてってほしいの」

「電車で行ったら」

「荷物があるのよ。おじいちゃんの家《うち》でそれを積むから」

「分かった。行く」

美千絵は車の運転ができない。梨江が保育園のころ教習所に通ったが、指導員とケンカしてやめてしまった。あの屈辱に堪えてまで免許なんか欲しくなかった、という。

「わたし、この格好でいいんかな」

よれよれのトレーナーに膝の抜けたジーンズ、胡粉だらけだ。

「梨江は運転手さんやから」

淀屋まで送っていくだけ、ということだ。

「はいはい、そうですか」

どうせ胡粉が乾くまで時間がかかる。頭に巻いていたバンダナをとって髪をおろした。

美千絵について玄関へ行き、車のキーをポケットに入れた。いつもはサンダルをつっかけて外出するが、運転はしにくい。ローヒールのパンプスを履いた。

カーポートに車は二台ある。マークⅡと、弟のアルト。マークⅡの助手席に美千絵を乗せて家を出た。

「大阪の淀屋でなにがあるの」

「東京の先生の個展。今日が初日」

「東京の先生って」

「元沢先生よ」

口早に美千絵はいい、それでぴんときた。芸術院会員のご機嫌伺いだ。

みっともない。いい加減にやめたら――。思ったが、口には出さなかった。いえばまた、諍《いさか》いになる。

「おじいちゃん、待ってるの」

「用意して待ってはる」

「まさか、黒の礼服に銀色のネクタイとちがうやろね」

「こないだ、背広を作ったから。河原町のタニグチで」

日本画家稲山健児を贔屓《ひいき》にしてくれる老舗《しにせ》のテーラーだ。健児がむかし、邦展京華賞を受賞した五十号の作品も、タニグチの店内に掛かっている。

「車に載せる荷物というのは、元沢さんへの贈り物？」

「梨江、あんたは知らんでもええの」

美千絵はぴしりといい、あとは口をきかなかった。

洛西ニュータウンから長岡天神へは車で五分、健児は長岡天満宮の境内《けいだい》裏に住んでいる。昭和三十年代に買った雑木林の中の農家が、いまは三百坪の敷地に七十坪の平屋という瀟洒《しょうしゃ》な和風の邸宅に変わっている。

梨江は冠木門《かぶきもん》の前にマークIIを駐《と》めた。おじいちゃんを呼んできて——美千絵にいわれて、邸に入った。池の鯉を見ながら飛び石伝いに玄関へ行き、格子戸を開けると、健児は靴を履き、式台に腰かけて待っていた。ダークグレーの三つ揃いのスーツに濃いグリーンのネクタイ、ワイシャツはぴしっと糊がきいている。

「うん、合格。歌舞伎役者が洋服着たみたい」

「それはなんや。髷《まげ》のない相撲取りみたいなもんか」健児は笑う。

「褒めてるのに、それはないでしょ」

「ごめん、ごめん。せっかく来てくれたのにな」

健児は傍《かたわ》らの風呂敷包みを抱えて立ちあがった。かなり大きく、重そうだ。結び目の隙間から飴色の木箱が見えている。箱の中身はたぶん、壺か花瓶だ。

玄関を出た。梨江は鍵を受けとって錠をかける。邸を出て門の扉にも施錠した。

＊

「今日の祥ちゃん、おかしいわ」

玲子はタオルで髪を拭きながらバスルームから出てきた。「あんなに乱暴にされたん、はじめて。ストレスたまってんの」

「この二、三日、室生さんに引きずりまわされてるんや」

窓際の椅子に座り、グラスにビールを注《つ》ぎながら、大村は答えた。

「ね、わたし、分からへんねん。室生さんはなんで芸術院会員になりたいの。何千万ものお金を遣って会員になる値打ちがどこにあるの」

「芸術院会員はな、日本の芸術家のトップなんや。この人物は日本で最高の絵描きですと、国がお墨付きをくれるんや」

「お墨付きをもらったら、絵の値段があがるの」

「多少はあがるやろ」あがらない画家も中にはいる。

「絵が売れるの」

「売れる。それはまちがいない」

画商にとって最大のセールスポイントになるのだ。この先生は芸術院会員です、と。

「室生さんは絵が売りたいの」

「それもある」

「どういうことよ」玲子はバスタオルをライティングデスクに放り、ベッドに横たわった。

「室生さんにとって、芸術院会員は一生をかけた目標なんや。十五の齢に鹿児島から京都へ出てきて、西陣の染物屋で丁稚奉公をしながら絵の勉強をした——」

室生明夫は鹿児島出身の中堅画家、川路旭峰《きょくほう》に弟子入りし、二十二歳で邦展に初出品したが落選。その後もつづけて出品し、三年後にようやく初入選して雅号を晃人と改めた。

その翌年もまた入選し、染物屋を辞めて本格的な画家修業をはじめたときに川路が亡くなった。室生は人形作家だった川路の妻の紹介で舟山翠月《すいげつ》の画塾『翠劫社《すいこうしゃ》』に入会した。

「川路旭峰が厳しい人で、室生さんは写生と運筆を徹底的に仕込まれた。そういう基礎があったから翠劫社に入会できたんやけど、前から翠劫社におる塾生にとって、室生さんは外様《とざま》や。外様に大きな顔をさせるわけにはいかんと、室生さんをいじめた。写生会では荷物持ち、合評会では罵詈《ばり》嘲笑、盆暮れの宴会では下足番と、室生さんが嫌気さして塾を退会するように仕向けたんやけど、室生さんは歯を食いしばって辛抱した。絵はもともと巧い人やったから、邦展の入選はつづけることができた。それだけが室生さんの心のよりどころやった」

舟山翠月は五十代で芸術院会員になり、六十代で文化勲章を受章した超大物で、京都画壇の天皇と称されていた。翠月が翠劫社の塾生を直接指導することはなく、その育成は翠月の甥、舟山蕉風《しょうふう》――のち芸術院会員――に任されていた。蕉風は大原の慈光寺から障壁画を依頼され、室生を指名してその手伝いをさせた。

「塾頭の蕉風は翠月の甥であることを笠に着て偉そうにするから塾生に人気がない。翠劫社の若手で室生さんひとりだけが助手を志願したんや」

室生は毎朝、バスに乗って蕉風の自宅へ行き、車を運転して蕉風を慈光寺へ送りとどけた。水を汲《く》み、湯を沸かし、絵具をそろえ、膠を溶いて、蕉風が筆をとるのを待つ。蕉風が寒いといえば火鉢を入れ、暑いといえば団扇《うちわ》であおぐ。その日の制作が終わると道具を片付け、蕉風を自宅まで送ってからバスに乗って帰宅する。そんな日々が一年間つづいた。

蕉風は室生の献身を見込んで、見合いをさせた。

「その相手というのが、舟山蕉風の娘やった」

「ふーん、いまでいうたら逆玉やんか」

玲子は裸のまま、ナイトテーブルの煙草をとって吸いつける。

「ところが、その娘の母親は蕉風の妻ではなかった」

「それって、愛人？」

「祇園の芸妓《げいぎ》や。室生さんは蕉風の妾腹の子といっしょになったんや」

「かっこいいやん。なんか、男らしいわ」

「舟山翠月の甥の娘と結婚したその日から、室生さんの出世は約束された。三年後には邦展特選をとり、その次の年も特選をとって出品委嘱になった」

邦展の出世の階段は気が遠くなるほど長い。その第一歩は〝入選〟だが、たとえば昨年の作品応募点数は、日本画、洋画、彫刻、工芸美術、書の五科で一万二千点を越え、入選を果たしたのは二千百点だった。そのうち〝特選〟を受賞するのが各科十人。特選といえばまことに晴れがましいが、これが実は会員へのワンステップにすぎない。特選の翌年は〝無鑑査〟になるが、それは一年限りで、その翌年からはまた審査を受けなければならない。そうして二度目の特選を受賞すると、今度は〝出品委嘱〟という資格で、翌年から毎年無鑑査で出品できるようになる。この各科四十名以内と定められている出品委嘱者が会員予備軍となり、ここから毎年、各科四名ほどが理事会の決定により〝新審査員〟に抜擢される。新審査員を務めると、翌年から邦展の正式構成員である会員に昇格する。大村もこのステップを踏んで出品委嘱までは昇ってきたのだ。

「室生さんはいつ、邦展の会員になったん」

「昭和五十年。四十三のときや」

邦展会員の次のステップは〝評議員〟だ。会員になったあと審査員を二回（新審査員を含めて計三回）務めなければ評議員にはなれない。第一科（日本画）十七名の審査員のうち、会員から選ばれるのは六人だが、会員は五十人前後いるから、単純に平均すると八年に一回しか審査員はまわってこない。審査員は理事会が決定するため、理事の強力なヒキがなければ永遠に評議員にはなれないともいえる。

邦展第一科の現在の評議員数は三十四名。これより上の〝理事〟〝常務理事〟に出世するためには邦展でのキャリアではなく、国が主宰する日本芸術院への接近度が基準となる。具体的には、芸術院賞受賞者が自動的に理事に就任し、そのうち芸術院会員になったものが常務理事になる。社団法人邦展はあくまで民間団体のはずだが、その中枢部においては、理事、常務理事という邦展内の職階と、芸術院賞受賞、芸術院会員という国の定める位階とが、ぴたりと重なっている。

「室生さんは五十一で評議員になった。評議員は文部大臣賞か内閣総理大臣賞をもらう資格がある。大臣賞をもろたら芸術院賞をもらう資格ができる。芸術院賞受賞者は芸術院会員になる資格ができる。……室生さんはこの階段を這いあがって、六十四で芸術院賞を受賞した。ここまで来たら、なんとしてでも芸術院会員になりおおせたいやろ」

室生は人生のすべてを出世に賭け、おのれを埋没させて勝ちあがってきた。出世の節目に賞をとるため、血の滲《にじ》む努力をして絵を描いてきた。室生のすさまじい執念に、大村はおのれの将来を賭けたのだ。

「芸術院会員いうのは、出世双六《すごろく》のあがり？」

「いや、まだまだある。会員になって六、七年したら文化功労者。それから四、五年生きたら文化勲章がくる。それでようやく功なり名遂げたということや」

「おめでとう、あなたはゴールにたどり着けました。チーン……と鉦《かね》が鳴るんや」

「あかん。鉦はまだ早い。村橋青雅美術館とか元沢英世美術館という冠美術館を開設して、そこに自分の作品を寄贈して遺産相続対策を済ましてから、棺桶に入ってチーン、というのが完璧な双六のあがりなんや」

「そら、九十や百まで長生きせんとあかんわ」

玲子は煙草を消して仰向きになった。「室生さんが芸術院会員になったら、祥ちゃんにもいいことがあるの」

「ある。おれは委嘱から邦展会員になれる」

芸術院会員は邦展常務理事だ。ヒラの理事とは発言の重みがまったくちがう。常務理事がひとこと口をきけば、大村は新審査員に選ばれて会員に昇格する。

「祥ちゃん、ずっと委嘱やもんね」

玲子の言葉が胸に刺さる。大村が二回目の特選をとって出品委嘱になったのは、もう七年前だ。四十歳で委嘱というのは相当に早い出世だったが、そこでぱったり停まってしまった。大村のあとに委嘱になり、先に会員になったのが五人もいる。室生が常務理事にさえなれば、大村は会員、評議員になって出世レースのトップグループに返り咲ける。

「室生さんは会員になれるの。芸術院の」

「客観的にみて、五分五分やな」

「誰が候補なん？」

「いま現在、芸術院賞をもろて会員になってないのは四人や。邦展の矢崎柳邨、稲山健児、室生晃人、新展の高坂徹雄。芸術院第一分科の定数は十六人で、去年、東京と京都の会員がひとりずつ死んだ。今年はふたりが補充選挙で選ばれるんや」

「ふたつの席を四人でとりあいするんやね」

「それが、単なる四分の二の争いではないんや」

「どういうこと」

「去年までの定数十六名の芸術院会員を会派で分けると、邦展が十一人、新展が四人、燦紀会が一人という棲み分けになってる。その邦展の十一人のうち、東京画壇が九人で、京都画壇が二人。新展の四人はすべて東京。燦紀会の一人は京都。……つまり、東京組の指定席が十三で、京都組の指定席が三つという見方もできるわけや」

「なんか、ややこしそう」

「いまは東京と京都の席がひとつずつ空いてるから、東京は矢崎と高坂、京都は稲山と室生の争いになる」

「室生さんは翠劫社、稲山は幻羊社やね」

「今年の選挙に負けたら、室生さんも稲山もそれっきりや。敗者復活戦はない」

「その理由《わけ》は」

「邦展の京都の芸術院会員は宮井紫香や。齢は七十五やから、まだ十年は生きるやろ」

室生は七十一、稲山は七十三だ。みんな齢が近い。「稲山がもし会員になったら、宮井か稲山が死なん限り、室生さんにチャンスはない」

ほぼ毎年、新たな芸術院賞受賞者が出てくる。室生の競争相手が減ることはない。

「室生さんがこけたら、祥ちゃんもこけるんやね」

「ひとごとやないやろ。玲子の入選も危ないんやぞ」

「こける前に、特選をちょうだい」

「おれが審査員になったらな」

「なって。わたしのために」

玲子はこちらを向いた。ベッドに片肘をつき、挑発するように膝を立てる。

大村はバスタオルをとった。ベッドにあがり、玲子に覆いかぶさる。玲子は首に腕をまわしてきた。

「今日は泊まれる？」

「電車のあるうちに帰る」

「怖いの？　奥さん」

「嫌いか。よめはんの怖い男は」

「わたしのほうが怖いかもね」

「分かってる」

玲子の口を塞いだ。舌をからめる。太腿のあいだに膝をこじ入れた。

――と、電話が鳴った。部屋の電話ではない。大村の携帯だ。

「あかん。出たらあかん」玲子の脚がからみつく。

携帯はしつこく鳴りつづけて、やんだ。

「いまの電話、奥さんかもよ」嘲《あざけ》るように玲子はいう。

「まさか……」

真希からの電話だったような気がする。いつも夕方にかけてくる。舌足らずの真希の声が耳の奥に聞こえた。

玲子の脚をほどいてベッドから降りた。勃ったままのペニスを玲子に見せつけながら携帯を手にとった。モニターを見ると、相手は室生だった。放っておくわけにはいかない。コールバックのボタンを押した。

――もしもし、大村です。

――なにしてるんや。

いきなり、怒鳴りつけられた。

――稲山が淀屋に行った。娘とふたりでな。稲山は元沢夫婦を誘拐したんやぞ。

――誘拐て、どういうことです。

――黒塗りのハイヤーを差しまわして、元沢夫婦を『笹熊』に招待したんや。

東山祇園町南側にある老舗の料亭だ。贅《ぜい》を尽くした京懐石は通人に知れわたっている。むろん一見《いちげん》の客は入れない。

――おまけに、泊まりは『パークロイヤル』のスイートや。稲山にしてやられたわ。

――しかし、伊谷の話では、元沢先生は夜の会食はせず、サウスタワーホテルに泊まられて、翌日の昼、鎌倉に帰られるということでした。

——伊谷みたいな太鼓持ちのいうことを鵜呑《うの》みにするやつがあるかい。あいつはわしと稲山のどっちに恩を売っても損のないコウモリやないか。

——すると、笹熊の話は……。

——美術部員の津村が電話してきたんや。あいつは若いけど見どころがある。

——申しわけありません。つい油断してしまいました。

——ほんまにそう思うんやったら、笹熊とパークロイヤルの予約を取り消せ。稲山に恥をかかすんや。

ハイヤーはまだ名神高速道路を走っているころだと室生はいう。

——ホテルはともかく、料亭の予約はどうやって取り消したらいいんですか。笹熊は先生のほうがよう知ってはるんやないんですか。

——わしは笹熊の女将《おかみ》と知り合いや。滅多なことはできへん。とにかく、笹熊とパークロイヤルホテルに電話してみい。まちごうてもわしの名前は出すな。

電話が切れた。くそっ、汚れ仕事はみんなおれに押しつけるのか。

「どうしたん。むずかしい顔して」

「なんでもない」

テレビのスイッチを入れ、リモコンを玲子に放った。玲子は起きあがってチャンネルを替える。

腰にバスタオルを巻き、洗面所に入って壁の電話をとった。携帯を使うと、向こうに番号が残る可能性がある。一〇四で笹熊とパークロイヤルホテルの番号を聞き、ダイヤルボタンを押した。

――ありがとうございます。京都パークロイヤルホテルでございます。

――予約のキャンセルをしたいんですが。

――はい。お名前を頂戴できますでしょうか。

――元沢です。元沢英世。

――お待ちください。

キーボードを叩いている音がした。

――ご予約は承っておりますが、本日、キャンセルをなさいますと、百パーセントの違約金を申し受けることになります。

――けっこうです、それで。

――お支払いは、稲山健児さまでよろしいでしょうか。

――ええ、そうです。

――稲山さまのご住所とお電話番号は。

――えっ……。

答えにつまった。知っているわけがない。

――明日、ぼくが払いに行きます。
――失礼ですが、ご本人さまでしょうか。
――そうです。もちろん。
――ご住所とお電話番号をいただかないと、取り消しはできないんですが。
――おたく、客のいうことを信用できんのですか。
――申しわけございません。わたしどもの規則ですから。
相手は疑っている。言葉は柔らかいが、退《ひ》きさがりそうにない。
――分かった。またかけなおします。
フックボタンを押した。
稲山の住所と電話番号は分かる。近くの書店に行って美術年鑑を見ればいいのだ。
笹熊に電話した。
――おおきに。笹熊でございます。
年輩の女性だ。女将か……。
――ごめんなさい、今晩の予約を取り消したいんです。
――どちらはんどすか。
――稲山です。絵描きの。
――あらっ、稲山先生は、ついいましがた、お座敷に入らはりましたけど……。お連れさまと四人で。

——あ、そうでしたか。

——稲山先生をお呼びしますか。

——いや、もうそちらに着いたんならいいんです。

——予約の取り消して、なんどすやろ。

——すみません。勘違いでした。

電話を切った。

さあ、どうする——、考えた。笹熊はもう手遅れだ。いまさら手の打ちようがない。パークロイヤルの予約取り消しはできそうだが、稲山はそのことを知らないから、元沢夫妻をホテルのロビーまで送りとどけるだろう。稲山はフロントで予約の取り消しを知り、違約金を請求される。そんなはずはないと稲山は抗議し、ホテル側は電話で取り消し依頼があったことを伝える。稲山はなおも抗議し、ホテル側は陳謝して宿泊手続きをする。

つまりはそういうことだ。元沢夫妻は予定どおりパークロイヤルのスイートに泊まり、明日は京都から新幹線に乗って鎌倉に帰る。稲山にはなんの痛手もない——。

大村は室生の自宅に電話をかけ、笹熊の状況を伝えた。室生は舌打ちして、

——パークロイヤルのほうはうまいこといったんか。

——スイートをキャンセルしました。稲山が予約してたんです。

嘘をいった。どうせ室生には確かめようがない。
――それでええ。稲山は元沢先生の不興を買う。
――稲山は淀屋で元沢先生の絵を買うたんですか。
――一点だけや。十号の風景をな。稲山は尻の穴が小さい。
――しかし、いまは笹熊で接待してます。
――それや。それが気に入らん。胸がわるいわ。
室生は酔っている。笹熊に火をつけろとでもいいかねない。
――『小菊』でも行って飲んでください。
――笹熊の近くで飲めるかい。
受話器を叩きつけるような音がした。

3

スーパーでもらってきた段ボール箱を解体して平らにし、テーブルに積みあげた。竹ひご、折り紙、クレパス、水彩絵具、筆、パレット、筆洗、鋏《はさみ》、ペンチ、セロハンテープ、ガムテープ、接着剤――。材料と道具を揃え、バケツに水を汲んだころには十人の生徒が集まっていた。その元気なこと、うるさいこと、アトリエを走りまわっている子もいれば、梨江にくっついて離れない子もいる。

「さあ、みんな、説明します。よく聞いてね」

子供たちが梨江の前に座った。丸い眼で梨江を見あげている。

「今日は紙人形の動物をふたつ作ります。犬でも猫でも象でもキリンでも、小鳥やお魚でも、なんでもかまいません。この段ボールを動物の形に切って絵を描きます。それから裏側にこの竹ひごをつけて手で持てるようにします。そうして、二匹の動物にお話をさせてください」

「どんなお話?」舞が訊いた。

「それは舞ちゃんが考えてください」

「絵本のお話?」悠太が訊いた。

「なんでもいいよ」

「カエルは動物?」

「うん、動物」

ひとしきり質問があって、子供たちは段ボールを切りはじめた。厚みがあるから鋏をうまく使えない。それでもみんな動物の形に切り終えて眼や耳を描きはじめた。クレパスで下絵を描く子もいれば、さっさと絵具を塗る子もいる。梨江はひとりずつ手伝いながら全体の進み具合をコントロールする。おもしろいもので、まだ四つ五つのころから、発想の変わった子、色彩感覚の鋭い子、デッサンのできる子がいる。

梨江のお絵描き教室は月曜と木曜、祖父の健児のアトリエを借りて開いている。天井の高い四十畳のスペースは子供を集めて作業をさせるのに理想的だ。子供たちがいるあいだ健児は仕事ができないが、母屋で子供たちのはしゃぎ声を聞いているのが楽しいという。健児の独り暮らしは長い。去年、妻の七回忌をした。

人形ができあがって子供たちはひとりずつ前に立った。いつもは尻込みする綾香も、溺れそうになったカンガルーがペンギンに助けられるお話をした。子供の想像というのは大人の常識をはるかに越えている。

おやつを食べ、お片付けをして教室は終わった。母親が迎えにくる。子供たちは作品を持って帰っていった。

梨江は流しで筆を洗い、筆洗に入れて倉庫へ持っていった。棚に置いて外へ出ようとしたとき、ふっと違和感を覚えた。なにかがちがう。

戸の左側の棚がそうだった。いつもそこにあったはずの桐の箱が見あたらない。

おかしいな。なんでやろ――。その途端、思い出した。先週の淀屋行きだ。健児は大きな風呂敷包みを抱えていた。

それで分かった。健児が元沢の個展に持って行ったのは李朝白磁の壺だ。鉄釉《てつゆう》草花《そうか》文《もん》の壺に健児は鉄線や芙蓉を生けて絵に描いていた。あの白磁は梨江が生まれる前からこの家にあった。健児が邦展の会員になったころ、半年分の画料で買ったと聞いたことがある。

芸術院会員というのはそんなに価値のあるものなのだろうか。七十すぎの老人が季節ごとに会員の家をまわってご機嫌伺いをし、個展があれば初日に駆けつけて作品を買い、京都でもいちばんの老舗料亭に招待してまで歓心を買わなければいけないのか。

梨江の知る稲山健児はそんな卑《いや》しい画家ではない。絵を描くことがなにより好きで、寿命のある限り筆をとっていたいという。山が描きたい、森が描きたい、花も鳥も描きたいと眼を輝かせて梨江に語り、暇さえあれば写生に出かける。清新で幽玄な画風は齢を重ねるにつれて枯淡《こたん》の色が加わり、観るものを包み込むようなふんわりした品のよさがある。

もう偉くならんでもいいやんか。おじいちゃんの絵が汚《けが》れるわ――。

アトリエにもどると、生成《きな》りの開襟シャツを着た健児が庭から入ってきた。

「先生、今日の授業はいかがでしたか」おどけた口調でいう。

「段ボールで紙人形を作った」子供たちのお話を健児にした。

「おもしろいな、子供の考えることは」

「いまのままの感性をもって大きくなったら、ほんとにおもしろい絵が描けるのにね」

子供の絵は小学校に入るころから変質する。テレビアニメやマンガのキャラクターを真似るようになり、なにを絵に描いてもマンガの一コマになってしまう。アニメとマンガの洗脳度はすさまじく、いったん汚染されるとその影響はいつまでも消えない。動物園に写生に行って生きた動物を前にしても、友だちをデッサンしても、頭の中にあるアニメキャラクターの動物や人間しか描けないのだ。日本の美術教育はアニメとマンガで破壊されたと、梨江は常々思っている。

「おじいちゃん、コーヒー飲む？」

「ああ、もらおか」健児は窓際のアームチェアに腰をおろした。

アトリエには小さなキッチンがある。梨江は豆を挽《ひ》いてコーヒーメーカーにセットした。

「梨江はいま、なにを描いてるんや」

「島。瀬戸内海の小島。先月、優子とユリと三人で、しまなみ海道を走ったから」

七月の瀬戸内海は最高だった。海も空も青く澄み渡って輝いていた。光る海に大小の島々が群青の影を落とし、点々と浮かぶ白い小船のあいだを貨物船やタンカーが行き来していた。三人は大島の港から連絡船に乗り、沖合に見える津島という小島に渡った。津島の波止場には人影がなく、何匹もの野良猫がこちらを眺めていた。農協のおばさんに聞くと、昭和三十年代まで島の人口は四百人を越えていたが、いまは三十人しかいないという。廃屋と老人と猫の島。山の中腹にはまだ畑があるが、芋やみかんは狸が食べてしまう、とおばさんは笑っていた。梨江は廃屋と生い茂る緑をスケッチし、優子とユリは波止場の風景を描いた。

「大きさは百五十号。昨日から線描きをして絵具を塗ってるねん」

「秋の燦紀展に出すんやな」

「ちょっと焦り気味。搬入まであと一月半しかないもん」今年の搬入は九月三十日だ。

「入選したらええのにな」

「そう。去年も落ちたもんね」

美大の学部を卒業した年から梨江は燦紀会に応募し、三年目に初入選。その翌年も入選したが、以降は落選がつづいている。勝敗でいえば六戦して二勝四敗だ。クラスメートの優子は入選一回、ユリは梨江と同じ二回だが、一昨年、去年と連続して入選した。ユリの絵はいかにも日本画らしい平明な描写で、菜の花畑や睡蓮の池をけれん味なく鮮やかに表現している。優子もユリも梨江の親友だが、こちらが落選して向こうが入選したときはやはり心穏やかではない。なにかしら、おいていかれたような気がする。それがつまり、ライバル意識というものなのだろうけど。

「梨江は抽象が好きなんか」ぽつり、健児は訊く。

「うん。いまは抽象的な絵が描きたい」

梨江はスケッチした風景から遠近感を取り去り、強烈な色彩と粗いタッチで全体を構成していく。下絵は具象だが画面は抽象に近くなり、そこにまた絵具を塗り重ねては削ることを繰り返すから、仕上がった作品にはほとんど具象の匂いがない。そういった抽象傾向の日本画は邦展や新展には少なく——特に新展にはまったくない——、だから梨江は燦紀会に作品を応募するのだ。

「梨江はえらいな。自分の好きな絵を描きとおして」

健児はもどかしいのだ。梨江が作風を具象寄りにして邦展に出せば、いつでも入選させる、特選もとらせる、会員も夢ではない――、口にこそ出さないが、そう思っている。

梨江も健児の気持ちは痛いほど分かる。邦展に応募して入選し、健児をよろこばせたい。……でも、いまはアカデミックよりアバンギャルドでありたい。絵は売れなくてもいい。短大の非常勤講師と絵画教室で絵具代くらいはなんとかなる。

コーヒーが入った。パーコレーターをとってマイセンのカップに注ぎわける。ミルクと砂糖、スプーンを添えて、アームチェアの脇のテーブルに置いた。

「わたし、今度の日曜日、高雄に行く。嵐山・高雄パークウェイの終点から東へ行った山の中腹にオオヤマレンゲの群生地があるんやて。そろそろ花が終わるから写生に行こうと、ユリに誘われた。おじいちゃんもいっしょに車に乗って行く?」

「オオヤマレンゲか。清楚な花や」

「行こうよ。おじいちゃんの写生が見たい」

健児の素描は惚れ惚れするほど巧い。鉛筆でさらっと陰影をつけ、透明水彩をひと刷けするだけで、花はみずみずしく、葉は生命感にあふれ、枝は力強く花を支える。どこにポイントをおいて色の濃淡をつけるのか、筆の運びを見ているだけでも勉強になる。

「けど、日曜は用事があるかもしれん」

「おばあちゃんのお墓参りは済んだでしょ」

「ああ、それは済んだけどな」

歯切れがわるい。いつもなら二つ返事で承知するのだが。

「塾の会合でもあるの」稲山健児は幻羊社の代表だ。

「いや、会合はない」

「どこか出かけるの」

「ま、そうなんやけど……」

健児はつぶやいて、「やっぱり、やめとく。日曜日は都合わるい」庭に眼をやった。

「おじいちゃん、晩御飯はどうするの」

「今日はうちで食べる」

通いのお手伝いさんが料理をしてくれるのだ。

「梨江も食べていくか」

「ごめん。わたしはお仕事」

時間が惜しい。早く絵を描かないといけない。「じゃ、おじいちゃん、帰るね」

健児に手を振ってアトリエを出た。

アルトに乗って家に向かった。フューエルランプが点灯している。スタンドに寄って十リッターだけガソリンを入れた。燃料計の針が真ん中より下に振れていると、弟は嫌味をいう。たまには満タンにしても罰《ばち》あたらんやろ――。男のくせに智司《さとし》は細かい。

アルトをカーポートに駐めて家に入った。洗面所で洗濯機がまわっている音がする。ダイニングに入ると、美千絵はボールペンを手にノートを睨《にら》んでいた。

「ただいま」

「あっ、おかえり」

美千絵は驚いたように顔をあげた。ノートを見ると、人の名前がずらっと並び、横に赤や青の書き込みがある。美千絵はさっとノートを閉じた。

「それ、なに。住所録?」

「うん……」美千絵はテーブルに肘をついてノートを隠すようにした。

「森一世《いっせい》て、洋画家やね」その名前だけが一瞬、読めた。「芸術院会員や」

美千絵は返事をしない。

「そのノート、見せてよ」

「梨江には関係ないの」

「それ、芸術院会員のリストや。誰にいつ挨拶したか、なにを贈ったか、票読みはどうか、そういうのを書いてるんでしょ」

また諍いがはじまると思いながらいってしまう。「こないだ淀屋に持っていった桐の箱、おじいちゃんが大事にしてた白磁やんか。なんであんなあほなことするのよ」

会員選挙で健児を動かしているのは美千絵だ。参謀気取りで作戦を立て、父親を引きまわす。一昨年の補充選挙のときも美千絵が健児の尻を叩いて運動した。〝日本芸術院会員稲山健児〟は美千絵にとっての勲章なのだ。

「ほんとに会員になりたいのは、おじいちゃんやなくておかあさんとちがうの。わたしにはそう見えるよ」

「また子供みたいなこといいだしたわ。芸術院会員はおじいちゃんの夢なんやで。夢がかなうように手伝いするのは身内として当然やない」

声を和らげ、諭すように美千絵はいう。「芸術院会員を目指す人はね、夫婦で運動するのが定《き》まりになってるの。おじいちゃんが独りというのはすごい大きなハンデやし、わたしがおばあちゃんの代わりをせんとしかたないのよ」

「そうか、それで分かったわ」

「なにが……」

「おかあさん、今度の日曜、家にいる？」

「いいえ。日曜は朝から出かけます」

「誰と」

美千絵が行くのは吟行会ではない。表情と口ぶりで分かる。美千絵は健児とふたりで芸術院会員宅をまわるのだ。

「そんなわけないでしょ」

「おじいちゃんもいっしょ?」

美千絵は短歌の会に入っている。

「歌の仲間と吟行会《ぎんこう》」


「おかあさん、おばあちゃんに似てる。そっくりや」

「なにがいいたいのよ」

「しゃきしゃきして気の強いとこ。おじいちゃんはおばあちゃんのお尻に敷かれてた」

美千絵も夫を尻に敷いている。梨江の父、斎木誠一郎は旭東製薬の中央研究所に勤める研究者で、美術や文芸、音楽、演劇、スポーツといった社会を潤すものごとにはまったくといっていいほど興味も関心もない。暗い性格かといえばそうではなく、よく酒を飲み、よく喋る。たったひとつの趣味は麻雀で、梨江のアトリエ横の小部屋に自動卓を置き、職場の同僚を誘って打つ。ギャンブルが嫌いな美千絵はお茶の一杯も出すことはなく、麻雀のメンバーは明け方、勝手口からこそこそと帰っていく。美千絵は徹夜明けで朦朧《もうろう》としている誠一郎に買物や庭仕事を言いつけ、誠一郎は黙って指示にしたがう。一家を養っている家長として威厳には欠けるが、梨江は誠一郎が好きだ。

「梨江、おじいちゃんになにか聞いたん」

「わたし、おじいちゃんと生臭い話はしないねん」

「いやな子。わたしにばっかりあたって」

「ほんとのこといって。日曜日はどこへ行くのよ」

椅子を引いて座った。美千絵は嘆息し、梨江には見えないようにノートを立てて、

「洋画の森一世は奈良市法蓮町、書の米田洳雲《じょううん》は枚方《ひらかた》市藤阪、日本画の——」

洋画家一人、書家二人、日本画家二人、それが関西に住む芸術院会員だった。美千絵はタクシーで京都から奈良、大阪とまわり、五人の会員に挨拶をするという。

「それ、どういう名目で家に行くわけ。用事もないのに」

「名目なんか要りません。ご機嫌伺いでいいの。向こうはしょっちゅう、そういうお客が来るから慣れてはる。玄関先で頭をさげて、お土産を渡して帰るだけ」

「お土産って、なに」

「羊羹とか、お鮨とか、佃煮とか」

「そんな簡単なものでいいの」

「向こうは老夫婦やから。変わったもんは食べはらへん」

「羊羹の下に、お金や商品券は」

「…………」美千絵は口をつぐんだ。

「それって、賄賂《わいろ》とかいうのとちがうの」

「梨江、おじいちゃんの競争相手もね、みんなお金を包むのよ。きれいごというて負けるより、汚いことしても勝たなあかん。……一昨年の補充選挙でいやというほど分かった。負けて流す悔し涙の辛さがね」

美千絵は唇を嚙んだ。眼が潤んでいる。

いいすぎた、と梨江は思った。美千絵も健児も、いまの状況がまともだとは思っていないのだ。ほかの候補者もそうだろう。芸術院の補充会員が現会員による投票で選抜される限り、この歪《ゆが》んだ選挙運動がなくなることはない。

「わたし、仕事するわ」

梨江は立って、冷蔵庫から麦茶のボトルを出した。「アトリエのエアコン、調子がわるいねん。ブーンと大きな音がするだけで、全然冷えへん」

「こないだ、修理したのに」

「新しいの、買って」

「そんな大金はありません」

にべもなく美千絵はいった。

＊

大村と真希は植物園のティーサロンでひと休みしたあと、バッグを提げて外に出た。

「めちゃ暑いわ。せっかく汗がひいたのに」

真希は日傘をさした。「センセも物好きやな。こんな暑い日に」

「夏は暑い。暑いから蓮が咲くんや」

橋を渡り、湖に沿った舗道を歩いた。濃い緑の葉が湖面を覆い、淡紅色の花が何千、何万と咲き乱れている。群生域は約三万坪、琵琶湖烏丸《からすま》半島の湖畔に咲く花蓮は日本最大のスケールだ。

「このあたりで描くか」

舗道から岸辺に降りた。大村はゴルフ用のパラソルをさして固定した。バッグを開いてスケッチ用具を出す。

「センセ、こっち向いて」

真希がカメラを構えていた。大村は手をあげて遮った。

「もう、怖がりなんやから」

「おれは写真が嫌いなんや」

「センセ、卑怯やわ。真希の写真は平気で撮るくせに」

真希はかまわずシャッターを切り、大村は横を向いた。しかし考えれば、こうして顔を隠しているほうが不自然なのだ。いかにも怪しい写真になってしまう。

大村は立ってカメラを取りあげた。真希をアングルに入れてボタンを押す。真希は笑いながら逃げまわった。同じように真希が裸で逃げまわっている写真を大村は何枚も持っている。真希は手足が長く、肌はひんやりして透けるように白い。

「さ、写生しよ。蓮は三時ごろになったら花弁を閉じるんや」

カメラを返した。真希は蓮をフィルム一本分撮影し、パラソルの下に腰を落ち着けた。眼鏡をかけ、スケッチブックを広げる。

「センセとふたりきりで写生旅行やて。めちゃ不倫」

どこか遠いところで蓮の花が描きたい、といったのは真希だ。だから草津まで連れてきた。蓮の最盛期は七月だが、琵琶湖は水温が低いから開花が遅い。

「真希は知ってるか。蓮が食えること」

「えっ、ほんま?」

「蓮根《れんこん》や」

「あ、そうか。蓮根て、蓮の根っこなんや」

正確には地下茎だ。穴に空気をためておくらしい。

「ほな、蓮っ葉というのは」

「なに、それ。蓮の葉っぱやんか」

いまどきの学生に訊くだけ無駄だった。

「センセ、あの鳥、なに？」

遠く、緑の切れ間に茶色の水鳥が見えた。小さくて、ときどき水に潜る。

「カイツブリかな。たぶん」

鳥は詳しくない。大村は主に人物と風景を描いている。

真希は写生をはじめた。構図も考えず、画面の真ん中にいきなり花を描く。野放図な描き方が個性といえば、そうかもしれないが……。

大村も描きはじめた。湖面を渡る風が花を揺らし、葉を裏返す。蓮は花だけでなく、花弁が落ちたあとの実の形がおもしろい。種は食用になるというが、食べたことはない。

写生は楽しい。ただ黙々と鉛筆を滑らせていると、いやなことはみんな忘れられる。

画学生だったころを思い出す。真夏の炎天下、麦わら帽子を水に浸して写生に没頭した。そう、あのころは無限の夢があった。

4

舟山蕉風の邸は北大路町、神宮寺山の南麓にある。

「その突きあたりを右や」

室生にいわれ、ステアリングを右に切って急勾配《こうばい》の坂をあがった。鬱蒼とした緑に囲まれて豪奢な邸宅が建ち並んでいる。大村が最後に蕉風の邸を訪れたのは、かれこれ十年前、蕉風の未亡人舟山淑《とし》に〝翠劫社結成五十周年記念展〟の図録編集について意見をもとめたときだった。

「蕉風先生の奥さん、うん、というてくれますかね」

「いうもいわへんもない。うん、といわすんや」

室生は腕を組んで、「この炎天下に八十八の婆さんが挨拶まわりをして、室生をよろしくお願いします、と頭をさげたら、どんな依怙地《いこじ》な会員でもほろっとする。中には蕉風先生が会員やったときに一票をもろた連中もおるから、まちごうてもぞんざいな扱いはできんわな」

「奥さん、足腰は」

「おかあはんは丈夫や。頭もぼけてへん」

室生は淑を、おかあはんと呼ぶ。

「これは要らん心配かもしれませんけど、奥さんと先生の仲は……」

舟山蕉風の妾腹の娘と結婚した室生にとって、舟山淑は〝義理の母親〟にあたるが、淑にとっては、室生が〝義理の息子〟になるとは限らない。夫が外でつくった娘と結婚した男に対して妻がどんな感情を抱くものなのか、そこが大村には分からない。

「それこそ要らん心配や。おかあはんは恭子を憎んでたかもしれんけど、おくびにも出さんかった。まして、わしのことをどうこう思うようなことはあるわけない」

室生恭子はまだ六十代の半ばに心不全で亡くなった。室生には四十すぎの長男と次男、三十代半ばの出戻りの長女、四人の孫がいる。息子ふたりは絵描きとはまったく関係のない会社員だ。

「蕉風先生も恭子も、恭子の母親も、みんな死んでしもて、おかあはんの恩讐は消え失せた。いまの悩みは浩一の出世やろ」

蕉風の長男、舟山浩一は邦展会員の彫刻家だ。作品はまったく売れず、齢は六十を越えているはずだが、いまだ評議員にもなっていない。

「舟山翠月と蕉風に連なるサラブレッドやのに、なんで彫刻なんかしたんです」

「若いころは翠劫社で絵を描いてたわ。呆れるほど下手やったな」

舟山浩一は宇治にアトリエを建て、テラコッタ（陶彫）を制作しているという。

坂をのぼりきると、正面に苔むした大谷石の石組み、二十メートルほど左に銅板葺《ぶ》きの冠木門があった。門の左横、石組みの後退したところが車寄せになっている。

車を駐めると、室生はさっさと車外に出た。痩せて小柄だから身が軽い。いつもせかせかと足早に歩く。七十一歳になるまで一度も入院したことがない、というのが室生の自慢だ。

《舟山》——風雅な草書の表札を横に見て、門扉を押し開けた。中は石畳のポーチ。室生のあとに従《つ》いて玄関につづく石段をあがった。

「――けっこうなお座敷ですね」

大村は社交辞令ではなく、淑にいった。いまは美術館になっている舟山翠月の旧宅ほどの広さと豪勢さはないが、落ち着いた数寄屋の佇《たたず》まいに瀟洒な趣がある。竿縁《さおぶち》の天井、格子欄間、櫟《くぬぎ》丸太の床柱、開け放した障子の向こうは割竹を敷きつめた濡縁《ぬれえん》で、露地風にしつらえた庭が簾《すだれ》越しに見える。まさに数寄を凝らした造作だ。

「庭の手入れが大変なんですよ」

淑はほほえんだ。「この夏はいつもの年より暑いのか、苔が茶色になってしもてね。水やりが欠かせんさかい、どこにも出られしませんのや」

「庭師でも雇いはったらどうです」室生がいった。

「いえね、身体が動くうちは自分で世話しよう思て。そのほうがよろしいやろ」

「おかあはんは元気ですよ。まだ十年や二十年は大丈夫や」

「あれ、なんやったかな、卒寿とかいいますんやな。そやし、再来年のお正月まではがんばろうと思てますねん」

「卒寿なんかあきません。白寿を目標にしてもらわんと」

「室生さんはいつも、うまいことといわはる。けど、おおきに」

淑はいって、着物の襟を直した。真っ白の髪を後ろに束ね、薄く化粧をし、畳に端座した姿は背筋がきりっと伸びて一幅の絵になっている。舟山蕉風は若いころの淑をモデルにした人物画を連作して、一躍、画名を高めたという。

「ところで今日は、おかあはんにお願いがあって参りました」

室生は膝をそろえ、居ずまいをただした。「ご存じのこととは思いますけど、この秋の選挙で、ぜひともおかあはんのお力添えをいただきたいと……」

「芸術院会員の選挙ですやろ」

間をおかず、淑はいった。「わたしも蕉風の選挙のときは、一所懸命運動しました。そら、ひとさまにいえんこともあったけど、いまはええ思い出です。わたしで足しになることやったら、遠慮のういうてください」

「ありがとうございます。おかあはんにそういうてもろたら百人力や」

「わたし、ほんまのことというて、一昨年《おととし》の選挙も気にかかってました。室生さんのためにできることはないかと、いても立ってもおられん気持ちやったけど、差し出がましいことしたらあかんと、堪《こら》えてました。わたしは翠劫社から芸術院会員を出したいんです。蕉風の衣鉢を継いで会員になってくれるひとを、わたしはずっと待ってました。室生さんが芸術院賞をもらわはったときから、お手伝いする日がくるのを待ってたんです」

「申しわけございません。おかあはんにそこまでご心配かけてるとはつゆ知らず、相談にも来んかったのは、わしの一世一代の不覚でございます」

芝居がかった科白《せりふ》を吐いて、室生は畳に這いつくばった。大村もあわてて両手を畳につけ、頭をさげる。

「やめてください。男のひとにそんなことされたら困ります」

淑はいったが、室生は動かない。

「室生さん、頭をあげてください。大村さんも、お願いです」

室生はゆっくり、顔をもたげた。

「おかあはんにこんなことをお願いするのは恥ずかしいんやけど、今度の会員選挙は、わしにとって最後の選挙になると肚《はら》をくくってます」

「最後の選挙……」

「わしの対抗馬は三人です。東京の矢崎柳邨、高坂徹雄、京都の稲山健児。今回の会員補充はふたりで、東京は矢崎と高坂、京都は稲山とわしの一騎討ちになるというのが、現在《いま》の情勢です」

室生は淑の膝元に視線をすえて、「わしはもう七十一です。幻羊社の稲山健児は七十三。ここで会員の椅子を逃したら、次の機会はないと覚悟してます」

「京都画壇の現会員は、邦展の宮井紫香と燦紀《さんき》会の堀田笙吾です」

大村は言い添えた。「宮井先生は七十五で、堀田先生は七十二歳。失礼ながら、あと十年は生きはると思います」

「堀田さんが選ばれたんは、一昨年の選挙でしたね」淑はいった。

「芸術院会員十六名のうち、一名は燦紀会の指定席です」

堀田笙吾は燦紀会創立委員の文化勲章画家、堀田笙波のひとり息子だ。堀田笙波の母親は近代最高の閨秀《けいしゅう》画家とされる堀田花芳で、女性で初めて文化勲章を受章した。堀田家三代は京都画壇に並ぶもののない血統を誇り、笙吾は笙波が九十六歳で亡くなった翌年、その空席を世襲するかのように芸術院会員になった。

「一昨年の選挙も補充がふたりで、堀田、稲山、室生に、邦展東京の麻野渓水《けいすい》の四人が候補者に推薦されましたんや」

室生がいった。「正直なとこ、負け戦のような気がしてました。京都画壇が三人に東京画壇が一人やったら、東京は麻野で決まりですわ。京都のほうは、稲山もわしも堀田の血脈にはかないません」

日本芸術院には第一部美術、第二部文芸、第三部音楽・演劇・舞踊、の三部が置かれ、第一部の定員は五十六名以内とされている。第一部には、日本画、洋画、彫塑、工芸、書、建築の六分科があり、室生が第一分科の補充選挙に立候補した場合、日本画の会員の票だけでなく、他の五分科を含む第一部の全員から票を集めなければならない。そのために室生は芸術院賞を受賞した翌年から全国の会員の自宅を訪問し、履歴書と自分の画集を配って歩いている。むろん各分科のボスと目される会員には、菓子折の底に現金や商品券を忍ばせることを忘れてはいない。

「一昨年の選挙のとき、芸術院第一部の会員は何人でした」淑が訊いた。

「四十七名です」大村が答えた。「補充人員は日本画二名、洋画一名、工芸一名。室生先生は二十票を獲得しました」

「稲山さんは何票でした」

「二十一票です。麻野渓水が二十六票、堀田笙吾が二十七票で、すんなり会員になりました」

部会員の過半数の投票を得た候補者は、一次選挙で会員に決定する。

「二十七票から二十票というのは、すごい接戦やったんですね」

「それがもう悔しゅうて」

室生がいった。「なんであと一押しできんかったんやろと、臍《ほぞ》を噛みましたわ」

「室生さんより稲山さんのほうが一票多かったんですね」

「そう、それも気に入らんのです」

「選挙参謀は誰でした」

「淀屋の美術部長の桑島です」

桑島は伊谷の前任の美術部長だ。去年、定年で退職した。

「今年の選挙も、桑島さんに？」

「桑島は切ろうと思てます。あの男は名うての古狐やけど第一線を退きました。もともとがサラリーマンやさかい、職を離れたら力はなくなる。ここいちばんの情報は入ってこんでしょ」

「桑島さんのあとの美術部長はどうなんですか」

「伊谷はあきません。いつどこへ寝返るかも分からん内股膏薬やさかい、こっちの腹の底は見せられません」

「大和《だいわ》の美術部長はどうです」

淀屋と並ぶ大手デパートだ。

「食えませんな。大和はむかしから、翠劫社より幻羊社のほうに近い」

幻羊社は毎年六月、大和の美術画廊で『幻羊展』を開催している。

「でも、選挙参謀がいないと困るでしょ」

「当てはありますねん」

室生は間をおいて、「――夏栖堂《かせいどう》の殿村さんです」

夏栖堂は京都で一、二の老舗画廊だ。八十歳を越えた殿村は画廊の経営を長男に任せ、毎日のように祇園へ出ては茶屋遊びをしている。夏栖堂は明治の初頭から洛中に店をかまえている〝町衆〟であり、祇園祭に鉾《ほこ》を出すほどの家でもある。

「殿村さんならいうことありません。あのひとは絵の世界の生き字引や」

淑はほほえんだ。「けど、よう、うんというてくれはったもんや」

「それがまだ、頼みにいったわけやないんです」

「えっ、そう……」

「夏栖堂は京都中の画塾とつきあいがあります。それが翠劫社のわしに肩入れしたとなったら、ほかの画塾が黙ってへん。稲山んとこの幻羊社とは決裂ですわ」

室生は淑の顔色をうかがうように、「そやさかい、よほどうまい頼み方をせんと、殿村さんを引っ張り出すことはできません」

「その頼み、わたしが殿村さんに？」

淑は察したらしい。

「そう、おかあはんに口添えして欲しいんです」

「そら、殿村さんのことは若いころからよう知ってますけど……」

「おかあはんは蕉風先生の奥さんや。齢も殿村さんより六つ、七つは上やし、おかあはんが口添えしてくれたら、殿村さんは頼みを聞いてくれるはずですわ」

夏栖堂と翠劫社のつながりは戦後すぐ、舟山翠月が翠劫社を興したころからだ。戦地から帰って画商修業をはじめた殿村は、先代に連れられて翠月のもとに出入りしたという。翠月は殿村に翠劫社の若手画家を紹介し、殿村はその作品を扱った。舟山蕉風を筆頭とする若手画家は邦展の有力画家に育ち、夏栖堂も順調に発展した。翠月が亡くなって翠劫社は一時停滞したが、蕉風が芸術院会員になることで盛り返した。蕉風は殿村をかわいがって多くの作品を渡した。殿村は翠月と蕉風に深い恩義を感じている——。

「分かりました。行きます」

淑はうなずいた。「わたしでよかったら口添えします」

「おおきに。このとおりです」

室生は膝をそろえて礼をいい、「善は急げというし、このあと、いっしょに夏栖堂へ行ってくれませんか。下に車を駐めてますねん」

「室生さんらしいわ。手まわしのええこと」

淑は帯留に手をやって、「祇園へ出るの、久しぶりです」

「それともうひとつ、甘えついでというたらなんやけど、お願いがあります」

「なんですやろ」

「今週の土曜日あたりから、会員の挨拶まわりをしたいんです」

「はあ……」

「矢崎と高坂は作法どおり、よめさんと二人三脚で挨拶をしてます。稲山はよめさんがおらんから、美千絵とかいう娘といっしょにまわってます。しかしながら、わしだけがこの大村を連れて挨拶まわりをしてるという体《てい》たらくで、こういう不自然な状態が選挙前までつづくと、室生は真剣に運動をしてへんやないかと、会員の先生方に嫌われるんやないか、それが心配でたまらんのです」

室生はまわりくどい言葉を重ねる。「そこでほんまに勝手な言い分なんやけど、おかあはんとふたりで挨拶まわりができきんもんかなと、それぱっかりを考えてまして……。いや、この暑いのに、おかあはんに歩いてもらうのは、わしも辛いんやけど、このままではどうにも格好がつかん。どうか頼みます。わしといっしょに挨拶まわりをしてもらえませんか」

室生はまた、畳に這いつくばった。大村も平伏する。

「顔をあげてください」

淑はいった。「室生さんが来はったときから、そのことをいわはるんやないかと思てました。わたしも絵描きの妻やし、よう分かってます。おつきあいします。東京でも四国でも九州でも、どこでも連れて行ってください」

「ありがとうございます。このご恩は決して忘れはいたしません」

「室生さん、それをいうのは選挙に勝って、日本芸術院の玉砂利を踏みしめたときです」

「おおきに。ありがとうございます」

室生は畳に額を擦りつけた。

*

オオヤマレンゲの花はほとんどが萎《しお》れていた。いくら標高の高い高雄の山中とはいえ、八月の中旬というのはやはり遅すぎた。

「ごめんね。先週の日曜やったら、もっと花があったと思うけど」ユリが謝る。

「ううん、ユリのせいとちがうやんか。みんな萎れてるわけやないんやから大丈夫や」

群生地は広い。山の東斜面の渓流をはさむように丈の低い木が密生している。ふんわり甘い匂いが漂うのは、オオヤマレンゲがモクレン科の落葉樹だからだ。

「ここ、個人の所有地やねん」

ユリは帽子の紐を結びながら、「春は牡丹、真夏は紫陽花《あじさい》、秋は萩という具合に、季節ごとの花園を造って、一年中、手入れをしてはる。上品な御夫婦。たくさんのひとに見てもらって、写生や撮影をしてもらうのが楽しみなんやて」

「それで、勝手に入ってもいいんやね」

「ほら、あそこにも撮影してるひとがいるやんか」

ユリの視線の先、渓流近くの窪地に赤いつば広帽子が見えた。肩から下は木に隠れて見えないが、じっとカメラをかまえている。

「梨江、あのあたり、花があるんや」

ユリはいう。「そやから写真を撮ってるねん」

「あ、そうか……」

梨江は赤い帽子を目指して歩きだした。ユリもバッグを提げてついてくる。

渓流のそばの窪地には多くのオオヤマレンゲが咲いていた。純白の花弁に緋色の蘂《しべ》、蘂の真ん中が浅葱《あさぎ》色という色のとりあわせは、これぞ日本の花といった清楚な趣がある。どの花から描こうかと目移りした。

「斎木さん？」

赤い帽子の女がこちらを向いた。セルフレームのサングラスをかけている。「やっぱり、斎木さんや」と近づいてきて、サングラスをとった。

「あっ、玲子さん」

「久しぶり。奇遇やね」玲子は帽子のつばをあげた。

「今日は写生ですか」

「うん、そう」

玲子はカメラを上着のポケットに入れた。梨江はあたりを見まわしたが、スケッチブックも筆もない。写生とはいいながら、撮影だけしに来たのかもしれない。

「きれいですね、オオヤマレンゲ」

なんとなく気まずい思いがした。玲子の苗字を思い出そうとしたが、思い出せない。学生のころは二年先輩の彼女を〝玲子さん〟とだけ呼んでいた。

ユリがそばに来た。こんにちは、と玲子に挨拶する。

「ごめん。誰やったっけ。顔はよく知ってるんやけど」

「本宮ユリです。梨江と同期の」

「あ、そうか。本宮さんはバレーボール部とちがった？」

「はい。補欠やったけど」

「そろそろ秋の展覧会やね。斎木さんと本宮さんは燦紀会？」

「そうです」梨江が答えた。「わたしとユリは勝井先生の教室で描いてましたから」

「勝井先生はいまも燦紀会に出してはるの」

「はい。毎年」

「勝井先生、会員やったっけ」

「会友です」

燦紀会会員になるには燦紀賞を三回受賞しなければならない。一回ないし二回の受賞は会友だ。

「燦紀会の会員はいま、何人？」

「確か、四十七人のはずです」

「会友は」

「会員と同じくらいです、たぶん」

「やっぱり少ないんやね、邦展に比べたら」

嫌味なものいいだ。いちいち念を押すようなことではない。邦展と燦紀会のあいだには、戦後まもなく、邦展の旧態と閉鎖性を不快とする第一科の中堅画家十数人が分派独立し、『個に徹してその実を挙げる』ことを宣言して、燦紀会を結成した歴史がある。

「玲子さんは邦展ですよね」

ユリがいった。「大村先生は邦展の会員ですか」

「さあ、どうやろ……」

玲子は言いよどんだ。「出品委嘱とちがうかな」

「それは会員より上ですか」

「下に決まってるでしょ」

「邦展の出品委嘱は燦紀会の会友みたいなもんですね」

「そんなこと、分からへん」

玲子はくるりと背を向けた。「じゃ、またね」

いって、足早に去っていった。

「なんか、感じわるいわ」

ユリはいった。「あのひと、梨江のおじいさんが邦展の稲山健児て、知ってるはずやのにね」

「どっちでもいいやんか。わたしには関係ないんやから」

梨江はいって、「玲子さんのフルネームは」

「山内玲子。写生もせんと写真で済ますやて、絵描きの風上にも置けんわ」

「勝井先生のこと、嫌いみたいやったね」

「あのひとは大村先生についてたもん」

梨江が学生だったころ、京都美術大学日本画科には八人の教師がいた。教授三人のうち二人が燦紀会、一人が邦展。准教授三人は邦展二人と燦紀会一人。常勤講師と助手は邦展と燦紀会だった。教授と准教授の六人が、普通大学でいう〝ゼミ〟をもっていて、その教室ごとに燦紀会系、邦展系といった色分けがなされていた。

「梨江は知ってる？　山内玲子と大村祥三のこと」

「なにか、あったん」

「あったどころやないわ。ふたりはできてるんやで」

「えっ、ほんま？」初めて聞いた。

「一昨年の暮れ、大阪の頌英《しょうえい》短大が美術の専任講師を募集した。頌英短大はお嬢さん学校で給料もいいから、わたしは履歴書を添えて応募した。そう、十人以上の応募があった。年明けに一次審査があって、わたしは三人の候補者の中に残った。二月に最終面接をして採用を決めるというから、それを待った。ところが最終面接の直前になって、審査は中止します、と葉書が来た。わたしは頌英短大に電話して事情を訊いたけど、今年度の採用はなくなりました、とそれだけやった。馬鹿にした話やろ」

ユリは空を仰いで、「わたしは頌英短大を諦めて、伏見のデザインスクールの講師になったんやけど、新学期の各大学の紹介記事を読んで、腰を抜かしかけたわ。頌英短大美術科の新任講師に、山内玲子の名前があったんや」

「それはなに。裏工作？」

「わたし、ツテをたどって頌英の被服科の先生に聞いた。大津芸大准教授の大村祥三が山内玲子を無理やり押し込んだらしい、と」

頌英短大美術科の主任教授は邦展会員で翠劫社の幹事、和賀大示だという。「大村さんが裏でどんなふうに動いたか、眼に見えるようやろ」

「ひどい。そんなデタラメがとおるの」

「無理がとおれば道理は引っ込むんや」

「ユリはなんで、そのことを黙ってたん」

「梨江にいったら、おじいさんにいうでしょ。なんとかしてあげて、と」

ユリは笑った。「梨江はそういう子やから」

ユリは勝気なように見えて繊細だ。傷ついたにちがいない。梨江は山内玲子の赤い帽子を眼で追ったが、もうどこにもいなかった。

「山内さんと大村さんができてるというのは、そのことで？」梨江は訊いた。

「そう、それだけ」ユリはまた笑う。

「証拠、ないやんか」

「大村さんは女癖がわるい。梨江も知ってるでしょ」

それはよく知っている。梨江が学生だったころ、常勤講師の大村祥三は三十代で邦展特選をとった新進気鋭の画家であり、一部の女子学生には絶大な人気があった。無造作に後ろへ流した長髪が甘い風貌を適度にひきしめ、ときおりテニス部のコートに来てラケットを振っている姿はけっこう絵になっていた。いつもイタリアンブランドのスーツを着て、それが気障《きざ》にも見えなかった。黒のアウディで美大に通ってくる大村の実家は、大阪船場の大きな和菓子屋だという話も聞いた。

その大村から着衣のモデルをしてくれないかと頼まれたとき、梨江はあっさり承諾した。大村が妻子持ちで、とかく噂のあることは知っていたが、気にはならなかった。

初めてのモデルの日、梨江は山科にある大村のアトリエに行った。大村はアトリエの片隅に寝椅子を置き、モデル用の服を用意して待っていた。白いシルクのワンピース。着替えると生地が薄くて身体の線が透けて見えた。この服は恥ずかしい、と梨江はいった。モデルは黙ってポーズをとればいい、と大村はいって梨江を寝椅子に座らせた。

大村はイーゼルを立ててスケッチをはじめた。四十分で二ポーズ。描き終えると、大村はカメラと三脚を持ってきた。梨江を横たわらせてシャッターを切る。

それが我慢の限界だった。スケッチならまだいい。モデルが特定できないのだから。

梨江は隣の部屋に駆け込んで服を着替え、逃げるようにアトリエを出た。大村はひきとめもせず、モデル料も払わなかった。

あの一件は誰にも話したことがない。

「去年の秋、わたしは大村さんと山内さんを見た」

ユリはいう。「夜の十一時ごろ、石塀小路の坂道を寄り添って歩いてた。こっちもふたりやったから、知らん顔してたけど」

石塀小路は小料理屋と旅館が多い。坂を降りて東大路通を渡ると、ホテル街に出る。

「どう？　証拠はなくても状況証拠はあるでしょ」

「ふーん、やっぱりつきあってるんや」

大村と玲子だけではない。美術大学には学生や卒業生と師弟を越えた関係をもつ教師が多い。それが普通大学なら問題になるのだろうが、美術大学に限っては鷹揚なものだ。美術教育は本質的にマンツーマンで行うものであり、殊に日本画は画塾などの徒弟制度的な側面を残しているためかもしれない。

「山内さん、ユリが最終審査に残ってたこと、知ってるんかな」

「知ってるわけないわ。さっきのしゃあしゃあとしたセリフ、聞いたでしょ。本宮さんはバレーボール部？　やて」

ユリは頰をふくらませて、「山内玲子は邦展に何べんも入選してる。大村さんが裏で糸ひいてるにちがいないわ」

「恨み骨髄？」

「骨髄とまではいかへんけど、腹立ってる」

「今度どこかで大村さんに会うたとき、横っ面を張ったら」

「梨江って過激」

ユリは画板を胸にあてて、「後ろから煉瓦《れんが》持っていって、ゴツンとやったるわ」

大きな笑い声をあげた。

5

東大路通、祇園会館近くの駐車場に車を駐めた。夏栖堂は四条通の北側にある。バブルのころ、明治からの町家を取り壊して、大理石を張りつめた五階建のビルを新築した。一階と二階は画廊、三階に掛軸を展示し、四階と五階は事務所にしている。

大村は先に立って自動ドアを開け、室生は淑に手を添えて画廊に入った。奥のデスクで

書類を読んでいた木元が立ちあがり、

「これは室生先生、いらっしゃいませ。どうぞ、おかけください。外はお暑いでしょう」

揉み手をせんばかりにいう。室生は淑をソファに座らせて、

「会長、いてはるか」仏頂面でいった。

「すみません。お客さまと食事に出ております」

「いつ帰ってきはるんかな」

「さあ……。会長は予定のないひとですから」

木元は外の通りを見やって、「社長は上におりますが」

「わしは会長に話があるんや。携帯、持ってはるやろ」

「急ぎのご用件ですか」

「急ぎやから祇園まで出てきたんや」

「お待ちください。連絡をとってみます」

木元はデスクの電話をとった。少し待って、

「室生先生がいま、画廊にいらっしゃいます。――はい。――そうですか」

と、こちらに聞こえるように話をして、受話器を耳から離した。「会長はいま、食事中です。あと三十分は帰れないと……」

「わしひとりやない。蕉風先生の奥さんもいっしょやというてくれ」

室生は大声でいった。木元はしばらく話をつづけ、受話器を置いてこちらに来た。

「会長はすぐにもどってまいります」

「すまんかったな。お客さんといっしょやったのに」

自分が呼びつけておきながら、室生はわるびれたふうもなく、「紹介しとこ。このお方が舟山蕉風先生の未亡人や」

「初めてお目にかかります。木元と申します」木元は腰を折った。

「舟山淑です」淑も頭をさげて、「木元さんはお若いんですね」

「先月、三十になりました」

木元は東京日本橋の老舗画廊の次男坊で、四条派の絵を勉強するため、夏栖堂の預りといったかたちで京都に来た。大村は京都日本画選抜展の打ち上げで木元と飲んだことがあるが、要領のいい軽い男という印象しかもてなかった。

「舟山蕉風先生のお話は、会長や社長からよく聞いております。あの茫洋とした空間の広がりと柔らかな色調は舟山先生独特の表現だと思います。先生の謦咳《けいがい》に接することができなかったのが残念でしかたありません」歯の浮くような追従を木元はいった。

「謦咳に接するて、どういう意味や」低く、室生が訊いた。

「尊敬する先生にお目にかかるというような意味ではないでしょうか」

「ほな、謦咳いうのは」

「はい……」

木元は言葉につまった。室生は木元の東京弁が嫌いなのだ。室生は十五のときに鹿児島から出てきて、必死の思いで京都弁を習得したという。

「あんた、一人前の画商になろうと思たら、偉い先生方とつきおうていかなあかんのやで。言葉というもんは、ちゃんと意味を知ってから使うのが礼儀なんや」

「失礼いたしました。気をつけます」難癖をつけられて、木元は謝った。

「謦咳いうのはな、咳払いとか、しわぶきという意味や」

ひねくれた絵描きだ。呆れるくらい細かいことにうるさい。

東京の邦展懇親会や受賞パーティーに出席したとき、室生はやたら忙しい。第一科の常務理事が煙草をくわえれば、ライターの火を差し出して灰皿を持つ。第二科の常務理事がテーブルのそばにいれば、食べ物を皿にとって持っていく。第三科の常務理事が杖をついていれば、椅子を運んでいって座らせる。七十一歳の邦展理事、室生晃人が率先して書生の真似をするのだ。

室生は倦《あ》くことのない滅私奉公で出世してきた。室生の行動規範は格と序列であり、一段でも上昇するためにはあらゆる努力を惜しまない。室生は自分がしてきた忠勤を大村に要求し、大村が少しでも枠をはみ出すと厳しく叱責する。いまの室生と大村の関係が、すなわち二十五年前の蕉風と室生の関係ではなかったかと大村は思う。

「お飲み物はなにがよろしいでしょう」木元が訊いた。

「おかあはんは冷たいグリーンティーにしましょうな」

室生は淑にいい、「わしと大村はアイスコーヒーや」

「承知しました」

木元は奥の部屋に消えた。


殿村が帰ってきた。生成りの麻のスーツにパナマ帽、濃いグレーのシャツにオフホワイトの蝶ネクタイ。とても八十すぎには見えない洒落《しゃれ》た旦那ぶりだ。

「これはこれは、室生先生と淑先生、大村先生もいてはりますな」

殿村はソファに腰をおろし、パナマ帽をとってテーブルに置いた。「長いことお待たせしたみたいで、えらいすんまへん。先に電話をもろたら、外へ出んと待ってましたのに」

こめかみの汗をハンカチで拭く。髪も眉も髭も白い。

「電話では話せん相談やさかい、おかあはん連れて押しかけましたんや」室生がいう。

「なんです、相談て」

「いや、ちょっと、選挙のことでね」

「それ、ひょっとしたら、芸術院の」

「ま、そういうことです」

「やっぱりね……」

殿村はソファにもたれかかり、上着の内ポケットから銀色の筒を取り出した。キャップを外して中から葉巻を抜く。「で、ぼくに相談いうのは」

「会長にお願いしたいんですわ」室生は声をひそめる。

「なにを……」

「選挙参謀です」

「室生先生、そらあきまへん」

殿村は大げさに手を振った。「ぼくには立場がある。分かってはりますやろ」

「それは分かってます。分かってるからこそ、こうしてお願いにあがってますんや」

「そんな、殺生や。この京都で商売できんようになりますがな」

「会長に動いてくれとはいいません。作戦だけ、授けて欲しいんです」

「作戦もなにも、ぼくは隠居でっせ。むかしのことはさっぱり忘れてしもた。八十二のこの齢で、ややこしいことにかかわりとうはない。堪忍してくださいな」

「会長だけが頼りです。会員選挙まであと三カ月、やるだけのことはやってきたつもりやけど、まだもうひとつ票が読めん。このままやと一昨年の選挙の二の舞になるんやないかと、夜も寝られん始末ですねん」

「ぼくはもう花道から降りた馬の脚ですわ。檜舞台に立ってはる先生に読めん票が、どないしたら馬の脚に読めますんや」

殿村は葉巻の吸い口をシガーカッターで切る。

「殿村さん、お願いです」

黙ってやりとりを聞いていた淑がいった。「室生の頼みをきいてやってください。室生が会員になられへんかったら、わたしは蕉風に顔向けができません。どうかこの年寄りを安心させてから、冥土の旅に出してください。このとおりです」

淑は両手を膝に揃え、深々と低頭した。

「ほら来た。これや」

殿村は天井を仰ぎ、室生のほうに向き直って、「いままで一言の相談もなかったのに、いきなり爆弾を持ってきて破裂させるんやさかい、先生も一筋縄ではいかん。蕉風先生の奥さんにここまでいわれて、ぼくがどないできますねん」

「ほな、助けてくれますんやな」室生は上体を乗り出す。

「いいや。助けたりはしまへん」

「なんですて……」

「ぼくはこう見えても義理堅い爺でね、夏栖堂がいまあるのは翠月先生と蕉風先生のおかげやと、いつも神棚に手を合わせてますねん。ここでおふたりの先生に受けた恩を返しとかんと、ぼくも冥土の旅に出られまへんのや」

殿村は葉巻をくわえ、テーブルのライターをとって吸いつけた。

「おおきに。すんまへん」

淑がいった。室生と大村も礼をした。

「いうときますけど、ぼくはあくまでも黒衣《くろこ》でっせ。電話の一本、手紙の一枚も書きまへんさかいに」

「いや、それで充分です」と、室生。「大船に乗った気分ですわ」

「ところで、今年の補充はふたりですな」

殿村の口ぶりが一変した。もう肚を決めたという顔で葉巻のけむりを吐く。「候補者は補充人員の倍数。……邦展の稲山健児、室生晃人、矢崎柳邨、新展の高坂徹雄。この四人の戦争になるわけや」

やはり知っているのだ。殿村が夏栖堂の社長をしていた昭和五十年代と六十年代、この男は〝京都画壇の代理人〟と称されていた。芸術院会員選挙に際して邦展京都の三つの画塾――翠劫社、幻羊社、北柊社《ほくとう》――から順にひとりずつ候補者が出るよう談合、調整をし、その候補者に票を集中させて芸術院に送り込んだ。

殿村の御輿担ぎが功を奏し、五十年代の終わりには芸術院第一分科十六名のうち五名を京都の画家が占めるに至ったが、やがてバブルが崩壊。関西の経済力の低下もあって、京都画壇の会員ポストは東京画壇にとられていった。殿村は夏栖堂の経営を長男に譲って代理人を引退し、京都画壇の芸術院会員は三名に減ってしまった。

「ぼくの見るとこ、東京は矢崎と高坂、京都は稲山先生と室生先生の勝負ですな」

「そう、わしもそう読んでます」

「矢崎と高坂はどっちが勝つやろ。去年死んだ東京の会員は邦展やったさかい、順当に行ったら矢崎になるんやろけど、あの先生は絵が売れへん。片や高坂は新展の売れっ子やさかい、資金力は高坂の勝ち。票が割れそうですな」

「矢崎は去年、建築の会員にまで金を包んで、突っ返されたそうですわ」

「どうせ十万、二十万の端金《はしたがね》ですやろ」

殿村は平然として、「十万なら突っ返しても、百万なら受けとるのが人間というもんですがな。なんぼ棺桶に片足突っ込んでたかて、金は邪魔になりまへんわな」

さすがに海千山千だ。京都画壇の代理人は伊達《だて》ではなかった。

「稲山とわしは、どっちが先を走ってると思います」室生は訊く。

「おふたりとも邦展で、初入選から会員、評議員、理事まで、出世と受賞歴は似たりよったり。代表をしてはる翠劫社と幻羊社の人数も四十人弱で、ほとんど同じ。描きはる絵も風景が主で、巧さも甲乙つけがたい。……ちがうのは画風だけですな。ぼくがもし芸術院の会員やったら、どっちに票を入れるか迷いますわ」

殿村はそういったが、ひとつ勘違いをしている。稲山健児は幻羊社の代表だが、室生晃人は翠劫社の代表ではない。翠劫社には室生より年長の先輩が六人いて、今年九十歳になった浜村草櫓《そうろ》が代表を務めている。浜村は邦展評議員まで行ったが理事にはなれず、八十歳の定年後は邦展参与の肩書を得た。室生はなにかと代表風を吹かす浜村を嫌い、浜村は若くから舟山蕉風にとりいって出世した室生を嫌っている。浜村を担ぐ十数人の古参グループと室生を頭目とする二十数人のグループは反目しあって、派閥争いの絶えることがない。室生は確かに人望がないが、これから出世しようという若手は尻尾《しっぽ》を振って近寄っていく。室生は翠劫社でただひとり、芸術院賞を受賞した邦展理事なのだ。

「室生先生が芸術院賞をもらいはったん、いつでしたかな」殿村は訊く。

「平成八年ですわ。六十四のときでした」

「稲山先生はその前の年でしたな」

「そう、稲山は平成七年です」

芸術院賞の受賞者は春、三月末に発表される。

「先生はいつから挨拶まわりをしてはります」

「平成八年の秋から、欠かさずにまわってます」

「年に何回です」

「季節ごとです。春は桜のころ、夏は盆すぎ、秋は会員選挙の前、冬は一月に新年の挨拶を兼ねてね」

芸術院第一分科の会員宅は年に四回、第二分科から第六分科の会員宅は春と秋の二回、まわっていると室生はいった。

「誰と行ってはります」

「わしは女房がいてへんさかい、ひとりですわ。四年前からは、この大村を連れてまわってますけどな」

「男のふたり連れというのも色気なしですな」殿村は苦笑する。

「これから先は、おかあはんがいっしょにまわってくれますねん」

「そら、けっこうや。蕉風先生の未亡人がいっしょやったらいうことない。夫婦でまわるより値打ちがあるかもしれまへん」

「おかあはん、ご苦労かけます」

室生は淑にいった。淑は黙ってほほえむ。

そこへ奥のドアが開いて、着物姿の女性が入ってきた。殿村幸恵――。夏栖堂の社長夫人で、殿村にとっては長男の嫁にあたる。

幸恵は室生と淑、大村に丁寧に礼をした。紫地に白の小花を散らした絽の着物、帯は銀地に朱の柘榴《ざくろ》と、華やいだ色のとりあわせだ。いずれ名のある染色家の作だろう。

「奥様、久方ぶりでございます」

幸恵は淑にいった。「ちょうどこれから、英徳寺会館で上七軒《かみしちけん》の芸者衆の踊りの会があるんですけど、ごいっしょにいかがですか。踊りは一時間ほどで終わりますから、あとは嵐山へ行って、お食事をしましょう」

「そらええわ」殿村がいった。「奥さん、つきおうてやってください。気晴らしや」

殿村にいわれて、淑は腰をあげた。幸恵が腕をとり、外へ出ていった。

「さ、これで込み入った話ができますな」

殿村は脚を組んだ。「奥さんがいてはったら、ぼくも遠慮がある」

幸恵が淑を連れ出したのは殿村の指示だったのだ。

「すんませんな。気をつこうてもろて」室生がいう。

「ぼくはええかっこしいやさかい、奥さんの前では善人でいたいんですわ」

殿村は葉巻をくゆらせて、「今年の選挙スケジュール、教えてくださいな」

「大村、会長にスケジュールを説明してくれ」

室生がいった。大村は手帳を開いて、

「五月末の芸術院春季会員総会で欠員会員の選考日程と補充数が決まりました。第一部美術の五名のうち、第一分科日本画は二名です」

九月二十四日、会員候補者の推薦開始（十月二十四日まで）。――候補者は自ら立候補するのではなく、会員からの推薦を受けて候補者になるという形式を踏む。

十一月八日、秋季会員総会を開催。被推薦者の中から補充人員の倍数（四名）を会員候補者として選考。候補者選考後、各部会で投票。——候補者は通例、芸術院賞受賞者とされているため、矢崎、高坂、稲山、室生の四名がこれに該当する。

十一月十九日、選考部会を開催。会員候補者についての各部会投票を開票。新会員を内定する。——部会員の過半数の投票を得た会員候補者が部会の欠員数を越えるときは、得票数の多いものから選考する。また、得票数が同数のものがあるときは、年齢の高いものから選考する。

「室生先生を候補者に推薦する会員は誰です」

「東京の藤原先生にお願いしてます」

藤原は一昨年の補充選挙のときも候補者推薦書を出してくれた。

「藤原静城《せいじょう》は村橋青雅《せいが》の閥でしたな」

「住吉派の系統で、師匠筋が同じです」

「藤原先生はよしとして、村橋先生の推薦もとれまへんか」

「それは会長、無理ですわ」

室生がいった。「村橋先生は寝たきりで、筆もよう持たんほど弱ってはる。誰がなにを頼みに行っても、見分けもつかんそうです」

「絵も描けんのに、推薦書は書けまへんわな」殿村は笑う。

「弓場先生と元沢先生も、もうひとつ旗幟《きし》がはっきりせんのです」

村橋青雅、弓場光明、元沢英世は文化勲章の受章者だ。これに次ぐ大物が文化功労者の藤原静城で、ここ四、五年のうちに文化勲章を受章するだろう。

「室生先生は高い買物したんですやろ。大阪淀屋の元沢英世企画展。十五号と十号を買いはったそうやないですか」

「地獄耳ですな、会長は」室生は首の後ろに手をあてる。

「元沢先生の絵、ぼくが引き取りまひょか。二点で一千万」

冗談とも本気ともつかぬように殿村はいう。

「会長、堪忍してくださいな。あれは二千八百万で買うたんや」

「えらい散財やな。先生はなんぼほど貯めてますねん」

「貯めるもなにも、破産寸前ですわ。淀屋の払いも半年先にしてもらいましたんや」

「室生先生、ここははっきりいうときますわ」

殿村は真顔になった。「世の中、なんぼ不景気やいうても、会員選挙の相場はさがってまへん。去年の選挙では、洋画の佐藤惟之が二億円という金をばらまきましたんやで」

その噂は大村も耳にしている。佐藤惟之は去年の三月に芸術院賞を受賞し、十一月に芸術院会員になるという前代未聞の快挙を遂げた。

「そやし、先生には最低でも一億は遣うつもりでかかってもらわんと、ぼくは参謀として責任もてまへん」

「いや、それはよう分かってますねん」

室生の膝が小刻みに震えている。「こんなことはいいとうないんやけど、芸術院賞をもらうときに、家一軒分ほどの金を遣うてしもたんです。この上、一億を都合するとなったら、いま住んでる家を抵当に入れなあきませんわ」

室生の繰り言を、大村は信じていない。この男は一億どころか三億、いや五億の金を貯め込んでいる。バブルのころは売り絵を量産して年に七、八千万円も稼ぎながら、数百万円の税金しか納めていない。室生は酒好きだが高い店には行かず、絵描き仲間と飲むこともない。タクシーには滅多に乗らず、写生旅行は翠劫社の若手に車を出させる。東京へはひかりのエコノミーチケットで行き、上野近辺のビジネスホテルに宿泊する。室生は蕉風の娘と結婚し、出世の階段を昇りはじめたそのときから、営々と金を貯めてきたのだ。

「家の一軒や二軒、入れたらよろしいがな、抵当に」

こともなげに殿村はいった。「金がないのは首がないのといっしょや。首なしの絵描きに一票入れるような会員は、ひとりもいてまへんで」

「分かりました。金のことで会長に面倒はかけません」室生はうなずいた。

「翠月先生が生きてはったころは、こんなおかしな風潮はなかった。今度の会員は誰それや、と鶴の一声で決まりましたがな」

殿村は嘆息する。「電話一本で人事を動かせるのがほんまの力なんやけど、いまはそういう大親分がいてまへん。なんでもかでも金で動く情けない時代になってしまいましたわ」

「新展の倉橋稔彦はどうです。あれは大ボスとちがいますか」大村は訊いた。

新展理事長で東京美大学長だ。日本の美術教育アカデミズムと絵画公募団体の頂点に君臨している。

「そうや、新展を忘れてた。倉橋先生は確かに別格や。絵描きというより政治家ですな」

倉橋稔彦は東京美大を卒業後、講師、助教授、教授と早いペースで昇進し、五十代半ばで美術学部長、その数年後に学長になった。新展でも受賞を重ねて同人となり、五十すぎで早くも総理大臣賞を受賞した。

倉橋は民政党の元首相、坂下功を後ろ楯にしてのしあがった。倉橋の絵は新展同人の中でも飛び抜けて高く、それが坂下の政治資金浄化にうってつけだった。倉橋の絵は献金代わりに企業から政治家や官僚に渡り、そこに政治画商がからんで億単位の現金に換わった。坂下は総理を二年務めたが、筆頭秘書の収賄や広域暴力団会長との交際が発覚、政治不信の責任をとって内閣を退陣。その後は最大派閥の領袖として隠然たる力を保持した。坂下と倉橋の関係は坂下が亡くなるまでつづき、倉橋は〝芸術院賞〟〝芸術院会員〟というふたつのステップを飛び越えて、六十代で文化功労者、文化勲章を受章した。

「倉橋はなんで芸術院会員にならんのです」

いまの十四名の会員の中には新展系の画家が四人いる。倉橋にその意志があったら、いつでも会員になれたはずだ。

「出世が早すぎたんやろね。文化勲章をもろてから芸術院会員というのは、順序が逆や。それに、倉橋が会員に立候補したら、現会員に頭さげんならん。新展の理事長が邦展の常務理事に頭さげるてなこと、死んでもできまへんやろ」

殿村は笑って、「倉橋の力の源泉は絵の人気だけやない。倉橋は東京美大の息がかかってる全国の美大の教授ポストを一手に握ってる。倉橋の機嫌を損ねたら美大の飯は食えんというのが、もっぱらの評判ですわ」

「このごろ、邦展は新展に押されっぱなしです。展覧会の入場者数も迫ってきました」

邦展は日本画だけでなく、洋画、彫塑、工芸、書の五部門がある。中でも書は、習っている先生の作品を拝観しにくる弟子が圧倒的に多い。邦展がもし日本画だけの展覧会なら、入場者数はまちがいなく新展のほうが多いだろう。「新展の客は倉橋稔彦という大スターの絵を観に行くんです」

「邦展にもむかしはスターがいてましたな。橋本渓鳳《けいほう》、前橋猩山《しょうざん》、村橋青雅。大勢の客が〝三橋《さんきょう》〟の絵を観るために上野の美術館や岡崎の美術館詣でをしたもんや」

そう、大村が初入選したころ、邦展には〝三橋〟がいた。〝三橋〟の人気はすさまじく、その三点だけで絵はがきの売上の半分を占めたという。〝三橋〟に新展の倉橋稔彦と燦紀会の橋川大澄《だいちょう》を加えて〝五橋〟と称したころもあった。いま、橋本、前橋、橋川はいない。

「補充選挙の票読みやけど、新展の会員四人はまず、高坂徹雄の名前を書きますわな」

室生がいった。「今年は二名連記やさかい、高坂のほかにもうひとり名前を書かんといかん。そこへまさか、矢崎柳郎とは書きませんやろ」

「それは先生のいわはるとおりや。同じ東京の対抗馬に塩送るわけにはいかん。新展の四人は、高坂の隣に室生晃人か稲山健児の名前を書きますわな」

「わし、新展の連中に頭さげるのはけったくそわるいけど、狙い目やと思てますねん」

「向井朋子、諸田靖則、江藤正比呂、青井蕗の四人ですな」

殿村は指を折って、「住まいはどこです」

「大村、住所や」

室生はこちらを向く。大村はまた手帳を繰った。

「向井が杉並、諸田が世田谷、江藤が横浜、青井が鎌倉です」

新展系に関西在住の芸術院会員はいない――。

「今週末、おかあはんと東京方面をまわります」室生がいう。

「新展の四人、いままでに土産は」殿村は訊く。

「文殊軒の羊羹か、銀平の鰻茶漬けです」

「箱の底には」

「商品券です。いつも五万ずつ入れてました」

「今度は一本にしまひょ」

「十万ですか」

「百万ですがな」

「え……」一瞬、室生の唇がふるえた。

「ただし、諸田だけは五百ですな」

「それは、どういうわけで」

「これは表沙汰になってへんけど、去年、新展の事務職員が八千万ほど横領して、懲戒解雇されましたんや。その職員を新展に就職させた身元保証人が諸田靖則で、諸田は八千万のうち五千万を弁済した。いまはかなり金に困ってるはずですわ」

「ほう、五千万もね」室生は感心する。

「諸田と青井は東野恒斎《こうさい》の兄弟弟子やさかい、諸田を手なずけたら青井の票もついてくる。向井朋子は滋賀の出身で、文化功労者の選考のとき、地元選出の正木義雄が強力な裏工作をした。そやし、正木の事務所にも一本持っていったら、向井の一票は固いですやろな」

　正木義雄は民政党の文教族で、文部政務次官の経歴があると殿村はいう。

「新展の系列だけで九百万ですか……」

「いいや、九百万ではききまへん。大親分の倉橋に一千万、上納するんです」

倉橋はしかし、現金は受けとらないだろう、と殿村はつづける。「うちの木元の実家の画廊が倉橋の絵を扱うてるさかい、それを先生が買うようにしまひょか」

「倉橋の絵は号五百万やないですか」

「そやし、二号ほどの絵を買いますねん」

「新展だけで千九百万が飛びますな」呻《うめ》くように室生はいった。

「室生先生、一億円を撒かんとあかんのでっせ」

殿村はじっと室生を見る。「投票まで二月半。もうピストルや機関銃はあきまへん。大砲を撃つんです」

「ほな、洋画や彫塑の会員にも……」

「最低で百万。票をまとめられるボスには五百万でもよろしい」

「六千万、いや、七千万か……」

室生の視線が揺れた。日本芸術院第一部の会員四十六名に百万から五百万を配るのだ。

「いまの芸術院会員も自分の選挙のときには億という金を遣うてますねん。会員になったからには投資した金を取りもどすんや、と広言する会員もいてます。とりあえず、この夏のあいだに七千万。選挙が迫ったら三千万。誰になんぼ渡すかは、じっくり相談しまひょ」

「一昨年の選挙で、わしは二十票をとりました。あれから三人死んでしもたけど、十七票の固定票が……」

「そんなもん、当てにできますかいな」

殿村の表情は厳しい。「公明党や共産党やあるまいし、固定票や基礎票があると思たら大まちがいです。そら百万という金は大金かもしれんけど、芸術院会員には大した金やない。日本画や洋画はまだしも、書の世界は邦展に入選するまでに一千万の金がかかるというやないですか。ちびったらあきまへん。家も土地も抵当に入れなはれ。絵描きは筆一本あったら食えるんや。この戦争になにもかも賭けてこそ、日本芸術院会員室生晃人の名が後世に残るんでっせ」

「…………」室生はただうなずく。

「そこで、室生先生と稲山先生の戦争や」

殿村の声が低くなった。「翠劫社も幻羊社もルーツをたどったら同じとこに行き着くさかい、骨がらみの争いになる。蕉風先生と蘇泉《そせん》先生は終世のライバルでしたもんな」

翠劫社を主宰した舟山翠月と幻羊社を主宰した稲山暉羊《きよう》は、四条派の重鎮、河添隻亭《せきてい》の兄弟弟子だった。翠月には子がなかったため甥の蕉風が翠劫社を継ぎ、幻羊社は暉羊の一番弟子、野嶋蘇泉がこれを継いだ。稲山暉羊には息子がふたりいたが、どちらも画業を嫌い、長男は建築家、次男は国鉄技師になった。稲山健児は建築家の息子だ。

舟山蕉風は芸術院会員で生涯を終えたが、野嶋蘇泉は文化功労者まで行った。蘇泉は暉羊の孫にあたる健児を内弟子にして指導し、健児はそれに応えて順調に育っていった。鹿児島から出てきて苦労した室生は、ある種の帝王教育を受けた稲山健児を毛嫌いし、ふたりが邦展の審査員をしたようなときは徹底して反対意見を浴びせかける。

大村の見るところ、稲山健児と室生晃人の絵は温かみがちがう。稲山の絵はほのぼのとして明るく、観る者を包み込むような滋味がある。室生の絵は冷たく凜《りん》と冴えわたり、描いた対象に錐《きり》で切り込むような鋭さがある。稲山の柔らかな色づかい、室生の隙のない構成、どちらの絵がいいかは好みの問題でしかなく、だから余計に票の行方が読めないのだ。

「翠月先生と暉羊先生がいてはったころは、会員選挙がもめることはなかった。今回は幻羊社の蘇泉、次回は翠劫社の蕉風、その次は北柊社の誰それ、という具合に暗黙の了解があった。翠月先生や暉羊先生が表だって動くわけにはいかんさかい、ぼくみたいな画商がお手伝いしたんやけど……。そういう意味では、最近の会員選挙は票が開くまで結果が分かりまへんな」

「会長、わしはなんとしても勝ちたいんです」室生は拳をにぎりしめる。

「室生先生は、北柊社の宮井先生とは」

「あんまり、ようないです。わしは宮井が嫌いやし、宮井もわしを嫌うてるはずや」

「宮井先生と稲山先生は」

「わるうはないですな。宮井は若いころ、幻羊社の鵜飼にかわいがられてたさかい」

鵜飼瑞仙《ずいせん》は野嶋蘇泉の右腕だった。蘇泉が死んで幻羊社を継ぐはずが、蘇泉を追うようにして二年後に亡くなった。鵜飼の死後、幻羊社は稲山がまとめている。

京都の画塾はヤクザやで――室生がよくいう。翠劫社の初代組長が舟山翠月なら、代貸は蕉風。蕉風が二代目組長になったときは室生を代貸に指名したかったのだが、先代の子分が結束してこれに反対し、浜村草櫓を代貸に押し立てた。草櫓は蕉風の死後、三代目を継いだが、代貸格の室生が一派を立て、いまは組長を圧倒する力をもっている。

幻羊社の鵜飼が北柊社の宮井をかわいがったというのは、宮井の絵を見込んで幻羊社にスカウトしようとしたのかもしれないし、宮井が将来の京都画壇を背負って立つ人材だとみて、宮井を育てようとしたのかもしれない。宮井紫香が北柊社の代表となり、芸術院会員にまで昇りつめたいま、鵜飼の眼に狂いはなかったといえるだろう。

「今年の選挙は二名連記や。宮井先生が稲山先生の名前を書くのはしかたないとして、室生先生の名前も書いてもらうようにせんとあきまへんな」

「けど、わしは宮井にゴマするのは……」

「ゴマでも大豆でもすったらよろしい。同じ京都の絵描きですがな」

「分かりました。宮井に頭さげます」室生はうなずいた。

「つかぬことを訊きますけど、先生は勃ちますか」殿村はにやりとした。

「はぁ……」

「おなごはんと布団に入ったとき、役に立ちますかと訊いてますねん」

「いや、もうあきませんな」

しみったれの室生に愛人はいない。勃起しても用がないのだ。

「芸術院会員になってみなはれ、インポは治るし、白い髪は黒うなるといいますわ」

「わし、なります。会長に助けてもろて、会員になってみせます」

室生はソファに浅く座りなおした。「会長にはどうお礼をしたらよろしいか」

「そんなことは先生のナニが勃ってから考えまひょ」

殿村は首を振り、「一億円もの金を遣わせて、はい残念でしたでは、殿村惣市の面目が立ちまへんさかいな」

室生と大村の顔を見て、そういった。

6

ユリを西京極のアパートに送りとどけ、洛西ニュータウンに入ったところで雨が降りだした。ついさっきまで西日が射していたのに、視界が急に暗くなる。ヘッドライトを点け、ワイパーのスイッチを入れた。朝、写生に出かける前に確かめた天気予報は、降水確率ゼタだったのに。

　ダッシュボードのポケットにクリーニングのレシートがあったのでショッピングセンターに寄り、誠一郎のワイシャツを受けとって家に帰った。カーポートに智司のアルトが駐まっている。

　スケッチ用具を抱えてダイニングに入ると、智司は新聞を広げ、鮨をつまみながらビールを飲んでいた。テレビはサッカー中継をしている。

「ただいま」

　いったが、智司は返事をしない。梨江はテレビのスイッチを切った。

「なにするんや」

　智司が顔をあげた。「ひとが機嫌よう見てるのに」

「テレビか、新聞か、お鮨か、ビールか、どれかひとつにしなさい」

「あほくさ。子供にものいうてるみたいやな」

　智司は新聞を置いて、「姉ちゃんの分もあるんやで」

　テーブルにはもうひとつ、ラップのかかった鮨桶があった。回転寿司のテイクアウトではなさそうだ。

「どうしたん、これ」

「出前をとったんや。おやじ、麻雀してるから」

そういえば、廊下の奥からジャラジャラと自動卓の音が微《かす》かに聞こえる。日曜日に誠一郎が麻雀をしているのは、美千絵が外に出ているからだ。

「たまには、あんたも参加したら」

「おやじの麻雀、なんぼやと思う。千点五十円やで。いまどき学生でも、そんな安い麻雀はせえへんわ」智司は鼻で笑う。

「いいやない。おとうさんのたったひとつの遊びなんやから」

梨江はダイニングボードからグラスを出して椅子に座った。智司がビールを注ぐ。ひと息に飲みほした。

「おいしい」

泡をなめた。智司はまた注いでくれる。

「おかあさん、おじいちゃんといっしょやろ」

「さっき電話があった。今日は遅うなるって」

芸術院会員の挨拶まわりだ。健児と美千絵は個人タクシーをチャーターして、京都、奈良、大阪をまわっている。それを通称〝邦展タクシー〟と呼び、ドライバーは会員の住所が頭に入っていて、いちいち説明しなくても効率よく目的の邸に連れていってくれるのだという。邦展タクシーは東京都内と鎌倉にもあるというから、会員候補者の挨拶まわりがいかに頻繁に行われているかが分かる。

「おじいちゃんもおふくろもようやるな。七十三と五十の親子が朝から晩まで駆けずりまわって、お暑うございますね、ご機嫌いかがですか、今後ともよろしくお願いしますと、土産を配り歩くんやで。芸術院の会員て、そんなに値打ちがあるんか」

「そら、値打ちがあると思うから、一所懸命やってるんや」

「なんでそんな執念燃やすんや。姉ちゃんは絵描きやから分かるやろ」

「わたしはまだ駆け出しやから分かってないかもしれんけど、絵描きは不安なんやと思う。自分の描いてる絵がほんまにおもしろいのか、ほんまにいいものなんか、邦展や新展や燦紀会に応募して確かめようとする。何回も入選して、賞をもらって、会員や同人になっても、まだ上を目指そうとする。若いころはただ純粋に絵が好きで描いてたのに、いつのまにか出世とお金のために絵を描いてる。……やっぱり不安なんや。自分の絵が飽きられたり、売れへんようになるのが、なにより怖いんや」

日本画家は画商から仕事を頼まれ、描いた絵を渡して画料をもらう。画家は本質的に座って客を待つ水商売であり、画商から注文がなければ収入がない。画家が注文を維持し、画料をあげるためには、確固たるステイタスを認められている公募団体に所属し、その中で自分の位置を高めていくのが、最も無難で効率のいい方法だといえる。そういう閉鎖的な出世のシステムを嫌って団体を飛び出したり、はじめから無所属で活動する画家も少なくはないが、無所属のままで一生安泰というのは難しい。無所属の画家が大臣賞や芸術院賞といった大きな賞で顕彰される例はなく、それは一般のコレクターにとって〝出世がない〟〝絵の評価額があがらない〟〝先の見込みがない〟ということだから、その画家を支える資金力のない画商は徐々に離れていく。画商に見放された画家は絵を売り込む能力もノウハウもないため美術マーケットから退場するほかなく、結果的に、邦展、新展、燦紀会といった公募団体に所属するほんの一部の日本画家だけが表舞台に残って、芸術院会員、文化功労者、文化勲章という頂点を極めることになる。

「絵描きはみんな一国一城の主なんやけど、公募団体に応募して、力のあるゴッドファーザーについて、そのゴッドファーザーの気に入る絵を描いて成りあがっていく仕組みになってるねん」

だから師匠と弟子の絵は似てしまう。公募展の会場に行って同じような傾向の絵を何点も見るのは、それが理由だ。

鮨桶のラップをとって、ヒラメをつまんだ。醬油をつけてほおばる。

「まるで民政党の議員やな。どこの派閥に入って、どのボスにつくかで一生が決まる」

智司は立って冷蔵庫からビールを出す。「おじいちゃんは幻羊派という派閥の大将で、大臣ポストを狙うてるんや」

うまい譬《たと》えだ。派閥のボスに上昇志向がなかったら、その派閥は潰れる。

「日本社会の縮図やで。政党も絵の団体も企業も、みんないっしょや」

智司は伏見の新日本印刷に勤めている。京都学芸大の美術科を卒業し、新日本印刷のデザイン室でパッケージデザインをしている。本人は〝ＡＤ〟と称しているから、聞いたひとはアートディレクターかと思うが、実はアシスタントディレクターだ。ほとんど毎日残業し、土日はたまにデートして朝帰りもする。つきあっている子がいるらしい。

「けど、一日中挨拶まわりして、おじいちゃんは芸術院の会員になれるんか」

智司はビールの栓を抜き、梨江のグラスに注ぐ。「一昨年の選挙で落ちたのに」

「落ちたから、今年は必死になってるんやんか」

「おれ、おじいちゃんが会員になったらうれしいな」

「なによ、それ」

「芸術院新会員、稲山健児。写真つきで新聞に載るやろ。おれは孫や」

「呆れた。ものすごい単純」

「おれ、おじいちゃんの絵をぎょうさん持ってる。ひと財産になるわ」

「あれは素描。本画とちがう」

「素描でも下絵でもかまへん。おじいちゃんの落款を捺して売るんや」

「いまのセリフ、おかあさんにいうてみ」

「そらあかん。首絞められるわ」

そこへ、壁の電話が鳴った。内線のコール音だ。梨江は立って電話をとった。

――はい、もしもし。
――梨江か。わるいけど、湯を持ってきてくれるか。
誠一郎は麻雀をしながら、焼酎のお湯割りを飲んでいるのだろう。
――薬罐《やかん》でいいんやね。
――ああ、ポットはこっちにある。ついでに梅干しも欲しいな。
――分かった。麻雀は勝ってる？
――この声で分からんか。ひとり負けや。
――おかあさん、遅くなるって。
――知ってる。そやから出前をとったんや。梨江の分もあるやろ。
――いま食べてる。美味しいわ。
――よっしゃ、これから挽回や。
電話が切れた。誠一郎は麻雀が弱い。レートが低いのは、いつも負けるからだ。
梨江は薬罐に水を入れてコンロにかけた。梅干しを壺から出して小皿に盛る。
「姉ちゃんはずっと絵を描きつづけるんか」智司が訊いた。
「そら、そのつもりやけど……」
「女の絵描きは一生、独身とちがうんかいな」
「ま、独身が多いよね」

梨江の京都美大のクラスメートで結婚したのは三人だけだ。日本画科三十人のうち、女性が二十一人。……確率では七人のうち六人が未婚ということになる。燦紀会に出品している先輩の女流画家も圧倒的に独身が多い。

「姉ちゃんが行かず後家になったら、おれ困るな」

「なんで困るのよ」

「おれ、結婚しても子供いらんねん。斎木の血筋が絶えてしまうやろ」

「あんた、えらい古風やね。そんなこと気にしてるの」

「おふくろがいうんや。早よう結婚して孫の顔を見せてくれと」

「わたしは別にシングル志向やないで」

「五十嵐さんとは結婚せえへんのかいな」

「あんたには関係ないでしょ」

五十嵐とは学生のころからつきあっている。彼は陶芸科の同期生だ。

五十嵐は広島の出身で美大のそばに下宿していたから、梨江はときどき泊まりに行った。美千絵には徹夜で制作するといってあった。いちおう避妊はしていたが、妊娠したときは結婚するつもりだった。彼もそれを望んでいたし、ふたりともまだ若かった。

五十嵐は四年で卒業し、梨江は大学院に進んだ。彼は陶芸科の仲間ふたりと京北町《けいほくちょう》に工房を借り、窯を築いて作陶をつづけた。五十嵐には定収入がなく、地元の運送店のバイトをして作陶の費用を捻出していた。

そうして去年の秋、五十嵐は岡山の備前焼の窯元で修業をつづけるといい、京北町から備前市へ越して行った。彼はいつもことを決めてから梨江に報告する。

梨江は四回、備前へ行った。五十嵐はそのたびに結婚しようというが、京都を離れて日本画を描きつづけることはできない。彼は陶芸家、梨江は日本画家、おたがいの夢を実現させるためには障害が大きすぎる。五十嵐慶雄は今年春の日本陶芸展に備前焼の水指《みずさし》を出品し、準グランプリを受賞した——。

「姉ちゃんはなんで邦展に出さへんのや。おじいちゃんの眼の黒いうちに、邦展の会員になったらええのに」

「邦展はね、抽象的な日本画が少ないねん」

「具象を描かんかいな。それが日本画なんやから」

「あんた、今日はよう喋るね」

テーブルにはビールの空瓶が四本もある。

「おれ、分からんのや。邦展と新展と燦紀会のちがいが」

「邦展はエスタブリッシュメント。新展はオポジション、燦紀会はアンチ・エスタブリッシュメントやね」

「なんや、それ。余計に分からんわ」

「あんた、大学で美術史を習うたんとちがうの」

「おれはデザイン専攻や。絵描きの団体の歴史なんか知らへん」

「邦展の前身は明治時代に国が創設した官展なんや。対抗した在野の団体が新展で、邦展から独立して結成されたんが燦紀会――」

いうだけ無駄だと思ったが、説明した。

明治末、文部省は美術奨励のための博覧会（文部省美術展覧会＝文展）を開催した。『文展』は審査委員の選考をめぐる対立や派閥争いがつづき、数年後には多くの有力画家が文展を離れて『新興日本美術院』を開設した。文展は大正の半ばに改組されて『帝展』となり、内部対立を抱えながら推移したが、日本は太平洋戦争に突入。終戦後に帝展は『東邦美術展覧会』（邦展）と改められた――。

「このときまで邦展は国が組織した団体やったけど、GHQに指導を受けた。戦時中に戦意昂揚の絵を量産したから。それで邦展は『邦展運営会』を組織して、日本芸術院と共催で展覧会を開催することにした。つまり、半官半民になったというわけ」

「へーえ、そろそろ三十の女流画家の解説とは思えんな。むちゃくちゃ詳しいわ」

「誰が三十よ」

「ええから、つづけて」

「昭和三十三年に邦展運営会は解散して『社団法人邦展』になったんやけど、もともとが官展やったから、いまだに特権意識が抜けてへん。芸術院会員のほとんどが邦展というのも、旧官展の名残やね」

「新展はずっと在野できたわけやな」

「歴史はそうやけど、いまはちがう。新展の画家もすさまじい運動して芸術院会員になるもん。在野精神なんか、とっくのむかしに消え失せたんや」

「燦紀会は新展より在野やろ」

「邦展の体質に嫌気がさした画家が独立して結成した団体やからね。……でも、いまはひとり、芸術院会員がいるし、芸術院賞を欲しがるひともいる」

「ややこしい運動せんでも、ええ絵を描いてたら会員にしてくれるんとちがうんか」

「それは絶対ない。芸術院会員は棚から落ちてくるぼた餅とちがう。わたしは会員に立候補しますと手を挙げて、生命《いのち》を削るような運動をせんと、絶対になられへん」

「ほな、文化功労者や文化勲章も立候補せなあかんのか」

「そこはちょっとちがうと思う」

梨江はビールを飲みほした。「芸術院会員は権力で、文化勲章は権威なんや」

「どういうことや」

「ひとは権力に頭さげるけど、権威にはさげへんということ。……権力を欲しがれば欲しがるほど、権力に頭をさげなあかんねん」

「びっくりしたな。姉ちゃん、いつからそんな賢そうなことをいうようになったんや」

「わたし、おじいちゃんとおかあさんの運動を責めてるわけやないねん。芸術院会員はおじいちゃんの夢やもん。でも、なんかやっぱり、嫌な感じがする」

「おじいちゃんの生きがいて、絵を描くことだけやろ。泥水に足を突っ込むようなひとやないのにな」

「おじいちゃんは幻羊社の頭領やんか。初代の稲山暉羊は文化勲章、二代目の野嶋蘇泉は文化功労者ときて、三代目が芸術院会員にもなられへんかったら、幻羊社という画塾はどうなる？　そんな危機感もあると思うねん」

「おじさんはあかんのか。稲山の血をひいてるのに」

美千絵の弟の稲山克彦だ。京都美大で野嶋蘇泉の教えを受け、蘇泉の死後は健児に師事している。去年、やっと一回目の審査員をして邦展会員になった。梨江の見るところ、克彦の絵は巧いが生命感や覇気に乏しい。どこか純粋培養のひ弱さが感じられるのだ。いくら血筋がいいとはいえ、実力のないものが画塾の代表を継ぐことはできない。

「はっきりいって、おじいちゃんはおじさんに期待してへんと思う」

「おれ、絵描きにならんでよかったわ」

「あんた、中学生のときに金魚描いて、立派な鯛やね、と美術の先生にいわれたよね」

「放っといてくれるか。金魚を鯛みたいに描くのが才能なんやで」

智司はいって、新聞に眼をやる。

湯が沸いた。梨江は薬罐と梅干しを持ってダイニングを出た。

ノックをして麻雀部屋のドアを開けた。煙草のけむりが白くたちこめている。どうも、お邪魔してます――。三人の麻雀仲間がいった。

「いつもお相手していただいて、ありがとうございます」

「おれがお相手してるんや。いつも小遣い吐き出して」誠一郎が笑う。

梨江は脇テーブルに梅干しの小皿を置き、ポットの蓋を開けて薬罐の湯を注いだ。誠一郎の手牌を見ると七対子《チートイツ》を聴牌《テンパイ》している。リーチッ――。誠一郎は捨て牌を横にした。

梨江は薬罐と空いた鮨桶を持ってダイニングにもどった。

「すごく煙い。冷房効きすぎ。ようあんな部屋にいるわ」

「団塊の世代のオヤジは不健康に群れるのが好きなんや」智司はいう。

「おとうさん、七対子の二索《リャンソウ》単騎でリーチするんやもん。アガれるわけないわ」

梨江も打ち方は知っている。子供のころは家族で麻雀をした。

「おれ、こないだ、四暗刻《スーアンコウ》単騎待ちをアガったで。十巡目に」

智司は会社の同僚と打つのだろう。

「あんた、毎日残業してるのとちがうの」

「おれはな、麻雀も競馬も酒も女も、みんな強いんや」

「ふーん、けっこうなこと」

梨江は座って、テレビのスイッチを入れた。

＊

殿村はハイヤーを呼ばせた。大村が祇園会館近くの駐車場に車を駐めているといったが、料亭へ行って酒を飲まないわけにはいかない。ほどなくして画廊の前に停まったのは黒塗りのキャデラックだった。

祇園から二十分、嵐山の料亭『笹卯』に乗りつけた。笹卯は祇園町南側の料亭『笹熊』と縁続きで、笹卯の女将は笹熊の先代の妾だったと聞いたことがある。京都の老舗料亭は花街とのつながりが深い。

会長はん、お越しやす。暑うおしたやろ――。今日は邦展の室生先生と大村先生をお連れしましたんや――。おおきに。遠いところへようこそ来とぉくれやした。どうぞ、こちらどす――。

若女将の案内で二階の座敷にあがった。室生を上座に座らせ、大村と殿村は下座に座る。

「英徳寺会館の踊りの会が終わったら、淑先生を幸恵がここへ連れてきますわ」

「ああ、そういうことでしたか」室生はうなずく。

「床の間の軸、見てくださいな」

殿村は指さした。室生は振り返って、

「わしの絵ですがな。気がつかんかった」

「その軸はうちが納めましたんや。ここの女将が室生先生のファンでね」

室生の軸をかけておくよう、木元に電話をさせておいたのだ。赤い花弁に白い斑《ふ》の入った上品な侘助《わびすけ》だが、夏の日盛りに早春の花というのはおかしい。室生はしかし、上機嫌で、

「この侘助は翠月美術館の庭に植わってますんや。もう七、八年前かな、蕾《つぼみ》のときに伐って、きれいに咲いたのを描きましたんや」

「葉っぱの墨のたらし込み、滲み具合がよろしいな」

室生は若いころから絵が巧い。筆先のちょっとした遊びに独特のセンスがある。展覧会に出す大作はすべて風景だが、花や静物を描いた小品にも出来のいいものが多い。これで人望さえあれば、一昨年の選挙で会員になっていたかもしれないのに。

殿村が室生を知ったのは、舟山蕉風が大原慈光寺の障壁画を描きはじめたころだった。室生は蕉風の下働きをしていた。痩せて貧相な風貌はネズミを連想させた。暗い巣穴の奥から外を窺い、近づいてくる人物が自分にとって敵になるのか味方になるのか、じっと見定めているふうがあった。室生は口が重く、たまに話すと薩摩訛《なまり》が出た。

それがしかし、蕉風の妾腹の娘と結婚して特選をとると、人が変わったように能弁になり、描く絵にも力がみなぎってきた。蕉風の前でこそ首をすくめているが、翠劫社の若手

が集まったりしたときは滔々《とうとう》と絵画論を述べ、反論する相手は徹底的に罵倒した。室生は同世代の絵描きには嫌われたが、蕉風クラスの大物には受けがよく、賞や審査員の回数を重ねて順調に出世していった。室生は芸術院会員舟山蕉風が亡くなる前年に邦展内閣総理大臣賞を受賞し、芸術院賞から芸術院会員につながる階段を昇りはじめたのだ。

「わし、女将に会うて挨拶したいな」室生はいう。

「女将はぼくより齢上の婆さんや。隠居して上賀茂に引っ込んでますわ」

「そら惜しい。わしの絵が好きやったら、もっと見てもらうのにね」

「先生の絵は高いさかい、そう何枚も女将はよう買わんでしょ」

室生の絵は売れる。小品なら号五十万だ。この不況の時世に号五十万もとれる絵描きは京都に十人といない。

室生が芸術院賞をとったとき、三千万円を遣ったという噂を殿村は耳にした。室生はさっき、家を抵当に入れるとかいっていたが、あれは嘘だ。室生の家は今熊野の智積院裏の阿弥陀ヶ峯にあるが、敷地は百坪に足らず、家も終戦後に建てられた五十坪ほどの安普請だ。あんな古家を、それも広い画室のある間取りのわるい家を抵当に入れたところで、銀行は二千万も融資しない。

室生の吝嗇《けち》は、京都の画商はみんな知っている。室生は数億円の金を貯めこんでいるはずだ。一億円を遣え、と室生にはいったが、いざとなったら二億を遣わせてもいい。芸術院会員になるためなら、室生は清水の舞台からでも飛び降りる。ドブに這いつくばって土下座でもするだろう。

「ここ、すばらしい料亭ですね」

大村がいった。障子のあいだから渡月橋のほうを見やって、「日曜の嵐山とは思われへん。この閑《しず》けさはまるで別世界です」

「静かなんは、客が少ないからですわ。車寄せも空いてましたやろ」

殿村は応えた。「ひとむかし前は、半月前に予約をせんと座敷にあがれんかった。廊下ですれちがう客は、金無垢のロレックスはめた不動産屋と坊主だけでしたな」

「坊主というのは、これですか」大村は指で頰を切った。

「そんな怖い連中やない。ほんまの寺の坊主ですわ」

「なるほど。京都の坊主は金持ってますもんね」

「税金払わんやつが、いちばん強いですわな」

いったあとで、笑ってしまった。画家も画商もまともな税金は払わないのだ。画家は画料をもらっても領収証を書かず、画商は客に絵を売っても正規の領収証は出さない。バブルのころは風呂敷に包めるような小さな絵を一枚、右から左に動かすだけで数千万円の売上があった。画商は売れっ子の画家に群がり、料亭、クラブ、ゴルフと派手な接待をした。いくら金を遣おうと、絵を一枚もらえば社員ひとりの一年分の給料を払えるくらいの利益があがった。夏栖堂でヘリコプターをチャーターし、客と画家を乗せて岐阜のゴルフ場まで飛んだこともある。

あのころはほんとうに異常だった。土地と株と絵画はバブルの象徴だった。邦展のナンバーワン、橋本渓鳳の評価額は号千二百万円まであがり、新作は画商が持ち帰る途中で売れ先が決まった。十号の絵に六千万円の画料を払っても、十万円程度の額をつけるだけで一億二千万円に化けるのだ。東京のある画商は橋本の邸に一年間通いつめ、八号の絵をもらった途端、あまりのうれしさに失禁したという笑えない話も聞いた。

東京ほど華々しくはないが、京都の業界もバブルに踊った。夏栖堂の不良在庫だった明治大正期の物故作家の軸物はどれも数倍に値があがり、投資目当ての素人客が日に何十人と画廊に現れた。昨日まで埃《ほこり》をかぶっていたゴミが今日は数十万に売れるのだから、笑いがとまらない。八六年ごろから八八年にかけて、夏栖堂の軸物はほとんどが捌《は》けた。殿村は銀行の勧めで、それまでの町家をビルに建て替えることにし、四億円の融資を受けて着工した。実際は二億円も借りれば建築費用をまかなえたのだが、税務調査に入られるのが怖かった。

五階建のビルは八九年に竣工したが、九〇年の春から景気が翳《かげ》りはじめ、半年後には売上が半減、九一年になると売上は五分の一に激減した。殿村は在庫を処分して経営規模を縮小し、夏栖堂の経営を長男の博に譲った。

「淀屋の元沢英世企画展のとき、元沢先生夫妻が『笹熊』に行きはったそうですな」

「会長はそんなことまで知ってはりますんか」室生は卓に肘をつく。

「ご招待申しあげたんは稲山先生。大阪までハイヤーを差しまわしたというさかい、気がきいてますな」

「さすがに、京都の代理人や」

「ついでにもうひとついいまひょか。稲山先生の選挙参謀は大和の美術部長の吉永です」

「吉永……。まさか、あいつが……」室生はためいきを洩《も》らす。

「大和の美術部長ともなると、どの画塾ともうまいこと距離をとってやっていかなあかん。吉永は絶対、表には出まへん。けど、あれは外回りのころから蘇泉先生や瑞仙先生にかわいがられてた。まだ五十すぎで美術部長まで成りあがったんは、幻羊社との仲があったればこそですわ」

「しかし、吉永が稲山に肩入れして、なんの利益がありますねん。稲山の絵を一手に扱うてるわけでもないのに」

「稲山先生と吉永のあいだにどういう話があったんか、分からしまへん。……とにかく、吉永はいま、稲山先生の参謀です」

殿村に稲山から電話があったのは三月だった。補充選挙の参謀を務めてくれないか、と稲山はいい、殿村は断った。そんな依頼を電話でする無神経さが気に障った。夏栖堂はもちろん幻羊社の絵を扱っているが、売上は翠劫社のほうが大きい。稲山に断りをいいながら、いずれ室生からも依頼がくるのでは、という予感があったが、まさか舟山淑を連れてくるとは思わなかった。室生は苦労しただけに、稲山より目端が利く。

「大和の美術部も夏栖堂も同じ画商仲間ですわ。誰が誰の意を受けてどんなふうに動いてるか、画廊でぼうっと葉巻吸うてても耳に入ってきますんや」

稲山は殿村に断られたあと、吉永に参謀を要請したのだ。

「わし、大和には小品しか渡してへんし、吉永のことはあんまり知りませんねん。どんな人物です」室生は訊く。

「ぼくがいうのもなんやけど、あの男は切れまっせ。清濁併せ呑んでうまいこと立ちまわる。性根はきついけど表面が柔らかいさかい、要らん敵はつくらへん。気難しい年寄りの懐にもすっと飛び込める。デパートのサラリーマンなんかさせとくのはもったいない」

大手デパートの美術部員はバブルの崩壊以後、その大半が解雇されるか、部を異動させられた。部員はそれぞれ得意客をもっているため、いつまでも同じ部署にいると、バブルのころに納めた絵を買いもどしてくれと客に要求される。顧客の意識は〝返品〟だから、買った値段と同じ値段で引き取れという。それでデパートの美術部はバブルのころの部員を部外に放り出した。吉永が入社以来、美術部一筋でやってきて、なおかつ部長に昇進したのは、いかに優れた営業成績をあげてきたかという証左でもある。

「この選挙はほんまにおもしろいことになりそうです」

殿村は座椅子に寄りかかった。「室生先生と稲山先生、翠劫社と幻羊社、夏栖堂と大和の美術部。戦争というやつは、どんなに汚い手を使うても勝たなあきまへん」

「勝たせてください。このわしに」

室生は頭をさげた。大村も低頭する。殿村は黙ってうなずいた。

7

箔の上に緑の色鉛筆で線描きをした。膠《にかわ》と水を行平《ゆきひら》鍋に入れ、電気コンロに載せた平鍋で湯煎にする。膠が溶けたのを見計らって白緑《びゃくろく》を絵具皿にとり、塊を指先でつぶしながら混ぜる。絵具を筆にとって、葉と茎の下塗りをする。

下塗りが乾くのを待って松葉緑青を葉の表に塗り、まだ濡れているあいだに焼緑青を落としていく。松葉緑青の緑に焼緑青の深い緑が滲んで広がる。垂らし込みの技法だ。

葉の裏側は裏葉緑青を塗っていく。茎と蔓《つる》は鶸色《ひわいろ》。四、五枚の葉をまとめて描いていくが、なにしろ面積が広い。百五十号の絵の半分以上が葉っぱだから、ここ三日間は緑色の絵具ばかり塗っている。

垂らし込みが乾けば仕上がりを確かめ、草緑《そうろく》や群青《ぐんじょう》をのせて調子を整える。ときにはパネルを壁に立て、アトリエの端まで離れて全体のバランスを見る。昼の自然光と夜の人工照明ではかなり色がちがうから、そこもうまく塩梅《あんばい》しないといけない。絵具の色は自然光のほうが映《は》える。

絵は瀬戸内の島で写生した廃屋だ。真っ青な空、苔むした瓦、朽ちた壁、夏草の緑、そこから遠近感をとり去って平面化し、ノウゼンカズラの強烈な緋をあしらおうと考えている。

屋根にかかる蔓を仕上げて壁の時計を見あげると、六時をすぎていた。いつのまにか窓の外は白んでいる。スズメの鳴き声が聞こえた。今日は短大に行く日だから、三、四時間は寝ておかないといけない。

梨江は筆をおき、コンロのスイッチを切った。大きく伸びをする。

アトリエを出て玄関へ行き、つっかけを履いて外に出た。朝刊をとってダイニングにもどる。食パンをトースターに入れ、コーヒー豆を挽いてフィルターにセットした。ポットの湯を薬罐に注いで火にかける。沸騰した湯でコーヒーを淹《い》れ、トーストを食べながら新聞を広げる。

《近畿の完全失業率アップ　前月比〇・一パーセント》見出しが眼にとまった。中高年の失業は横ばいだが、若年層の失業が深刻化している。大学や短大、職業専門学校を卒業しても就職できず、企業の求人数が回復する兆しはない――。

そう、梨江が大学院を出るときも就職口はなかった。普通大学の四回生にさえ求人が少ないのに、美術大学の院生にあるはずはない。学生課で見た女子学生への求人票は販売や流通、サービス業といったものばかりで、美術やデザインを生かす職種はなかった。

梨江は勝井教授の推薦で宝ヶ池の桜花造形短大の非常勤講師になり、今期は週二回、四コマの授業をしているが、児童画教室と合わせても月収は十五万円に足りない。それで絵具や紙やパネルを買い、公募展に絵を出品するときは額も用意する。絵はいままでに一枚も売れず、画料が入ることもないから、金銭的な余裕はまったくない。

わたしら、一生、パラサイトシングルかもしれんね——。ユリや優子と笑ったことがある。世間はパラサイトシングルを揶揄《やゆ》するが、梨江の若さで独立独歩という絵描きはひとりもいない。

そう、絵を描くにはアトリエがいるから、狭いアパートやマンションには住めない。百五十号のパネルはたたみ二畳ほどの大きさで、紙や絵具代も十万円ではきかない。もし結婚して家を出ればアトリエなんか望めないし、よほど理解のある夫でないかぎり、妻が絵を描くことには反対する。そんな状況が分かっているから、女性の絵描きの多くは否応なくパラサイトシングルをつづけるのだ。

梨江はでも、後悔したことはない。ものごころついたころからずっと絵が好きで、いまも絵を描くことがおもしろくてしかたない。写生も素描も下絵も、なにを描いても楽しくて、時間の経《た》つのを忘れてしまう。

ユリと優子もそうだ。ユリは対象の〝気配〟を描きたいといい、優子は〝本質〟を表現したいという。ずいぶん抽象的な言葉だが、梨江には分かるような気がする。なにかしら心を衝《つ》き動かされる核のようなものが胸の奥深くにあって、それを眼に見えるものに転化しようとしているのではないか……。梨江はいま、その転化の過程がたまらなくおもしろい。

「梨江、起きてたん」

ふいに声をかけられ、振り向くとパジャマ姿の美千絵がいた。

「徹夜してしもた」

「身体にわるいよ。無理したらあかん」

「コーヒー、飲む？」

「もらうわ」美千絵はマグカップにコーヒーを注ぎ、椅子に座った。

「おかあさん、いつ帰ってきたん。昨日」

梨江はオオヤマレンゲの写生から帰ってシャワーを浴びたあと二時間ほど眠り、それからはアトリエにこもりきりだった。絵を描いているときは驚くほど早く時間が経《ゆ》つ。

「夜の十一時ごろかな。おじいちゃんを家に送っていって、そうめんを茹でて食べたから」

「で、どうやった。挨拶まわり」嫌味に聞こえないように軽く訊いた。

「予定どおり行ったよ」美千絵はコーヒーを飲む。

お金を渡したの？　訊きたかったが口には出さなかった。

「芸術院会員て、どんな感じ。偉そうにしてるの」

「本人に会ったのは、書の米田先生と日本画の宮井先生。あとは奥さんが出てきた」

「書の先生て、弟子がたくさんいるんやろ」

「米田先生は五百人くらいいるんとちがうかな」

「五百人……。すごいな」

「書は一般のひとに売れへんから。作品を買うのはお弟子さんだけでしょ」

しかし、その収入が半端ではないと美千絵はいう。「米田先生の枚方のお邸は、それはもう豪勢で、どんな大企業の社長さんが住んでるかと思う。敷地はおじいちゃんとこより狭いけど、建物は大きなビル。地下のガレージから三階までエレベーターが通ってるんやて。玄関だけでもうちのリビングと同じくらいの広さがあった。書の先生はそんなふうに見栄を張らんと、お弟子さんが集まらへんらしいけどね」

美千絵は書家が嫌いなのだ。あんな読めもしない字をありがたがるのはおかしい、といつもいう。美千絵は子供のころ、書道教室に五年も通って、三段の免状を持っている。

「それで、その豪邸の主はどんなひと」

「小肥りのキューピーみたいなひと。齢は八十六か八十七。腰が低うて愛想がいいけど、眼はぎらぎらしてる」

「宮井紫香はどんなひと」

「貫禄がある。いかにも日本画家らしい。宮井先生は若いころからおじいちゃんと仲がいいし、あがってお茶でも、といわれたけど、おじいちゃんは遠慮した。いまは立場がちがうもん」

宮井紫香は芸術院会員で稲山健児は会員候補者だ。確かに、立場はちがう。

「芸術院会員の奥さんはどんな感じ」

「みんな上品やね。表面は」

「表と裏がある、いうこと？」

「絵描きの出世はよめ次第。むかしからそう。妻が夫に代わって社交をするからこそ、夫は賞をとれるし、審査員になって肩書もあがっていく」

美千絵はマグカップを両手で包み込むようにして、「おばあちゃんが生きてたら、おじいちゃんはとっくに芸術院会員になってる。……わたしはおばあちゃんの代わりをすると決めたから」

「それって、親孝行？」

「ちがう？」

「ううん。親孝行やと思う」

「よかった……」

美千絵は窓の外に眼をやった。「あら、雨が降りだしたわ」

「わたし、おとうさんを駅まで送っていく」

「ほな、起こしてきて。おとうさん」

「うん」梨江は立ちあがった。

＊

月曜の朝、宮井紫香の自宅に電話をした。

――宮井でございます。

――翠劫社の大村と申します。先生はご在宅でしょうか。

――お待ちください。

嗄《しわが》れた声は紫香の妻だろう。すぐに電話が切り替わった。

――宮井です。

――おはようございます。翠劫社の大村と申します。勝手ながら電話をいたしました失礼をお許しください。

――翠劫社の大村？　室生くんのあれかいな。

——あ、はい……。

あれ、の意味を推し量った。提灯《ちょうちん》持ち、腰巾着、茶坊主、そんな言葉が頭に浮かぶ。大村は室生の挨拶まわりのお供で、何度か宮井の邸に行ったことがある。

——で、用件は。

——折入って先生にお願いしたいことがございまして、本日、お宅へ参上させていただくことはできないでしょうか。

——それはなんや、室生くんが来るんかいな。

——いえ、わたくしひとりでございます。室生先生はまた改めてご挨拶に伺います。

——分かった。来たらええ。

——先生のご都合のよろしい時間は。

——午前中や。昼からは絵を描く。

——それでは、十一時にお伺いしてよろしいでしょうか。

——かまわんけど、長い話はできへんで。

——承知いたしました。では十一時にまいります。

受話器を置いた。アトリエを出てキッチンへ行く。妙子は洗い物をしていた。

「出かける。服を出してくれ」

「雨、降ってるよ」妙子はタオルで手を拭く。

「天気は関係ない。今日は塾の会合や」宮井の邸に行くとはいわない。

「ほな、背広やね」

「グレーのダブルや。クロゼットの右端にかかってる。ワイシャツは白」

「ネクタイは」

「エルメス。紺地の織り柄があるやろ」

舌打ちした。妙子はネクタイひとつ選べない。「十一時までに行かなあかんのや。早ようしてくれ」

洗面所へ行って髪を梳《す》いた。髭を剃る。歯ブラシで舌苔をとり、コップに嗽薬《うがい》を落として口をゆすいだ。


左京区一乗寺下り松《さが》。小説では宮本武蔵が吉岡一門と果たし合いをしたところだという。その下り松から二百メートルほど北へ行った燈籠本町に宮井の邸はある。築地塀《ついじべい》に見越しの松、軒の深い平屋の南側は池と築山《つきやま》のある見事な庭だ。敷地は三百坪近いだろう。

大村は座敷に通された。宮井の妻は室生の挨拶まわりのたびに商品券をもらっているから愛想がいい。大村は座布団を勧められたが遠慮した。畳に正座して宮井を待つ。贅沢な座敷だ。広さ十六畳、壁は聚楽《じゅらく》、天井は鶉杢《うずらもく》の杉、欄間は桑の一枚板、床の間には朽ちた青銅の仏頭を飾っている。舟山蕉風邸の座敷も数寄を凝らしているが、ここは数寄に豪奢を加えている。

バブルのころ、宮井紫香の絵は号三百万円で飛ぶように売れた。大村は五年前の芸術院会員選挙で宮井がパトロンの新和電機会長とスポンサーの碧穂《へきすい》画廊から資金援助を受け、一億円以上の金を撒いたという怪文書を読んだことがある。新和電機は月刊広報誌の表紙や販促用ポスターに宮井の絵を使い、碧穂画廊は宮井の絵を一手に扱っている。

去年の選挙で洋画の佐藤惟之が二億円を遣ったというのも、これとよく似ている。佐藤の金主《きんしゅ》は政治画商として名高い銀座のアテナ画廊で、佐藤が芸術院会員になれば投資した以上の利益があがると踏んだのだ。当然、アテナ画廊は佐藤に資金援助するにあたって専属契約を結んでいる。佐藤はまだ六十歳と若いから、八十歳まで生きるとして、あと二十年は絵を描ける。アテナ画廊にすれば金の卵を生む鶏を飼っているようなものだろう。

室生が夏栖堂の殿村に参謀を依頼したのは、うまくすれば資金援助も得られるのではないかと、一石二鳥を期待したからだ。殿村はしかし、そんなことはおくびにも出さなかった。〝金がないのは首がないのといっしょや〟と室生にいい、室生は〝金のことで会長に面倒はかけません〟と言質《げんち》をとられた。七十一歳と先の短い室生晃人にはパトロンもスポンサーもなく、営々と貯めてきた自分の金を遣って補充選挙を戦うしかない。

宮井が座敷に入ってきた。藍染めの作務衣《さむえ》を着ている。

「お忙しいところ、いきなり押しかけまして申しわけございません」

両手を畳につけて挨拶した。宮井は床の間を背にして座るなり、

「翠劫社のあんたが、北柊社のわしになんの用なんや」

「お願いがふたつございます」

大村は顔をあげた。「先生は京滋放送主催の『京滋《けいじ》アートカルチャー』をご存じでしょうか」

「ああ、知ってる。あのカルチャーは室生くんが顧問をしてるんやな」

「今年の七月から九月の日本画の受講生は八十人です。授業は月に四回、二十人ずつのクラスに分けて、ふたりの講師が教えております」

「誰や、講師は」

「堀江礼二と薬師和義です」

「堀江は委嘱やったな。薬師はなんや」

「まだ会友です」薬師は特選を一回しかとっていない。

「京滋のカルチャーはいつからや」

「十年前に開設されました。初代の講師は和賀大示です」

邦展会員の和賀は翠劫社幹事で、いまは頌英短大美術科の主任教授だ。

「しかし、カルチャーがどないしたというんや。翠劫社がどうのこうのという話やったら、和賀か室生くんが来るのが、筋とちがうんか」

「申しわけございません。室生先生は今日、塾の合評会に出ておりまして」

「ほな、君は室生くんの名代というわけか」

「滅相もない。わたしはただのメッセンジャーです」

「室生くんは忙しいんやな。わしは室生くんの顔を見たかったで」

嫌味たらしくいって、宮井は腕を組む。この男は邦展京都にたったひとりしかいない常務理事で芸術院会員なのだ。宮井は五年前に会員になり、以来、京都日本画会館で開催される北柊展には日本画、洋画、彫刻、書、工芸などの芸術院賞受賞者から〝展覧会お祝い〟の付け届けが来るようになった。付け届けの総額は百万円を越えるときもあり、北柊社の連中はその金で打ち上げをするという。

今年の春、大村は東京のホテルで開催された『邦春展』の懇親パーティーに出席したが、宮井たち芸術院会員のまわりには何重もの人垣ができていた。会員が一言ものをいえば追従の笑い声があがり、会員が一歩あるきはじめれば前に道ができる。誰もが左右にさがって頭をさげ、それを睥睨《へいげい》しながら会員は歩を進める。芸術院会員の権勢はすさまじい。室生でなくとも、いつかはあんなふうに威勢を張りたいと、会場にいるすべての画家が羨望の眼差しを向けるのだ。

「──で、なんや、頼みというのは」横柄な口調で宮井は訊く。

「実は、宮井先生に京滋アートカルチャーの日本画顧問をしていただけないかというお願いでございます」

「わしが顧問……」

「もちろん、先生に実技を教授していただくような大それたことは考えておりません。芸術院会員宮井紫香という大きなお名前を拝借して、京滋カルチャーの格を高めたいと思っております」

「いまの顧問は室生くんやないか」

「いちおう、そういう形にはなっておりますが、ぜひとも宮井先生にご参加いただくようにと、いいつかってまいりました」

大村は手を膝にそろえて、「こんなことを申しては失礼ですが、宮井先生には顧問料として毎月二十万円をお支払いしたいと、室生が申しております」

カルチャーの受講料は一回あたり四千円だ。受講生が八十人で月に四回だから、百二十八万円。その四〇パーセントが顧問と講師の取り分になっている。

「室生くんは顧問をわしに譲るつもりなんか」

「さっきも申しましたように、カルチャーの格を高めるためでございます」

室生のいままでの顧問料は月に十万円だった。それをいきなり倍額にするといったから、堀江と薬師は抵抗した。和賀がふたりを怒鳴りつけて、無理やり承諾させたのだ。

「要するに、京滋のカルチャーはわしの名前で商売するというわけやな」

宮井は背筋を伸ばし、大村をじっと睨《ね》めつける。

断られるのか——。大村は緊張した。ただ名前を貸すだけで月に二十万が入ってくる話を、宮井は蹴るのだろうか。

「分かった。室生くんの顔を立てよ」

宮井はうなずいた。「わしは顧問になる」

「ありがとうございます。お宅に参上した甲斐がありました」

大村は頭をさげて、「それと、もうひとつお願いがございます」

「まだ、あるんかいな」宮井は作務衣の筒袖をたくしあげて腕の時計を見る。

「これは和賀大示から、北柊社の永嶋さんを頌英短大美術科の非常勤講師に推薦していただけないかというお願いです」

「永嶋を……」宮井はいぶかる。

「実は、一昨年の暮れに頌英短大美術科が専任講師を募集しまして、年明けに新任が決まったのですが、その応募者の中に永嶋さんの名がございました。それで、九月の後期から永嶋さんに来ていただけないかと……。半年間は非常勤ですが、来春からは常勤という条件でお願いしたいと、和賀は申しております」

永嶋智美は大村より五歳ほど齢下だが邦展委嘱だ。宮井が審査員のときに二回、特選をもらった。永嶋は未婚だが高校生の息子がいて、その父親は宮井だろうというのが、殿村の話だった。宮井のスポンサーの碧穂画廊が永嶋に養育費を渡しているらしい、と殿村はいい、宮井に恩を売るのは永嶋を利用するのが得策だと示唆《しさ》した。

「いま頌英におる講師はどないするんや」

「永嶋さんに来ていただけるのなら、辞めさせます。学生の評判がよくないようなので」

頌英短大の常勤講師に山内玲子を押し込んだのは大村だが、室生の命令とあればやむをえない。室生と和賀には玲子との関係を知られている。

「頌英短大は大阪やろ」

「藤井寺球場のそばです」

「永嶋の家は日ノ岡や。藤井寺まで通えるかな」

「通えると思われたから、応募されたのではないでしょうか」

「それもそうやな」

宮井は初めて小さく笑った。「永嶋に伝えとこ。本人に異存がなかったら、わしが和賀くんに推薦する」

「ありがとうございます。これで室生先生に報告ができます」

大村は平伏した。玲子もまさか、こんなことで職を失うとは知りもしないだろう。

＊

室生から電話がかかった。宮井紫香が餌に食いついたという。宮井は室生に一票入れるだろう。でないと、月二十万の小遣いと愛人の就職が御破算になる。

――宮井はそれでよし。次は書の会員ですな。

殿村はいった。

――明日、おかあはんといっしょに挨拶まわりですわ。

大村に車を出させて関西の芸術院会員宅をまわるという。奈良の洋画家、森一世。枚方の書家、米田洳雲。醍醐の日本画家、堀田筀吾。北野白梅町の書家、北原崋遠――。

――よろしいか。書家ふたりは一本ずつでっせ。あれはお茶やお花の家元みたいなもんやさかい、金をもらうことはなんとも思てまへん。……そう、商品券なんかあきまへん。帯封つきの現金です。封筒に名刺と札束を入れなはれ。カステラの木箱やったら、札束も収まりますやろ。

いいながら笑ってしまった。二十年ほど前に亡くなった東京の書家だ。その書家の妻というのが強欲で、挨拶まわりの土産に商品券や現金が入っていなかったら、受けとらずに突き返したという。ある関西の彫刻家がカステラだけの土産を渡したとき、書家の妻は箱を奥へ持っていき、玄関にもどってきたときはカステラが短冊に切り刻まれていた。書家の妻は箱の底に封筒がないので、カステラの中に隠していると思ったらしい。彫刻家は三回目の選挙で会員になり、そこではじめて〝カステラ事件〟を打ち明けた。

舟山翠月への〝豆腐詣で〟というのもある。翠月の晩年、京都邦展の選考会打ち上げで、北柊社の芸術院賞受賞者、渡辺槐樹《えんじゅ》――宮井紫香の師――に、南禅寺『河善』の豆腐が好物だ、と話したところ、翌日から槐樹の妻が河善の豆腐を翠月の邸へ持参するようになった。〝豆腐詣で〟は翌年の選挙の日まで一年間、毎日休むことなくつづき、槐樹は芸術院会員に選考された。一年間も豆腐を持参するのが立派なら、持参させるほうも偉いと、京都の絵描きや画商のあいだで評判になった。芸術院会員選挙を語るとき、誰もが知っているエピソードだ。

――書の先生には百万ずつ渡しますけど、奈良の森一世も同じですか。

未練がましく、室生はいう。

――あの先生は偏屈でとおってるさかい、百万もの金は受けとらへんかもしれまへんな。いままではどないしてはりました。

――商品券を五万ずつ渡してました。

――それは受けとったんですな。

――送り返してきたことはなかったですわ。

――そしたら、森先生のとこは百万の花生《はないけ》にしまひょか。ちゃんとした銘があって、いつでも金に換えられる花生。

森一世は静物を描く。花生は必需品だ。

——わし、陶器や磁器は詳しいないんですわ。

——板谷波山《はざん》とか富本憲吉、浜田庄司あたりやったら大丈夫ですやろ。

板谷波山は帝室技芸員、文化勲章受章。富本憲吉は帝国美術院会員。浜田庄司は文化勲章受章。銘は申し分ない。

——大村のよめの実家が大阪の茶道具屋やさかい、見つくろって持って行きますわ。

——菓子折といっしょに、淑先生から渡してもらうんです。

芸術院会員にとって百万円は大金ではないが、端金《はしたがね》でもない。受けとらせてしまえば一票は読める。現会員四十六名の過半数は二十四名だから、最低でも二十四票。それに六票を加えて三十票を見込んでおけば、ほぼ安全圏だと殿村は読んでいる。

宮井紫香、森一世、書家ふたり——これで関西は四票だが、あとひとり燦紀会の堀田笙吾の票はむずかしい。今回の選挙は二名連記で、燦紀会は在野だから、堀田はまず新展の高坂徹雄に一票を入れ、あとの一票は邦展東京の矢崎柳邨というのが妥当なところだ。堀田は一昨年の選挙で新展と邦展東京の会員から票をもらっている。

——堀田先生のとこは、いつもどおりの挨拶でよろしいわ。あの先生は京都画壇のサラブレッドやさかい、金では動きまへん。下手な事前工作は逆効果ですわ。

——けど、堀田の親父の笙波が会員になったときは、蕉風先生が一票入れたんでっせ。

——室生先生、感謝は十日、恨みは一生ですわ。堀田先生の票は諦めまひょ。

――しゃあないな。関西は四票か。

――淑先生には、できるだけしんどそうにするようにいうてください。八十八の年寄りが生命を賭けてお願いにあがりました、というふうにね。

むかし、弟子に背負われて挨拶まわりをした候補者がいた。憐れを誘って当選したが、精根尽き果てたのか、三カ月後に死んでしまった。たとえ寿命を縮めても『日本芸術院史』に名を残せば本望なのだろう。

――明日、挨拶まわりが終わったら連絡してくださいな。ようすが知りたいさかい。

――分かりました。世話かけます。

電話が切れた。受話器をおくのを待っていたかのように、ノック。

ドアが開いて、コーヒーの盆を持った幸恵が入ってきた。

「ちょっと寒いですね、このお部屋」幸恵はテーブルにコーヒーをおく。

「そうかな」エアコンのモニターを見た。二十五度だ。

殿村は立ってソファのほうへ行った。腰を降ろして、ヒュミドールから葉巻を出す。

「おとうさん」幸恵がいった。「博さんが心配してます。室生先生の応援して大丈夫かと」

「それはなんや、室生さんが当選するかどうかということか」

「ちがいます。夏栖堂は室生先生に肩入れしてると、いずれは分かってしまいます。そしたら幻羊社や北柊社の先生方にどない思われるかと……」

「いわれんでも分かってる。わしもいったんは首振った」

葉巻の吸い口を切った。「わしは八十二や。先は長うない。そやし、死ぬまでにもういっぺんだけ馬券を買うてみようと思いなおした」

「馬券……」幸恵は驚いたように、「競馬はやめはったんとちがうんですか」

「その馬券やない。わしは室生晃人いう馬を買うてみたかったんや」

葉巻を吸いつけた。「代理人を引退して、もう十二年や。わしはそのあいだ、芸術院の会員選挙を横目で見てきた。淀屋や大和の美術部が参謀の真似事をしてたけど、いかにもやりかたがまずい。候補者の交通整理ができんさかい、わしが、わしが、とみんなが手を挙げて、結局は共倒れや。いま京都には、たったふたりしか芸術院会員がおらんのやで。こんなことではあかん。京都は東京に食われてしまう。今回、室生さんが会員になったら、次は稲山さん。もし稲山さんが会員になったら、次は室生さんと、わしはちゃんとした道筋をつけたいんや。……そら酔狂かもしれん。いまさらなんでこの爺が参謀をせんならんねん、そう思たがな。……けど、わしはもういっぺんだけ馬券を買いたい。勝負の場に身をおきたい。わがままはよう分かってる。博にも迷惑かけるやろ。堪忍して。このとおりや」一頭をさげた。

あの芸術院会員選挙のひりひりするような興奮を、もう一度味わいたい。芸術院賞受賞者という大物の絵描きを駒にして自分の思いどおりに走らせたい。絵描きの生殺与奪の権をこの手ににぎる、あんな快感はほかにない。

それは多少のリスクはある。幸恵のいうとおり、夏栖堂の会長は室生に肩入れしていると、いずれは京都中に知れてしまうだろう。

そんなことはしかし、室生が勝てば帳消しになる。買った馬券を外したことはないし、資金はすべて室生の懐から出る。室生の金で室生に運動させるのだ。

室生が会員になったときはもちろん、参謀料をもらう。芸術院会員の小品を二、三点もらえば、一千万の小遣いにはなる。金は死ぬまで邪魔にならない。

「頭をあげてください。おとうさんにそんなことされたら、わたしはどないしたらええんです。よう分かりました。博さんにもそういいます」

「すまんな。いらん心配させて」

「おとうさんがそんなんいわはったら、なんやしらん、耳のあたりが痒《かゆ》うなりますわ」

幸恵は小さく笑って、「せやけど、室生先生は幸せですね」

「なんでや」

「京都の代理人といわれたおとうさんが参謀をしはったら、万にひとつも落ちることはあらしません」

幸恵はいって、部屋を出ていった。

8

　室生と淑は森一世の家に入ったきり出てこない。もう十五分になる。ただ挨拶をして菓子折と花生を渡すだけなら、五分もあれば充分なのに。

　大村はカーナビのボタンを操作した。ここ奈良市法蓮町の次は枚方市藤阪の米田洳雲の家へ行く。枚方のあとは京都にもどり、醍醐の堀田笙吾と北野白梅町の北原崋遠。淑を神宮寺山の邸に送りとどけるのは夕方になるだろう。

　吝嗇《けち》の室生は邦展タクシーをチャーターしない。関西の挨拶まわりはいつも大村の車に乗る。ベンツ・E320ステーションワゴン。見栄えがするにはちがいないが、なにかといえば車を出せといってくる。ガソリン代はおろか、高速道路料金も払ってもらったことは一度もない。

　ベンツは大村が乗っているが、名義は実家の和菓子屋『宗峰』になっている。大して絵も売れない邦展出品委嘱の私立芸大准教授に七百万円を越える車が買えるはずがない。ひと月の維持費で七、八万が消えてしまうのだ。

　森一世に献上する花生は、今朝、妙子の実家からとどいた。妙子の家は大阪天満に店をかまえる『梓影堂《しえいどう》』という茶道具屋だ。おたがい老舗の梓影堂と宗峰は古くからのつきあいがあり、大村は二十八のとき、妙子と見合いをした。妙子の父親は大阪美術倶楽部の理事を務める目利きの古美術商で、大村の絵をよく買ってくれるスポンサーでもある。

内ポケットの携帯が震動した。出してモニターを見る。真希だった。

――はい、おれ。

――センセ、いまどこ。

――車や。奈良市内。

――なにしてんの。

――仕事や。塾の先生と。

――いつ終わるの。

――さぁな……。六時か七時ごろかな。

――会いたいねん、センセに。

――おれも会いたい。真希に。

――だったら、部屋に来て。

――行く。仕事が終わったら。

――きっとやで。

――食い物は。

――ワイン。チーズ。フランスパン。それから、トマトサラダ。生ハム。オニオンスープ。ポタージュのほうがいいかな。それと……。

門扉が開いて、室生と淑が出てきた。

――分かった。持っていく。

電話を切った。室生はドアを開け、淑を乗せてからリアシートに乗り込む。

「どうでした」ルームミラーを覗いて、室生に訊いた。

「森先生は制作中とかいうて、アトリエから出てこんかった。奥さんが応対してくれたんやけど、おかあはんと話が弾んでな。森先生の奥さんは蕉風先生の絵が好きで、画集を持ってるそうや」

「ほんまにね、うれしいことです」

淑がいった。「染付の花生も気に入ってくれはったみたいで。板谷波山の箱書きを見て、たまげてはりました」

「それはよかったですね。値打ちが分かってはるんや」

「百万の花生やで。ちょいとはたまげてもらわんと、どもならん」

尖った声で室生がいう。梓影堂が花生につけた値はちょうど百万円で、値引きのないのが室生は気に入らないのだ。

「では、枚方へ行きます」

大村はカーナビの誘導開始ボタンを押した。

法蓮町から県道奈良精華線に出た。京田辺市を経由し、枚方市に入って国道307号線を西へ向かう。

「あと三キロほどで藤阪です」

「米田先生、家にいてはるやろな」

「こんな暑い日に外出はせんでしょ」

「電話をしといたほうがよかったかな」

「かけてみますか。いま」

「いや、電話はやっぱりまずいな」

芸術院会員宅を訪問するとき、事前に電話をすることはほとんどない。わざわざ電話をかけて都合を訊くのはわざとらしいし、相手を待たせるようなことがあれば礼を失する。彼らは高齢で家が仕事場だから、あまり留守はしない。本人がいないときは家人に名刺と菓子折を渡して帰るのが挨拶まわりの作法だ。

しかしながら、今日は淑に口添えをしてもらい、カステラには帯封つきの札束を入れているという事情もあって、室生はできるだけ本人に会いたいのだ。顔を見ながら話をすれば票の有無も読めるだろう。

藤阪元町に着いた。西法寺という寺の南隣が米田洳雲の邸だ。アイボリーの砂岩を張りつめた塀の一角にパイプシャッターがあり、地下へ降りていくスロープの先にジャガーが駐《と》められている。陸屋根《ろくやね》の母屋は塀と高いアイボリーのタイル外装で、三階の窓とベランダは西法寺の本堂を見おろすほど高い。

「大きなお屋敷やこと」

淑がいった。「書の先生はもっと地味にしてはると思てたけど」

「この先生は特別ですわ」

室生が応えた。「書の会員三人の中でいちばん勢いがある。弟子も五百人はおるというから、上納金がざくざく入ってきますわな」

書や篆刻《てんこく》の新作には本質的に市場価値がない。ないから弟子をたくさんとって作品を買わせたり、展覧会の選考に便宜をはかったりして金を集める〝家元制度〟的なシステムができている。実際、邦展は書の出品料と書を見にくる客の入場料でもっているともいわれている。

芸術院第五分科『書』の会員定数は三人だ。対するに、芸術院恩賜《おんし》賞か芸術院賞を受賞した書家は十五人もいるため、書の補充選挙は日本画や洋画などとは比べものにならないくらい競争が激しく、会員候補として推薦されるまでに数千万円の金が動き、会員選考の選挙では最低でも億単位の金が飛び交うという。米田洳雲は十年前、まだ七十七歳という若さで芸術院会員になった、書家で最大の資金力をもつ実力者なのだ。

「さ、おかあはん、お願いしますわ」室生が淑にいった。

大村は車外に出て後ろのドアを開けた。淑の手をひいて降ろす。室生もカステラの包みを持って降りてきた。

「おかあはん、足もとに気ぃつけましょな」

室生は淑に手を添えて、玄関につづく石段をあがっていった。

＊

会長室の電話が鳴ったのは午後六時だった。

——殿村です。

——もしもし、室生です。

——ああ、待ってましたんや。どないでした。

——予定どおり、まわりました。いま、おかあはんを送りとどけたばっかりです。

——で、感触は。

——米田洳雲と北原崋遠はＯＫですな。米田はカステラの箱を手に持って、今日はちょっと重いような気がしますな、と笑うてましたわ。森一世も花生を受けとったからには、わしの名前を書きますやろ。

——堀田先生はどないでした。

——会長がいわはったとおり、銀平の鰻茶漬けだけにしときました。本人は応対せず、堀田の妻に手渡したという。

——それでよろしいわ。堀田先生の一票は捨ててかかりまひょ。堀田は室生にも稲山にも投票しないだろうから。

——これで、関西は四票ですな。

とはいったが、森一世はまだ確定票ではない。一昨年の選挙でも、室生は森の票を得ていない。

懸念するのは室生の人物だ。容貌、挙措、口調など、品格に乏しい。絵は非の打ちどころがないのに、人物に愛嬌がない。上に諂《へつら》い下を侮るから、ひとに好かれず、大物のパトロンがいない。これが政治家なら専門家が何人もついて、表情から言葉づかい、服装、写真の撮られ方まで、こと細かに指導するのだが、一介の絵描きには望むべくもない。室生の武器はただひとつ、一生を出世に賭けた、誰より強烈な上昇志向だけなのだ。

——次の挨拶まわりはどこです。

——明日はおかあはんに休んでもろて、明後日から地方へ行こと思てます。

——北陸方面ですな。

芸術院会員名簿を広げた。金沢に染織の島津喜史郎、富山に陶芸の西口章がいる。

——岐阜に彫塑の戸板先生がいてるから、そこもまわってきますわ。

——みな、邦展ですな。

名簿を見た。第一部美術の現会員四十六名のうち三十名を邦展が占めている。彫塑は八名のうち七名、工芸は六名のうち五名、書は三名がすべて邦展という偏りだ。

——北陸、岐阜はＪＲで？

——いや、今回はおかあはんがいっしょやさかい、大村の車で行きますわ。

——大村先生はようやってくれますな。

——そら、そうですやろ。わしも蕉風先生には仕えましたがな。

——三人の先生に土産を忘れんようにね。

——現金でよろしいか。

——現金か品物か、それは室生先生が判断してください。陶芸はともかく、染織と彫塑は作品が売れにくい。島津と戸板にはまちがいなく、百万円は効く。

——北陸から帰ったら、また報告しますわ。

——あんまり無理したらあきまへんで。

電話を切った。芸術院会員名簿に印をつける。《宮井紫香〇、米田洳雲〇、北原崋遠〇、森一世△、堀田筌吾×》

「三票半……」つぶやいた。

＊

室生を家に送り、東山通まで降りた。商店街の近くに車を駐め、酒屋に入ってワインを買った。白はソアベ、赤はキャンティ・クラシコ。食料品店で、缶詰のポタージュとオニオンスープ、オイルサーディン、生ハム、カマンベールチーズ、スモークチーズを買い、八百屋でサラダの材料を買う。パン屋でバゲットを買ったら、紙袋が抱えきれないほどになった。

車にもどって真希に電話をした。早く来て、と焦《じ》れたようにいった。

山科区音羽――。国道1号線から二筋西に入った住宅街に真希のアパートはある。プレハブの二階建に外階段のついた2DK。真希はそこから歩いて京阪京津線四宮駅へ行き、大津の京阪膳所駅まで電車に乗って、大津芸大に通っている。今年、本科を出て大学院に入った。

アパートの塀際に車を駐めた。紙袋を抱えて降りる。真希の部屋は一階のいちばん奥、ドアに錠はかかっていなかった。玄関に入るなり、真希が抱きついてきた。

「こら、袋が破れる」

紙袋を下駄箱の上に置いて真希を抱きとめた。唇を塞いで舌をからめとる。そのままの姿勢でローファーを脱ぎ、Tシャツの下に手を這わせた。

「センセ、あかん。待って……」

真希は腕を突っ張って抗《あらが》う。かまわず抱えあげて寝室へ行った。上着を脱ぎ捨ててベッドに倒れ込み、片手でネクタイをとる。真希がワイシャツのボタンを外す。Tシャツをたくしあげて乳首を口にふくむ。真希は低くあえいだ。

「――ね、こんなことしてていいんかな」

真希は大村の肩に頭をのせ、胸をなでる。

「ええやろ。人生は一回きりなんやから」真希の髪を指で梳く。

「真希のこと、好き?」

「うん……」

「誰よりも?」

「誰よりも、な」

「センセ、浮気してる?」

「どういうことや」

「ほかの女の子と」

「するわけないやろ」

「奥さんともセックスしたらあかんよ。真希とだけ」

「そう、真希とだけや」

「ほんまに？」

「ほんまや」

「よかった」

「おれ、腹減ったな」

「そうや、下駄箱の上に紙袋が……」

「ワイン、チーズ、スープ、バゲット、野菜も買うた」

「食べよ、センセ。真希もお腹すいたわ」

真希はベッドを降りた。ショーツを穿き、Tシャツを拾って寝室を出ていった。

大村は枕もとの真希の煙草を吸いつけた。メンソールの味がする。灰皿を手に持ち、仰向きになってけむりを吐いた。

真希とはもう一年になる。大津市内で飲み会をした帰り、真希をタクシーに乗せて音羽へ送った。真希はずいぶん酔っていて、タクシーを降りると路上にかがみ込んだ。大村もタクシーを降り、真希のバッグから鍵を出して部屋に運んだ。真希は壁にもたれかかって大村をじっと見つめ、腕を首にまわしてきた。

大村がいまつきあっているのは、真希と玲子のふたりだけだ。女子学生に誘われても、後腐れがなさそうだと判断するまでは手を出さない。真希も玲子も大村の家庭を壊すような関係は望んでいないし、大村もその気はまったくない。いずれふたりとのつきあいは終わるだろうが、そのころはまた別の女がいるだろう。大学というところは年ごとに新入生が入ってくる。

室生の後ろ姿が眼に浮かんだ。菓子折を持って門のそばに立ち、インターホンに向かって深々とお辞儀をしていた。いくら芸術院賞をもらい、芸術院会員になろうと、一生を絵と出世だけで終わらせるのは馬鹿だ。人生にはおもしろいことがもっとある。

煙草を二本吸って、ダイニングへ行った。真希はスープを温めもせずにカップに移している。テーブルの大皿に形の不揃いなカナッペが盛られていた。

「センセ、真希の絵、見て」

生ハムとレタスのカナッペをつまんで、寝室の隣の部屋を覗いた。真希は八畳の和室にアクリルのカーペットを敷いてアトリエにしている。壁に百五十号のパネルが立てかけてあった。

「構成にめりはりがないな。花を等間隔に並べてるような感じがする」

先日、琵琶湖で写生した蓮の群生だ。下塗りは終わって花を描きはじめているが、生気がない。花弁が造花のように乾いていて瑞々《みずみず》しさがない。水面とのつながりもアンバランスで、葉や茎に陰影がない。

「花と葉が多すぎる。もっと省略して、審査員の眼をひきつけるハイライトを作らないかん」

真希の絵はまだまだだ。表現すべき〝空気〟や〝香り〟が見えず、筆づかいに自信がないから、やたら空間を埋めようとする。描けば描くほど絵が臭くなることに気づいていないのだ。

「部分から全体を描くんやなくて、全体から部分を描くようにせないかん。絶えず全体を意識してたら、描き込むべきところと省略してええところが分かるはずや」

「センセ、厳しすぎるわ」

真希が大村の隣に来た。「いっぺんにそんなたくさんいわれたら、どうしていいか分からへん」

「集中と拡散や。焦点をここと決めたら、あとはぼやけてもええ」

「要するに、どこをどう描いたらいいの」

「左から五つめの花やな。あれを中心にして色と明るさをまとめよか」

いちいち面倒だが、真希にかぎらず、大村はこんなふうに日本画科の学生を教えている。近ごろの私学の芸大や美大は学生数が減って過当競争になっているから、公募展の入選数で差をつけようとする。ひとりでも多くの学生を入選させれば、それが宣伝になって、多くの学生を集められるというわけだ。しかしながら、邦展や燦紀会の入選は容易ではなく、年にひとりでも入選すると教師陣のノルマは達成、ふたりも入選したときには理事会から金一封が出る。その反面、入選がなければ教師陣の査定はさがり、非常勤講師は次年度の契約を解除される。准教授の大村もうかうかはしていられないのだ。

「花びらがうまいこと描かれへんねん。センセがお手本を描いてくれる」

「ひとつぐらいやったら、な」

「そうしたら、邦展に入選する?」

「それは分からん。おれは審査員やないんやから」

どう修整したにしろ、この絵が入選することはない。

「なってよ。審査員に」

「なられへんから、苦労してるんやないか」

室生の腰巾着をしているのも、新審査員になりたいからだ。そうすれば出品委嘱から会員に昇格できる。

「葉っぱも描いてよ、ねぇ」

「おれは腹が減ってるんや。ワインも飲みたい」

「センセって、わがままや」

それが邦展特選を二回もとった気鋭の画家にいう言葉か――。むっとしたが、顔には出さない。

大村はダイニングの椅子に座った。赤ワインの栓を抜いてグラスに注ぐ。

「センセ、今日はいつ帰るの」真希も腰をおろした。

「一時か二時やな」

ここに泊まったことはない。「真希だけやない。おれも制作せなあかんのや」

いくら無鑑査とはいえ、毎年同じ傾向の絵を出品するわけにはいかない。新審査員を決める理事会のメンバーに、大村祥三はよく勉強していると思わせるような新機軸の絵を描かないといけないのだ。

「センセのアトリエ、行きたいな」

「あかん。女人禁制や」

大村の自宅は山科の西野山にあり、自宅から二キロほど離れた石畑の農家を借りてアトリエに改装した。

「なによ、それ。真希のヌード、いっぱいアトリエで撮ったのに」

「アトリエにはモデルしか入れへんのや」

「真希はもう、モデルとちがうわけ？」

「そう。おれはモデルとセックスはせん」

「センセって、やっぱり変わってる」

「乾杯や。真希の絵が入選することを祈って」

グラスを合わせた。

＊

老眼鏡をかけて、電話帳を見ながらボタンを押した。

――勝井先生のお宅ですか。

――はい、勝井です。

本人が出た。

――夏栖堂の殿村です。御無沙汰してます。

――あ、こちらこそ、御無沙汰してます。

――毎日、毎日、暑いですな。お元気ですか。

――ぼちぼち、やってます。先週、イタリアから帰ってきました。

京都美大教授の勝井は、学生を引率してヨーロッパ研修旅行に行ったという。

――先生にはしばらく新作をお願いしてへんのやけど、どないです、お時間はありますか。

――ええ。夏栖堂さんの依頼でしたら、描かせてもらいます。

――ほな、八号を二点ほど、お願いできますか。

――けっこうです。画題は。

――花がよろしいな。

燦紀会会友、勝井順一の絵は巧い。薄塗りでさっと仕上げた小品は色が涼やかで透明感があり、いかにも日本画らしい趣があるのに人気がない。売れ足が遅いから仕事を頼みにくいのだが、電話をしたからには土産も必要だ。勝井の画料は八号なら十万円程度で済む。画科はあくまで画商が決め、画家は金を受けとってはじめて画料を知るというのが、日本画の世界の慣習だ。

——話は変わりますけど、勝井先生は大和の松坂と懇意にしてはりましたな。

——松坂くんには世話になってます。先月も十号を一点、渡しました。

勝井の絵の大半は大和の美術部が扱っているのだ。

——美術部長の吉永と松坂はどないです。ギクシャクしてるという評判やけど。

——確かに、そうですね。うまいこといってるとは思えませんな。

バブルが弾けたあと、松坂は美術部から外商に出された。当時、副部長だった吉永が松坂を出すように画策したらしい。松坂は慣れぬ外商で苦労し、美術部の担当役員に復帰工作をした。松坂は一昨年、美術部にもどったという。

——松坂くんは吉永くんの先輩で齢も上やけど、向こうは美術部長、こっちは部付きの次長やから、そらおもしろいはずはない。酒を飲んだときは悪口が出ますわ。

——なるほどね。十年ほど外商に放り出されて出世が遅れたんや。

勝井に電話したのは正解だった。吉永と松坂の仲がはっきり分かった。

――先生は松坂の携帯の番号を知ってはりますか。

――ああ、知ってます。待ってください。

番号をメモした。勝井に礼をいって電話を切り、松坂の携帯にかけた。

――はい、松坂です。

――夏栖堂の殿村といいます。

――夏栖堂の殿村さん……。

松坂は復唱して、

――どうも、会長、お久しぶりです。

――すんまへんな。突然、電話して。いま、どこにいてはります。

――四条烏丸です。社を出たところですが。

――そらよかった。食事はまだですやろ。帰宅の途中でわるいけど、ちょっとつきおうてくれまへんか。いや、松坂さんに折入って話がありますんや。

――あ、はい……。

――勝手ばっかりいいますけど、石塀小路まで来てもらえまへんやろかな。月真院の近くの『粟田家』いう料亭です。

――石塀小路の粟田家ですね。承知しました。これから向かいます。

――ほな、お待ちしてます。

受話器を置いた。葉巻を二本、シガーケースに入れ、パナマ帽を被って部屋を出た。

座敷に座って五分もしないうちに、お越しやす、と階下で声がした。ほどなくして襖が開き、松坂が入ってきた。紺の背広に地味な銀鼠《ぎんねず》のネクタイをしている。

「お忙しいとこお呼びたてしまして、申しわけないですな。どうぞ、そちらへ」

一礼し、卓の向こうを指し示した。

「いや、わたしはこちらで」松坂はあわてて後ろにさがる。

「松坂さん、それはあきまへん。今日はぼくがおたくを招待しましたんや」

押し問答の末に上座に座らせた。居心地がわるそうだ。

仲居が先附とビールを運んできた。グラスを置いてビールを注ぐ。

「さ、どうぞ」

「じゃ、遠慮なく」

松坂はひと息に飲んだ。殿村も飲む。あとは手酌でやるといい、仲居をさがらせた。

「ほんまに久しぶりですな。もう十年以上、お会いしてなかったやろか」

松坂の髪は白い。皺《しわ》も増えた。齢は五十五、六だろう。

「会長は相変わらず、お若いですね。おいくつになられました」

「もう八十二の爺さんですわ。とっくのむかしに隠居して、仕事らしい仕事はしてまへん。

組合のほうも退きましたさかい、会合に出ることもない。冗談やなしに、松坂さんのお顔も忘れかけてましたわ」

松坂にビールを注《ひ》ぐ。「しかし、この商売も厳しいなりましたな。うちはもう青息吐息やけど、どないです、大和さんは」

「だめですね。土砂降りです。晴れ間が見えません」松坂も殿村に注ぐ。

「芸術院会員の個展でないとあきまへんか」

大阪淀屋で開催された元沢英世企画展のことをいった。

「元沢先生のお作は初日に完売したそうですね」

「そら、芸術院会員で文化勲章の受章者や。あれ以上の威勢はありますかいな」

「で、わたしに話といわれるのは」

松坂は居ずまいをただした。芸術院会員云々で、それと覚ったのかもしれない。

「そんなむずかしい顔しはったら、できる話もできんようになりますがな。さ、脚をくずしてください」

殿村は笑って、胡坐《あぐら》になった。それを見て、松坂も胡坐になる。

「これはまだ内緒やけど、この秋の補充選挙に向けて、ぼくは室生先生の応援をすると決めましたんや」

「えっ、会長が室生先生を……」

「そう、選挙参謀ですわ。おたくの吉永部長もそうですやろ」

松坂は驚いたようだが、否定はしなかった。

「実は半年ほど前、稲山先生から電話があって、選挙参謀を頼まれました。こんな爺の出る幕やないと断ったら、稲山先生はあっさり吉永さんのとこへ行った。夏栖堂と大和の美術部が両天秤にかけられてたみたいで、断ったぼくが文句をいうのはおかしいかもしらんけど、ちょっと仁義を欠いたやりかたやないかと思いましたな」

「そうですか。そんなことがあったんですか」

松坂はいって、「吉永が稲山先生の参謀になったというのはどこで」

「松坂さん、ぼくはこの道六十年の古狸や。この狭い京都で、どこをどう押したらどんな答えが出るか、ちゃんと知ってるつもりですわ」

稲山と吉永のつながりは祇園で聞いた。格式を誇る料亭にも口の軽い仲居はいる。殿村もただの遊びで祇園を飲み歩いているわけではない。

「ぼくの見るところ、京都は室生先生と稲山先生の一騎討ちになる。翠劫社と幻羊社、同じ邦展のライバルどうしが骨肉の争いをしたら、京都画壇はふたつに割れてしもて、この先、どっちが勝ったにしろ、禍根を残すことになる。ぼくはそれを心配してますねん」

先附のなめこの胡麻和えに箸をつけた。「そこで松坂さんに相談ですわ。夏栖堂と大和が手を結んで、ことをうまいこと収める方法《すべ》はないか、知恵を貸してくれまへんかな」

「会長は室生先生と稲山先生のおふたりとも、選挙に勝たせようとお考えですか」

「それはない。そんな大それたことは考えてへんし、できるはずもありまへん」

「じゃ、会長のお考えは……」

「さっきもいいました。室生先生ですわ」

松坂の眼を見た。「今回は室生先生に花をもたせて、次回は稲山先生を全力で応援したいと思てます」

「お言葉を返すようですが、吉永は逆のことを申しております」

「そらそうですやろ。吉永さんは稲山先生の参謀なんやさかい」

殿村はうなずいて、「そやけど松坂さん、今回の選挙で、稲山先生は勝てまへん」

「どういうことでしょう」

「東京の元老ですわ。文化功労者の藤原静城が、村橋青雅閥の四票と弓場光明閥の二票をまとめましたんや。あと元沢英世の閥から一票はくるさかい、邦展東京だけで七票が室生先生に集まりますねん」

まことしやかな嘘をいった。いま確実といえるのは、藤原の一票と宮井紫香の一票だけだ。宮井は元沢閥と目されている。

「しかし会長、吉永も邦展東京から稲山先生に五票がくると読んでおりますが」

「その票読みは甘いですな。吉永さんは新展の票をどない読んでます」

「わたしは聞いておりません」松坂は小さく首を振った。

「向井朋子、諸田靖則、江藤正比呂、青井蕗。この四人は投票用紙の右に高坂徹雄と書き、左に室生晃人と書きます」

「…………」松坂はなにもいわない。先附には箸をつけず、ビールを飲む。

「不躾《ぶしつけ》なことを訊くようやけど、松坂さんは定年まで大和に勤めはるおつもりですか」

「わたしはそのつもりですが、たぶん、定年までは無理だと思います」

「もし、美術部をリストラされたら？」

「さぁ……。どうしたものでしょう」松坂は下を向く。

「松坂さんには顔がある。独立して画商をしたらよろしいがな」

「それは考えたこともありました。わたしを贔屓《ひいき》にしてくださるお客さまもいらっしゃいますから。しかし、このご時世では……」

「こういう話はどないです」

殿村は箸を置いた。「松坂さんが独立するんやったら、翠劫社の絵をおたくにまわしまひょ。ぼくが室生先生に約束をとりつけますわ」

「まさか、ほんとうですか、それは」

松坂は顔をあげた。「願ってもないことです。翠劫社の先生方のお作をいただけるのなら、わたしは画商として独り立ちできます」

「そのときの祝儀は室生先生の小品ですな」

殿村は笑って、「ただし、いまのは室生先生が芸術院会員にならはったらの話です」

「待ってください。それはわたしに室生先生の応援をしろということですか」

「ま、そういうことになりますかな」

「会長、わたしは大和美術部の次長です。立場上、稲山先生のお手伝いをしないわけにはまいりません」

「そらあたりまえや。松坂さんは稲山先生の応援をせなあかん」

「だったら、わたしはどうすれば……」

「ぼくに情報を流してくれまへんかな」

「スパイをしろとおっしゃるんですか」

「スパイ？　そんな人聞きのわるいことはしていりまへん。ただ、ほんの少し、稲山先生と吉永部長の動きを教えて欲しいだけですわ。松坂さんには決して迷惑はかけしまへん」

そこへ、よろしおすか、と声がして、襖が開いた。仲居が椀盛と造りを運んできた。松坂の皿を見て、どうぞ箸をつけておくれやす、とうながす。松坂は小鯛の甘露《かんろ》煮を口に入れた。仲居はビールを注ぎながら、

「今日はえらい蒸しますな。冷酒でもお飲みになりますか」

「ああ、もらおか。松坂さんも飲みはりますな」

「いただきます」

「それと、大きな灰皿をくださいな」

「あら、そうどした。会長はんは葉巻をお吸いにならはるんやった」

仲居は愛想よく笑い、座敷を出て襖を閉めた。足音が階段を降りていく。

「会長のおっしゃるようにいたします」

松坂がいった。「今後とも、よろしくお願い申しあげます」と、低頭する。

「そうですか。それはよかった」

椀盛の冬瓜《とうがん》をつまんだ。「ほな、これからも松坂さんの携帯に電話さしてもらいます」

「できれば、勤務時間中は……」

「お仕事の邪魔はせんようにします」

冬瓜に歯ごたえはなく、舌の上でつぶれた。

9

児童画教室の片付けをしているところへ健児が入ってきた。白い開襟シャツに薄茶のズボン、メッシュの革靴を履いて、外出の格好だ。

「梨江、午後は空《あ》いてるか」

「うん。教室はないけど」家に帰って絵を描くつもりだ。

「そしたら写生に行くか。舞妓を描くんや」

二時から五時まで、上七軒《かみしちけん》で舞妓がモデルをしてくれるという。

「わたし、行く。舞妓さん、描きたい」

去年の夏も写生をした。愉しかった。

「梨江の友だちも呼んであげるか。歌舞練場でビアガーデンもやってるし」

「分かった。ユリと優子に電話してみる。よろこぶと思うわ」

梨江は携帯を出してボタンを押した。


マークⅡに健児を乗せて市内に向かった。上七軒は北野天満宮のすぐ東側にある。

ユリと優子には『貴船』で会うことにした。上七軒検番の筋向かいにあるお茶屋だ。

「今日の写生会は何人くらい来はるの」

「うちの塾は三人や」

「ほな、みんなで七人」

「それぐらいがちょうどええ。十人も入ったら、あの座敷は狭い」

健児は幻羊社の画家を集めて年に三、四回、貴船で写生会をしている。三時間で十万円弱の花代は健児のポケットマネーだ。

「このところ、忙しいてな。梨江に誘うてもろたオオヤマレンゲの写生も行けんかったし、今日の写生が楽しみや」健児は画帳を膝に置いている。

「斜面のオオヤマレンゲはほとんど萎れてた。渓流のそばの窪地にだけ花が残ってたから、わたしとユリはそこで描いたの」

　山内玲子に会ったことはいわなかった。

「あの花は匂いがええ。写生をしてたら身体中が匂いに包まれて、ふうっと眠とうなる。梨江がいちばん好きな花はなんや」

「姿は牡丹、香りは臘梅かな」

「牡丹は花の王様やもんな。臘梅は繊細で上品な匂いや」

「わたし、おじいちゃんの描く牡丹が好き。おおらかで、ふんわりして、華やかで」

「梨江はもうすぐ誕生日やったな」

「そう。来月の十八日」二十九歳になってしまう。

「この春に描いた白牡丹の小品が客間に掛けてある。自分でも気に入ったから画商に渡さんかったけど、あれを梨江にあげよ」

「そんなん、もらえるわけないわ。分不相応や」

「いやいや、わしはうれしいんや。孫に自作の絵を贈ってよろこばれるような爺さんは、めったといてへん。智司はよう絵をねだるけど、梨江はいっぺんもそんなことがない。あの白牡丹をもろてくれるか」

「ありがとう。いただきます。誕生日が待ち遠しいわ」

うれしかった。初めてもらう健児の絵。それも牡丹を。

上七軒の交差点にさしかかった。一方通行の道を西へ入った。


車をコインパーキングに駐めて貴船へ行くと、ユリと優子が玄関前で待っていた。ふたりともスケッチブックを肩に提げている。

「美大のクラスメートの本宮ユリさんと中瀬優子さん」健児に紹介した。

「稲山健児です。梨江がいつもお世話になってます」

健児は深く頭をさげる。ユリと優子もあわててお辞儀した。

「さ、どうぞ。入りましょ」

健児は暖簾《のれん》を分けて格子戸を開けた。中は暗く、ひんやりしていた。

「お越しやす。みなさん、お待ちどすえ」

左の帳場から女将が出てきた。廊下に正座して右奥の階段を指し示す。健児につづいて二階にあがった。

襖を開けると、八畳の座敷に三人の男が座って茶を飲んでいた。健児を見て膝をそろえ、口々に挨拶をする。

「今日はゲストをお連れしました」

健児はいって、ユリ、優子、梨江を紹介した。三人の男は鵜飼、深見、岡本といい、みんな五十代に見えた。画家の世界ではまだ若手だ。

「若いお嬢さんが三人も来はったら写生会が華やぎますな。みなさん、舞妓さんよりべっぴんさんや」深見がいった。

「それはあんた、禁句やで。舞妓さんはみんなきれいと、相場が決まってる」

鵜飼がまぜかえす。名前で気づいたが、幻羊社で健児の師匠格だった鵜飼瑞仙の息子ではないかと梨江は思った。

女将が茶を持ってきた。みなさん、おそろいですやろか、と健児に訊く。

「これでそろいました」

「ほな、よろしゅうお願いします」

女将が階下に降りるのと入れ替わるように襖が開いた。舞妓が手をついてお辞儀する。

「おいでやす。小そのともうします。よろしゅうおたのもうします」

「さ、さ、どうぞ」と、深見が座敷に招じ入れた。

白地に水浅葱《みずあさぎ》の萩を散らした絽の着物、白に銀糸の半襟、帯は黒地に花火を描いている。帯揚げは紅赤、ほおずきを象《かたど》った瑪瑙《めのう》の帯留、髪飾りは銀細工の小花と蝶、白と薄藍の朝顔の花簪《はなかんざし》を髷《まげ》に差している。白塗りの顔は目尻と唇を真紅に塗り、金屏風の前に正座した姿は、まさに古都の華といった趣がある。

七人は小そのを囲むように車座になった。画帳やスケッチブックを膝のあいだに立て、鉛筆と色鉛筆を持つ。

「どんなふうにしてたらよろしおす」

小そのはだらりの帯を後ろに払い、着物の裾を左右に広げた。袂《たもと》を膝にのせて背筋を伸ばす。

「そのままでけっこうです。そう、手を軽くそろえて」

深見がポーズをつけて、「二十分で一ポーズ。十分休憩して、また二十分というふうにしますから」

モデルの小そのにではなく、ユリや優子に説明するようにいった。

小そのは床の間のほうに向いて静止した。写生がはじまる。誰も口をきかず、鉛筆の滑る音だけが聞こえる。

梨江は小そのの帯を構図の中心に置き、そこから上下に描きすすめていった。隣の優子は髷から描いている。ここにいる七人は、風景、花鳥、人物とそれぞれ得意とする絵があるだろうが、写生という基本はなにをモチーフにしても変わりはない。こうして対象を平面に写しとり、自分なりの表現をすることが、なにより愉しいと感じるからこそ、みんな絵描きになったのだ。

三ポーズが終わったところで、女将が抹茶を点《た》ててくれた。梨江は菓子を食べ、茶碗を両手で包むようにして茶を飲む。お茶を習っている優子の所作はぴたりと決まっていた。作法に気をつかわなければ抹茶は美味しい。

「じっと正座してたら疲れるでしょ。脚が痺《しび》れたりしません？」ユリが小そのに訊いた。

「帯の幅が広うおすさかい、このほうが楽なんどす」

「やっぱりプロなんや」感心したようにユリはうなずいた。


休憩のあと二ポーズを描いて、写生会は終わった。あっというまの三時間だった。貴船を出て、深見、鵜飼、岡本と別れた。喉渇きましたな、と健児がいい、上七軒歌舞練場に入った。夏のあいだだけ、中庭にビアガーデンを設けている。お越しやす、と浴衣姿の女性がテーブル席に案内してくれた。中ジョッキを四つ注文した。

「いまのひと、芸妓さんですよね」優子が健児に訊いた。

「そう、ここは歌舞練場の経営ですわ。芸妓や舞妓が当番で接客しますんや」

そろいの浴衣の女性が十人ほどいる。ひとりだけ髷を結っているのが舞妓だろう。白塗りの化粧をしていない舞妓は幼い感じがする。

「知ってはるやろけど、京都には花街《かがい》が五つも残っててね、祇園甲部、祇園乙部、先斗町《ぽんとちょう》、宮川町、上七軒がそうですわ。街ごとに舞妓と芸妓が所属してて、着物や飾りもの、芸風もかなりちがうみたいですな」

上七軒は五花街の中で最も歴史が古い。室町時代、北野天満宮が消失し、その再建の際の用材の残りで建てられた七軒の茶屋街が起こりといわれ、染織の町「西陣」を背景に栄えてきた。西陣の旦那衆は商売柄、衣装にうるさく、だから舞妓のお座敷着を描くだけでも日本画の値打ちがある、と健児はいった。

「舞妓さんは何人くらいいるんですか、上七軒に」ユリが訊いた。

「いまは五人ぐらいですやろ」

「そんなに少ないんですか」

「躾が厳しいし、芸事の稽古がしんどいからね」

舞妓を目指す女の子は中学を卒業後、お茶屋や置き屋に住み込み、半年から一年間の〝仕込みさん〟と呼ばれる見習い期間を経たのち、〝店出し〟というお披露目が行われて一人前の舞妓になれるという。

「いまの若い子にはまず、住み込みができませんな。踊りに三味線、鼓に太鼓、花街のしきたりや言葉も憶えないかん。同年代の友だちは高校へ行って楽しいやってるのに、なんで自分だけが辛い稽古をせんならんのか。そう思いだしたら、つづきません。舞妓になる前に辞めてしまいますわな」

最近の舞妓はみんな地方出身で、さっきの小そのは青森から来た子だという。

生ビールが来た。つまみは枝豆と豆腐がセットになっている。

「今日はほんと、ありがとうございました」

優子が健児にいった。「お茶屋さんでほんものの舞妓さんを描けるやて、いい経験をさせてもらいました」

「今年はもう一回、秋に写生会をしますわ。よかったら来てください」

「えっ、いいんですか」優子の顔が輝いた。

「いつも同じ顔ぶれで描くより、新しいひとが入ってるほうがおもしろい。若いひとの写生を見さしてもらうのは、ぼくも勉強になります」

「ありがとうございます」優子がいい、

「是非、参加させていただきます」ユリがいった。

「乾杯しましょ。ええ絵を描けるように」

ジョッキを合わせて、飲んだ。喉に染みわたる。

「ところで、今年の燦紀会春季展、おふたりとも入選してはりましたな」

「観てくれはったんですか。光栄です」とユリ。

「おふたりのお名前は、いつも梨江から聞いてます」

健児はいって、「本宮さんの絵は、なんというか、観るものに迫ってくる厚みがある。あの厚みに引き込まれるような奥行きが出たら、もっとよろしいのとちがいますかな」

「奥行き、ですか」ユリはうなずく。

「中瀬さんの絵は茫洋として大きさを感じます。特に茫洋というのは天性の味やから、それを伸ばすようにしはったらええと思います」

「なんか、すごくうれしいです。励みになります」優子はよろこぶ。

「勝手なこというて、すんませんな。つい喋りすぎるのがわるい癖でね、梨江によう怒られますんや」健児は枝豆をつまむ。

「わたしの絵はどう思われますか」梨江は健児に訊いた。

「そうやな、もうちょっと厚みがあって、茫洋としたとこがあったらええように思いますな」

「それ、ユリと優子の絵やんか」

「あ、そうか……」

健児は笑った。「どうもね、身内の絵というのは眼が曇ってしもてあきません」

「いつもこうして逃げるんやから。困るやろ」ユリと優子にいった。

「稲山先生はどんな絵が好きですか」優子が訊いた。

「そうですな……。やっぱり、自分の資質にないもんに魅かれますな」

健児は額に手をやって、「若いころはゴッホとかゴーギャンとかマチスとか、個性のはっきりした強い絵が好きで、それが少しずつ時代を遡っていきました。ベラスケス、ボッティチェリ、ピエロ・デラ・フランチェスカというふうにね」

「へーえ、意外ですね。日本画とちがったんや」

「ところが、四十代の半ばをすぎたころかな、えらいスランプに落ち込みましてね、もうなにをどんなふうに描いたらええか、分からんようになってしもた。……家内に無理いうて、半年間、ヨーロッパへ行きました。イタリア、フランス、スペイン。写生もなにもせんと、ただ美術館を巡り歩いた。……それでもあきません。どこにも出口が見つからん。失意の末の帰国でした。東京から新幹線で京都へ向かう途中、列車の窓から桜を見たんです。山一面が薄桜色に霞んでました。きれいや、ほんまにきれいや。心に響いたそのときに、ハッと気がつきました。自分は日本画家やと。そう、日本の絵描きが日本の情景を描くという、あたりまえのことを忘れてたんです。……それからは宗達や等伯《とうはく》や抱一《ほういつ》を勉強しなおしました。ほんまの意味で絵に本腰を入れるようになりましたんや」

　健児のスランプの話は初めて聞いた。イタリアやフランスへ行ったのは、ただ西欧の古典を見に行ったとばかり思っていた。

　健児と絵画論を交わしたことは一度もない。日本画家稲山健児を、わたしはまったく知らないのかもしれない――。梨江は思った。

「すんませんな。つい年寄りの繰り言をいうてしまいました」健児はいう。

「そんなことないです。お話を聞いて安心しました。絵は描けば描くほどむずかしいけど、いつかは自分のものになるんですよね」と、ユリ。

「ぼくは、絵は楽しんで描くもんやと思てます。ぼくが気持ちよう描いた絵は、見るひとの気持ちも和ませるというふうにね」

「早く、そんな境地になりたいです」

「ぼくの師匠は野嶋蘇泉という先生でね、邦展の賞をとった『母子』の絵を出身の小学校に寄付したんです。絵は講堂に掛けられたんやけど、半年ほど経って、守衛さんから校長先生に、あの絵を外してください、という頼みがきた。母と子の絆を簡潔に表現した優しい絵やのに、校長先生が事情を訊いたら、夜、見まわりをするときに怖い、というんですな。それで絵は外されて、蘇泉先生のもとに返された。先生は一言の文句もいわずに絵を蔵に入れて、二度と出すことはなかった。……どんなに和やかな絵でも、怖いといわれたのは、描いたときの気持ちに曇りがあったからやと、蘇泉先生はいいました。以来、絵を描くときに眉を寄せるようなことは絶対にせんと、ぼくは肝に銘じてます」

健児は絵描きの心構えを説いていた。絵は楽しく描け——。

そのとおりだと思った。絵の原点だと思った。が、これほどむずかしいことはない。児童画教室の子供たちが眼に浮かんだ。苦しんで絵を描いている子なんて、ひとりもいない。あの楽しさをずっと感じつづけることができたら、どんなにおもしろい絵が描けるだろう。

「いや、堪忍や。また分別くさいことをいうてしもたみたいですな」

健児はいって、「稲山先生は無粋でいかん。塾の連中に笑われますんや」

「でもわたしたち、教えてもらう師匠がいません」

「師弟関係は良し悪しです。師の影響が強いと、弟子の絵が似すぎる。師を乗り越えられずにつぶれるのはいちばんの悲劇です」

健児はユリと優子を見た。「心配いりません。おふたりともしっかりした絵を描いてはります。またいっしょに写生をしましょうな」

「お願いします」ふたりはいった。

＊

神宮寺山の舟山邸に車を停めたのは午前七時だった。冠木門のインターホンのボタンを押す。すぐに返答があって、淑は石段を降りてきた。

「おはようございます」一礼して車のドアを開けた。

「朝早くからごくろうさま」

灰赤の着物に紫黒の帯、淑は白髪をひっつめにし、薄桃の口紅をさしている。ビーズのバッグを持ってリアシートに乗り込んだ。

大村は運転席に座り、室生の家に向かった。

「今日はどんな予定でしょうか」淑が訊いた。

「北陸自動車道で金沢、富山。それから国道41号線を下って岐阜へ行きます。岐阜から京都へは名神高速道路を走ります」

京都から富山は三百二十キロ、富山から岐阜は二百四十キロ、岐阜から京都は百三十五キロだ。昨日、地図を読んで見当をつけた。

「車で移動するのが八時間、会員の先生に挨拶するのが三人で三十分、あと休憩や食事を入れて、十二時間の行程になると考えてます」

強行軍だが、午後八時には京都に帰り着く。高齢の淑にはそれが限界だろう。

「むかしに還《かえ》ったような気がします。蕉風と挨拶まわりをしたのは、もう二十五年前です。夫婦ふたりで電車やタクシーを乗り継いで行きました」

ぽつりぽつり、淑はいう。「蕉風は気短でせかせかしたひとやさかい、わたしを置いてすたすた歩いていきましてな、そうして振り向いては、早よう来い、と叱るんです。なんやしらん、あの姿がいまの室生さんに生き写しのようでね、ひとの一生は繰り返しやと、つくづく思います」

「蕉風先生の選挙のときは、室生先生が手伝うたんですね」

「そらもう、よう働いてくれはりました。大村先生みたいにね」

「先生はやめてください。顔がこわばります」

「室生さんはこの選挙に勝ちますか」

「勝つと思います。夏栖堂の殿村会長が参謀についてくれましたから」

「蕉風の選挙もそうでした。殿村さんのいわはるとおりに運動して。……翠劫社も幻羊社も北柊社も梁山塾も、ちゃんとひとりずつ芸術院会員がいるように按配《あんばい》しはったんやさかい、ほんまに大したおひとです」

梁山塾は十数年前、代表の芸術院会員が亡くなって解散した。翠劫社にも元梁山塾の絵描きがふたりいるが、外様扱いされて出世の見込みはまったくない。画塾の盛衰は芸術院会員や文化勲章受章者の有無にかかっている。

「蕉風先生が会員のころ、挨拶まわりは頻繁にありましたか」

「そら、しょっちゅう来はりました。日本画や洋画や書の先生はもちろん、染織や人形やガラス工芸の先生までね。顔を見せはらへんかったんは建築の先生だけでした」

「蕉風先生はお会いになりましたか」

「お名前をうかがって、義理のある方はお相手しましたけど、居留守を使うほうが多かったですね。わたしは居留守の口上が上手になりました」

受けとった菓子折にはなにが入ってましたか——、さすがに、そこまでは訊けない。

「なにか変わった土産はありましたか」

「東京の日本画の先生から檜の風呂桶が三つも送られてきたときはたまげました」

「風呂桶ですか……」常識では考えられない。

「風呂場に置いてくださいということなんやろけど、あんな重たい風呂桶は三つもいりません」

淑は笑い声をあげた。「おまけに、その桶の箍《たが》は純金でできてるという噂もあって、蕉風は箍を小刀で削りました」

「ほんまに、純金やったんですか」

「ただの真鍮《しんちゅう》でした」

「そら、おかしい」蕉風の落胆した顔を想像して、笑ってしまった。

「蕉風がよろこんだのは下着でしたね。南米のビキューナとかいう動物の毛織物で、背広を誂《あつら》えるより高いそうです」

なるほど、そのとおりだ。寒がりの年寄りにはよろこばれるだろう。

「反物や着物はなかったですか」

「帯をいただいたことがあります。総絞りの兵児帯《へこおび》です」

その帯は形見分けで室生に進呈したという。室生からは聞いたことがない。

「蕉風先生は土産をもろた先生に投票しましたか」

「たぶん、せんかったと思います」

北山通から東大路通に出た。朝の渋滞はまだはじまっておらず、道は空いている。

室生に電話をして、あと十五分でそちらに着くといった。

クルーズコントロールを百キロにセットして北陸自動車道を走り、午前十時、金沢市内に入った。染織作家、島津喜史郎の邸は兼六園に近い扇町にある。カーナビの誘導で迷うことなく到着した。

室生はカステラの包みを持って車を降りた。淑とふたりで門内に入っていく。

大村はモニターをテレビに変えた。高校野球を中継している。メジャーの野球には興味があるが、高校野球にはない。過剰な懸命さがうっとうしい。

そういえば、真希は京都府下の公立高校の野球部マネージャーだった。あんなに気のきかない女がマネージャーをしていたのは不思議だが、それをいうと真希は怒る。玲子も高校時代は美術部ではなく、演劇部だった。

チャンネルを操作したがワイドショー番組しかなく、電源を切った。サンルーフを開けて煙草を吸いつける。

十二時――。富山インターを経由して八尾《やつお》町に着いた。ちかごろ『風の盆』で全国に知られるようになった町だ。藤原静城が去年の邦展に、編笠と浴衣の踊り手を描いて出品していた。常務理事としてとりあえず描きました、というふうな雑な絵だった。

陶芸家、西口章の工房は茅葺《かやぶ》きの農家だ。周囲に塀も生垣もないから、敷地の広さは分からない。工房から百メートルほど離れた山裾に登窯《のぼりがま》を築いて作品を焼いている。常滑《とこなめ》、渥美古窯風の灰釉《かいゆう》大壺で世に出た。西口は職人肌で気難しいという評判だから、いままでの挨拶まわりで商品券を渡したことはない。大村は室生の指示で、梓影堂から古筆――室町時代の写経の断簡《だんかん》――を送ってもらった。断簡は掛軸に仕立ててある。

「さ、おかあはん、お願いします。羊羹はわしが渡しますさかい、おかあはんは軸を渡してくださいな」

室生はいって、車を降りた。まちがえないように包装紙を変えて、羊羹の箱は羊羹だけ、カステラの木箱には百万円の現金を忍ばせている。

ふたりは栗の大木を迂回して庭に入っていった。西口の弟子だろう、トタン屋根の下でランニングシャツの男が土を砕いている。粉にして水簸《すいひ》をし、陶土を作るのだ。

大村は車外に出て伸びをした。暑い。空には雲ひとつない。カナヘビが足もとを走って叢《くさむら》に消えた。

『越中八尾』の駅前で昼食をとり、国道41号線を走って美濃加茂市に入ったのは午後五時だった。途中、何度かドライブインに入って休憩はしたが、室生も淑も疲れたようすはまったく見せない。淑は再来年、九十歳になるのだ。

彫刻家、戸板順吉の邸は飛騨川のほとり、県道64号線から少し西に行った丘陵地にある。ログハウス風の平屋の屋根に大きな風見鶏を立てているので、すぐにそれと分かる。邸のまわりは茶畑だ。

室生と淑はカステラを持って邸内に入り、半時間ほどして出てきた。室生が白い晒《さらし》を巻いた彫刻のようなものを抱えている。かなり重いのか、室生は彫刻を地面に降ろして肩で息をした。大村は車外に出て室生のところへ走った。

「なんですか、それ」

「首や」吐き捨てるように室生はいう。

戸板はカステラを受けとって重さがちがうことに気づいたのか、すぐに包装紙を破って箱を開けた。中の封筒を出して百万円の札束を確かめ、受けとるわけにはいかない、といった。意外な反応に室生は当惑したが、作品を売るぶんにはかまわない、と戸板はいう。では譲っていただきます、と室生はいい、戸板はアトリエからブロンズの頭像を持ってきた。御影石の台座がついているから、やたら重い。室生は頭像を抱えて邸を出た——。

「不細工な中年男の首や。どこぞの中小企業の社長から頼まれて作ったんはええけど、代金をくれへんから引きとったんやろ。こんなもん、どこの画廊に売れるんや。ゴミにしかならんがな」

「義理堅いやないですか。代わりに作品を寄こすんやから」

「万が一のことを考えとるんや。ひょっとして収賄とかいう警察沙汰になったときは、作品の売買です、と言い訳ができる。芸術院会員のくせに胆が小さいわ」

室生の反応こそ意外だった。なにも怒ることはない。ほかの会員はただ黙って金や掛軸を受けとっているのだから。

「これ、積んでくれ」

いわれて、頭像を持ちあげた。確かに重い。二十キロ近くある。

リアハッチをあげて頭像を積み、室生と淑を乗せて走りだした。小牧インターから名神高速道路に入れば、一時間半で京都に帰り着く。

「名神に入る前に、夕食をとりますか」

「わしは腹減ってへん。おかあはんは？」

「わたしもいりません」

「早よう帰ろ。疲れた」

室生はさっさと今熊野の家に帰り、淑は大村に送らせるつもりなのだ。

疲れてるのは、このおれや——。そういいたかった。

あと、二月半の辛抱だ。室生が芸術院会員になれば挨拶まわりは終わる。大村が新審査員に選ばれて邦展会員になったら、こんな爺とは距離をおくのだ。室生の茶坊主になりたいやつは翠劫社にいくらでもいる。

真希とのセックスを思い出した。玲子ともしばらく会っていない。淑を送りとどけたあと、ふたりに電話しようと思った。

10

ノック——。木元が会長室に入ってきた。

「先日のご指示の件で報告がございます」改まった口調でいう。

「倉橋の絵が買えたんやな」

木元には新展理事長、倉橋稔彦の絵を買うよう指示していた。買い主は室生晃人、予算は一千万円だ。木元の家は東京日本橋に店をかまえる老舗画廊『棠嶺洞《とうれい》』で、そう多くはないが倉橋の絵を扱っている。

「いえ、それが少々、込み入っておりまして」

「込み入ってる？　まだ買うてへんのかいな」

「父が倉橋先生のお宅に参りましたところ、先生からお話がございまして……」

棠嶺洞の社長は木元の父親で、兄が専務をしている。

「ややこしそうやな。ま、そこに座り」

木元をソファに座らせた。殿村も前に腰をおろす。

「倉橋先生は父に、『ぼくの絵を買って、ロベルト会に寄贈してくれないか』とおっしゃったそうです」

「なんや、そのロベルトとかいうのは」

「ロベルト・フェルディナンド。ハプスブルク家、ブルボン王朝の末裔《まつえい》で、スペイン王家の現当主です」

「あ、そう……」

わけが分からない。「スペインは王国かいな」

「いまはもちろん、ちがいます」

木元はかぶりを振り、「わたしもそう詳しくはないんですが、ハプスブルク家はヨーロッパでもっとも由緒ある家柄で――」

神聖ローマ帝国とオーストリアに君臨した王統で、十三世紀以降、しばしばドイツ国王に選ばれ、十五世紀から十九世紀初頭まで神聖ローマ皇帝、また二十世紀初頭までオーストリア皇帝の座を占め、そのあいだ十六世紀初頭から十七世紀末までスペイン王、十九世紀半ば以降はハンガリー国王を兼ねたという――。

「ヨーロッパの王室の多くは縁続きで、ハプスブルク家は二十一世紀のいまも隠然たる影響力を保持しているようです。東西ドイツの統合やＥＣの統合でも、影の立役者といわれるほどの働きをしました。そのブルボン家当主のロベルト・フェルディナンドを囲むサロンが日本にもあるんです」

サロンの名称を『ロベルト会』といい、名誉会長は元子爵家の仁科有基、事務局は東京高輪の三協倶楽部——三協銀行と旧三協財閥系企業の親睦団体——に置かれている、と木元はいう。

「そういわれたら、ハプスブルクとかいうのは聞いたことがあるような気がするけど、そのスペインの王様と倉橋稔彦がどういう関係なんや」

「倉橋先生は五年前、ご自分の作品をアメリカのロスチャイルド家に寄贈されました。今回はロスチャイルドよりもっと格上のハプスブルク家に寄贈したいと考えておられます」

「それはなんや、自分の名前に箔をつけるためか」

「だと思います」木元はうなずいて、「ロスチャイルド家とハプスブルク家のコレクションに作品があれば、これ以上の名誉はありません」

「なんと、おそろしい名誉欲やな。文化勲章や東京美大学長でもまだ不足か。いっそのこと、ノーベル賞でももろたらどないや」

「ノーベル賞に美術賞はございません」

木元は律儀にそう答え、「来月、ロベルト・フェルディナンドが来日して、東京に二泊、京都に一泊します。東京のほうは皇族が出席する非公式の晩餐会と、政治家や新経連関係者が出席する歓迎会、京都はロベルト会主催の歓迎会が開かれます。倉橋先生は京都の歓迎会の席上で、ロベルト氏に作品を寄贈したいと希望しておられます」

ロベルト・フェルディナンドは七十六歳。今回が最後の訪日になるだろうという。

「寄贈はけっこうや。好きにしたらええ。せやけど、倉橋はあんたの親父さんに『ぼくの絵を買うてくれ』というたんやろ」

木元の父親は信雄といい、棠嶺洞と夏栖堂は昭和四十年代から取引がある。

「はい。そういわれたそうです」

「それやったら、ロベルト会というサロンが倉橋の絵を買うのが筋やないか。それでそのスペインの王さんに寄贈するんや」

「ロベルト会に倉橋先生の絵を買う意思はありません。倉橋先生から寄贈された絵を、ロベルト会として、フェルディナンドに寄贈するということです」

「するとなにか、倉橋は自分の絵を無償でロベルト会に渡す気はあらへんのか。棠嶺洞に絵を買わせて、それをロベルト会に寄贈してくれと、虫のええことをいうてるんやな」

「おっしゃるとおりです」

「絵は何号や」

「五十号です」

「値段は」

「六千万円です」

「相場やな……」

　美術年鑑などで倉橋稔彦の絵は号五百万円の評価額がついているが、それは〇号から十二号程度の小品の値段だ。二十号を越えるような絵は大きくなるに従って号あたりの値がさがり、百号以上の作品になると〝買主と相談の上で〟ということになる。倉橋はいま、日本でいちばん評価額の高い画家だが、百号以上の大作でも一億円にとどかないはずだ。

「その五十号の絵は歴史画です。支倉常長《はせくらつねなが》がイスパニア国王に拝謁している場面を描いたものだそうです」

　支倉常長は十七世紀のはじめ、伊達政宗の命を受け、遣欧使節としてローマ法王パウロ五世とイスパニア国王フェリペ三世に謁《えつ》し、政宗の書状と贈物を呈して洗礼を受けた武将だと木元は補足する。

「なるほど、そういうことか。最初からロベルトに寄贈するつもりで描いた絵やな」

「倉橋先生は父に、棠嶺洞が絵を買ってロベルト会に寄贈すれば、室生先生を応援する、といわれたそうです」

「新展の四票をまとめるというんやな」

　向井朋子、諸田靖則、江藤正比呂、青井蕗の芸術院会員四人だ。

「わたしには分からないんですが、倉橋先生にそんなお力があるんでしょうか。向井先生や諸田先生は文化勲章受章者ですし、齢も倉橋先生よりかなり上です」

「倉橋稔彦は絵描きというより政治家や。後ろ楯になってた民政党の坂下功は死んでしもたけど、後継者の玉川宇一や横山健三に太いパイプがある。倉橋はそのパイプを通して新展の有力画家にパトロンを紹介してきた。作品の省庁買上げでも便宜を計ってきた。なんぼ向井や諸田でも、倉橋の意向に反して勝手なことはでけへん」

「じゃ、倉橋先生の絵を買ってロベルト会に寄贈すれば……」

「まちがいなく、四票はとれるやろ」

日本の画家でいちばんの高額所得者である倉橋がなぜ、無償で寄贈をしないのか――。倉橋は諸田靖則に数千万円を援助するのではないかという気がした。諸田は新展の事務職員による背任横領の責を負って五千万円を弁済している。諸田と倉橋は十数年前に亡くなった東野恒斎――文化勲章受章、東京美大美術学部長――の兄弟弟子で、倉橋は若手のころ、諸田に引き立ててもらった恩がある。倉橋にすれば自作が六千万円で売れて諸田に恩を返し、なおかつハプスブルク家のコレクションに五十号の『支倉常長』が収蔵されれば一石二鳥の利点があるというわけだ。さすがに新展のドン、その政治力と権力志向は名にし負うものがある。

「けど、問題は予算や。室生先生が果たして六千万もの大金を一枚の絵にはたけるかどうか……。そこまで肚がすわってるとは、わしには思えん」

「それは父も危惧したそうですが、倉橋先生が妙案を授けてくれました」

「倉橋が妙案を？」

「会長は『高田屋嘉兵衛の会』というのをご存じないですか。外務省と関係の深い日露文化交流団体です」

「ああ、それは知ってる。玉川宇一が嚙んでる会やな」

玉川は京都2区選出の代議士で、民政党の元副総裁だ。夏栖堂にも〝嘉兵衛会〟の会員にならないかと、玉川の秘書がいってきたことがある。年会費がひとり一万円、賛助金が一口十万円と、負担はそう大きくなかったが、参加は見合わせた。具体的なメリットがなかったからだ。夏栖堂にはその種の勧誘が頻繁にある。

「『高田屋嘉兵衛の会』の会長は玉川宇一です」

本部を東京麻布のオフィスビルのワンフロアに設け、五年前の秋に公益法人として発足した。設立代表発起人は玉川のほか、新経連会長や理事など七人。

高田屋嘉兵衛は江戸時代後期の回漕業者で、幕命により蝦夷《えぞ》地産物売捌方《うりさばきかた》となり、十九世紀初め、国後《くなしり》島の沖合で水夫四人とともにロシア船に拿捕《だほ》され、カムチャツカに連行された。ロシア語を学び、ロシア人の不法な略奪を非難したが、両国の融和を主張することが多く、やがて釈放されて帰国した。その後はロシアとの融和に努力し、幕府は改めて、蝦夷御用船頭に任じた。「高田屋嘉兵衛の会」はその名にちなんで、日露の草の根文化交流を旗印に掲げ、活動をつづけている——。木元は丁寧な説明をした。

「倉橋先生の話では、棠嶺洞が二千万円を出せば、嘉兵衛の会から四千万円の寄付をもらえるだろうということなんです」

「なんか胡散《うさん》臭いな。嘉兵衛の会という公益法人が、ロベルト会という財閥系の親睦団体のために四千万もの寄付をするんかいな。わしは話がうますぎるような気がするけどな」

「拿捕百九十周年にあたる去年の春、嘉兵衛の会は『第一回日露草の根交流サミット』を京都で開催しました」

外務省の支援も得て、出席者は二千人。顔ぶれは玉川宇一の息のかかった民政党議員十数人や、前駐露大使、駐日ロシア公使など、錚々《そうそう》たるものだった——。

「嘉兵衛の会はもともと、坂下元首相とエリツィン前大統領のアイデアでした。それを玉川があとになって引き継いだ格好になっています。草の根とは称していますが、実際には外務省の国際交流基金なども巻き込んで大々的に活動しています。……嘉兵衛の会にはなるほど金がある、ロシアとスペインのちがいはあれ、同じ国際文化交流を標榜しているロベルト会に金を出すのはまったく問題がないと、倉橋先生がいわれたそうです」

「そうか、それを聞いて合点がいった。倉橋はあんたの親父さんが行く前から玉川に話を持ち込んでたんやな。わたしの絵を六千万で買うてロベルト会に寄贈してくれんかと。……玉川は渋った。なんぼなんでも六千万は無理やと。どこぞのスポンサーが二、三千万ほど出したら、あとは面倒見てもええというたんやろ。そこへ棠嶺洞という鴨がネギを背負って飛び込んできた。ネギが室生先生なら少々の無理もとおるし、あとでもめる恐れもない。倉橋にしたら渡りに舟というわけや」

「父もそういって笑ってました。倉橋先生は抜け目がないと」

倉橋は税金の対象にならない裏金――室生からの二千万円を、諸田への援助とは別口で、欠損の穴埋めとして新展事務局へ寄付するのではないかという気がした。新展に限らず、邦展も燦紀会も事務局は丼勘定の放漫経営だから、有力会員からの賛助金や賛助作品がなければ、収支はすぐマイナスになるのだ。

「わしは室生先生に、新展には千九百万を遣えというた。諸田に五百万、向井と江藤と青井に百万ずつ。向井を応援してる民政党の正木義雄に百万。それと倉橋に一千万や」

「だったら、室生先生はＯＫですね」

「千九百万も二千万もちがいはない。それで四票が確定したら文句はあらへんわな」

殿村は笑った。芸術院会員選挙は金まみれだが、上には上がいる。倉橋稔彦は想像以上の政治家だった。「それで、二千万はいつ、棠嶺洞さんに渡したらええんや」

「できれば今週中にでも、と父は申しております」

今日は月曜日だ。室生にいえば用意できるだろう。

「分かった。金はあんたが持っていってくれるか」

この種の金は振込にできない。現金を東京に持参しないといけないのだ。

「了解しました」木元はうなずく。

「で、嘉兵衛の会から寄付をもらうのは、棠嶺洞さんがやってくれるんやな」

「いえ、父は玉川宇一にパイプがありません」

「ほな、倉橋が段取りするんかいな」

「倉橋先生は策を授けてくれただけです」

「――わしが玉川のとこへ？」

「父はそう申しております」

「そうか……。そらそうやな」

無理強《じ》いはできない。棠嶺洞には同じ画商仲間の誼《よしみ》で倉橋の絵を買ってくれと頼んだだけだ。手数料云々の話もしてはいない。

「しゃあない。明日あたり、夏栖堂も『高田屋嘉兵衛の会』の会員になろか」

「会長は玉川宇一にツテが？」

「ないこともない。祇園も玉川の選挙区や」

殿村の自宅は画廊から北へ五分ほど歩いた古門前通のマンションだ。三階の３ＤＫに殿村と妻、二階の４ＬＤＫに博の一家が住んでいる。木元は京都へ来た当初、夏栖堂ビルの五階で寝起きしていたが、ひと月後には岡崎にマンションを探して転居した。木元の給料は手取りで三十万円に足りないが、実家の棠嶺洞から二十万円ほどの仕送りがあるらしい。

ＢＭＷの新車を乗りまわす優雅な独身生活だ。木元は来年あたり、東京へ帰るだろう。

「それじゃ、わたしは失礼いたします」

木元は一礼して立ちあがり、部屋を出ていった。


殿村は室生の家に電話をした。すぐにつながって、室生の娘が出た。

——夏栖堂の殿村です。先生はご在宅ですか。

——あ、どうも。お待ちください。

室生の娘は雅子という三十代半ばの出戻りだ。室生には子供が三人いて、長男と次男は会社勤めをしている。雅子は翠劫社の新進画家に嫁いだが、五年ともたずに離婚した。画家は邦展と翠劫社を退会し、いまは無所属で絵を描いている。

雅子は子供がおらず、外へ働きにいくわけでもないのに、室生の選挙運動にはなにひとつ協力しない。わがまま放題に育って気位が高く、バブルが弾けて夫に満足な収入がなくなったせいで別れたという噂もあり、そんな性格だから父親のために面倒な運動はしないのではないか——。室生の口から聞いたわけではないが、殿村はそう推察している。

亡くなった母親の代わりに挨拶まわりをつづける稲山健児の娘と、まったく関わりをもたない室生晃人の娘。たがいに境遇は似ていても、ひとはそれぞれに生き方がちがう。

——お待たせしました。室生です。

早口の嗄れた声が聞こえた。

――すんまへんな。お仕事中でしたか。

――いま、木槿《むくげ》を描いてますんや。貧乏暇なしでね。

十号を二点、名古屋の画商に頼まれた仕事だという。室生は筆が早いから、十号の小品なら三日で仕上げる。画料は少なくとも一点につき百五十万円。たった六日で三百万を稼ぎながら領収証も書かないのだから、貧乏もヘチマもない。金がたまるはずだ。

――ところで、新展の四票ですけどな、倉橋さんがまとめてくれそうですわ。

ロベルト会や高田屋嘉兵衛の会の絡みを詳しく説明した。室生はときおり質問を挟みながら聞いていたが、

――その二千万で、新展は確実なんでしょうな。

――倉橋さんがそういうたそうやから、まちがいはないですやろ。

――諸田の五百万はいらんのですな。

――諸田、向井、江藤、青井は、商品券を十万ほど包んだらええのとちがいますか。

――分かりました。それやったら文句はない。会長のいわはるとおりにしますわ。

室生はあっさり承諾した。

――で、棠嶺洞には今週中に二千万を渡さんとあきませんのや。

――今日は無理ですわ。わしにも都合があるさかい、明後日でどないですか。

——けっこうです。電話をもろたら、木元に行かせますわ。

木元はその足で新幹線に乗る。それでいいだろう。

——そこで、室生先生にもうひとつ頼みがあります。

——はあ、なんです。

——ぼくは明日、玉川宇一の事務所へ行きます。嘉兵衛の会から四千万を引き出す交渉をしてみますわ。

倉橋が根回しをしているだろうから、話はつくはずだ。

——とはいうても、玉川ほどの大物に手ぶらで話をとおすわけにはいかんさかい、土産がいりますんや。室生先生の絵を一点、ぼくにもらえまへんかな。

——それはかまへんけど、大きさは。

——そうですな、三号もあったら充分ですやろ。

——なんや、びっくりしましたがな。わしはまた、四十号や五十号を持って行くんかいなと思いましたわ。三号なら手元にあります。石斛《せっこく》を描いたのが。

——ほな、それをもらいまひょ。画廊の誰かを行かせます。

——額縁がついてませんねん。

——かましまへん。額はぼくのほうで見つくろいますわ。

受話器を置いた。ヒュミドールから葉巻を出す。吸い口を切りかけて、やめた。このところ喉がいがらっぽく、痰《たん》がからむ。のど飴の缶を開けて、一粒、口に放り込んだ。

＊

玲子が制作中の絵の写真を持ってアトリエに来た。線描きに下塗りをした〝造船所〟の絵だ。これからどう仕上げていけばいいか、と大村に訊く。

「空はこのままの色か」

「うん。灰色のまま。全体に暗い色調でいきたいねん」

「海は」

「緑がかった灰色」

「そうか……」

大村はじっと写真を見た。ドックの船台に漁船が揚げられている。船体は白、船底は鈍い朱色で、ヘルメットを被った作業員がひとり、船底についたフジツボを長い柄のついたスクレーパーで掻き落としている。画面は上から、空、海、ドックに三分割され、その中央に漁船が配されている。船底のカーブが左から右へ斜めに横切り、構成に動きを与えている。画題が珍しいだけに、構図はもう少し落ち着いたほうがいいと思った。

「人物をもっと左に寄せて、船台とバランスをとったらどうや」

「やっぱりね。それをいわれると思たわ」

分かっているのなら、下塗りをする前に描きなおせ――。玲子の絵は野放図だ。小下絵《こじたえ》をしっかり描かず、色も決めないままに描きはじめるから、途中で何度も修整をしなければならない。こぢんまりした行儀のよすぎる絵にならないところはいいのだが、構成的には失敗することが多い。一枚の絵に勢いとまとまり、動と静を両立させるのはむずかしい。

「この写真、和賀さんには見せたんか」

頌英短大美術科の主任教授だ。玲子はこの夏休みが終わるまでは頌英の専任講師だ。

「ううん。あのひとには見せへん。嫌いやもん」

「そんなわるいひとやないで」

「とにかく、いややねん。ぶくぶく肥えてるし」

玲子は好き嫌いが激しい。思ったことをストレートに口に出すから、同年代の男とは長続きしない。玲子は大村と関係をもちながら、つきあっている男の話を平気でする。

「船台のレールとかチェーンは邪魔やない？」

「そうやな。チェーンがくねくね曲がってるのが邪魔やな」

いいながら、玲子の腰に手をまわした。短いスカートを少しずつたくしあげる。玲子は逃げない。ストッキングを穿かないのは脚に自信があるからだ。

「先週の日曜日、美大の後輩に会《お》うたわ」

玲子はドアのほうに眼をやって、「高雄のオオヤマレンゲの群生地。写真を撮ってたら、上から降りてきた。斎木梨江と本宮ユリ。祥ちゃん、憶えてる?」

「斎木、本宮……。燦紀会やな」

「勝井教室で描いてたんやて」

「ああ、思い出した。斎木はほっそりした子で、本宮は背の高い子やろ」

とぼけてみせた。本宮はともかく、斎木梨江はよく知っている。斎木が三回生のころ、このアトリエに呼んで写生をしたのだ。切れ長の眼と整った鼻筋、あごからうなじにつながるなだらかな線に、人物画にぴったりの雰囲気があった。写生のあとは食事に誘って酒を飲み、どこか適当なシティーホテルに部屋をとってもいいと考えていたが、撮影をはじめた途端に、斎木は服を着替えてアトリエを出ていった。あのあと、斎木と顔を合わせても口をきいたことはない。

　斎木梨江が稲山健児の孫娘だと知ったのは、京都美大の常勤講師を辞め、室生の推薦で大津芸大の准教授になる直前だった。あのとき斎木と関係していたら、どうなっていたか――。室生に師事しながら、そのライバルの孫娘とつきあうというのは、たぶん、誉められたことではない。それを考えると、斎木がアトリエを出ていったのは、大村にとって幸運だったのかもしれない。玲子とはあのころから関係があった。

「本宮ユリって嫌味やねん。大村先生は邦展の会員ですか、と知ってるのに訊いてきた。あの子、頌英短大の専任講師に落ちたことを根に持ってるにちがいないわ」

「そうか、本宮ユリは最終審査に残ってたな」

「いい気味や。あんなに意地がわるいから落ちたんや」

玲子は勝ち誇ったようにいう。皮肉なことに、その専任講師の席がもう玲子にはない。後期からは宮井紫香の愛人にとって代わられることを、玲子はまだ知らない。

「勝井さんて、いまいくつ？」

「六十三、四やろ。そろそろ定年や」

京都美大の教授の定年は六十五歳のはずだ。

「六十をすぎて、まだ燦紀会の会友やて、情けないね」

「勝井さんはそういう欲のないひとや。燦紀会も邦展と似たりよったりで、派閥争いや足の引っ張りあいが激しいから、勝井さんは一線を画してる」

「ふーん、祥ちゃんは勝井さんと仲がいいの」意外そうに玲子はいう。

「おれは勝井さんに世話になった。紙の貼り方、礬水《どうさ》のひき方、絵具の溶き方から筆の使い方まで、一から教えてもろた」

「祥ちゃんが学生のころ、勝井さんが教えてたん？」

「あのひとは奥沢教室の助手やったんや」

「燦紀会の奥沢厚造？」

「仙人みたいなひとやったな。俗なとこがかけらもなかった」

仕事に行きづまったとき、大村は奥沢の言葉を思い出す。

絵描きの本業は写生です。観察して、写生して、スケッチブックを何冊も描きつぶして、眼をつむってても筆が動くようになって、はじめて絵は描けます。そういう元手をかけた絵やからこそ、ひとさまに買うてもろて床の間に掛けてもらえるんです――。説教がましいことはいっさいいわなかったが、写生の大切さだけは口癖のようにいっていた。

奥沢厚造は伏見の造り酒屋に生まれたひとり息子で、若いころは帝展、邦展に所属し、将来を嘱望されたが、昭和二十三年に邦展を離れ、燦紀会を結成して創立会員になった。以来、在野を貫いて世俗的な栄達に眼を向けることはなく、六十代の半ばに肝臓ガンで亡くなった。

奥沢は美大の教室に現れるたびに学生の誰かれをつかまえて酒を買いに行かせ、宴会をはじめた。都々逸《どどいつ》や地唄を披露しながら踊りをおどり、それを学生に憶えさせた。奥沢教室の学生はみんな、奥沢が来るのが楽しみだった。奥沢は進級制作が迫ると、絵具代のないひとはぼくのツケで買いなさい、といい、実際にその絵具代を払ってくれた。〝奥沢の絵具〟で制作をし、絵描きになった学生は何人もいる。

奥沢は祇園に出入りして、相続した造り酒屋の資産を蕩尽《とうじん》した。自分が納得した絵しか画商には渡さず、少しでも気に入らない絵は画室に積まれたまま外に出ることはなかった。晩年の奥沢は〝雪景色〟を描き、北陸や丹後半島に雪が降ったと聞けば、スケッチブックを抱えて写生に行き、何日も帰ってこなかった。あのひとは冬のあいだは家におりません——。たまに遊びに行くと、奥沢の妻はそういって笑っていた。奥沢は大村が大学院のときに亡くなり、伏見の家と数百冊のスケッチブックが妻に残された。

奥沢厚造は大村が唯一、敬愛した画家だった。奥沢がもう少し長生きしていれば、大村は邦展ではなく燦紀会に絵を出品して、いまとはまったくちがう道を歩んでいただろう。

「勝井さんは奥沢さんという仙人の弟子や。上品な絵を描くけど、俗気がなさすぎて人気がない。絵というやつは、つくづくむずかしい」

そう、画家の人格と絵の良し悪しはほとんど関係がない。俗気の塊といってもいい室生の絵は運筆、彩色ともに非の打ちどころがなく、峻烈な中に華と気品がある。

「この絵、入選するかな」玲子は写真に眼を落として訊いた。

「おれはいけると思うけどな」

また、室生に頼めばいい。室生は玲子の職を奪ったのだから、代償を払わないといけない。邦展の入選くらい、理事の口利きでなんとでもなる。

「祥ちゃんはいいね、無鑑査やから」

「無鑑査には無鑑査なりの苦労があるんや。なんでも適当に描いて出品したらええというもんやない」

このところ、絵が荒れているのではないかという自覚がある。室生の選挙に時間をとられて、満足に写生ができないのだ。

「玲子はなんで絵描きになろうと思たんや」

大村の指が玲子の内腿《うちもも》にとどいた。

「さぁ、なんでそう思たんやろ……」

玲子は脚を閉じる。「高校の美術の先生かな。髭ぼうぼうの変なひとやけど、好きやった」

玲子は岸和田の高校で自転車通学をしていた。三年生の一学期、校門を出たところで美術の教師に呼びとめられた。自転車に乗せてくれという。わけを訊くと、美術教師は近くの自動車学校に通っていて、教習に遅れそうなのだといった。

美術教師は玲子を後ろに乗せて走りだした。車道を全速力で走り、信号も平気で無視する。危なくてしかたない。玲子は必死でしがみついた。自動車学校には十分で着き、教習に間に合った。

「それからも二、三回、自転車にふたり乗りしたんやけど、生活指導の体育教官に見つかってしもて、すごい怒られた。生徒を指導する立場の教師がなにごとや、とね。美術の先生はしょげかえって、ごめんな、とわたしに謝った。そのとき、わたしは先生が好きになってん」

玲子は美術教師のそばにいたくて、彼の出身校である京都美大を受験したいといった。

美術教師は玲子の実技指導をし、玲子は現役で合格した。

「その教師は独身か」

少し妬けた。スカートをめくりあげる。玲子は強く脚を閉じた。

「幼稚園の子供がいたわ」

「そいつは日本画科を出たんか」

「ううん、彫刻科」

「彫刻のやつらは、そういうくだらんやつが多いんや。……セックスしたんか」

「するわけないやろ。清純な女子高生やのに」

玲子はまたドアのほうを見やって、「祥ちゃんはなんで絵描きになったん」

「家の商売や」

「船場の和菓子屋？」

「うちはむかしから茶の宗匠がお得意さんや。茶事の席には茶道具や花や、床の間の掛軸がつきものやろ」

「ほな、祥ちゃんは掛軸を描こうと思て？」

「おふくろが教育ママでな。おれは次男やし、家を継ぐ必要はなかった」

美大日本画科の同級生三十人は、日本画につながりのある商売をしている家の子弟が多かった。日本画家や染織家はもちろん、表具屋、染物屋、織物屋、人形屋に、甲冑師という珍しい家もあった。女子学生は総じて資産家の子女が多く、娘に絵が描きたいといわれて四年も六年も美大へやるには、相応の経済的余裕がなければならないのは当然だった。

「おれは一浪した。辛気くさい実技の練習がいやでしかたなかったけど、それをせんと合格できへん。……入学してデッサンやスケッチをはじめたら、これがおもしろいんや。岩絵具と膠《にかわ》を使うて絵を描くという作業も新鮮やった。おれは美大に入ってはじめて、おふくろに感謝した」

それがいつのまに変わってしまったのだろう。若いころの純粋に絵を描く楽しみを、いまは忘れてしまった。どんな絵を描けば審査員に受けるか、なにを描けば画商に売れるか、それればかりを考えている。ろくな写生もせずに、写真や資料を適当に寄せ集めて絵に仕立てる術《すべ》も憶えた。いかに効率よく手間をかけずに見栄えのいい絵が描けるか、そんな小手先の技術ばかりが上達して、絵の本質を忘れかけている。

自分はいったい、なにを表現したいのか。なにをどう表現すれば絵の本質に迫れるのか——。それはしかし〝出世〟という現実を眼の前にすると横に措《お》かざるを得ない。自分の納得する絵だけを描きつづけて世間に忘れられるより、名をあげて世間に認められ、ほかの絵描きを見おろす立場に立ちたいのだ。だからこそ室生の腰巾着をし、芸術院会員選挙の手伝いをして機嫌をとっている。

絵描きも会社員も、政治家も官僚も、出世したいのはみんな同じだ。なにが契機でその道を選んだかは分からないが、選んだからにはその世界で頂点に立つのが人生の目標になる。大村にはもう、奥沢や勝井のような生き方はできない。

「玲子は絵を描くのがおもしろいか」

「うん、おもしろい」

「どう、おもしろいんや」

玲子を抱き寄せて尻のふくらみに手をまわした。玲子は手を押さえる。

「そんなんいわれても、答えられへん。考えたことないもん」

「ほな、なんで入選したいんや」

「美術館にわたしの絵が掛けられて、大勢のひとが見てくれるからやんか。友だちにもいい顔ができるし、入選をつづけたら特選がもらえる」

「玲子はええな。将来があって」

「祥ちゃんにもあるやない。いつかは芸術院会員になるんやろ」

「そのレールから外れかけてる。おれはもう四十七や」

三十代で邦展委嘱、四十代で会員、五十代で評議員、六十代で理事という人生設計を立てていた。ちょうど四十歳で委嘱になったところまでは予定どおりだったが……。

「祥ちゃん、先週、北陸へ行ったんやろ」話題を変えるように玲子はいった。

「室生さんのお供で挨拶まわりや。京都に帰って玲子に電話したけど、つながらんかった」

あの日は舟山淑を自宅に送りとどけたあと、真希のアパートへ行ったのだ。

「メールのできる携帯に換えたら」

「あんなもんはいらん。ややこしい」つまらぬ痕跡は残したくない。

「室生さんはどう？　何票くらいとれてるの」

「いまのところは十票くらいかな。こないだから必死で金を配り歩いてる」

「いくら配ってるの」

「ひとり頭、百万。平気で受けとるやつがほとんどや」

「むちゃくちゃやな。芸術院会員が羨ましいわ。家で寝てたら、大勢のひとが貢ぎ物を持ってくるんやろ」

「そら、三、四十人の芸術院賞受賞者が入れかわり立ちかわり顔を出すんやからな」

渡辺槐樹の〝豆腐詣で〟や、淑に聞いた〝風呂桶〟の話をした。

「ようそこまでするね。七十をすぎたような老夫婦が」

玲子は小馬鹿にしたように笑う。癇に障った。強引に脚を広げて内腿をなであげた。

「祥ちゃん、アトリエでこんなことはせえへんというたのに」

「いま、宗旨がえをした」

「奥さんに見られるわ」

「あいつはここに来たことない」

「ブラインド、降ろして」

「裏は竹林や」

ショーツに手をかけた。玲子は小さく吐息を洩らし、唇をあずけてきた。

11

アトリエの電話が鳴った。制作の手を休めて壁の電話を見ると、外線のランプが点滅している。

おかあさん、いないのかな——。独りごちて、美千絵が昼前に外出したことに気づいた。家には梨江しかいないのだ。

筆を置いて立ちあがり、受話器をとった。

——はい、斎木です。

——梨江、手伝って。

いきなり、そういったのは美千絵だった。

——おかあさん、どこにいるの。

——いま、おじいちゃんとこ。わたし、腰が痛くてダウンした。

健児のアトリエで道具の整理をしていると美千絵はいう。

——道具って、なによ。わたしの児童画教室の道具？

ポスターカラーや筆、鋏やセロハンテープを倉庫の棚に置いてある。

——とにかく来て。わたしはもうあかん。

いまにも倒れそうにいう。美千絵は腰痛持ちだ。

——分かった。行くわ。

頭に巻いたバンダナをとり、髪を後ろに括《くく》ってアトリエを出た。玄関の壁にかかったキーホルダーをとって外に出る。ドアに錠をかけ、マークⅡに乗り込んだ。

洛西ニュータウンから長岡天神。健児の邸にはガレージがないから塀際に車を駐めた。前庭から中庭にまわって別棟のアトリエに行く。美千絵は窓際のアームチェアに座っていた。キッチンの向こうの畳敷きになった十二畳のスペースに古い桐箱がばらばらに置かれている。

「道具って、その箱のこと？」

美千絵が倉庫から出したのだ。

「そう。水指や壺が入ってるから重たいねん」

美千絵はさも疲れたふうに、「ついさっき、ピリッときて腰が痺れてしもた。梨江には頼みとうなかったけど、どうにもできへんから電話したんや」

「おかあさん、歩けるの」

「ゆっくり歩くくらいは大丈夫やけど……」

「おじいちゃんは」

「今日は塾に行ってはる」

「その箱をどうするの。わたしが倉庫にもどすわけ？」

「そうやないねん」美千絵は首を振り、「あと三十分したら、大和の美術部のひとが大きなワゴンでとりに来はるんや」

「まさか、おじいちゃんが大事にしてるコレクションを売るの」

「売るんやない。おじいちゃんのために使うんや」

「それって、芸術院会員に？」

「ほら、怒った。そやから、梨江にいうのはいややったんや」

美千絵は顔をしかめて腰をさする。「おじいちゃんはこのごろ、切り花を描かはらへんから、たくさんの花生は必要やないねん」

「この箱、十個以上あるやんか」

畳のそばへ行って桐箱を数えると、大小交えて十三個もあった。『唐津花生』『伊万里花生』『信楽水指』『備前掛花生』『瀬戸瓶子』――。すべて箱書きがあり、『丹波大壺』の箱は高さが二尺を越えている。

「まだそれでは足らへん。倉庫からあと七つ、出さなあかん。梨江、出してきて」力なく美千絵はいう。

梨江は動かなかった。なにかしらん、腹が立ってしかたない。芸術院会員はそんなに偉いのか。何十年もかけて蒐集してきたコレクションを、ただ一票のために贈らなければならないほど値打ちのあるものなのか。花生や壺が惜しいのではない。芸術院会員という得体の知れないもののために、これほどまで卑屈になってしまう現実が悔しいのだ。

「梨江、お願い。腰が痛くなかったら、あんたに頼まへんねん」美千絵は肩で息をする。

「分かった。出してくる」

うなずいた。美千絵も好きでこんなことをしているのではない。

「どれを出すかは、これに書いてあるから」

美千絵は座ったまま、紙片を差し出した。受けとる。やきものの銘と、それを贈る芸術院会員の名が一覧表になっていた。銘に鉛筆で印をついているのは、美千絵が運び出した箱だろう。

梨江は紙片を手にして倉庫に入った。桐箱はまだ三十個ほどある。《伊万里面取壺―青井蕗。京焼角瓶《かくへい》―池田圭吾。瀬戸龍文花生―加瀬紅遼……》墨のかすれた箱書きを読みとりながら箱を棚から降ろす。健児が陶磁器を蒐《あつ》めたのは、花や草を生けて絵のモチーフにするためだ。

七つの桐箱を探して倉庫から出した。先の十三個といっしょに畳の上に並べる。箱はどれも古ぼけていて、値打ちがありそうに見える。

「その瀬戸の花生は、わたしが小学生のとき、骨董屋さんが持ってきた。高い買物やったんか、おばあちゃんがえらい怒ってたわ」

その骨董屋は息子が跡を継ぎ、新門前に店をかまえていると美千絵はいう。「もう四十年も前やから、けっこう値上がりしてるやろね」

「花生より、おじいちゃんの絵のほうが高くなったんやからいいやない」

「おじいちゃん、ひとつひとつに思い出があるから気鬱やねん。そやし、塾に行きはったんや」

「いっそ、おじいちゃんの絵を贈ったらどうなん。おじいちゃんが芸術院会員になったら、もっと値があがるんやから」

「そんなあけすけなこと、できるかいな。聞いたことないわ」

「このリスト、相談して決めたん？　どれを誰に贈るかというの」

「それはおじいちゃんが考えた。わたしは紙に書いただけ」

「なんで大和の美術部がとりにくるの」

「梨江はいろいろ訊くんやね」

「だって、気になるもん」

日本画家稲山健児がいかにして芸術院会員になるのか。これが智司なら、挨拶まわりの口上からやきものの値段まで、根掘り葉掘り訊くだろう。

「大和の美術部が東京のホテルにその箱を運んでくれるの。おじいちゃんとわたしはホテルに泊まって、都内や横浜や鎌倉の先生のお宅をまわるわけ」

それで分かった。健児と美千絵は東京のホテルを拠点にし、〝邦展タクシー〟に桐箱を積んで挨拶まわりをするのだ。

「東京方面の芸術院会員て、何人いるの」

「三十三人」

「そんなにたくさんいるんや」

一日に五人まわったとしても、一週間はかかる。挨拶まわりというのは思っていた以上の大仕事なのだ。それを健児と美千絵は何年もつづけてきた……。

「芸術院会員は全部で何人」

「定数は百二十人やけど、いまは二十人ほど欠けてるはず」

毎年、定数いっぱいまで補充することはなく、百十人弱で推移しているという。

「小説家や詩人も会員でしょ」

「第一部は美術、第二部は文芸、第三部は音楽、演劇、舞踊になってる」

「そうか、邦楽や歌舞伎のひとも芸術院会員やったわ」

「第一部の選挙運動はすごいけど、第三部もすごいらしいね。お金も飛び交うんやて」

「文芸は運動しないの」

「噂は聞かへんね。小説家や詩人はそういうことを軽蔑するんでしょ」

ひとごとのように美千絵はいう。

「おじいちゃん、小説を書いたらよかったのに」笑いながらいった。

「あのひとは絵の虫。ほかのことはなにもできへん」

話はこれで終わりというふうに美千絵は桐箱のほうに眼をやり、「さ、大和のひとが来はる。それを玄関に運んで」

アームチェアにもたれかかった。

＊

朝いちばん、大和の松坂から注進があった。美術部員がひとり、吉永の指示で稲山の邸へ行き、二十点ものやきものを車に積んで東京へ向かったという。稲山は金や商品券ではなく、蒐集品を芸術院会員に配り歩くようだ。もう十数年前になるか、殿村は稲山のアトリエで花生や壺を見せてもらったが、どれも時代のある名品だった。長い年月をかけて蒐めたコレクションを手放すのだから、稲山も気が入っている。油断はできない。

殿村は紺の背広にネクタイを締め、コロンを軽くふった。パナマ帽を被って会長室を出る。エレベーターで画廊に降りると、木元がカウンターにいた。

「お出かけですか」

「玉川の事務所へ行く」

「じゃ、これを」

木元はカウンターの下から風呂敷包みを出した。昨日、室生から受けとった三号の『石斛』だ。額に入れてある。

「ほな、行ってくる」

ご苦労さまです——。木元の声を背中に聞き、包みを持って画廊を出た。

五条大和大路までタクシーに乗った。五条通に面したテナントビルの一階が玉川宇一の事務所だ。隣はコンビニだが廃業したらしく、ガラスドアに〝閉店〟の貼り紙があった。

事務所に入った。応接セットの向こうでゴマ塩頭の男がファイルを眺め、眼鏡をかけた若い女がパソコンのマウスを操作していた。窓のそばにも背広姿の男がふたりいて、小声で話している。玉川クラスの大物議員なら、東京と京都で三十人以上の秘書を抱えているだろう。そのうち、国から給料の出る公設秘書は三人だけだ。

「末松さん、いてはりますか。夏栖堂の殿村といいます」

この事務所には昨日、電話を入れて、玉川の予定を確認した。玉川宇一は来月末まで京都には帰らないと、地元秘書を名乗る末松がいった。

「おはようございます。お待ちしておりました」

いちばん奥のデスクで新聞を読んでいた男が応えた。立って、こちらへ来る。殿村はパナマ帽をとって髪を整えた。

「初めまして。末松と申します」

一礼して名刺を差し出した。殿村も出す。《筆頭秘書　末松誠寛》——。携帯電話の番号とメールアドレスも書かれていた。

「わざわざご足労願って申しわけございません。夏栖堂の殿村会長とお近づきになれるとは、ほんとうに光栄です」

末松はにこやかにいった。関西弁のアクセントがまったくない。齢は五十歳前後。薄茶のダブルの背広に濃紺のネクタイ。髪をきっちり七・三に分け、金縁の眼鏡をかけている。

「さ、こちらへ」

末松は先に立って左奥のドアを開けた。殿村は入る。八畳ほどの応接室だった。

「どうぞ、おかけください」

「すんまへんな」

殿村は上着のボタンを外して革張りのソファに腰をおろした。エアコンがよく効いている。年代物のサイドボードに凝ったボトルのブランデーやウイスキーが並んでいた。

「なにか、お飲みになりますか」サイドボードを指して、末松は訊く。

「いや、ぼくはお茶をもらえますかな」

「承知しました」

末松はテーブルの電話をとって飲み物を頼んだ。殿村は風呂敷包みを解く。

「挨拶代わりの品です。玉川先生に」箱の蓋をとった。

「ほう、立派な絵ですね」

感嘆したように末松はいう。絵の良し悪しなど分からないくせに。

「邦展理事、室生晃人先生の『石斛』です」

「すばらしい。これが室生晃人先生の日本画ですか。大きさは何号です」

「三号です」

あとで美術年鑑を確かめるのだろう。室生の市場価格は号あたり五十万円だ。

「玉川に代わってお礼を申しあげます。この絵は玉川がこちらに帰るまで金庫に保管しておきます。さぞ、よろこぶことでしょう」

末松はサイドボードの上に額を立てかけて、ためつすがめつする。室生クラスの作品ならすぐに換金できるから、政治家には都合がいい。

「末松さん、話をはじめてよろしいか」殿村はいった。

「ごめんなさい。つい絵に見入ってしまいました」末松は向き直る。

「用件は昨日もいいましたけど、玉川先生が会長をしてはる『高田屋嘉兵衛の会』に、夏栖堂も参加させてもらいたいと思てますんや」

「ありがとうございます。願ってもないお言葉です」

「末松さんは東京の高輪にある三協倶楽部を知ってはりますか」

「存じております。三協財閥系の親睦団体ですよね」

「その三協倶楽部に事務局を置いてる『ロベルト会』というサロンは」

「それも存じております。ハプスブルク家当主のロベルト・フェルディナンド氏が来月末に来日して、宝ヶ池の国際会議場でロベルト会主催の歓迎会が開かれます。玉川も出席して歓迎の挨拶をする予定です」

「玉川先生のお立場は？　民政党の元副総裁として歓迎会に出席しはるんか、嘉兵衛の会の会長として出席しはるんか、どっちです」

「特に区別はしておりません。玉川には京都選出の衆議院議員としてロベルト・フェルディナンド氏を歓迎する立場もございます」

「歓迎会の席上で、ロベルト会からフェルディナンド氏に倉橋稔彦の絵が贈られるという話は」

「はい、玉川から聞いております」

澱《よど》みなく末松はいう。「贈呈式には倉橋先生が出席されて、ご本人からロベルト・フェルディナンド氏に作品を手渡されるようです」

やはり、そうだった。倉橋と玉川のあいだでは既に打ち合わせができている。ことの次第を、玉川は地元筆頭秘書の末松に伝えているのだ。それなら話は早い。

「倉橋先生の絵は『支倉常長』です。スペイン王家に贈る絵として申し分ない」

殿村は膝をそろえ、末松の顔を見た。「――そこでお願いですわ。嘉兵衛の会からロベルト会に『支倉常長』を購入する資金を援助していただけませんかな」

「会長はロベルト会とどういった関係がおありなんでしょうか」

「東京の日本橋に、夏栖堂と縁の深い棠嶺洞という老舗の画廊があります。ぼくは棠嶺洞に依頼されて、この話をしにきました」

棠嶺洞はロベルト会の会員で、フェルディナンドの来日を機に『支倉常長』を寄贈したいと希望している。そのために絵の購入費の一部として二千万円を負担する――。事前に練っていた話をした。多少の齟齬《そご》はあっても、それらしい口実があれば嘉兵衛の会は金を出す。親分の玉川が了承しているのだから。

「お話は承知しました」末松はうなずいた。「『支倉常長』はいくらでしょうか」

「六千万円です」

「わたしは美術方面に暗いのですが、それは妥当な価格でしょうか」

「文化勲章受章の新展理事長、倉橋稔彦の五十号の傑作です。美術市場に出たら、一億近い値がつきますわ」

「六千万円は妥当な価格なんですね」末松はしつこい。

「妥当というより、破格の値段ですな」

「もう一度、確認させてください。倉橋先生の絵はロベルト会が購入するんですね」

「そういうことです」

　順を追って説明した——。棠嶺洞が『支倉常長』の購入資金の一部として、二千万円をロベルト会に寄付する。次に嘉兵衛の会が四千万円をロベルト会に寄付し、ロベルト会は六千万円を棠嶺洞に預ける。棠嶺洞は六千万円を支払って倉橋から絵を受けとり、ロベルト会に渡す。ロベルト会はロベルト・フェルディナンドに絵を贈呈する——という流れになる。

「ロベルト会は一円の金も出しません。六千万は棠嶺洞と嘉兵衛の会が負担するんです」

「ロベルト会は寄付の受け皿ということですね」

「つまるところは倉橋先生の要望ですわ。それを玉川先生が聞いてあげたんですな」

　はっきりいった。そのほうが末松には分かりやすい。末松は平然と受け流して、

「ロベルト会の窓口はどちらさまでしょうか」

「三協倶楽部の総務部長です。名前は飯塚さんとか聞きましたな」

「三協倶楽部の飯塚部長ですね」末松は手帳にメモをして、「棠嶺洞さんがロベルト会に

二千万円を寄付されるのは、いつでしょうか」

「今週中ですわ」室生に用意させないといけない。

「承知しました。ただいまの話を玉川に報告して指示を仰ぎます。四千万円ともなると嘉兵衛の会の理事会に諮《はか》る必要がございますから、諾否の連絡は一、二週間、お待ちくださ い」

「分かりました。お手数かけます」

四千万円は出る――。そう確信した。


ノックがあって、ドアが開いた。制服の事務員が茶と水羊羹をテーブルに置く。一礼して出て行った。

殿村は茶を飲んだ。かなり上等の玉露だ。ほかの客にも、こんな茶を出しているのだろうか。議員の事務所は客のランクによって菓子や茶を変えていると聞いたことがある。

「夏栖堂さんは毎月、何点くらいの絵を扱っておられます」末松は楊枝で水羊羹を切る。

「季節によって差がありますな。春と夏はお客さんが家の外で遊びはるさかい、数は捌《は》けまへん。秋になって展覧会が多くなると売行きも伸びます。冬は新年を新しい絵で祝いたいさかい、また売れます。どっちにしろ、お客さんが家にいてはる季節がよろしいな」

具体的な点数はいわなかった。海千山千の議員秘書に楽屋裏を見せて得することはない。

「京都には有力な画塾が三つあると聞きましたが」

「翠劫社、幻羊社、北柊社の三つですわ。むかしは梁山塾いうのもあったけど、代表が亡くなって解散してしまいました」

「画塾の塾長は有名な画家なんでしょうね」

「そら、代表は大物ですわな」

「どういった画家ですか」

「翠劫社の代表は浜村草櫓やけど、世間的には室生晃人ですな。幻羊社の代表は稲山健児、北柊社は宮井紫香。みんな邦展所属です」

妙なことを訊く――、と思いながら答えた。ついさっき、室生の名をいって『石斛』を渡したのだ。

「室生先生と稲山先生は日本芸術院賞の受賞者ですよね」

「ほう、よう知ってはりますな」

「わたしも京都の人間ですから」末松は水羊羹をほおばる。

この男は狸や――。警戒した。美術方面に暗いといったのは大嘘だ。

「話は変わりますが、会長はアテナ画廊をご存じですか」

「ええ、よう知ってます。取引はないけど」

政治絡みのきな臭い絵の売買には必ずといっていいほど名前のあがる銀座の画商だ。洋画家の佐藤惟之を、二億円を遣って芸術院会員にした。アテナは洋画が主だが、日本画も手広く扱っている。倉橋稔彦の絵が政界、財界に流れるときはアテナ画廊を経由しているはずだ。

「アテナ画廊はいままで、京都の画家の先生方とはご縁がなかったんですが、今後は間口を広げて、京都の先生方ともおつきあいしたいと希望しております。つきましては夏栖堂の殿村会長にお力添えいただいて、京都の画塾の代表である室生先生や稲山先生、宮井先生とのご縁を……」

「ちょっと待ってくださいな」

末松の話を遮った。「アテナ画廊のオーナーの脇本さんとは面識があるけど、アテナと夏栖堂は、端的にいうたら商売敵ですわ。その商売敵にぼくが力添えして京都の縄張りを荒らされるてなことは、なんぼなんでも道理に外れてますな」

政治画商、脇本祐正は元議員秘書だ。玉川宇一が事務局長を務める民政党の派閥『軌生会』の領袖であった坂下功の私設秘書から画商に転身してアテナ画廊を設立し、軌生会の政治資金浄化に協力することで事業を拡大した。アテナ画廊の絵を買うのは、そのほとんどが建設、土建関連の企業だといい、企業はそれを軌生会の政治家に贈って公共事業を受注する。政治家は贈られた絵をアテナに売って金に換えるという仕組みだ。不況で規模は小さくなったとはいえ、絵を介在して金を還流させるというシステムはバブルのころからなんら変わっていない。

「申しわけございません。わたしの言葉が足りなかったようです」

　末松は頭をさげた。「これはアテナ画廊が京都の美術市場に直接参入するのではなく、あくまでも夏栖堂さんを通して京都の有力画家から絵を購入できないかという要望でございます」

「ほな、こういうことですか」

　茶を飲みほした。「たとえば、アテナがぼくに百万円の画料を預ける。ぼくはそこから八十万円を絵描きに払うて絵を受けとり、アテナに渡すと、そういうことですな」

「はい。おっしゃるとおりかと存じます」

「末松さん、おたく、アテナの番頭さんみたいですな」

いったが、末松の表情は変わらない。厚顔と慇懃《いんぎん》無礼は、さすがに玉川宇一の地元筆頭秘書をしているだけのことはある。

「絵描きと画商の世界には古くからのしきたりがありますんや。アテナ画廊が京都の絵描きの絵をもらうのは勝手やけど、室生先生や稲山先生クラスの大物が、はいそうですかと、新作を渡しますかな。そういう掟破りはすぐに京都中に知れ渡って、あの先生は義理を欠くと、大恥をかきますわ」

「お言葉ですが、アテナ画廊は京都の有力画家と新規のつきあいができないと」

「そうやない。ぼくは筋がちがうというてますねん」

「筋、ですか……」

「夏栖堂は東京の画商からわずかな歩合をもろて使い走りをするほど落ちぶれてまへん。アテナが室生先生の絵を欲しいんやったら、うちから買うたらよろしいんや」

むかっ腹が立った。絵のなんたるかも知らない議員秘書あがりの政治画商に舐められてたまるか。若いころならテーブルを蹴って立ちあがっている。

「失礼いたしました。知らぬこととはいえ、的外れなことばかりお願いしてしまったようです」

末松はまた低頭した。「アテナ画廊の脇本社長がロベルト・フェルディナンド氏の歓迎会に合わせて京都に参ります。祇園あたりで一席設けたいと存じますが、殿村会長のご都合はいかがでしょうか」

「脇本さんと酒飲むのはかましまへん。けど、さっきおたくがいわはったような期待をしてもろたら困りまっせ」

「いえいえ、それはもう申しません。おたがい画商どうし、顔つなぎというおつもりでいらしてください」

末松は笑い声をあげたが、眼はまったく笑っていなかった。

12

携帯が震動した。筆を置いて、ディスプレイを見る。室生だった。

机の上に携帯を放った。震動がコール音に変わり、いつまでも鳴りやまない。室生のいらいらした顔が眼に見えるようだ。

舌打ちして受信ボタンを押した。

――大村です。

――わしや。いま、どこや。

――アトリエです。秋の邦展に出す作品を描いてます。

――こないだの〝裸婦〟か。

――先生に見ていただいた〝泉〟です。

裸婦が泉で髪を洗っている絵だ。やや斜め後ろを向き、膝下は水に浸かっている。背景に森と滝、全体を緑がかった色調で統一した。この絵は裸婦のシルエットが出来映えを左右する。モデルは玲子。真希より背が高く、スタイルがいい。

〝泉〟の小下絵は塾の合評会に出して、室生や和賀から講評をもらった。翠劫社は春と秋の展覧会の二カ月前、翠月美術館に小下絵を持ち寄って合評会を開いている。

——あの小下絵は無難や。わしはもっと冒険して欲しかったな。

——色がおとなしすぎましたか。

——色より背景や。泉に森、滝ときたら三題噺《さんだいばなし》やで。

それならそうと、合評会のときにいえ。いまさら一から描き直しはできない。室生はやはり、常務理事になるまで、大村を新審査員に推す気はないようだ。

——それより、用件や。稲山が今朝、東京へ発《た》った。

——挨拶まわりですね。

——昨日、大和の美術部が車を出して、稲山の土産を東京のホテルへ運んだ。稲山はやきものを配り歩くつもりや。箱を運んだ美術部員の話では、ちゃんとした銘のある花生や壺が二十個もあったらしい。稲山も今回は肚をくくっとる。

大和の美術部には室生の側に寝返った部員がいる。大村も知っている松坂という部付きの次長だ。松坂は、画商として独立したときは翠劫社の絵を渡すから、と殿村にささやかれて情報を流している。室生が芸術院会員になったら、殿村は松坂を切るだろう。

——わしもおかあはんといっしょに東京方面をまわるさかい、梓影堂にいうて板谷波山の花生を集めてくれ。彫塑や工芸の会員は現金を受けとらん連中もいてるさかい、わしは百万円の『波山』を配る。

——板谷波山は何点くらい用意したらいいんですか。

——そうやな、五点ほど頼んでくれ。

——波山の花生を五点というのは、すぐにはむずかしいかもしれません。富本憲吉や浜田庄司はだめですか。

——あかん、あかん。森一世の奥さんも板谷波山の箱書きを見てよろこんでた。波山を五点そろえてくれ。

——分かりました。手配します。

また面倒なことをいってきた。いくら梓影堂でも、五点もの『波山』を右から左に入手できるはずがない。それも値段が百万円前後の花生という条件つきだ。

——波山がそろい次第、わしは東京へ行く。君は箱を車に積んで追いかけてくれ。

そんな暇はない。おれは十月の搬入までに絵を仕上げなあかんのや——。大声でわめきたかった。あと半月すれば大津芸大の夏休みが終わって授業がはじまる。地方の画商から頼まれている小品も描かないといけない。時間はいくらあっても足りないのだ。

——ほな、頼んだぞ。波山は今週中に揃えるんや。

いうだけいうて、室生は電話を切った。

くそっ、おれは使用人か——。吐き捨てて、梓影堂の短縮ボタンを押した。従業員が出て、舅の隆宏に代わった。

——祥三です。今日はまた、お願いがあって電話しました。

室生先生の贈り物やろ。そろそろ電話があるころやと思てた。

さすがにやり手の古美術商だ。隆宏は見抜いている。

――百万円の板谷波山を五点、できたら花生を手に入れてくれませんか。

――いつまでに。

――今週中です。

――そら祥三くん、無理やで。二点や三点なら仲間うちで持ってるとこもあるかもしれんけど、五点は無理や。神戸や京都まで探しにいかんとあかんがな。

――ぼくもそういうたんです。富本憲吉や浜田庄司はどうですかと。けんもほろろに蹴られましたわ。

――相も変わらぬわがままぶりというわけか。……しゃあない。探してみまひょ。

――すみません。ありがとうございます。

――祥三くんが礼をいうことない。わしも商売や。ちゃんと口銭はいただいてまっせ。

隆宏は笑って、

――しかし、室生先生はなんぼ使う肚や。こないだの波山と墨跡を入れたら、七百万の買物やで。

――稲山さんが二十点ものやきものを東京へ持っていったそうです。室生さんも負けてられませんわ。

さっきの話を隆宏にした。

――花生の五点くらい、ちゃんと梱包したら美術運送便で送れるのに、ぼくに運べというんです。東京でぼくをこき使うつもりですわ。

――せいぜい協力してあげたらよろしいがな。見返りがあるんやから。

――室生さんがなりたいのは芸術院会員で、ぼくは邦展会員。同じ会員でも雲泥の差ですわ。

――そら、上野の日本芸術院の会員や。ゴルフの会員権とは値打ちがちがう。

隆宏はまた笑って、

――声に元気がないね。大阪に来なはれ。久しぶりに飲みまひょ。

隆宏の酒は豪快だ。キタやミナミの馴染みのクラブを挨拶がわりに何軒も飲み歩く。話題が豊富で座持ちがよく、金が切れるからホステスに人気がある。ええ子がおったら口説きなはれ、家に持ち込みさえせなんだらよろしいねん、と、室生と同じ齢でバイアグラを持ち歩いているのだから立派なものだ。妻の妙子に父親の社交性があったらどんなに楽だろうと大村は思う。

――わるいけど、飲む暇がないんです。また誘うてください。

――それは残念やな。けど、飲む暇もないほど忙しいのはけっこうなこっちゃ。ところで、有沙《ありさ》はこのごろどうしてます。

大村と妙子のひとり娘だ。隆宏には孫になる。

——いま、蓼科でゴルフ部の合宿ですわ。来年は卒業やというのに就職活動をせんのです。翻訳家になると、夢みたいなことをいうてますわ。

——夢があるのはわるいこっちゃない。それに向かってがんばるんやから。

——本人にいうてやってください。

妙子が甘やかしたせいで、絵に描いたようなどら娘に育ってしまった。オーストラリアに半年も語学留学しながら翻訳の勉強はまったくせず、金は天から降ってくるものと思っている。

——ほな、おとうさん、波山をお願いします。

話が長くなりそうなのでそういった。

——ああ、なんとか探してみるわ。

電話は切れた。時計を見ると、そろそろ二時だ。まだ昼飯を食っていない。

膠を温めるコンロのスイッチを切り、アトリエを出た。

＊

室生から会長室に電話がかかった。大村に五点もの板谷波山を入手するよう頼んだという。

梓影堂とかいう茶道具屋にそんな仕入れができるのかと思ったが、茶道具屋には茶道具屋のルートがあるのかもしれない。

——わしもおかあはんを連れて、今週末から東京へ行きます。稲山の挨拶まわりのすぐあとに、蕉風先生の未亡人が顔を出すんやから、効き目があると思いますわ。

——そら、ええタイミングですな。誰になんぼ包むんか、誰に波山を渡すんか、決めてますか。

——それを会長に相談しようと思て電話したんです。

——そういう込み入った話は、電話ではできませんな。

どこか適当な場所はないか、考えた。……粟田家だ。最近は観光客相手に一階のカウンターで〝昼の懐石〟をやっている。頼めば座敷を開けてくれるだろう。

——石塀小路の粟田家、知ったはりますな。ちょっと出てきてくれますか。

いって、殿村は電話を切った。

このあいだ、大和の松坂と会ったときは日が暮れかけていて気づかなかったが、粟田家の前庭にダイモンジソウが咲いていた。長い花茎の先に〝大の字〟の白い小花をつけている。山野草は可憐で美しい。もうずいぶんむかし、父親に連れられて初めて舟山翠月の邸を訪れたとき、ダイモンジソウの色紙をもらったことを思い出す。あのころは牡丹や百合が好みだったが、いまはあっさりした日本の野の花がいい。花を描いた絵を扱いながら、ほんとうに花が好きになったのは、六十をすぎてからではないかと殿村は思う。

格子戸を開けると、室生先生がお待ちです、と仲居がいった。室生はあれからすぐに出たのだろう。奥の小座敷に案内された。

「えらいすんまへん。ぼくのほうが遅れました」

「いやいや、わしが早よう来すぎました」

室生は上座にすわっている。卓上には麦茶と手帳が置かれていた。

「料理はお任せでよろしいか」

「いただきます」

仲居にビールと料理を注文し、座布団を敷いて胡坐になった。

「さっそくやけど、東京方面は何人、まわらはります」室生に訊いた。

「三十三人ですわ」

「内訳は」

「日本画が十二人に、洋画が九人」

室生は老眼鏡をかけ、手帳を広げる。「彫塑六人、工芸二人、書が一人、建築が三人です」

「まず、建築ですな。矢崎柳郁が金を包んで突っ返されたというから、手土産は菓子折だけにしとときましょ。淑先生に挨拶してもろて、あとは名刺と画集だけでええのとちがいますかな」

「わしの画集は前に渡してますけど」

「かさばるもんやなし、何冊渡しても邪魔にはなりませんわ」

いらなければ捨てるだろう。建築家は美術家と毛色がちがうから、票読みからは外している。「――で、残りは三十人。工芸と書の三人は百万ずついきましょ」

「これは現金ですな」室生はひとごとのようにいって、手帳にメモをする。

「日本画の新展の四人は倉橋さんがまとめてくれるさかい、商品券が十万ずつ」

「新展は商品券が十万ずつ」室生は復唱しながら書いていく。

「邦展の藤原さんには、一昨年の選挙で、なんぼ渡しました」

「百四十万でしたわ」半端な額を室生はいう。

「そらあきまへんわ。会員候補者の推薦書まで書いてもろて」

藤原静城も欲がない。文化功労者がたったの百四十万でよく推してくれたものだ。「藤原さんは今回、村橋青雅閥の四票を室生先生にくれるんですな」

「ほんまにありがたいことや。藤原先生には足を向けて寝られません」

「藤原さんには五百万と波山の花生。あとの三人の先生は百万ずつ配りましょか」

「村橋先生にも百万ですか。あのひとは寝たきりで、見舞いに行ったんが誰かも分からんほど惚けてますんやで」

「惚けた人間に金はいらんけど、奥さんにはいりますがな」

芸術院会員選挙は郵送で投票できる。投票用紙に室生の名を書き、印鑑を捺すのは村橋の妻だ。男とちがって女は潔い《・・》から、百万円を受けとれば必ず投票する。

「村橋閥は八百万と花生」室生はずり落ちる眼鏡を指で押しあげ、せっせとメモをする。

出ていく金が大きすぎて、金銭感覚が麻痺しているようだ。

そこへ、生ビールと先附が来た。昼の懐石だから種類は多くない。鱧《はも》の湯引きと、どんこ椎茸の佃煮だ。

「さ、どうぞ」

室生に勧めて、生ビールを飲んだ。喉の渇きがいっぺんにおさまる。シガーケースから葉巻を出して吸い口を切りながら、「日本画の会員十四人のうち、九人は目処《めど》がつきましたけど、問題は元沢英世閥の三人と、弓場光明閥の二人ですわ。弓場閥の宮井先生の一票は確実として、あとの四票が読めませんな」

「票が読めんて……。わしは元沢先生の絵を二点も買うたんでっせ。二千八百万もの大金をはたいて。三十万の江戸切子と二十万の商品券も渡しましたがな」

「室生先生にこんなことというのは酷やけど、絵を一点買おうが、二点買おうが、元沢さんにとって大したちがいはない。稲山さんも絵は買うたし、元沢さんには、笹熊に招待されてパークロイヤルのスイートに泊まったことのほうが、印象に残ってるはずですわ」

「会長はまさか、わしの二千八百万は無駄金やといわはるんですか」

「そこまではいうてません。元沢さんは票を室生先生と稲山先生に分けますやろ」

　こういうとき、室生の人徳のなさがマイナスに働く。元沢閥は三人だから、二名連記で計六票ある。殿村が元沢の立場だったら、室生に一票、稲山に二票、邦展東泉の矢崎柳邨に三票を振り分けるだろう。それが邦展第一科に君臨する元老の裁量というものだ。

「ほな、会長は元沢閥から何票とれると踏んでますねん」

「一票ですわ」

「それ、ほんまですかいな」

「残念ながら、ぼくの票読みはめったに狂いまへんのや」

「わしはたった一票のために二千八百万を……」

　室生はうめいた。「ドブに捨てたも同じやないですか」

「ドブには捨ててまへん。元沢さんの絵は選挙が終わったら売れるし、ちゃんと一票は確保したんやさかい」

「稲山は何票ですねん」

「たぶん、二票ですな」

「そら殺生や。わしは堪忍できませんで」

「室生先生、票読みの要《かなめ》は客観性ですわ。希望的観測で票を甘う見るのがいちばん危ない。それを肝に銘じてください」

葉巻をくわえて火をつけた。「元沢さんには挨拶だけでええけど、元沢閥の二人には波山を一点ずつ渡しましょ。でないと、なけなしの一票までなくなる恐れがありますさかいな」

室生は眉を寄せ、黙ってメモをした。よほど悔しいのだ。

「で、最後に弓場光明ですわ。子分の宮井先生の一票はとれたけど、弓場さんの票は分からん。一昨年の選挙ではどないでした」

「弓場は稲山に一票入れましたわ。ついでにいうたら、宮井も稲山に票を入れよったんです」

苦りきった表情で室生はいい、ビールを飲む。

「今度の挨拶まわりは弓場本人に会うて、顔や口ぶりを見てください。弓場光明は蕉風先生が会員のときに一票もろてるはずやさかい、それを淑さんに確かめてからね」

「おかあはんはようできたひとや。息子をよろしくお願いしますと、腰をこんなに曲げて丁寧に頭をさげてくれますねん。蕉風先生が死んだあとは盆暮れにしか顔を出さんわしのためにね。ありがたいこっちゃ。わしはおかあはんのためにも、絶対にこの選挙に勝ちます」

室生はつぶやくようにいって宙を仰いだ。こころなしか眼が潤んでいる。

この男も苦労してるんや――。ふと、そう思った。

室生は徒手空拳で鹿児島から出てきて、画塾の先輩にいじめられながら辛い修業に堪《た》えた。師の妾腹の娘を嫁に迎えて、そこまでして出世したいかと仲間に笑われながら、歯を食いしばって絵を描いてきた。ひといちばい強い目的意識と上昇志向があったればこそ、こうして芸術院会員を狙えるところまで這いあがってこられたのだ。

対するに稲山はどうだ。幻羊社を主宰した稲山暉羊の孫として野嶋蘇泉や鵜飼瑞仙から絵を教わり、駆け出しのころから邦展に入選をつづけて、委嘱、会員、評議員、理事と、出世の階段を順調に昇ってきた。稲山が足を踏み出せば、そこに階段ができ、いつのまにか頂上近くまで昇っていたのだ。

室生の峻烈な絵と、稲山の茫洋とした絵は人生をそのまま映しているのだと、改めて気づいた。頂上に連なる最後の一段は室生に踏ませたいと、殿村ははじめて意識した。

「弓場の土産はどないしましょ」室生が訊いた。

「とりあえず百万。それでようすを見ましょか」

「現金ですな」室生は手帳に書く。

「いまの票読みをしますか」

室生の手帳を指さした。「見込み票を書いてください」

「どんなふうに」

「ぼくがいいます」

日本画からはじめた。新展—四、藤原静城—四、元沢英世—一、宮井紫香—一。洋画は森一世—一。彫塑は戸板順吉—一。工芸は島津喜史郎—一。西口章—一。書は米田洳雲—一。北原崋遠—一。

「何票になりました」

「——十六票ですな」

「過半数まであと八票。今度の東京行きが勝負です」

低くいった。室生はそれを噛みしめるように、こくりと深くうなずいた。

タクシーを呼んでもらって室生を家に帰し、粟田家を出たのは午後三時だった。外はじりじりするように暑い。歩いて東大路通へおりたときは汗みずくになっていた。夏栖堂まであと六、七分だが、それが辛い。月見町のあたりでタクシーをとめた。

「えらい近くでわるいんやけど、祇園町へ行ってくれますかな」

車は走りはじめたが、ふと、殿村は思いついた。

「——いや、北白川や。仕伏町へ」

「仕伏町は北白川天神宮の近くでしたか」

「そう。白川通をあがって、別当の交差点を右へ入りますんや」

パナマ帽を膝に置き、扇子を広げて首筋をあおいだ。


鵜飼秀視《ひでみ》の邸は旧《ふる》い住宅街の行き止まり、こんもりとした竹山の麓《ふもと》にある。秀視の父、鵜飼瑞仙がいたころは年に五、六回、絵をもらいにアトリエを訪れたものだ。瑞仙が亡くなって秀視の代になってからは、博に任せている。鵜飼秀視は邦展会員だが、絵は玄人好みであまり人気がない。数寄屋風の瀟洒な邸は〝普請道楽〟の瑞仙が建てたものだ。

門柱横のインターホンのボタンを押すと、すぐに返事があった。殿村は名乗る。鵜飼は驚いたようだが、入ってください、といった。

格子戸を引いて邸に入った。整然と手入れされた前庭の飛石伝いに歩く。水を打ったばかりだろう、鮮やかな苔の緑が眼に沁みる。京都の大物日本画家――秀視ではなく瑞仙だが――はほぼ例外なく、凝った造作の邸に住んでいる。

鵜飼は玄関で待っていた。制作中だったのか、くたくたの白いシャツに膝の抜けたズボンを穿いている。殿村は応接間の隣の茶室に通された。

「このお茶室は十年ぶりですかな。瑞仙先生が元気にしてはったころは、ここでようお茶をよばれました」

殿村は茶室を見まわした。三畳半向板の小間。天井は煤竹《すすたけ》、壁は藁《わら》の浮き出た苆壁《すきかべ》、障子窓は小さく、躙口《にじりぐち》の板戸は閉められている。床に掛けられている書は草書の仮名だが、ついさっきまで外にいた殿村には暗くて読めない。

「親父は趣味人やったさかいね。ぼくは不調法であきませんわ」

鵜飼は笑う。茶室には通したが、茶を点《た》てるわけではなさそうだ。

「いまはなにを描いてはります」

「人物です。舞妓をね」

「そうですか。鵜飼先生の舞妓さんは楽しみですな」

「今度の邦展に出しますわ」

「それはぜひ、拝見させてもらいます」

殿村はうなずいて、「今日は、お願いがあって参上しました」

「なんですやろ」

「小品を二点ほど、いただきたいんです」

「ああ、そういうことですか。ぼくはまた、会長がわざわざ顔を出しはったさかい、どんな用事やろと、緊張しましたわ」

鵜飼はまた笑って、「なにを描きます」

「できたら、風景か花を」

「この春、尾瀬へ行きましてね。水芭蕉を写生したさかい、それでいいですか」

「そらよろしいな。水芭蕉はぼくも好きです」

殿村はうなずいた。「十号を二点、お願いします」

「承知しました。描かせていただきます」

「ところで、今年の芸術院会員選挙、稲山先生が候補者になりそうですな」

「ええ……」鵜飼の表情が微かに曇った。「どういうことでしょ」

「これはどうせ分かることやからいいますわ。ぼくはいま、室生先生の応援をしてますんや」

「会長が室生さんを、ですか」鵜飼は殿村を見つめた。

「翠劫社の室生先生は夏栖堂の殿村、幻羊社の稲山先生は大和美術部の吉永。今度の選挙は参謀同士の勝負という側面もありますんや」

殿村は胡坐になって、「鵜飼先生にこんなこと訊くのはおかしいかもしれんけど、吉永はなんで稲山先生の応援をしてるんです」

「会長、それは酷ですわ。ぼくの口からいえるわけないやないですか」

鵜飼は否定しなかった。吉永が稲山の参謀だと知っているのだ。

「稲山先生は吉永に絵をやるんですやろ。この選挙に勝ったら小品を進呈すると、約束したんやないんですか」

稲山が芸術院会員になったら、号あたりの評価額があがる。いまの五十万が七十万にはなるだろう。稲山から十号を三点ももらえば二千万円の収入だ。美術部長の吉永にとって絵を換金するのは造作もない。

吉永はやり手だが、前々からなにかと噂がある。若手の画家に絵を注文してマージンをとる、個展を企画してその売上からキックバックを受けとる、顧客から注文をもらって美術部を通さずに作品を渡す——と、大和や淀屋あたりの美術部長ともなると、税金を払わない収入が容易に得られる。吉永の前任で定年まで勤めあげた元美術部長は岩倉に百坪の家を建て、ＢＭＷを乗りまわしている。

鵜飼は下を向いて押し黙った。長い息をつく。

そこへ、襖が開いて、鵜飼の妻が盆を持ってきた。マイセンのカップが載っている。

「すみません。お茶室でコーヒーというのも変ですけど」愛想よくいう。

「いやいや、趣向があってよろしいわ。これほどの茶室は滅多と入られしまへん」

「ちょっと暗いですね」

鵜飼の妻は袋戸棚を開けて中のスイッチを押した。天井から明かりが射す。光源は煤竹の化粧板に隠れて見えない。

「どうぞ、ごゆっくり」

妻は丁寧に礼をして出ていった。

「いつもながらに上品なおひとですな。まるで齢をとりはらへん」

「会長もお上手ですな。うちの家内、再来年は還暦ですよ」

「そらお若い。ぼくは八十二ですがな」

鵜飼の妻は野嶋蘇泉の姪だ。鵜飼より齢上だと聞いた憶えがある。

「このあいだ、浜村先生が稲山さんのところに来ましたよ」ぽつり、鵜飼はいった。

「ほう、翠劫社の代表が幻羊社の代表にね……」

「うちの塾の応接室でね、しばらく話し込んではりましたわ」

幻羊社の事務局は岡崎にある。稲山暉羊の別室を改築して、合評会のための二十畳ほどの部屋を設けている。事務局の経費は毎年六月に大和の美術画廊で開催される『幻羊展』の収益をあてているのだ。同じように、翠劫社は翠月美術館で『翠劫展』、北柊社は京都日本画会館で『北柊展』を開催している。

「浜村先生と稲山先生の話の内容は聞きはりましたか」

「聞けるわけありませんがな」

鵜飼は首を振って、「ふたりはそのあと、先斗町へ出ましたわ」

「そうですか。先斗町まで行きましたか」

浜村の用件は選挙がらみと考えてまちがいないだろう。日頃から室生を嫌っている浜村が稲山の側についたとしてもおかしくはない。浜村は室生が芸術院会員になったら、翠劫社代表の座を追われかねないのだ。

浜村草櫓は九十歳だが、いまだ眼光鋭く、筆も衰えていない。絵描きという人種は現役が長く、大物になればなるほど権勢に執着する。またそういう執着心があるからこそ、よぼよぼになって筆がとれなくなるまで絵が描きつづけられるのかもしれない。

「翠劫社はどうも、一枚岩ではなさそうですね」鵜飼はいう。

「派閥争いがね……。蕉風先生が亡くなってからは、ばらばらですな」

これはしかし、よくない卦だ。身内に足もとをすくわれたら、いくら人望のない室生とはいえ哀れだ。

「うちの塾も、そう褒められたもんやない。稲山さんが早よう芸術院会員になってくれんと、重しがありませんわ」

「こんなことというたら失礼やけど、鵜飼先生は本心からそう思たはりますか」

「どういう意味です」

「いや、ぼくら画商が幻羊社を見てたら、鵜飼先生は冷遇されてるんやないかなと、そう感じますんや」

「冷遇……」鵜飼は真顔になった。「その理由《わけ》は」

「稲山先生が幻羊社の代表にならはったんは、瑞仙先生が早ように亡くならはったからとちがいますか。瑞仙先生は蘇泉先生の右腕として幻羊社を継ぐはずやったのに、志なかばにして仆《たお》れてしまいはった。……稲山先生がここまで来られたんは、蘇泉先生と瑞仙先生が親身になって引き立てたからやと、京都中の画商はみんな知ってますわ。そやのに稲山先生は鵜飼先生を放ったらかしにして、いつまでも邦展会員のままでおいてはる。本来ならとっくのむかしに評議員になっててもおかしないのに、これは恩人の息子さんに対して、ちょっと冷たいんやないかと、そんなふうに思てますんや」

「会長がそういうてくれはるのはありがたいけど、ぼくはまだ評議員の器やないですわ」

鵜飼はいったが、表情がかたい。

「器というのは本人やない、まわりが決めるもんです。ぼくがいうのもなんやけど、鵜飼先生は品格、力量とも、評議員になってしかるべき画家です。なんで稲山先生はちゃんと運動して、鵜飼先生を評議員に押しあげようとせんのか、不思議でしかたないんです」

鵜飼が幻羊社内での処遇に不満をもっているという噂は前々から耳にしている。鵜飼瑞仙の生前、秀視は三十代で出品委嘱となり、四十代の初めに会員になったが、瑞仙が亡くなって、そこでぱったり出世がとまってしまった。秀視は瑞仙の威光を笠に着て、稲山をないがしろにした時期があったという。稲山も秀視も京都の日本画家の純血種であり、たがいの育ちが似ているだけに、どこか相容れぬものがあるのかもしれない。

「ぼくもこの齢やさかい勝手なこといいますけど、稲山先生はもうちょっと泥をかぶりはってもええのとちがいますかな。押しも押されもせん幻羊社の代表なんやし、ときには塾の先生方のために頭をさげることもせないかん。そうは思いまへんか」殿村は水を向けた。

「稲山さんも常務理事になったら、運動してくれますやろ」鵜飼はのってこない。

「鵜飼先生の仲人さんは東京の弓場光明先生ですな」話を変えた。

「弓場先生は親父の親友でした。いまもお世話になってます」

「瑞仙先生と弓場先生は邦展改革の同志でしたな」

「ええ。そうです」鵜飼はコーヒーをブラックですする。

昭和四十四年春の総会で、邦展は大幅な組織改革を決定した。当時七十五歳以上の老齢理事二十一人を顧問として棚上げし、若返りを計ったのだ。この〝美術家の定年制導入〟はかなり難航したが、村橋青雅や弓場光明、元沢英世、鵜飼瑞仙ら、新進有力画家の画策により、遂行された。

その機構改革はしかし、なしくずしに有名無実と化し、村橋や弓場が七十五歳に達したときは機能していなかった。理事と常務理事の定年は八十五歳まで延長され、ほとんど終身制というのが現実になっている。

「この芸術院会員選挙で、稲山先生は弓場先生の票をもらえますかな」

「それは、ぼくには分かりません」

「稲山先生から鵜飼先生に、弓場先生に口利きしてくれというふうな頼みはなかったですか」

「ありません。稲山さんはそういうひとやないから」

いしますかな」

「鵜飼先生から弓場先生に、室生先生に一票入れてくれるよう頼んだら、弓場先生はどな
「それはたぶん、頼みを聞いてくれると思いますけど」

　鵜飼は口ごもって、「ぼくは幻羊社の絵描きです。翠劫社の室生さんを応援したりでき
ません」

「幻羊社の鵜飼先生ではなく、鵜飼瑞仙の息子さんという立場やったらどないです」

「会長、こんなことというのは恥ずかしいけど、ぼくは稲山さんとの関係修復をしようとし
てますねん。いま描いてる〝舞妓〟も、上七軒で稲山さんといっしょに写生した絵ですわ。

会長とこういう話をしてること自体、塾の連中に知れたらろくなことはないんです」

　困惑したように鵜飼はいったが、殿村はかまわず、

「鵜飼先生は、稲山先生と室生先生のどっちが勝つと思います」

「ぼくには分かりません。次元がちがいますわ」

「ほな、どっちが勝ったらよろしいか」

「そら、稲山さんでしょ」

「ところが、いまは室生先生のほうが優勢ですねん」

「ほう、そうですか」鵜飼はコーヒーカップを皿に置く。

「ぼくがここまで打ち明けたんはほかでもない、勝ち馬に乗って欲しいからですわ」

「室生先生が選挙に勝って常務理事になったら、鵜飼先生を評議員に推します。塾はちごうても同じ京都の画家を推薦するのは、なんのおかしいこともない。室生先生もこのことは承知してますねん」

「勝ち馬に？」

「室生先生がそういわれたんですか」

いままで〝室生さん〟だったのが〝先生〟になった。脈がある。

「まわりくどいことというてもしかたないさかい、はっきりいいます。この補充選挙で室生晃人に票を入れてくれるよう、弓場先生に口添えしてください。そうしたら室生先生は必ず、鵜飼先生を評議員に推します。ここでこんな話をしたことは、絶対に外には洩れまへん。ぼくが墓場まで持っていきます」

一語一語に力をこめて殿村はいった。鵜飼は小さくうなずき、顔をあげた。

「分かりました。弓場先生に頼んでみます」

「おおきに。すんまへん。そのお言葉がなによりの土産になりました」

膝をそろえて頭をさげた。「それでは水芭蕉を二点、お願いしときます」

13

今出川大宮の翠月美術館で開かれた翠劫社二次合評会には三十七名の塾員のうち二十九名が集まった。秋の邦展に向けて小下絵を持ち寄り、意見を交わしあうのが主旨だが、実際は若手が幹部連中の論評をありがたく拝聴する会になっている。若手が幹部の意見を無視して好きなように描いた絵は入選することがなく、特選をとることはまったくないが、それは反面、幹部のいうままに絵を描きさえすれば入選できるということでもある。本来なら邦展に入選する実力のない画家が塾に属しているのは、そんなメリットがあるからだ。

大村は十分前に会議室に入った。若手の塾員に指示して、テーブルと椅子を壁際に移動させる。ホワイトボードの前にイーゼルを立て、そこにスポットがあたるようライトを調整した。大村は翠劫社に参加したころから会場準備と片付けを担当している。

塾員が入ってきた。入選数回組と会友（入選十回以上もしくは特選一回）は壁際、出品委嘱と会員はその前、評議員、理事、参与といった幹部はイーゼルのまわりに陣取る。定刻になって、代表の浜村草櫓が立ちあがった。

「本日はまた、ぎょうさん集まってもらってご苦労です。先月の合評会でいろいろ意見を出し合《お》うたわけですけど、それをもとに下絵を直してもろて、もっとええもんになってると思います。今年の搬入は十月の十七日やさかい、あと一カ月半しかない。精入れて、ええ絵を描いてくださいな」

焦げ茶のスーツに七宝のループタイ。浜村は去年、卒寿の記念展を翠月美術館で開催した。声は細いが、言葉はしっかりしている。

「それでは合評会を行います」

進行役の鈴木がいった。「内藤くんから」

指名されて、入選二回の内藤が立った。失礼します、と前に出てイーゼルに四号の小下絵を掛ける。小下絵は色鉛筆やパステル、水彩絵具で描かれ、岩絵具を使うことはない。

「前回、ご意見をいただいて、人物の位置をずらしました。背景を広げて緑が映えるようにしました」内藤はイーゼルのそばに立って説明する。

「その下絵、色目を変えたんか」

参与の福田がいった。「こないだ見たときとは感じがちがうな」

「少し、彩度を落としました」

「そら逆や。ただでさえ弱いのに、もっと鮮やかにせんと、審査員の眼をひかへんがな」

「あ、はい……」内藤はうなずく。

「わしはそのままでええと思うな。ただ明るいだけの絵は下品や」

口を開いたのは、前回の合評会で内藤の小下絵が派手すぎると評した室生だった。室生と浜村派の福田は犬猿の仲だ。

「それはちがうやろ」

福田は室生に嚙みついた。室生よりひとまわりは齢上だから遠慮がない。「こぢんまりときれいに描いただけの絵は弱い。七百点も応募のある審査の席上で、まずいちばんの条件は目立つことや。そこではじめて、審査員は絵に注目する。絵が下品や上品やというのは、審査員の眼についてこそ、分かることやで」

福田の言い分には一理ある。応募作品の審査は一瞬なのだ。

邦展第一部日本画の審査にあたるのは、理事会が選出した十七名の審査員で、これは常務理事を含む理事、評議員、会員、そして出品委嘱者中から抜擢される新審査員、各数名ずつで構成され、彼らの挙手によって審査は進行していく。

審査員が居並ぶ前に一点ずつ作品が運び込まれると、まず作品番号と題名が読みあげられ、ブザーの音と同時に、その作品をよしとする審査員が手を挙げる。その票数――一次審査は三票以上、二次審査は六票以上――により、「白―合格」「赤―落選」といった判定が下る。この挙手による選別を繰り返して、平年の入選作品数（約二百五十点）にほぼ一致したところで入選が決定するわけだが、一次審査の場合は、審査員が絵を見る時間は一点につき五秒間しかない。

このように審査は機械的であり、たった五秒間で落選になった画家は、結果的に一年間の努力と蓄積を無にしてしまったことになる。翌年春には邦春展が開催されるが、それに入選したところで、秋の本展のような名誉と権威はない。

こうして入選が決まり、あとは特選十点の審査に移るわけだが、これは相当に微妙なものになる。審査員にはみんな子弟関係があり、画塾や派閥の利益代表として動くから、おたがい持ちつ持たれつで、票をもらったり譲りあったりするのだが、やはり会員よりは評議員、評議員よりは理事、理事よりは常務理事の発言力が強い。芸術院会員である常務理事が一言、この作品が特選にふさわしい、といえば、あとの審査員が異を唱えることはまずない。

邦展京都画壇は宮井紫香が五年前に常務理事になってから、北柊社の塾員が毎年連続して特選を受けている。翠劫社の塾員が特選をもらったのは四年前と二年前の二回だけだ。画塾の代表が芸術院会員か否かということは、画塾の盛衰をも左右する。

「室生くん、翠劫社は翠月先生の時代から色の濁った絵を好まんのやで」

浜村がいった。「塾には塾の画風がある。それはやっぱり大事にせんといかんわな」

「わしはなにも、色の濁った絵が好きやとはいうてまへん」

室生は退かない。「画風というもんは時代によって変わっていくもんですわ。それを勉強するために切磋琢磨する場が塾やからこそ、こうして合評会をしてるんやないですか」

「とにかく、わしはこんな絵は嫌いや。福田くんのいうように、もっと明るうせんとな」

のっけから荒れ模様だ。浜村も一徹だから、いいだしたらきかない。内藤は困惑している。彼は四年前に京都美大の大学院を出て翠劫社に来た。いまはまだ、浜村派でも室生派でもない。

「まぁまぁ、代表のいわはるとおりでええのとちがいますか」

割って入ったのは和賀だった。内藤の小下絵を指さして、「バックの緑青に岩紫や群青でも差したら、もうちょっと鮮やかになって色のまとまりも出てくるやろ」とりなすようにいう。

「その絵は何号で描くつもりや」

まだ言い足りないのか、福田が内藤に訊いた。

「百五十号です」と内藤。

「もう描きはじめてるんか」

「泥絵具で下塗りをしてます」

「それやったら、まだ間に合う。浜村先生の意見を頭において、色を濁さんようにな」

「分かりました。ありがとうございます」

内藤は逃げるように席にもどった。

「和賀くんも責任重大やな。がんばってもらわないかん」浜村がいう。

「おっしゃるとおりです。身の引き締まる思いがします」和賀は頭をさげる。

今年、翠劫社が二回も合評会をするのは、会員の和賀が理事の室生の推薦で審査員に選抜されたからだ。和賀は十七人の審査員のうちのひとりにすぎないが、ほかの審査員と談合して、塾員を入選させることができる。うまくいけば翠劫社に特選を持ってくることも不可能ではない。

「次、石井くん」鈴木がいった。

会友の石井が進み出て、イーゼルに小下絵を掛けた。石井は六十代だが特選をとったことはない。姫路在住で大規模なカルチャー教室を主宰している。石井のような邦展の地方ボスは地元の教育委員会や美術界に影響力があり、巡回展への動員力もある。石井の絵は教室の生徒並みに下手だが、浜村の子分に徹することで十回以上の入選を果たしている。

「これはよろしいな。構成に落ち着きがある」福田がいった。

「色が澄んでる。日本画らしい」浜村もいう。

なんの個性もない印象の薄い絵だが、ほかに意見はなく、石井は席にもどった。

合評会は入選組から会友、出品委嘱組へ進行した。室生派の堀江が立つ。

「――あかんな。華がない」参与の瀬尾がいう。

「なにが足らんのかな」と、福田。

「モデルがわるいんやろ」

「堀江くん、このモデルはプロか」

「娘です。わたしの」

「それやったら、もっと情のこもった描きようがあるやろ」

瀬尾と福田でこきおろす。評というよりは誹謗《ひぼう》だ。

堀江は一昨年の塾の忘年会で、翠劫社は堅苦しい、自由にものがいえない、組織を改革するべきだ、と暗に浜村や福田や瀬尾に引退を勧めるような意見を吐いたことがある。それに思わず拍手をしてしまったのが出品委嘱の鈴木で、以来、ふたりは浜村派から目の敵にされている。おれはなんで手を叩いてしもたんやろ、と鈴木は悔やみ、それからは事務局の雑務を引き受けて、ひたすら自重している。堀江や鈴木が浜村派に睨まれても、室生が楯になって庇《かば》うことはない。

堀江は一言の抗弁もすることなく席にもどった。大村が立つ。小下絵をイーゼルに置いた。

「これも華がないな、え」瀬尾がいった。

「裸婦はいやらしく描いたらあかん。乳首を隠したらどないや」福田がいう。

「お言葉ですが、この姿勢で乳首を隠すのは不自然やと思います」

「不自然やったら、後ろ向きに描いたらええ」

「そうしたら顔が見えません」

「横顔でええやないか」

「ぼくは横顔が不得意です」

大村は抵抗した。室生が芸術院会員になったら、翠劫社は文字どおり室生のものになる。こんな年寄り連中に大きな顔をさせておくはずはない。

「ほな、こないだの下絵から、どこが変わったんや」

「背景の滝をなくして、森を広げました」

「小手先の直しやな。なんぼ無鑑査でも、もっと新しい絵に挑戦せんとな。いつまで経っても会員にはなれんで」

「それはいいすぎとちがうかな」

評議員の林がいった。林は室生に近い。「絵と会員云々は関係ない」

「わしは大村を励ましてるんや。いま翠劫社には七人しか会員がおらんのやで」

幻羊社は八人、北柊社は十人も邦展会員がいる、と福田はいう。「わしはもっと審査員や特選をとってきて、塾を守《も》り立てようというとるんやないか」

福田の言葉は邦展理事の室生に対するあてつけだ。大村は反吐《へど》が出そうになる。合評会というかたちをとりながら、いつもこの調子で諍《いさか》いをする。今年は室生の芸術院会員選挙が迫っているせいか、特にひどい。浜村、福田、瀬尾の参与三人は室生の常務理事昇格を恐れている。

「大村くん」瀬尾がこちらを向いた。「君は最近、絵から心が離れてるんやないか。わしは君が特選をとったころの溌剌《はつらつ》とした絵を忘れてるような気がするんや」

「そうですか……」なにもいいようがない。

「君はいま、絵描きとして脂の乗る時期に差しかかってる。雑事にかまけて絵を疎《おろそ》かにするのは本末転倒やで」

「雑事にかまける、とはどういうことですか」

「それは自分の胸に聞いてみるんやな」

「福田先生の忠告、この胸に刻み込んで制作します」

大村はイーゼルから小下絵を外した。室生は眼をつむり、じっと腕組みをしている。

鈴木が次の塾員を呼んだ。

＊

梨江に優子からメールが来た。《勝井先生のアトリエでデッサン会、PM4：30に集合》と、それだけのメッセージだった。なにをデッサンするのか、誰が集まるのか、なぜ勝井先生のアトリエなのか、余計なことをいっさい書かないのが、いかにも優子らしい。

このところ燦紀展の制作に追われ、たまに外出するのは健児のアトリエでする児童画教室だけだから、デッサン会は気分転換にいい。優子には〝参加〟とだけ返信した。

亀岡市篠町――。智司のアルトを運転して勝井教授の自宅に着いたのは午後四時半だった。優子のヴィッツが塀際に駐められている。インターホンのボタンを押すと勝井が出て、アトリエに来なさい、といった。

玄関に入ってスリッパを履き、ミシミシと音のする廊下を歩いてアトリエに入った。優子とユリがソファに座って、勝井と談笑している。

「どうも先生、こんにちは」勝井に挨拶した。

「ま、座り。そこのポットに紅茶が入ってます」勝井はにこやかにいった。

「いただきます」

紅茶をマグカップに注いで、ユリの隣に腰かけた。「ユリはどうやって来たん」

「優子の車に乗せてもらった。あっちにふらふら、こっちにふらふらするから、酔うてしもたわ」ユリは笑う。

優子はたぶん、運動神経がない。亀が這うような運転をするのに、ヴィッツは当て傷だらけで、初心者マークを貼ったままにしている。

梨江はアトリエを見まわした。壁にずらりと岩絵具のガラス瓶が並んでいる。イーゼルに八号のパネルが掛けられ、傍らに風蝶草の鉢がある。絵は八分どおり仕上がっていて、雪洞《ぼんぼり》を灯《とも》すようなピンクの花がふわりと描かれている。勝井の小品は巧い。

アトリエの中央は一段高くなって二畳ほどのカーペットが敷いてある。窓のカーテンを閉めて照明を点けているのは、どうやら裸婦を描くようだ。

「ヌードデッサンですか」勝井に訊いた。

「そう、美大のモデルに来てもらいます」

勝井はうなずいて、「いまは夏休みやし、モデルの子が暇なんです。アルバイトをしたいというから頼んだんやけど、ぼくひとりで描くのは気詰まりでね。それで卒業生に声をかけました」

「今日は八人、集まるねん」

優子がいった。「デッサンは五時から。早めに来て、先生とお茶しようと思たんや」

勝井は優しいから卒業生の出入りが絶えない。彼は画家というより教育者で、本人も、教えた学生がぼくの財産です、という。師の奥沢厚造が六十代で亡くなり、弟子はそれぞれ燦紀会や邦展の有力画家についたが、勝井はそれを潔《いさぎよ》しとせず、奥沢風の清新な絵を描きつづけた。勝井の絵はいまの燦紀会の流れ――具象よりは抽象味の強い半具象が主流――には旧く、だからといって画風を変えてまで審査員にアピールしようとはしない。そこをみんなが認めているから、勝井のまわりにはひとが集まる。

「斎木さんはいま、なにを描いてます」勝井が訊いた。

「瀬戸内海の島の廃屋です。この三人で、しまなみ海道を写生旅行しました」

「しまなみ海道ですか。開通した年に、ぼくも行きました」

「先生、車の運転は」

「できません。家内に連れていってもらいました。ぼくが横に座って、あれを描きたい、これを描きたいと指図するもんやから、家内は臍《へそ》をまげてしもてね、もう二度と運転手はしませんと、怒られました」

さも楽しそうに勝井はいう。「春は新緑、夏は海、秋は紅葉、冬は雪景色と、ぼくは季節ごとに家内を外に連れ出して、そのたびに怒られてます」

「仲がいいこと。羨ましいわ」優子がまぜかえす。

「それはそうと先生、郷田さんが燦紀会を辞めたそうですね」

ユリがいった。郷田は京都美大の十数年先輩で、燦紀会の会友だ。そういえば去年の本展と今年の春季展で、梨江は郷田の作品を見なかった。

「郷田くんは先月、退会届を出しました。ぼくのところに相談にきたんです。彼は海鴻《かいこう》で大賞をとってからは燦紀展の入選と選外を繰り返してるんやけど、それがやっぱり辛かったんやろね。これからは無所属でやっていきたいというから、ぼくは賛成しました。郷田くんの絵は燦紀会には向いてません」

海鴻というのは海鴻美術館賞のことだ。海鴻証券の創立者、海野鴻一が昭和三十年代に創設した日本画コンクールで、美術評論家十人が新鋭の画家五十名を推薦し、出品された作品の中から、大賞一点と新人賞二点を選抜する。情実審査のまかりとおっている美術団体の賞とは一線を画した新進日本画家の登竜門であり、海鴻美術館賞受賞者は一躍、美術市場の脚光を浴びて、作品の評価額は大幅に高騰する。

「郷田くんは会友やけど、号あたりの評価額が三十万円を越えてしまいました。燦紀会の審査員はおもしろないですわな。自分らの評価額よりずっと高いんやから。出る杭は打たれるで、郷田くんの絵は選外になる。それで郷田くんは腐る。ぼくは愚痴の聞き役でしたけど、やっぱり退会することになったというわけです」

勝井はひとりうなずいて、「燦紀会はこのままではあきません。売れる絵を描くひとは次々に弾き出されます。邦展の橋本渓鳳や新展の倉橋稔彦みたいなスターを育てへんと、いずれは燦紀会そのものが衰退してしまいます」

そう、「五橋」のひとりといわれた橋川大澄が亡くなったいま、燦紀会にスターといえる画家はいない。

「ぼくらの年代は先がありません。あなたたちの中から大スターが出て、日本美術が世界に通用するようになるのが、ぼくの願いです」

「なんか、宇宙船に乗って火星を開拓するみたいですね」優子がいう。

「荒唐無稽ですかね」

勝井は笑って、「そんな時代がきっと来ます。日本はいつまでも美術品輸入国ではありません」

「せやけど先生、わたし、思うんです」

ユリがいった。「いつまでも芽が出なかったらどうしよって。郷田さんのように大きな賞をとらはったら無所属でやっていけるけど、いまのわたしには将来の保証というものがない。若いうちはこうして絵を描いてるだけで楽しいけど、それを考えると怖くなることがあるんです」

「本宮くんはなんで絵を描くんです」

「そら、好きやからです」

「ぼくは大した絵描きにはなれんかったけど、満足してます。好きなように写生をし、好きなように絵を描いて、それでなんとかやってこれた。神さんに感謝してますねん」

勝井はいったが、そんなきれいごとで絵がつづけられたら苦労はない、と梨江は思った。勝井は京都美大の大学院を出てすぐ日本画科の助手に採用され、以来、美大から離れたことがない。だから勝井は外の世界を知らないのだ。

梨江は大学院を出て美大に残りたいと思ったが、助手はおろか非常勤講師の口さえなかった。私学や公立校の美術教師も生徒減少で募集はなく、西陣の衰退で着物の図案描きといったバイトもなかった。ユリも優子もカルチャースクールの講師や半期契約の私学の非常勤講師を探して、必死で絵を描きつづけているのだ。

ついこのあいだ、五十嵐から電話があった。岡山市内で備前焼のグループ展を開催するから見に来てくれといわれた。梨江は燦紀展に出す百五十号の絵を制作中だからと、初めて五十嵐の誘いを断った。五十嵐は不機嫌になり、梨江を責めた。二日や三日、描かんでもええやないか――。いまは一日でも惜しいねん――。おれがこれだけ頼んでもか――。慶ちゃんはわたしの燦紀展を見に来たことがないやんか――。おれは修業中の身や。窯焚きなんかしたら、十日間はぶっとおしで働くんや――。それが自分で選んだ道やないの――。最後は言い争いになって電話を切った。五十嵐は梨江が絵をつづけていることに、まったく理解がない。

「梨江、どうしたん、ぼんやりして」優子にいわれた。

「ううん。なんでもない」

そこへ、インターホンが鳴った。勝井が出る。ほどなくして卒業生が三人、アトリエに入ってきた。

＊

九月三日、水曜――。

大村は梓影堂で板谷波山の花生を受けとり、吹田から名神高速道路に入った。室生は今朝、新幹線に乗ったから、昼前には東京に着いている。いつもは上野界隈のビジネスホテルに泊まる室生が赤坂プリンスホテルに部屋をとったのは、淑を連れているからだ。

名神のサービスエリアで一回、東名で二回休憩し、用賀インターから首都高速道路に入ったのは午後六時だった。ひどく渋滞している。京都市内や阪神高速道路も慢性的に込んでいるが、首都高速の比ではない。

携帯が鳴った。

――はい、大村です。

――センセ、いま、どこ。

舌足らずの甘えた声は真希だ。

さぁな、三軒茶屋のあたりかな。

カーナビを見ながらいった。

――それ、どこ。大阪？

――東京や。

――えーっ、センセ、東京にいるの。

――偉い先生に頼まれてな、絵を運んでるんや。

真希には芸術院会員選挙のことは話していない。室生の腰巾着をしていることなど知られたくないからだ。

――偉い先生って、誰よ。

――室生先生や。翠劫社の。

――そのひと、車に乗ってるの。
――おれはひとりや。
――センセ、怪しいわ。女の子といっしょや。
――おれはな、もう八時間も運転して、くたくたなんや。
――その言い方が変や。わざとらしいわ。
真希は疑り深い。このところ、ますます大村に傾斜してくる。深入りさせすぎたか。
――東京へ行くんやったら、なんで真希を連れてってくれへんのよ。
――これは塾の仕事や。遊びに来たんとちがう。
――東京に泊まるの。
――三、四日はこっちにおる。
――なんていうホテル？
――赤坂プリンスホテルや。紀尾井町の。
――真希も新幹線で東京へ行く。
――あかん。これは仕事や。京都に帰ったら真っ先に真希のとこへ行くから。
――それ、ほんと？
――ああ、ほんとや。
電源を切った。

カーナビを頼りに紀尾井町の赤坂プリンスホテルに着いたときは日が暮れていた。駐車場に車を駐め、波山の桐箱をふたつ提げてロビーへあがる。大村は2708号室、室生は2707号室だった。

室生の部屋に館内電話をかけた。コール音は鳴るが、つながらない。もう挨拶まわりをしているのか。

受話器を置こうとしたとき、声が聞こえた。

――もしもし。

――大村です。いまチェックインしました。ロビーにいます。

――花生は。波山の。

――持ってきました。五点、揃《そろ》てます。

――よっしゃ、それでええ。あがってこい。

ご苦労、の一言もない。むかむかする。電話を切って舌打ちした。

花生の箱をふたつ提げ、二十七階にあがって部屋をノックした。ロックの外れる音がしてドアが開く。室生は寝間着代わりの浴衣を着ていた。

「遅かったな。四時ごろには着くと思たさかい、芝へ行こうと用意してたんやで」

芝大門には彫金作家の黒沢千鶴がいる。八十すぎの食えない婆さんだ。

「いま、七時四十五分です。遅いですか」腕の時計を見た。

「あほいえ。黒沢は晩飯食うて風呂に入っとるわ。そんなときにのこのこ顔出したら、もらえる票ももらえんようになる」

「すみません。大阪に寄ってから名神に乗りましたから」

「花生、見せてくれ」

提げていた桐箱をテーブルに置いた。箱書きは『青磁瓢花瓶』と『彩磁延寿文花瓶』。紐を解いて蓋をとり、花生を出す。薄肉彫を施した高さ七寸ほどの壺に精緻な文様が浮き出ている。これが高さ一尺で波山の代表作なら五百万でも買えない、と隆宏がいっていた。

「ほう、ええ出来やな」

「陶芸家で初の文化勲章受章者です」

「しかし、これが百万とはな。二、三十万の花生でもよかったんとちがうか」

室生は金が惜しくなったようだ。

「梓影堂は神戸や奈良まで、波山を探しに行ったんです」

「ま、しゃあない。値打ちは『波山』の銘や」

「車の中にまだ三点ありますから、持ってきます」

「そらそうや。車に積んでたら危ない」

「食事はされましたか」

「おかあはんといっしょにな」

ホテルの割烹で食ったという。大村の到着を待って、いっしょに食べようという発想は室生にはない。

「奥さんは隣の部屋に？」

「二十五階や。今日は早ように寝るというてはった」

「ほな、花生を持ってきます」

「落としたらあかんぞ。百万円が割れてしまう」

室生は花生を布に包んで箱に入れる。

14

朝、会長室に入った途端、電話が鳴った。

なんや、こんな時間に――。まだ八時すぎだ。画廊には誰もいない。受話器をとった。

――夏栖堂です。

――おはようございます。いつも早いですな。

甲高い声で分かった。棠嶺洞の社長、木元信雄だ。

――先日はお世話になりました。木元さんも画廊に出てはりますんか。

――いや、わたしはまだ家にいます。少しでも早く会長のお耳に入れたいことがありましてね。

――なんですやろ。

ロベルト会の件だろうか。それとも、倉橋稔彦がなにか……。

――室生先生はいま、東京におられるんですよね。

――ええ。昨日、行かはりました。舟山蕉風さんの未亡人といっしょに。

――それはよかった。……いえね、田代警察庁長官の奥さんが個展をするんですよ。銀座の足利画廊で水彩画展を。

――警察庁長官の奥さんが個展をね。

足利画廊は一流だ。なぜ素人画家の展覧会を開くのだろう。

――田代佐喜子っていうんですがね、誰あろう、根岸徹の娘です。

――ほう。根岸徹の……。

彫塑の芸術院会員だ。

――今日が個展の初日です。オープニングパーティーは午後六時から。根岸さんも顔を出すはずです。

――それは木元さん、ええ話ですわ。室生先生に伝えまひょ。

――なにせ、警察庁長官の奥さんです。会場はごったがえすはずだから、早めに行ったほうがいいでしょう。

——わざわざすんまへんな。おおきに、ありがとうございます。

——室生先生が芸術院会員になられたら、小品をいただけますかね。

冗談とも本気ともつかぬふうに木元はいい、電話は切れた。

殿村は一〇四で赤坂プリンスホテルの番号を聞き、ダイヤルボタンを押した。

＊

大村は朝食をとって部屋にもどり、シャワーを浴びた。髭を剃り、服を着替える。グレーのスーツに白のシャツ、濃紺のネクタイを締めた。

八時半に2707号室をノックした。室生はチャコールグレーのスーツに紺色のネクタイ、髪をきれいに梳き分けていた。

「今日は五時半に銀座へ行く。足利画廊で根岸徹の娘が個展をしてるんや」

娘は警察庁長官の妻だと室生はいった。「趣味に毛の生えた程度の水彩やろ。オープニングパーティーに根岸が来るらしい」

「挨拶まわりの手間が省けますね」

「会場で根岸に土産を渡すわけにはいかん。まわりは警官だらけやろ。画廊へ行って手錠をかけられたら世話はない」

室生は嘆息して、「どっちにしろ根岸の自宅には行かなあかん。二度手間や」

「しかし、根岸徹が警察庁長官の舅とはね、初めて聞きましたわ」

「警察庁長官いうのは偉いんか」

「偉いでしょ。警察の長官なんやから」

誰が偉い、どれくらい偉い——。室生の口癖だ。

「警視総監と、どっちが偉いんや」

「さあ……」つまらぬことを訊いてくる。

「ま、どうでもええ。そんなことは」

室生は丸テーブルの上にノートを広げた。三日間で挨拶まわりをする会員を順に書いてある。東京都内十七名。東京都下三名。埼玉県五名。神奈川県八名——。大村はこの名簿を見るたびに、うんざりした気分になる。

「今日はどないするんや」

「まず、港区の黒沢千鶴ですね。それから新宿区にまわって——」

スケジュールを立てたのは大村だ。一日目は都内。二日目は調布、三鷹、日野の会員宅をまわり、埼玉県に入って、入間、狭山、川越、富士見、新座の会員宅を経由して都内にもどる。三日目は川崎、横浜から三浦、逗子、鎌倉、大磯とまわり、小田原で室生と淑を新幹線に乗せ、大村は大井松田インターから東名に入って京都へ帰るというものだが、強行軍であるだけに、予定どおりことが運ぶとは思っていない。おそらく四日、わるくすると五日がかりの挨拶まわりになる。

「——五時半に銀座へもどるのは予定外やから、一時間ほど後ろがずれます」

「そら困るな」室生は眉を寄せて、「やめるか、個展は」

「けど、根岸が来るんでしょ」

「そうやな。やめるわけにはいかん。……しゃあない。今日は八時ごろまでまわるか。おかあはんには気の毒やけど、辛抱してもらお」

室生はノートを閉じた。「藤原先生と弓場先生に渡す花生を忘れんようにな」

「どの花生にしましょ」

「どれでもええ。みんな波山や」

室生はルームキーを手にして立ちあがった。大村はノートを持ち、桐箱をふたつ提げて部屋を出た。

二十五階へ淑を迎えに行き、駐車場に降りた。淑は赤墨の紗の着物に浅葱の半襟、紺瑠璃の帯を締めている。いつもながらに上品な色の取り合わせだ。

ふたりをリアシートに乗せ、カーナビをセットした。芝大門まで約三キロ。カーナビがなければ東京の挨拶まわりはできない。

稲山と娘は先週、東京に来て、邦展タクシーで都内をまわったという。稲山は年に二回しか会員宅をまわらないが、それでもかなりの出費だろう。京都からの交通費、タクシーのチャーター料、宿泊費、手土産などを考えると、一回の東京詣でで百万近くの経費がかかるはずだ。

室生と稲山の資金力を比較すると、圧倒的に室生のほうが優勢だ。ふたりとも号五十万前後の評価額で人気も売行きもほぼ同じだから、収入はそう変わらないはずだが、稲山は室生より〝出〟が多い。稲山は幻羊社の代表だが、室生は翠劫社の代表ではないからだ。

京都は狭いところだから、伝統ある幻羊社の代表ともなると、どこへ行っても細かい真似はできない。塾の運営や写生会などにポケットマネーを出すのはもちろんのこと、会合や打ち上げの払いもし、飲みに行っても塾員に金を出させるようなことはしない。そういう肚があってこそ、ひとは幻羊社の代表として立ててくれる。

対する室生は翠劫社の運営費など、幹部としての割り当て以上は出さない。画商やスポンサーと飲むことはあっても塾員と飲むことはなく、塾の打ち上げや写生会には出席しない。ひたすら絵を描いて、出世のために金を貯めてきた。

この挨拶まわりで稲山が蒐集してきたやきものを配ったのは、資金に余裕がないからだ。今年の補充選挙で稲山が敗れたら、次回は推薦を辞退するかもしれない。

芝大門には十分で着いた。高層マンションの一室で黒沢千鶴は彫金をしている。金象嵌《ぞうがん》の器が主な作品だから、広い工房は要らないのだろう。室生と大村はいつも玄関先で黒沢に挨拶し、菓子折を渡している。

「おかあはん、このビルの十二階ですわ。ご機嫌伺いをして、さっと帰りましょな」

室生はカステラの木箱を風呂敷に包んだ。箱の底には百万円の現金が入っている。

「あがってくれといわれたら、どないします」

「気難しいひとですわ。まちごうても、そんなことはいいません」

室生と淑はマンションに入り、五分もしないうちに出てきた。車に乗り込む。

「どうでした」大村は訊いた。

「珍しく、喋ったな。わざわざ京都から大変ですねといいよった」

「よかったやないですか」

「おかあはんのおかげや。わしらとは貫目《かんめ》がちがう」

熱のこもらぬふうに室生はいって、「次は」

「世田谷区です」代田の洋画家だ。

「よっしゃ。行こ」

室生はシートにもたれかかった。

＊

東京から帰って、美千絵は寝込んだ。向こうで風邪をひいたらしい。腰痛もひどくて料理ができず、梨江が代わって食事を作っている。買物もしないといけないから制作の時間をとられてしまうが、〝三食アトリエつき〟の身で不服はいえない。

昼食のちらしずしが余ったので健児の家に持っていくと、アトリエの壁にパネルを立てかけ、邦展出品の絵を描いていた。百五十号の大作だ。

「精が出るね、おじいちゃん」

「これが仕事やからな」

健児は特製の踏台に膝をそろえて腰かけ、右手をまっすぐに伸ばして筆を使っている。五十年以上もその姿勢で描いていると筆先が震えることはなく、腕も疲れないのだという。邦展や新展、燦紀会など、美術団体の幹部は秋の本展に際して大作を描く。無鑑査だからといって六十号、八十号程度の作品を会場に掛けることはしない。日本画壇の最長老、九十八歳の向井朋子も、さすがに衰えたとはいえ、去年の新展に百五十号を出品していた。本展は画家にとって晴れ舞台であり、いまだ旺盛な制作意欲を誇示する場でもある。

「どうも眼鏡が合わんでな、近くがぼやけるんや」

「新しいの、作ったら」

「いまかけてるのが、こないだ作ったやつなんや」

健児は眼鏡をとって、「眼鏡より眼を作り直さなあかんな」

「そこ、ミミズクがいるね」

「夜の景色にしようと思てな。久しぶりに」

画面いっぱいに見慣れぬ大木が描かれ、曲がりくねった板状の根にミミズクがとまっている。幹も根も地面も、すべて暗い緑色だ。

「サキシマスオウノキや。梨江が生まれたころやったか、蘇泉先生がマングローブの林を描かはって、わしもいつか描いてみたいと思てたんや」

健児は今年の春、西表島《いりおもてじま》へ写生旅行にいった。

「わたし、ヤマネコが見たいな。イリオモテヤマネコ」

「剝製は見たけどな。もう百匹ほどしかおらんらしい」

「この絵、緑だけで仕上げるの」

「そのつもりやけど、淋しいか」

「ううん。シンプルできれいと思う」

色の少ない絵はむずかしい。梨江はモチーフに変化をつけようとして、つい余計な色を使ってしまう。

「ほんまは墨一色にしたいんやけど、大きな画面は描ききれん。等伯《とうはく》の境地にはほど遠いわ」

健児は長谷川等伯の『松林図屛風』のことをいっている。梨江は一度、上野の国立博物館で実物を前にしたが、作品に見入ったまましばらくは動けなかった。さすがに日本水墨画の最高峰といわれるだけのことはある。等伯は禅林寺の『波濤図』もすばらしい。

「日本画って、宗達や等伯の時代から進歩してないんやろか」

「梨江のいうとおりかもしれんな」

健児は筆をおいて上体を伸ばした。「むかしの絵描きは東の空にお日さんがあがってから西の空に沈むまで、一刻を惜しんで絵を描いた。それこそ、日のあるうちは一心不乱に筆を動かしてたけど、いまの時代はほかにすることがいっぱいある。テレビ見たり、本読んだり、飲みに行ったり……。絵や写生に費やす時間が少なすぎるのは確かやな」

「けど、画集を見たり、美術館巡りができるようになったメリットはあると思うわ。照明があるから、夜も絵が描けるし」

「そら便利な時代にはなったけど、運筆の力は明らかに落ちてる。一本の線を同じ太さでひくこともできん。絵は絵描き個人の習練でしか進歩せんのや」

「個人の習練……」

「絵というのは人間ひとりひとりの技や。科学みたいに社会が進歩することはない。たとえば一という発見がされたら、それを土台にして二という発明がされる。二の発明をもとにして三ができるというふうに、科学全体が進歩していくけど、絵の世界はどこまで行っても個人や。稲山健児という絵描きが長谷川等伯という絵描きの研究をしても、等伯より優れた絵を描けるとはかぎらん」

健児は笑って、「いまの時代はなんぼでも情報があるから、技術や技法を追求する手助けにはなるけど、自分の絵を確立するのはあくまでも個人や。等伯にしたって、自分の絵が何百年後の絵描きに賞讃されるとは夢にも思てなかったやろ。自分がいま描いてる絵が後世に残るか、時代をくぐり抜けられるか、それは誰にも分からんことやと思うな」

「そうか、画家はいつの時代もひとりなんや」

「絵描きはなんべんも行き詰まる。それを克服するのは、我を忘れて描いてるものの中にフッと現れるなにかや。うまいことよういわんけど、絵の神様が天から降りてきて、そこからまた新しい絵が描けるような気がするな」

「わたしなんか、絵の神様が降りてきたことないわ」

「いっぱい絵を描くんや。それしかない」

健児は腰をあげた。ちらしずしを食べるという。

「お茶淹れるわ」梨江は流しに立った。

ふたり掛けのテーブルに座って、健児はすしを食べはじめた。

「これ、旨《うま》いな。酢の合わせ加減がええ。美千絵よりずっと上手や」

「そんなことというて。おかあさん、寝込んでるのに」

「東京で走りまわったからやな」

健児はそこまでいって、箸をとめた。「梨江にはいっぱい絵を描けとえらそうにいうて、わしは選挙にうつつをぬかしてる。恥ずかしいこっちゃ」

「わたし、いややったけど、もういいねん。おじいちゃんにはおじいちゃんの立場があるもん」

「幻羊社の代表か……」

「………」梨江は茶を湯飲みに注ぐ。

「いまさらこんなこというても詮ないけど、わしは代表になんかなりとうなかった。蘇泉先生、瑞仙先生に塾を仕切ってもろて、わしはただ絵を描きたかった。稲山暉羊の孫というのは重荷やったんや。……けど、瑞仙先生が亡くならはったとき、先輩連中はみんな代表を固辞した。幻羊社は稲山家のもんやという暗黙の了解があったんやな。実際、わしがあとを継がなんだら、幻羊社は解散する恐れもあった。もちろん、わしには絵の力も、塾をまとめる力もない。ただ幻羊社の頭飾りとして座りがよかっただけや」

当時、幻羊社には邦展参与ふたりと評議員が三人もおり、各々が威勢を張って四分五裂の状態だった。健児は京都の有力者や画商の協力を得ながら塾を掌握していった――。

「いま思たら、あのころがいちばん辛かったな。画塾いうのは企業とちごうて、塾員みんなが一国一城の主やから好き勝手をいう。それをまとめて塾を守り立てるには褒美を用意せなあかん。わしは必死で運動した」

「褒美って、なに」

「入選、特選、審査員や。それをとったら邦展の委嘱や会員になれる。本来は絵の研鑽を目的として主宰された画塾が、塾員の出世のための圧力団体に変わってしもたというわけや」

自嘲するように健児はいい、「邦展はなにをするにも事前運動や。その延長が芸術院会員やし、文化勲章でもある。梨江はいやがるけど、わしは運動が骨身に染みついてしもた。情けないな」

「おじいちゃんがそんなこというの、初めてや」

「美千絵がこぼしてた。梨江に責められると。わるいのは、わしやのにな」

そう、梨江は美千絵を責めた。美千絵は涙を浮かべていた。美千絵や健児を責める資格が梨江にあるのだろうか――。

ものごとには清と濁がある。邦展が濁なら燦紀会は清か――。そんなことはない。燦紀賞の受賞者には会員の子弟が何人もいる。会員の愛人と噂される受賞者もいる。誰が見ても明らかにひどい入選作品も多い。その画風は師の審査員と瓜ふたつだ。邦展の旧態と腐敗体質を糾弾して創立された燦紀会にも綻《ほころ》びが見えている。

「画塾はピラミッドや。てっぺんが高いと底辺も広うなって全体が大きくなる。そやから、わしは芸術院会員に立候補する」

健児は嘆息して、「――と、これは建前で、ほんまは出世したいんや。稲山暉羊や野嶋蘇泉に肩を並べる芸術院会員になりたい。そしたら文化功労者、文化勲章に道が開ける。それがわしの本音や」

なにかがふっきれたように健児は話した。梨江はどう応えていいか分からない。正しいとか正しくないといった問題ではない。ひとはそれぞれ生き方があり、ステップをあがるごとに次の目標が見えてくる。梨江も燦紀会の会員を目指して絵を出品しているのだ――。

「わしは七十三や。あと十年間は健康で絵を描きたいと思てる。こんなくだらん選挙で時間をつぶしてもええんかという思いもあるけど、乗りかかった船はやっぱり沖へ漕ぎ出したい。わしは俗物やな」

「そんなことない。おじいちゃんは絵描きや。なによりも絵が好きなんは、わたしがいちばんよう知ってるもん。芸術院会員になって、たくさん絵を描いて」

「梨江がそういうてくれてホッとした。わしは梨江にどう思われてるか、気になってしかたなかったんや」

「わたし、おかあさんにわるいことした。もう、嫌味なんかいわへん」

眼の奥が熱くなった。「帰るわ。絵が遅れてるし」

立って、アトリエを出た。

*

藤原静城の家は成城にある。語呂合わせのようだが、本人は気に入っているらしい。雅号に合わせて成城に住んでるんかもしれん、と室生はいう。

首都高速新宿線を永福で降り、甲州街道を西へ走って上祖師谷から成城に入った。成城学園高校の北隣、閑静な住宅街の一角に藤原静城は邸をかまえている。タイル敷きの車寄せに、大村はベンツを駐めた。藤原には朝、訪問を知らせてある。

「立派なお宅やね」淑がいった。

「蕉風先生のお邸に比べたら、大したことおませんわ」

室生は五百万円の札束を包んだ袱紗《ふくさ》を持った。「大村も来い。静城先生やったらかまへんやろ」

大村は車外に出てリアドアを開けた。手を添えて淑を降ろす。室生も降り、

「花生、忘れるなよ」

いって、インターホンのボタンを押す。大村はリアハッチをあげて桐箱を出した。

藤原の妻の声が聞こえて、中に入るよういった。鋳鉄《ちゅうてつ》の門扉を押し開けて邸内に入る。和洋折衷の瀟洒な建物は現芸術院会員の建築家、籠谷伸一が設計したと聞く。

玄関ドアを開けると、広いホールに藤原の妻、孝子がいた。いらっしゃいませ、ご苦労さまです、と愛想よくいう。白のスカート、臙脂色のブラウスにレースのカーディガンをはおっていた。

「初めてお目にかかります。舟山淑と申します」淑は丁寧にお辞儀した。

「舟山蕉風先生のお噂は主人からよく聞いておりました。お会いできて光栄です。どうぞ、おあがりください」

孝子が先に立ち、長い廊下を進んでアトリエに入った。藤原静城はゆったりした革張りのソファに身体を沈めてパイプをくゆらしていた。

「おはようございます。今日は図々しく三人でお邪魔しました」

室生は両手をまっすぐに伸ばして九十度に腰を折る。淑と大村も低頭した。

「この暑いときに、わざわざ東京まで。お疲れになったでしょう」

藤原はにこやかに、「お掛けください。さ、どうぞ」

室生と淑が藤原の正面に座り、大村は少し離れて浅く腰かけた。孝子は飲み物を聞いて、アトリエを出ていった。

「広い画室ですね」淑が周囲を見まわした。

「いえ、広いことは広いけれど、散らかし放題ですよ」

藤原はいったが、このアトリエが自慢なのだ。天井は二階まで吹き抜けで、北側は全面ガラス張り、自動開閉のブラインドで自然光を調節できるようにしている。広さはバスケットトコートがすっぽり入るといっても大げさではなく、パネルを乱雑に立てかけてはいるが、制作にはまったく支障がない。応接セット、道具棚、絵具棚、モデル台、イーゼル、それらをいくら広げても、まだ空間を持て余している感じだ。三方の壁面と天井にはエアコンの吹き出し口があり、夏場の電気代はいくらになるかと、こちらが心配になる。藤原静城は村橋青雅が寝たきりになったいま、邦展のナンバーワンといってもいい売れっ子の日本画家だ。

「先週の金曜日だったか、稲山くんが顔を出しましたよ。娘さんといっしょにね。ぼくも同じように挨拶まわりをしてたんだと、感慨深いものがありました」

「それをお聞きして安心しました。藤原先生もまわりはったんですな」と、室生。

「運動をしないで会員になったひとはいないでしょう。挨拶にも来ない候補者に票を入れるお人好しの会員はいませんよ。その点、室生さんは義理堅い。季節ごとに日本中をまわるなんて、できることじゃない」

藤原は闊達《かったつ》で如才がない。去年、文化功労者に選ばれたときは、まだ七十八歳だった。あと四、五年生きれば文化勲章だ。

「舟山蕉風先生はどうでした。運動はされましたか」藤原は淑に訊いた。

「もちろん、しました」

淑はうなずいて、「よう怒られました。歩くのが遅い、挨拶の仕方がわるい、着物が派手すぎると、どれだけ怒られたことか。せやけど、会員の先生方は優しいしてくれました。伯父の翠月が会員やったころに票をお入れした先生方が多かったさかい、その恩返しやいうて、二回目の選挙で会員にしていただけました。ありがたいことです」

「ぼくは芸術院賞をもらってから七年も浪人しましたよ。三回目の候補で、ようやく当選しました。ああ、これでもう挨拶まわりをしなくてもいいと、それがいちばんうれしかったですね」

藤原静城は七十一歳で芸術院会員になった。室生が今年、当選すれば同じ齢だ。室生は邦展会員のころから舟山蕉風をとおして村橋青雅に食い込み、村橋が寝たきりになったいまは藤原に食い込んでいる。——蕉風は村橋をかわいがって芸術院会員選挙のときに票をやり、村橋は藤原をかわいがって票をやったという背景がある。会員選挙は義理のやりとりといった側面もある——。

「藤原先生にはなにからなにまでお世話になって、お礼の申しようもありません」

室生は深く頭をさげた。「つきましては、その気持ちとしまして、これを」

傍らの袱紗包みをテーブルに置き、藤原の膝前に滑らせた。藤原は大きさと形でそれと知ったのだろう、驚いたような表情で、

「室生さん、これはいけませんよ」

「いや、わたしの気持ちですねん。どうか、お納めください」

「それはしかし……」

「こちらにお伺いする前、音羽の村橋先生のお宅に寄ってきました。先生にはお会いできませんでしたけど、奥さんにお目にかかって、ご挨拶しておきました」

室生は言外に、村橋にも金を渡したことを示唆する。「杉並の白川先生と町田の西井先生のお宅も、参上してご機嫌を伺います」

白川と西井は村橋閥だ。その票を藤原がまとめてくれる。

「いつもながら、室生さんの心配りには感嘆しますな」

藤原は脚を組み、鷹揚にいった。白髪に白い髭、どこか殿村に似ている。

「室生をよろしくお願いします」

淑がいった。「ご存じのように、室生はわたしの息子です。どうか室生を引き立ててやってください」

「もちろん、できる限りのことはいたしましょう」

「これは、わたしからのお土産です」

淑がいい、大村は桐箱をテーブルにあげた。藤原は箱書きに視線をやる。

「波山ですか」

「花生です。モチーフにしていただけたらと思いまして」

大村は紐を解いた。蓋をとり、緞子《どんす》の袋から角瓶《かくへい》を取り出す。白磁の地肌に赤と緑の延寿文、見るからに名品だ。

「いやぁ、これはいい。ぜひ描かせてもらいましょう」

「大村さんの奥さんのお家が大阪で道具屋さんをしてはります。この花生を探してくれました」

「大阪で道具屋をね。……大村くん、きみは委嘱だったかな」藤原は上機嫌で話しかけてきた。

「はい、そうです」背筋を伸ばして答えた。

「いつ、委嘱に」

「七年前です。四十歳でした」齢もいった。

「じゃ、そろそろ会員だ」

「わたしはまだまだ、力不足です」

「きみは室生さんによく仕えている。なかなかできることじゃない。室生さんが芸術院会員になったら、きみも邦展の会員だな」

「ありがとうございます。藤原先生にそういっていただけるとは思ってもみませんでした。疲れも吹っ飛びます」

うれしかった。室生が理事会で大村を新審査員に推せば、藤原は同意する。常務理事ふたりの推薦は絶対だ。邦展会員が見えてきた。

「今後もいっそう努力します。よろしくご指導ください」

頭をさげた。藤原の言葉はなによりの収穫だった。

孝子が盆を持って入ってきた。陶製のジョッキと日本茶、ナッツの皿をテーブルに置く。

「ほう、きれいなジョッキですね」室生がいった。

「生ビールです。タンクをとどけてもらってますから」と、孝子。

「なんと、家で生ビールですか」

「どうぞ、遠慮なく。旨いですよ」

藤原はジョッキをとって飲んだ。大村も口をつける。ほんとうに生だ。運転しないといけないから、一口でやめた。

孝子がアトリエを出て、藤原はパイプを吸いつけた。パナマ帽をかぶって葉巻を吸えば、もっと殿村に似る。

「室生さん、ちょっと小耳に挟んだんだけど、浜村さんが仙相寺の障壁画を依頼されたらしいですね」小さく、藤原は話しかけた。

「龍璽院《りょうじいん》の襖絵ですか。あれはまだ本決まりやないんです」

御室《おむろ》の臨済宗仙相寺派大本山。南北朝時代開山の古刹《こさつ》で、境内に十二の塔頭《たっちゅう》がある。

浜村草櫓は龍璽院という方丈の襖絵を依頼されたのだ。

「浜村さんは丹後半島の伊根の生まれで、龍璽院の住職と同郷ですわ。その関係で襖絵を頼まれたんですけど、住職は宗務会の了承を得てなかったらしい。順序が逆ですわな」

宗務会は浜村の齢を危惧している。いくら元気とはいえ、九十歳の老画家に一年がかりで襖絵を描かせて、途中で倒れられたらどうするのか——。住職は浜村を強く推し、浜村も乗り気なのだが、やはりリスクが大きすぎる。ものが塔頭《たっちゅう》の障壁画だけに未完成のまま中止となると、仙相寺にとっては縁起がわるいと、賛否が二分しているのだと室生はいう。

「浜村さんには勲章ですわ。あの仙相寺に自分の絵を残せるんやから。コレクターが死んで絵が散逸することはあっても、仙相寺ほどの大寺院が潰れることはない。戒名代わりの大仕事やと、浜村さんは張り切ってますけどね」

「ね、室生さん、ぼくがその仕事を引き受けることはできませんかね」

「藤原先生が襖絵を」

室生の顔が強張った。「それ、ほんまですか」

「ぼくもこの齢になってね、京都や奈良の名のある寺の障壁画を描きたいと思うようになったんですよ。仙相寺なら申し分ない。どうです、描かせてもらえませんか」

「それはしかし、龍璽院の住職が……」

「住職は宗務会の了承を得てないんでしょう。だったら、ぼくが描きますよ」

藤原はパイプのけむりを吐いた。「ぼくではいけませんか」

「なにをいわはります。藤原先生ほどの大家やったら、仙相寺は願ったり叶ったりや」

室生はあわてて手を振った。「けど、満足な画料は払えんと思います」

「画料はあてにしてませんよ」平然として藤原はいう。

大村には分かった。藤原が三人を引きとめた理由だ。いつもならビールなど出ず、室生と大村は挨拶だけけして邸をあとにする。藤原ははじめから〝仙相寺〟の交渉をするつもりだったのだ。

「先生は京都のことを知らはらへんと思うからいいますけど、お寺さんはもめますねん。大むかしから寺に入ってくるもんはみんな寄進やと思てますから、なにもかもが丼勘定で、画料もええ加減ですわ。わるうしたら絵具代にもならんことがある。浜村さんはそれを覚悟で、描くというてますんや」

室生も、ウンとはいわない。ここで藤原の頼みを聞いたら、浜村とは決裂する。翠劫社も分裂という事態になりかねない。

「ええやないですか」ぽつり、淑がいった。

「は……」室生は淑を見る。

「室生さんはこの選挙で芸術院会員にならはるひとです。なんぼ草櫓さんが塾の先輩やからいうて、いつまでも風下に立ってたらあきません。草櫓さんがどない思おうとかまわしません。仙相寺に口利きをしてください。藤原先生に襖絵を描いていただくんです」

仙相寺の現管長とは蕉風のもとに出入りしていた茶の宗匠をとおして面識がある、と淑はいう。「わたしがあいだに立ちます。藤原先生に恩返しをしてください」

淑にそこまでいわれて、室生も断りきれなくなった。

「分かりました。龍璽院の襖絵、藤原先生に描いていただけるように根回しします」

「それはよかった。やはり室生さんだ。頼りにしてますよ」

藤原はパイプを弄《もてあそ》びながら、淑に笑いかけた。

「おかあはんも無茶でっせ。藤原先生の尻馬に乗って、わしを責めるんやから」

リアシートに座るなり、室生はいった。

「室生さん、藤原先生の頼みを断れました」

「いや、無理でしたな」室生はためいきをつく。

「それやったら、聞いてあげたらよろしい。藤原先生は推薦書を書いてくれた上に、村橋閥の四票もくれるんです」

「いずれ浜村にはバレますな。困ったこっちゃ」

「仙相寺はわたしが行きます。室生さんは知らんふりしてましょ」

「うまいことといくかな。龍璽院の住職はどえらい古狸やいう評判ですわ」

川端錦龍。書家でもある。方丈に弟子を集めて篆刻《てんこく》を教えているという。

「お坊さんはお金儲けが上手です。お金の好きなひとはお金に転びます」

「おかあはん、筋金入りですな」

「いろいろありました。蕉風の選挙も」

淑は端然として扇子を使う。車内はまだエアコンが効いていない。

「しかし、今年の選挙はきついな。誰も彼もがここを先途と無理難題を押しつけてくる。ロベルト会に高田屋嘉兵衛の会、仙相寺の襖絵ときて、次はなにがくるのか楽しみや」

室生も扇子を出してあおぎはじめた。大村は久我山に向けて車を走らせた。

15

足利画廊で根岸徹に挨拶したあと、鷺宮と石神井の会員宅をまわり、赤坂プリンスホテルに帰り着いたときは八時四十分だった。車寄せで室生と淑を降ろし、地階のパーキングに車を駐めてロビーへあがる。室生と淑は部屋に入ったのか、姿は見えなかった。

フロントでキーを受けとり、エレベーターホールへ歩きだしたところへ、「センセッ」と、声が聞こえた。振り返ると、柱のそばに女が立っている。白のニットにジーンズ、ヴイトンのバッグ――、真希だった。大村は反射的に周囲を見まわした。

「センセ、真希も東京へ来てしもた」

真希が近づいてくる。大村は視線を逸らし、パーキングに通じる階段のほうへ行く。

「待ってよ、センセ、どこ行くのよ」

真希が追いかけてくる。階段室で大村は立ちどまった。

「なんやのセンセ、知らんふりして」

真希が追いついた。大きなバッグが重そうだ。

「室生さんに見つかったら、なにをいわれるか分からんやろ」

「怒らんでもいいやんか。真希はセンセがひとりやから声をかけたんやで」

「なんで、こんなとこへ来た」

「センセに会いたかったから。東京も来たかったし」

真希は野放図だ。思い立ったら後先を考えずに行動する。

「真希はね、赤坂プリンスホテルに電話して、センセが泊まってることを確かめてから新幹線に乗った。えらいでしょ」

「東京へ来る前に、なんで、おれに電話せえへんのや」

「したら、来るなというやない。センセ、冷たいもん」

「いったい、どこに泊まるつもりや」

「センセの部屋」

「あほいえ。隣は室生さんやぞ」

「いいやんか。同じ部屋とちがうんやから」

わざと困らせるように真希はいい、上目遣いで大村を見る。身体にぴったりした薄手のニットは黒のブラジャーが透けている。ジーンズは股上が浅く、ニットの裾は短いから臍《へそ》が見えそうだ。

抱きたい――。衝動にかられた。

「真希、部屋をとれ」

「このホテルに?」

「ツインかダブルや」

札入れから一万円札を五枚抜いて真希に渡した。部屋がとれたら、そこへ行く。くそおもしろくもない挨拶まわりに思いがけない楽しみが生じた。

「チェックインしたら、2708号室に電話してくれ」

大村はエレベーターホールへ向かった。

*

夕方、玉川宇一事務所の地元筆頭秘書、末松から電話があった。これから夏栖堂へ行きたいという。先日の〝嘉兵衛の会〟の件だろう。結論が出ましたか、と訊くと、少し相談がございまして、と末松は言葉を濁した。お待ちしてます、と殿村は答えた。

受話器を置いて一分もしないうちに、また電話が鳴った。末松か。

――はい、殿村です。

――鵜飼です。先日はどうも。

――ああ、こちらこそ。お世話になりました。弓場先生の件ですな。

――はい。弓場先生に連絡しました。今回は室生先生を応援しようと、快く引き受けてくださいました。

――そうですか。ありがとうございます。鵜飼先生にお願いしてよかった。

これで弓場閥の二票は確保した。弓場光明は二名連記で矢崎柳邨と室生晃人に一票ずつ、宮井紫香は稲山健児と室生晃人に一票ずつ入れるだろう。あとは村橋閥から四票、元沢閥から一票くる。ここに新展の四票を加えれば、芸術院第一部第一分科の十四票のうち、十一票が見込めることになるが、焦点はやはり新展の四票だ。ここは一日でも早く嘉兵衛の会から四千万円を引き出して倉橋稔彦の機嫌をとりむすばなければならない。

――それともうひとつ、お耳に入れたいことがあります。

――なんですやろ。

――こないだ、翠劫社の浜村さんが稲山さんのとこへ来たといいましたよね。あの用件が分かりました。

——えっ、そうですかいな。

——仙相寺の障壁画です。浜村さんはそのことを稲山さんに相談したらしいんです。

浜村草櫓が仙相寺塔頭、龍璽院方丈の障壁画を依頼された話は以前から知っている。それに今日の昼すぎ、東京にいる室生から連絡があって、藤原静城が龍璽院の襖絵を描きたがっていると聞いたばかりだ。

——浜村先生はなんで稲山先生に相談しましたんや。

——仙相寺の宗務会は浜村さんの年齢を危惧してます。それで浜村さんは稲山さんに、宗務部長を説得してくれんかと頼んだんです。

仙相寺塔頭の戒生院には稲山暉羊が描いた『四季山水図』があり、その縁で幻羊社と仙相寺は昭和三十年代からのつながりがある。稲山健児は仙相寺の広報誌『仙山』の美術顧問であり、現宗務部長の曾野善照に日本画を教えていると鵜飼はいった。

——師匠がええのか、曾野さんの絵は玄人はだしです。邦春展に二回入選してますわ。今年の春は、うちの塾の写生旅行に参加して佐渡島へ行ったほどの熱の入れようです。

——なるほどね。それで浜村先生は稲山先生のとこへ行ったわけや。宗務部長をウンといわしたら、襖絵が描けると。

——稲山さんはあれで、なかなかのやり手ですからね。

鵜飼はいって、

――この話、ぼくから聞いたことは内緒にしてください。

――決して口外はしません。

――弓場先生の件も内密に。

――それはもちろん。

――ほな、これで。

電話は切れた。

また、ややこしいことになりそうやで――。殿村は独りごちた。

室生は淑に頼んで仙相寺の管長に働きかけるといっていた。浜村は稲山に頼んで宗務部長に働きかけるという。宗教法人の内部機構に詳しくはないが、仙相寺ほどの大寺になると、宗議会の構成員は数百人になるのではないだろうか。臨済宗仙相寺派の大本山には全国に百を越える末寺があり、山内《さんない》の塔頭もまた十二を数えると聞く。

室生の口ぶりでは、すぐにでも浜村を外し、代わりに藤原を推薦できるような感じだったが、ことを甘く見すぎている。管長がナンバーワンなら宗務部長はナンバーツーだ。大本山には教学部長や法務部長、財務部長といった幹部もいるはずだから、根回しは容易ではない。京都の寺は内部抗争が熾烈《しれつ》で、東本願寺あたりはしょっちゅう新聞ダネになっている。

いくら藤原の頼みといえ、室生はなぜ、そんな面倒なことに足を突っ込んだのか。室生も京都人なら、それくらいのことは分かりそうなものだ。室生が東京から帰ってきたら詳しい事情を聞いてみないといけない。

殿村は葉巻をくわえて椅子に寄りかかった。

午後六時、末松が来た。ソファに座らせて麦茶を出す。末松はすぐに切り出した。

「来週の月曜日、九月八日に嘉兵衛の会の理事会が開かれます。そこでロベルト会に対する四千万円の寄付を議題にし、承認をとりつける予定です。寄付の主旨がスペインとの親善ということで、これは支障がないものと思われます」

「それはけっこうや。さすがに玉川先生のお力ですな」

「そこで少しばかり、会長にお願いがございます」

末松はハンカチで額の汗を拭きながら、「ロベルト会は倉橋先生の『支倉常長』を六千万円で購入しますが、今後は四千万円にしていただけないでしょうか」

「六千万が四千万……。えらい値下げですな。どういうことです」

「だから、表向きは四千万円ということにして、二千万円は……」

「裏金ですな」

「ま、簡単にいえば」

確信した。倉橋はやはり数千万円を諸田靖則に援助するのだ。

「しかし、倉橋稔彦の五十号が四千万というのは安すぎるのとちがいますかな。国税庁につつかれるようなことはないですか」

「心配は無用です。倉橋先生が四千万円で売ったといえば、それでとおります」

倉橋の絵はバブル以前から政治資金代わりに使われている。民政党の大物議員とべったりでやってきただけに税金対策には抜かりがないはずだ。

「分かりました。つまりはこういう流れですな」

棠嶺洞は室生から二千万円を預かる。次に嘉兵衛の会から四千万円を預かり、倉橋に六千万円を渡して絵を受けとる。領収証の額面は四千万円で、倉橋は二千万円の裏金を懐にする。棠嶺洞はロベルト会に絵を渡し、ロベルト会はロベルト・フェルディナンドに絵を贈呈する——。

「そう、会長のおっしゃるとおりですが、またひとつお願いがございます」

「はぁ……」いやな予感がした。

「倉橋先生の絵を仲介するのは棠嶺洞ではなく、アテナ画廊にしていただけないでしょうか」低く、末松はいった。

「アテナ画廊……。そら、どういうわけですねん」

またぞろ、アテナだ。うっとうしい。

「倉橋先生の要望です。棠嶺洞とはあまり縁がないから、ここは気心の知れたアテナ画廊に『支倉常長』を渡したいと、そうおっしゃっています」

「待ってくださいな。それやったら、棠嶺洞がいままで動いてくれたんは無駄足ということになるやないですか」

「だから、棠嶺洞さんには倉橋先生の小品を一点、お渡しするということで、ご容赦願えないかと……」

「それ、ほんまに倉橋さんの考えですかいな。ぼくには玉川先生の指示というふうに聞こえますけどな」

棠嶺洞の木元にどうやって断りを入れるのか。いまさらお役御免と、どの面さげていえるのか。おまけに代役が政治画商の脇本ときたら、腐った役者の揃い踏みだ。

「会長がお怒りになるのはごもっともです」

末松は表情も変えず、「わたしも玉川には棠嶺洞に仲介してもらうよう具申しましたが、肝腎の倉橋先生が首を縦にお振りにならない。アテナを使ってくれ、の一点張りです」

猿芝居だ。反吐が出そうになる。

「末松さん、こないだもいうたように、夏栖堂と棠嶺洞はおたがい先代のころからの古いつきあいですねん。倉橋先生がどういわはろうと、それぼっかりは聞けまへんな。ここでアテナを入れたりしたら、ぼくはこの商売を辞めないかん。京都中の画商の笑いもんになりますがな」

怒鳴りつけたいのを抑えた。下手に出ていたら、どこまでも増長してくる。玉川事務所はアテナ画廊からキックバックをとるつもりなのだ。その手口は、アテナが四千万円を嘉兵衛の会から預かり、たぶん三千万ほどを倉橋に支払って一千万を玉川事務所にキックバックするというものだろう。倉橋の手取りは減るが、玉川宇一と倉橋の関係を考えると、ありえない話ではない。政治家はそんなふうにして公益法人を財布代わりにしている。

「はっきりいいますわ。ぼくは二千万円で倉橋さんから新展の四票を買いますねん。えらい高い買物やけど、四票がまとまると思えばこそ、こうしてきな臭い運動もしてますんや。どないしても棠嶺洞を外せといわはるんやったら、この話はなかったことにしてもらいまひょ」

末松を睨《ね》めつけていった。この男は折れる。そう思った。

「なるほど。そうですか」末松は口端で笑った。「やはり、ダメですか」

「ぼくの本業は絵の売買です。芸術院会員の選挙運動で飯を食うてるわけやおません」

「お話はよく分かりました。けっこうです」

末松はあっさりうなずいた。「ただし、文倉常長の絵は倉橋先生がアテナ画廊にお預けになります。棠嶺洞さんは葉山の倉橋邸ではなく、銀座のアテナ画廊で絵を受けとってください」

「それはかまいまへん。葉山より銀座のほうが近いですさかいな」殿村はいって、「嘉兵衛の会宛の領収証は誰が切るんです。倉橋さんですか、アテナ画廊ですか」

「それはもちろん、アテナ画廊です。個人より会社のほうが税務対策にはいいでしょう」

「ぼくは絵の値段があがりさえせなんだら、どっちでもかましまへん」

「九月八日の嘉兵衛の会の理事会ですが、寄付の承認が得られ次第、四千万円が出金されます。棠嶺洞さんはいつ、アテナ画廊へ行かれるでしょうか」

「九日に行くようにしますわ。早いほうがよろしいやろ」

八日に二千万円を用意するよう、室生にいっておかないといけない。木元の息子に東京の棠嶺洞まで現金をとどけさせるのだ。

「もう一度確認しますが、『支倉常長』は四千万円です。あとの二千万円については、くれぐれも痕跡の残らないようお願いします」

「心得てます。棠嶺洞も一流といわれる画廊です」

「じゃ、わたしはこれで失礼します」

末松は腰をあげた。麦茶には手をつけず、氷はすっかり溶けていた。

＊

部屋のチャイムが鳴った。ルームサービスだ。真希はあわててベッドを降り、ショーツも穿かずにジーンズに脚を通す。大村は裸のまま、バスルームに入った。ほどなくして、皿の触れ合う音がした。サインをお願いします——。男の声が聞こえる。大村はぬるめのシャワーを浴びた。セックスのあとの気怠《けだる》い疲れが心地よい。バスタオルを腰に巻いてバスルームを出た。丸テーブルの脇にワゴンがとめられ、酒と料理が並んでいる。

「感動やわ。真希はいっぺんでいいから、こんなふうに食事がしたかってん」

真希は料理を前にしてはしゃいだ。着替えたトレーナーの胸に乳首が小さく浮いている。

大村はワインクーラーからシャンペンを出した。鉛の封を切って針金を外し、コルク栓をこじる。ポンッと勢いよく栓は天井に飛んだ。

「たまにはこういう贅沢もええな」

なぜもっと早く気づかなかったのか。東京の挨拶まわりはこうしていつも真希や玲子と落ち合っていたらよかったのだ。室生のそばにいると気分が沈んで、遊ぶことまで忘れてしまう。

真希にグラスを渡してシャンペンを注いだ。

「さ、乾杯や」

「センセ、なにか忘れてへん」

「ん、なにを……」

「そやから、真希が東京へ来た理由《わけ》やんか」

「おれに会うためやろ」

「それはそうやけど、真希はセンセに、おめでとうって、いって欲しいねん」

「おめでとう？」

「やっぱりセンセ、忘れてるんやわ」

真希は横を向いてグラスを合わせようとしない。

「なんや、いうてくれ」

「嫌いや、センセ。冷たいんやから」

真希は口を尖らせて、「あと二時間したら、真希は二十三になる。そやから東京へ来たのに」

「あ、そうか……」

そういえば、真希の誕生日は九月だった。日にちまでは憶えていない。「わるかった。このところ、めちゃくちゃに忙しいて、ついうっかりしてたんや」

「最低やで。つきあってる女の子の誕生日を忘れるやて」

それがどうした。妙子や有沙の誕生日でさえ、最近は祝ったことがないのだ。

「プレゼントを買お。なにがええ」

「エンゲージリング」

「なんやて……」

「嘘。センセがどんな顔をするか見たかっただけ」

真希はグラスを合わせてシャンペンを飲む。

大村は胸のうちで舌打ちをした。こんな小娘の機嫌をとるのが癪だった。

点けっ放しのテレビからチャイムのような音が聞こえた。見ると、画面の下にテロップが流れている。《京都府加美市磯崎でＬＮＧ（液化天然ガス）基地が爆発炎上　施設作業員十三名死傷　基地内の施設でも火災》——。

「真希の家、加美やったな」

「そう、加美」真希はフォークとナイフでオードブルを食べている。

「磯崎いうとこでＬＮＧ基地が爆発したらしい」

「えっ、磯崎で」

真希はテレビに眼をやった。テロップは消えている。「従兄《いとこ》が磯崎のガス基地で働いてるねん」

「作業員十三人が死傷したらしい」

「そんなん、ひどいわ」

真希は立って、ナイトテーブルの携帯電話をとった。ボタンを押す。

「あ、おばあちゃん。わたし、真希。いまガス基地で——」

真希はしばらく話して、電話を切った。

「よかった。従兄は無事なんやて。びっくりしたわ」

磯崎は真希の家から車で五分ほど行った加美湾の北端に位置している。直径が十メートルを越える球形の貯蔵タンクが五基、広大な埋立地に並び、三万トン級のタンカーが接岸できる桟橋があると真希はいう。

「えらい詳しいな。なんでや」

「だって、高校にパンフレットが来るもん。就職案内。わたしの知ってる子は誰も行かんかったけど」

「しかし、大きな事故やな」

「まだ燃えてて、北の空が赤いんやて」

「タンクは五基とも爆発したんか」

「それはないと思う。だって、そんな設計してたら基地そのものが消滅するやんか」

珍しく筋の通ったことをいい、真希は椅子に座った。

「加美には原発もあるんか」

「原発は敦賀半島や。敦賀原発と美浜原発」

真希はシャンペンを飲みほして、「わたしって、親不孝やわ。この夏休み、いっぺんも家に帰ってへん」

真希の家は、祖母、母親、姉の三人暮らしだ。父親は真希が中学生のときに女をつくって出ていった。真希にはファザーコンプレックスがあると、大村は感じている。

「ね、センセ、水着を買ってよ。お誕生日のプレゼントに」

「水着ぐらい買うけど、もう季節は終わったやろ」

「いいねん。わたし、泳ぎたいから」

真希はにこやかに、「だつて、センセは昼間、室生先生のお手伝いでしょ。わたし、暇やから、このホテルのプールで泳ぐ。宿泊のお客様だけの温水プールが二十階にあるねん」

赤坂プリンスは満室だった。それを真希から聞いて、大村は帝国ホテルを予約し、タクシーでここへ来た。チェックインのとき、真希はプールの有無を聞いたらしい。

真希は大村の仕事を訊こうとしない。もし訊かれても、大村ははぐらかすつもりだ。玲子には芸術院会員選挙の内幕も喋るが、それは玲子が同じ業界の絵描きだからだ。真希はまだ学生で、邦展に一度も入選していない。

「センセは何メートルくらい泳げるの」

「さあ、いまでも五キロや十キロは泳げるやろ」

大村は三十代のころ、スキューバをしていた。つきあっていた学生と与論島へ行ったこともある。マンタを間近に見たときは感動した。

「真希はね、カナヅチ。いぬかきもできへん」

「船釣りはできんな。落ちたら溺れてしまう」

真希と話していると気持ちが和む。甘えたで心根がやさしい。

「センセ、『ナインハーフ』いう映画、知ってる」

「ああ。むかし、見たな。ヒロインはキム・ベイシンガーやったか」

大阪のミナミの映画館で見た。隣にいたのは卒業生だった。

「ミッキー・ロークがすごいセクシー。わたし、こないだDVDで見てね、センセとセックスしたくなった」

「ほな、今日も見てみるか。ビデオのリクエストができるやろ」

「あんな旧い映画はないわ。きっと」

「真希、服を脱げ」

「えっ……」

「おれは裸や。真希も裸で、な」

バスタオルをとってベッドに放った。真希はトレーナーを脱ぐ。

「あかん。まだや」

「うん……」

真希は立ってジーンズを脱ぎ捨てた。

16

室生と淑が長崎の陶芸家の挨拶まわりから帰った日、京都の有力画商や中堅以上の日本画家、美術評論家、美術大学の教員など、関係者のあいだに怪文書が出まわった。消印は《中京》、《京都市　山田一夫》という差出人から封書でとどいた怪文書は、A4の用紙一枚にワープロで印刷したものをコピーしたもので、原稿用紙にすれば三枚分ほどの文章が書かれていた。タイトルは『これでいいのか京都画壇』とあり、新聞社か出版社の美術記者らしい人物が日本画京都画壇の地盤沈下を憂えているふうを装っている。

前半は、京都の日本画家が伝統に安住して美術的挑戦を忘れていると、ありきたりの内容だが、後半は〝翠劫社所属の邦展理事M・A〟の芸術院会員選挙運動に関する誹謗中傷一色だった。その主旨はおおまかに分けて三つあり、

一、M・Aは芸術院第一部の会員四十六名に百万円の現金もしくは板谷波山の花生を持参して、票を入れるよう依頼している――。

二、M・Aは芸術院会員M・Sの意を得るため、M・Sに『京滋アートカルチャー』顧問の席を譲り、なおかつ腹心の頌英短大美術科教授W・Dに指示して、M・Sの愛人の画家N・Tを同短大美術科の非常勤講師に招聘した――。

三、M・Aは花見小路の料理屋『小菊』の女将と愛人関係にある――。

殿村は怪文書を読むなり、これは室生の間近から出た情報だと確信した。芸術院の補充選挙に怪文書はつきものだが、今回は精度が高い。とりわけ〝京滋アートカルチャー〟と〝頌英短大講師〟が気にかかった。

室生のそばには敵がいる。浜村草櫓の一派にどこまで情報が洩れているのか。いずれにしろ放置しておくわけにはいかない。

殿村は室生に電話をした。室生も怪文書を読んでいたらしく、かなり動揺していた。

――帰ったばっかりでお疲れやろけど、会うて話をしまひょ。票読みもしたいし。

――画廊へ行きましょか。

――いや、ぼくは小菊へ行ってみたいですな。どこです。

――花見小路の場外馬券売場のすぐ北ですわ。路地の奥です。

――大村先生にも声かけてください。

――わしも大村には訊きたいことがある。……何時にしましょ。

――七時はどないです。

――分かりました。ほな、七時に小菊で。

路地の突きあたりに小菊はあった。軒下の提灯にあかりが入っている。格子戸を開けると、中は白木のカウンターだけで椅子席はなかった。小造りの洒落た料理屋だ。

「おいでやす。夏栖堂の会長はんどすな」

褐色《かちいろ》の着物の女性が愛想よくいった。ひっつめにした白髪、皺深い顔に細い眉をひき、真っ赤な口紅をさしている。齢は六十すぎ、いや七十に近いかもしれない。カウンターの中には五十年輩の板前がいて、鯵《あじ》をさばいていた。

「室生先生は」

「お待ちです。どうぞ、そこから座敷へ」

奥へ行った。三和土《たたき》に靴を脱ぎ、廊下にあがる。右は坪庭、左が座敷だろう。襖を開けると、室生と大村が欅《けやき》の卓をはさんで座っていた。床の間に室生の軸が掛かっている。八畳なのに狭く感じるのは、むかしながらの京間ではないからだろう。

「すんまへんな。お呼びだてしたぼくが、あとになってしまいました」

下座の大村の隣に腰をおろした。卓の上にはビールと突出しが用意されていた。

「わしらも、ついさっき来たばっかりです」

室生はビールの栓を抜いて殿村に注ぐ。「座敷はここだけやし、話は洩れしません」

「この店は長いんですか」

室生がこんな小料理屋を知っているのが意外だった。

「もう、かれこれ二十年ですな」

「室生先生の愛人とかいうのは、さっきの？」

「そんなんやない。あの女将は、わしの恩人のこれですわ」

室生は小指を立てる。祇園の芸妓だったころは小菊と名乗っていたという。

「女将の旦那は『乃田』いう佃煮屋ですわ。知ってますやろ」

「ああ、『乃田』ですか」

錦小路に大きな店をかまえる老舗だ。大阪のデパートにも出店している。

「先代は十年ほど前に亡くならはったけど、わしに目をかけてくれました。絵も買うてもろたし、祇園や先斗町にも連れてってもろた。豪気なひとでしたな。旨いもんが食べたいときは『小菊』へ行け、勘定なんか払わんでええから、というてくれはってね」

「ほな、愛人関係いうのは」

「根も葉もない嘘ですわ。わしは女将に指一本触れたことはおませんで」

それはそうだろう。室生と女将が抱き合っている図は頭に浮かばない。

大村が室生にビールを注ぎ、殿村が大村に注いだ。

「ま、乾杯しまひょ。挨拶まわりは無事、終わりました」

乾杯した。殿村はグラスを置いて、「淑先生にはご苦労かけてしまいましたけど、お疲れが出てまへんか」

「おかあはんは、わしより元気ですわ。大正生まれは鍛えがちがう」

「長崎の馬場先生、感触はどないでした」

「それがあいにく、本人が留守でね。先月から沖縄の窯跡を調査してるそうですわ。奥さんにカステラを渡してきました」

「陶芸家は窯跡を掘るのが好きですな」

殿村は箸を割り、突出しのもずくを口に入れる。「日本画家が古画を模写するのと似たようなもんですか」

「古画を観るのは勉強やけど、わしは模写が勉強になるとは思てません」

にべもなく室生はいって、封筒から紙片を出した。広げて卓に置く。「長崎から帰ってきた途端に、これですわ。小菊の女将が愛人やというのは笑わしよったけど、波山の花生と宮井のことは妙に詳しい」

「そこですわ。ぼくもそれが気になります」

「君は誰かに喋ったか」

室生は大村に訊いた。「宮井の家に行ったんは君やで」詰問口調だ。

「喋るわけないです」大村は大きく首を振った。

「塾の連中にも喋ってへんのやな」

「もちろんです。喋って得することはありません」

「梓影堂にはどないや。どこまで喋った」

「室生先生に板谷波山を納めてくれ、とはいいましたけど、花生をどうこうするようなことはいうてません。そら梓影堂も会員選挙の贈り物やろと勘づいてるはずですけど、そんなことを外に洩らすようでは、暖簾を降ろさんとあきません。古美術商の信用というのは口の堅さです」

大村は必死で抗弁する。表情と口ぶりに嘘は感じられない。

「室生先生、そんなことを詮索するのは無駄ですわ」

殿村はいった。「現に挨拶まわりで波山を配ったし、カステラの木箱には札束を入れてたんやさかい、芸術院の先生が一言でも洩らしたら、噂は燎原《りょうげん》の火みたいに広がります。どこの誰がどんな挨拶をしたかというのは、会員選挙でいちばんのニュースです」

「いちばんのニュースね……」室生は小さくためいきをつく。

「大村先生、宮井先生がカルチャーの顧問にならはったんは、いつです」大村に訊いた。

「今月からです。受講生募集のパンフレットも『顧問・宮井紫香』と変わりました」

「えらい早手まわしですな。で、頌英短大のほうは」

「発令は八月末です。それまでの専任講師が解雇されて、永嶋智美が非常勤講師になりました」

これも早手まわしだ。宮井の気の変わらないうちにと、頌英短大教授の和賀にいって、急いで発令させたのだろう。

「専任講師が非常勤講師になったというのは」

「この後期だけです。来年度からは専任です」

「そのあたりがやけに詳しいですな。この怪文書にも〝非常勤講師〟と書いてます」

「怪文書の主はインターネットを見たんやと思います。頌英短大のホームページにはそう掲示してますから」

「なるほど。カルチャーも講師の件も、周知の事実というわけや」

知ろうと思えば、誰でも調べることができるのだ。

「けど会長、わしが宮井の票欲しさに京滋のカルチャーと頌英の講師をいじったというのは、誰かれの知らんことです」室生がいった。

「確かに、そのとおりですな」

「宮井が喋ったんとちがいますか」

「まさか、宮井先生が喋ったりはせんでしょ」

「そうと意識はせんでも、口を滑らせるということはありますわな」

宮井紫香は傲岸不遜だ。芸術院会員で邦展常務理事の宮井には怖いものがなく、そんな人物ほど脇が甘く、口も軽いと室生はいう。「宮井は若いころから北柊社のホープと持ちあげられて、ひとをひととも思わん偉そうなとこがある。あいつは三十年ほど前、わしにいいましたわ。『室生君のよめさんは三味線が巧いそうやな。芸者の母親に習うたんかいな』とね。わしはいまだにあの言葉が忘れられません。宮井はいうてええことと、わるいことが分からんのです。今回の選挙も、室生が必死で運動してると、誰ぞに話して嗤《わろ》うてるかもしれませんわ」

「宮井先生はほんまにそんなことをいうたんですか。芸者の母親、と」

「それが宮井という人間ですわ」

室生は吐き捨てた。室生が宮井を毛嫌いする理由が、いま分かった。

「けど室生先生、ぼくは宮井先生が洩らしたとは思いませんな。京滋のカルチャーはともかく、頌英短大のことが怪文書に書かれたら、困るのは宮井先生です」

宮井紫香は舟山蕉風と同じように、愛人の永嶋智美に子供を生ませている。宮井のスポンサーの碧穂画廊が永嶋に養育費を渡しているのは、誰にも知られたくないはずだ。それをいうと、室生は腕組みをして、

「会長は幻羊社の鵜飼に、弓場先生の票を頼んでくれましたな」

「ああ。頼みました」

「わしは鵜飼が喋ったんやないかと疑うてますねん」

「鵜飼先生が……」

「鵜飼は幻羊社の絵描きですわ。稲山に冷遇されてるとはいえ、わしの側についたとは限らへん。二股膏薬《ふたまたごうやく》は信用できませんで」

「いや、それはちがうと思いますな。鵜飼先生はぼくに、浜村先生が稲山先生のとこへ来たことを教えてくれました。仙相寺の宗務部長に襖絵の口添えしてくれと、稲山先生に頼んだことも教えてくれたんです。鵜飼先生は室生先生の側ですわ」

鵜飼が室生の妨害をするとは考えられない。鵜飼は室生と稲山のどちらが勝っても損はないのだ。「深読みをしすぎたら根幹を誤りますわ。この怪文書はやっぱり、稲山先生のとりまきか、大和の美術部あたりから出たとみるのが本筋とちがいますかな」

「そら会長のいわはるとおり、怪文書の出どころは稲山か大和にちがいないけど、ほな、稲山や大和にネタを提供したんはどこのどいつです。カルチャーと頌英のことは、身内から洩れたもんやとしか考えられんやないですか」

室生の顔が紅潮してきた。「わしは『京滋アートカルチャー』の顧問料を十万から二十万に値上げして宮井に譲った。それを、うちの塾の堀江と薬師がごちゃごちゃ文句いうよって、和賀が怒鳴りつけましたんや。堀江と薬師は根に持ってますわ。自分らの取り分が五万ずつ減ったんやから」

「しかし、堀江さんと薬師さんがね……」堀江は委嘱、薬師は会友だったか。

「堀江は一昨年の塾の忘年会で、翠劫社を改革すべきやと、浜村や福田や瀬尾に引退を勧めるようなことをいいましたんや。わしはなかなか骨のあるやつやと感心したんやけど、浜村に一喝されてからは借りてきた猫ですわ。あんな骨なしは、いつどこでわしを裏切るか分かりませんな」

「堀江さんと薬師さんは、室生先生が常務理事になったほうがええのとちがいますんか」

「そら、出世のためにはね」

「それやったら、会員選挙の邪魔をしたりせんでしょ」

この男はほんとうに人望がない——。実感した。

室生のまわりには敵しかいないのだ。だから誰でも疑わざるをえない。犯人探しは無駄だと思った。

ごめんやす。襖が開き、女将が料理を運んできた。刺身の大皿と鉢物を卓に並べる。刺身はどこの料理屋でも代わり映えしないが、生湯葉は旨そうだ。

室生は日本酒の冷《ひや》、大村はスコッチ、殿村は焼酎の水割りを注文した。

「大村、頌英の専任講師をしてた山内いう女は、辞めさせられた理由を知ってるんか」

女将が出るのを待って、室生が訊いた。大村は言下に、

「もちろん、知りません。山内は遅刻や休講が多かったし、学生の評判もわるかったから、和賀先生が解雇を言い渡しました」

「山内は納得してるんやな」

「しかたない、と思てます」

「それはほんまやな」

「本人がそういうてました」

「そうか……」

室生と大村のやりとりに、殿村はひっかかるものを感じた。山内という女性講師は大村と個人的な関係があるのかもしれない。思ったが、問い質《ただ》しはしなかった。

「犯人は宮井でも鵜飼でも堀江でも薬師でもない。となると、吉永や稲山は怪文書のネタをどこで仕入れましたんや」室生がいった。

「京都というとこは狭いとこです」

殿村は湯葉を箸先ですくいとりながら、「頭隠して尻隠さず。室生先生はうまいことやってるつもりでも、どこぞで尻を見られてますんや。こんなことはいいとうないけど、情報元はやっぱり、お身内でしょうな」

「浜村一派ですか」

「そう考えるのが妥当でしょ」

「大和の松坂はなにもいうてきませんか。吉永のとこへこそこそ出入りしてる浜村派の絵描きはおらんのかいな」

「吉永君は切れ者やさかい、そうそう尻尾は出しまへんやろ」

「こんな薄汚い真似するのは吉永に決まってますわ」

室生は封筒を手にとった。「消印は中京。四条高倉の大和も中京区や」

「わし思うに、スパイは福田ですな。あいつは絵を描くより議員の秘書にでもなって算盤《そろばん》はじいてるほうが似合いや。瀬尾はとろいから、福田のいいなりですわ」

室生は思考に幅がないから、すぐに決めつける。根が田舎者だから京都人らしいさらりとしたつきあいができず、若いころから絵描き仲間との諍いが絶えなかった。絵描きは総じて思い入れが強く頑固だが、だからこそ、食える保証もないこの世界に入って、一生絵を描きつづけていくのだろう。

「会長、この怪文書は売られた喧嘩や。こっちも怪文書で対抗しましょ」勢い込んで室生はいう。

「いや、そういうのはやめときまひょ」

「なんでですねん」

「次元が低すぎますわ。京都の候補者が泥仕合してたら、東京のふたりに足をすくわれます」

「せやけど、わしはここの女将となんの関係もあらへんのでっせ」

「室生先生、怪文書が事実である必要はないんです」

憶測とでたらめが混じっているからこその怪文書なのだ。「こういうつまらんもんが出まわるのは、稲山先生の側が情勢の不利を自覚してる証拠ですわ。怪文書というやつは弱者が強者を攻撃するときに流すんです」

「ほな、なんですか、わしはやられっ放しで黙ってますんかいな」

「室生先生、よう考えてください。芸術院会員がこの怪文書を読んで、室生先生に入れるべき票を稲山先生に変えたりしますか」

「それは……」室生は口ごもった。

「票を持ってるのは、そこらの画商や絵描きやない。芸術院会員ですわ。会員の先生はみんな、同じ道を通ってきたんです」

　過去の補充選挙で怪文書は何度も流れたが、選挙の結果に影響を及ぼしたことはない。それを室生に説明した。室生も納得したのか、黙ってうなずいた。怪文書で気をつけないといけないのは内容ではなく、その情報がどこから出たかということなのだ。

　女将が来た。盆を脇におろして正座し、着物の袂に手を添えてグラスに氷を入れる。挙措が端正で無駄がない。

「女将はどこのお茶屋さんから出てました」訊いてみた。

「あら、室生先生から聞かはったんどすか。……『雛里』さんどす」

　甲部歌舞練場の北にある古いお茶屋だ。何度か、あがったことがある。

「雛里のおかあさんは『中澤』のおかあさんと姉妹でしたな」

「よう知っておいやすな。おふたりとも亡くならはって、雛里は娘さんがやったはりますわ」にこやかに女将はいう。

「そうですか。いっぺん、あがってみなあきませんな」

こういう芸妓あがりの女将と昔話をするのが殿村は好きだ。花街の移り変わりがよく分かる。女将や仲居をとおして新しい客を知り、夏栖堂の商売を広げてきた一面もある。息子の博にはいつも祇園で飲めといっているが、縄手あたりのクラブにばかり行っている。京都の花街も時代に取り残され、いずれは消えてなくなるのだろう。

「わたし、夏栖堂はんは芸妓の時分から知ってます。贔屓にしてくれはったお客さんが、扇を作ったろ、といわはって、こんな扇型の朝顔の絵を夏栖堂はんで買うてもらいました。わたしはそれを扇に仕立てるのがもったいのうて、額のまま押入れに仕舞うてます」

「ほう、それはありがとうございました。扇絵はどなたの作です」

「筆波さんどす」

「それはよろしい。値打ちもんです。扇に仕立てんでよかったですな」

風流な客がいたものだ。むかしは堀田筆波も安かった。

女将は水割りを卓に置いた。膝を滑らせて後ずさる。ほな、ごゆっくり——。一礼して座敷を出ていった。

「さすがに会長は馴れたはる。扱いがお上手や」室生がいう。

「いやいや、愛想はタダですさかいな」殿村は水割りに口をつける。

「票読みをしましょか」

「ああ、そうしまひょ」

膝をくずして胡坐になった。大村が手帳を出して広げた。

「まずは新展ですな。四票は大丈夫ですか」室生がいった。

「まちがいないと思います。昨日、木元さんがロベルト会に絵を納めましたさかい」

今週の月曜日、九月八日に高田屋嘉兵衛の会の理事会が開かれ、ロベルト会に対する四千万円の寄付が決まった。殿村はそれを室生に知らせ、室生は二千万円を棠嶺洞に振り込んだ。——殿村は社員の木元に現金を持たせて東京へ遣るといったが、室生はきかなかった。他人に現金を預けることが室生にはできないようだった。振込先が倉橋ではなく、棠嶺洞ということで、殿村は折れた——。

翌九日、棠嶺洞の社長、木元信雄は室生から振り込まれた二千万円を現金に換え、麻布の嘉兵衛の会の事務局へ行って四千万円の小切手を預かった。木元は現金と小切手を持って銀座のアテナ画廊へ走り、『支倉常長』を受けとった。アテナ画廊が《高田屋嘉兵衛の会》宛に切った領収証の額面は四千万円で、室生の二千万円は裏金として消えた。

木元はその足で高輪の三協倶楽部——ロベルト会事務局——へ行き、総務部長の飯塚に『支倉常長』を渡した。飯塚は《高田屋嘉兵衛の会》宛の寄付の受領証を発行し、木元は受領証とアテナ画廊の領収証を嘉兵衛の会にとどけて煩雑な作業は終了した。

「ということで、棠嶺洞には一円のマージンも入ってないんですわ。小品を一点、お願いできますかな」

「六号くらいでよろしいか」

「充分です。木元さん、よろこびますやろ」

室生晃人の六号なら捨値でも二百四十万で売れる。芸術院会員になったら三百六十万だ。

「しかし、日本画の十一票はどえらい高《たこ》うつきましたわ。一票あたり、六百万ですがな」

室生は渋面をつくったが、大げさな話でもない。新展の四票分だけでも二千万円を遣っている。元沢英世の絵二点に二千八百万（室生の言い分だが）と、挨拶まわりのときに百万、桐畑秀雲に百万。藤原静城には五百万の現金と百万の花生、村橋、白川、西井に百万ずつ。弓場光明には百万と花生——。

トータルすれば六千三百万円だ。これに洋画、彫塑、工芸、書の会員二十九名分、それぞれ百万円ずつを足し、交通費や宿泊費や菓子折代といった散り銭を加えれば一億円に近くなる。まさに底なし沼。金が紙切れと化して闇に吸い込まれていく。

「わしは今回、つくづく思いましたわ。洋画や彫塑や工芸の会員に持っていった百万は安いと。もう、ほんまにヤケクソですな」

「室生先生、去年の選挙で洋画の佐藤惟之は二億も遣うてるんです」

「佐藤の二億はアテナ画廊が援助したといいますがな。わしは丸々、自腹でっせ」

「それはいわんことです。東京の高坂さんと矢崎さんも、派手な運動してると聞きますさかい」

棠嶺洞の木元や、つきあいのある東京の画商から情報が入ってくる。高坂徹雄は邦展洋画の元老、若山栄蔵のアトリエに画架の昇降機を設置し、矢崎柳邨は麻野渓水の妻にフランス製のアンティークドールを持参したという。むかしから東京の候補者は高価な凝った物品を贈り、京都の候補者は商品券や現金を贈る傾向がある。

「日本画は十一票。洋画は何票です」

「六票はとれるように思います」

洋画の会員は十二名、うち半数を見込んでいる、と室生はいう。「彫塑も八人の半分の四票。調布の原田がカステラを受けとらんかった」

「工芸は」

「三票です。わしの感触では」

書は会員三名のうち、北原崋遠と米田洳雲の二票。建築の会員三名の自宅には挨拶に行ったが、菓子折を渡しただけで帰ったという。

日本画十一、洋画六、彫塑四、工芸三、書二――。二十六票だ。建築から一票来るとみても、三十票には三票も足りない。

「第一部美術の現会員は四十六人です。過半数が二十四票。ぼくは三十票が安全圏と踏んでますんや」

安全圏とはいっても、三十票はあくまでも見込票だ。本番になれば、おそらく一割は減る。室生はいま二十六票をとれた気でいるが、実質はまだ過半数にぎりぎりなのだ。

それにまた、過半数をとれても得票数が並んだとき、室生は落選する。例えば、高坂二十四票、室生二十四票、稲山二十四票、矢崎二十票といったケースだ。得票数が同数の場合は年齢の高い者から選ばれるため、室生は対抗馬すべてに負ける。芸術院会員選挙は接戦になることが多いから、得票数同数で涙を飲んだ候補者が過去に何人もいる。二十年ほど前、北柊社の渡辺槐樹が会員に当選したときもそれで、同数票だった東京の候補者は憤怒のあまり腸が動かなくなり、二カ月も入院して点滴を受けたという話がある。

殿村が思うに、彫塑と工芸が危ない。日頃のつきあいが薄いだけに、挨拶まわりと上納金だけで票をもらえると考えるのは甘いのだ。

「書の立石鷲汀の票を見込んでないのは、どういう理由です」

「立石と米田洳雲は不倶戴天の仲ですわ。立石がわしに票を入れるてなことは、死んでもありませんな」

立石は稲山にも投票しないと、室生は断言する。

「けど、立石に金は」

「挨拶だけですわ。いつもそうしてますねん」

意外だった。室生は必ずしも全員に金を持参したわけではないらしい。

「室生先生、金を配ってへんのは立石と建築の会員だけですか」

「彫塑の杉原久行もそうですわ。あれは前回の選挙でもそうやったけど、挨拶に行ったら、わしの画集を突っ返しよった。相当の変人やという噂ですわ」

「杉原と立石のほかに、ややこしいひとはいてまへんな」念を押した。

「ややこしいやつはいっぱいおるけど、わしは辛抱してカステラを渡しましたわ」

室生は仏頂面で冷や酒を飲む。

「若山栄蔵はどないでした。洋画の」

「玄関で本人に会うたけど、型どおりの挨拶しただけで、すぐに奥へ引っ込みましたな」

「ということは、印象がようないと？」

「あのひとはいつでも、そんな応対ですわ」

カステラの重さにも気がつかなかったようだという。

「若山はもういっぺん押す必要がありますな」

洋画の会員十二名のうち、邦展は六人いる。元老の若山は六人のうち半数の票を左右できるとみられている。

「わしは前回の選挙で、洋画から四票もらいました」

選挙の開票は非公開だが、候補者の得票数はもちろん、誰が誰に投票したということまで筒抜けになっている。投票した会員と、開票にあたった選考部会員が洩らすからだ。そうして各会員の話をつなぎあわせていくと開票の全容がつかめる。

「その四票、誰にもろたか分かりますか」

「ああ、分かりまっせ」

室生は名前をあげていく。邦展から二票と在野から二票。若山閥の票はなかった。

「前回の選挙で、室生先生は洋画の四票に、なんぼ遣いました」

「ひとり頭、三、四十万ですかな。挨拶まわりは欠かさずにやったけど」

「今回は百万……。その四票が減ることはなさそうですな」

「わしはあと二票は増えると考えてます」

室生の読みは概ね正しい。固定票が四票に浮動票が八票。八票のうち二票くらいは百万円の対価として、室生のところに来てもおかしくはない。

「ここはぜひとも若山閥の票をとりたいですな。若山栄蔵は東京美大でしたか」大村に訊いた。

「倉橋稔彦の二代前の美術学部長です」大村は答える。

「となると、若山はまず、高坂さんに一票入れますな」

新展同人の高坂徹雄は東京美大日本画科の卒業生だ。諸田靖則の研究室で十年ほど助手、講師を務めたのち、多摩の私立美大へ准教授で行った。高坂は四十代半ばで東京美大にもどり、教授で定年を迎えた。高坂の絵に室生の切れと稲山の泰然はないが、日本の美術アカデミズムの王道を歩いた芸術院会員候補者として、その経歴は申し分ない。

「矢崎さんは前橋猩山の弟子やさかい、若山の票は望めまへんやろ」

邦展の矢崎柳邨は北海道出身で、中学を卒業後、前橋猩山に弟子入りした。浅草の人形絵付師から日本画家に転じた前橋は常々、美術作家に大学教育は不要であると広言し、邦展事務局長のころ、美術雑誌に『東京美大解体論』を発表して物議《きず》をかもした。前橋の死後、矢崎は橋本渓鳳の閥に鞍替えしたが、前橋の弟子であった疵は消えていないはずだ。

「若山栄蔵は連記の一票を高坂さんに、あとの一票を稲山先生か室生先生に入れますやろ。なんせ大ボスやさかい、うまいこと釣りあげたら、あと二票がついてきますわ」

六票に三票を足せば、それで二十九票まで見込める。

「けど会長、どないして若山を釣りますねん」室生がいった。

「それはじっくり考えまひょ。方法《すべ》はあるはずです」

若山閥の三票がまとまるのなら、一千万円を遣ってもいい。洋画十二票のうち九票がとれる。「木元さんにいうて情報をとってもらいます」

棠嶺洞は日本画しか扱っていないが、東京の画商どうしのつながりがある。日本画にしろ洋画にしろ、この世界は狭い。

「彫塑の四票、内訳をいうてください」

「まず、根岸徹ですわ。見たら吐き気のするような娘の絵も、銀座の足利画廊まで行って買いましたがな」

室生は根岸のほかに三人の名をあげた。三人とも前回の選挙で票をもらったという。

「美濃の戸板順吉が入ってませんな」

「不細工な頭像をもろてしもたんです。あとで気がついたんやけど、戸板はわしに票を入れるつもりがないから、あんなくだらんもんを押しつけよったんや」

「なるほど。道理ですな」

「戸板の百万は捨て金でしたわ」

室生は嗤う。「戸板だけやない、ほかにも捨て金になりそうなやつは何人もおる」

「ま、それはいわんことですわ。この選挙に勝って元をとったらよろしいのや」

室生が会員になったら、いったいどれほどの金を次の候補者から集めるのか。玄関先に賽銭箱を置き、自分の一票を競りにでもかけかねないと、殿村は思う。

「ところで、仙相寺の襖絵の件はどないなってます」

「明後日の金曜日、おかあはんが管長と会う約束ですわ」

管長の武田真妙は藤原静城に龍璽院方丈の襖絵を依頼する意向だという。

「淑先生はひとりで？」

「わしは表立って動けんのです」

藤原静城は七十九歳の文化功労者、浜村草櫓は九十歳の邦展参与――。役者がちがいすぎると室生は楽観しているようだが、油断はできない。藤原には村橋閥の票をまとめてもらい、芸術院会員候補者推薦書まで書いてもらうほど世話になっている。その藤原の頼みに室生が応えられなかったら、最悪の場合は四票が飛んでしまう恐れがある。

「仙相寺は、ぼくが淑先生をお連れしますわ」

「そうですか。それは心強い」

「龍璽院の住職は書家でしたな」

「そう。篆刻です」

川端錦龍――。どんな人物か、調べないといけない。宗務部長の曾野善照という坊主も。

「会員候補者の推薦締切までに、仙相寺の件は片をつけまひょ」

「お願いします。会長にお任せしてたら大安心や」

室生は卓に両手をついて頭をさげる。みんな、こちらに振る肚だ。

「住職と宗務部長に金をつかませるときは、わしの裁量でやりますさかい、事後承諾ということでよろしいな」

「それは、なんぼほどです」

「百万かもしれんし、五百万かもしれまへん」

「そうですか……」室生の顔がくもる。

「それと、会員選挙の情勢は日一日と変わります。週にいっぺんは会いたいですな」

「場所はどこで」

「この店にしまひょ」

夏栖堂から近いのがいい。路地の奥で目立たないし、座敷もひとつだけだ。

「分かりました。会長のいわはるとおりに」

室生はいい、大村もうなずく。

「ほな、食べまひょか。喋ってばっかりで腹が空きました」

刺身をつまんだ。

＊

小菊を出て四条通まで歩き、殿村と別れた。室生は珍しく、タクシーで家に帰った。

午後九時。制作は遅れているが、アトリエに行く気がしない。携帯を出して真希の短縮ボタンを押した。

コール音は鳴るのにつながらない。真希はなにをしているのだろう。

いったん電源を切り、玲子の短縮ボタンを押した。

──はい、もしもし。

――あ、おれ。

――どなたさんです。

――おれや。大村。

――わたしが講師を辞めさせられるというのに、無視してくれたひとですか。

――えらい嫌味やな。頌英の教授は和賀さんやで。おれにはなにもできへんのや。

玲子の言葉には刺《とげ》がある。まさか、講師解任の裏を知られたはずはないが。

――なにしてるんや。

――絵を描いてるんやないの。あと二十日で搬入やのに。

――そっちへ行ってええか。玲子の絵を見たいんや。

――絵を見るだけ？

――いや……。

――わたしって、便利な女やね。

電話は切れた。

京阪四条から電車に乗り、伏見桃山で降りた。玲子のマンションは駅前商店街の外れにある。

コンビニに入って、缶ビール六本とつまみを買い、商店街を歩いた。暑い。汗が首筋を伝う。上着を脱ぎ、ネクタイを弛めた。

『ラポール桃山』の二階、玲子の部屋の窓は明かりがともっていた。手すりの向こうにユッカやカポックの鉢が並んでいる。築二十年の古ぼけたマンションだが、天井が高いから、といって玲子は部屋を借りた。百五十号のパネルは長辺が二百三十センチもあって、天井が低いと縦長の絵は描きにくい。七階建の二階の部屋にしたのは、パネルの上げ降ろしが少しでも楽だからだ。

階段をあがってドアをノックすると、すぐに錠を外す音がした。ドアが開く。

「今日はなに。塾の会合?」

大村のネクタイを見て、玲子はいった。「それとも、室生さんと選挙の作戦を練ってたわけ」

「機嫌がわるいな。どうしたんや」

中に入った。三和土に靴を脱いで廊下にあがる。ダイニングの椅子に腰をおろして、ポリ袋から缶ビールを出す。

「読んだよ。怪文書。おもしろいね」

「えっ……」振り返った。玲子を見つめる。

「昼すぎに電話があった。常田先生から」

玲子も椅子に座った。「妙な手紙がとどいた、どうも君に関連したことが書いてある……常田先生がそういうから、ファクスしてもらった。読んで、びっくりした。わたしのことやもん」

常田昇三は玲子が以前、非常勤講師をしていた嵯峨野の美術短大の教授だ。北柊社に所属しているが、五十をすぎて会友にもなれず、最近は邦展の出品もしていない。常田と玲子は教授と講師以上の関係があったと、大村はみている。

玲子はジーンズのポケットからファクス用紙を出して広げた。

「M・Aは室生晃人、M・Sは宮井紫香、W・Dは和賀大示、N・Tは永嶋智美やね」

「………」大村はビールのプルタブを引いて飲んだ。

「祥ちゃんは、わたしがこの怪文書を読まへんと思てたん」

「いや、いずれは読むと思てた」

「いい気なもんやね。室生さんの手伝いしてるのに」

玲子に怒っているふうはない。あまりに冷静なのが薄気味わるい。

「ひとつだけ教えて。祥ちゃんは和賀の企みを知ってたん」

「知ってるわけない。もし知ってたら、玲子にいう。おれはそんなに卑怯な男やない」

「わたしは室生と和賀に利用されたん」

「結果的にはな」

「そう……」

玲子は大村の缶ビールをとって、あおった。「わたし、明日、室生さんに会う」

「あほな……」

「だって、このまま黙ってるわけにいかへんやない。室生はわたしを利用して、宮井の票をもらうんやで」

「待て。これは怪文書や。怪文書には嘘を書くんや」

「どこが嘘よ。みんなほんとのことやないの」

玲子の表情が険しくなってきた。怒りを懸命に抑えている。「わたしはね、首を切られたんやで。収入がないんやで。どうしてくれるのよ」

「室生さんを怒らしたら、玲子は邦展に入選せえへん。それでもええんか」

「祥ちゃんの絵だって、落選するやない」

玲子は混乱している。大村は無鑑査なのだ。

「分かった。おれは室生さんと和賀さんに交渉する」

「なにを交渉するのよ」

「『京滋アートカルチャー』や。玲子を講師にするように、室生に頼む」

「そんなこと、できるわけないわ」

「できる、できへんの問題やない。おれはこの首を賭けて室生さんに交渉する」

玲子を室生のところにやってはいけない。室生は玲子を鼻であしらい、玲子は爆発するだろう。いや、それより先に室生が爆発するかもしれない。

「カルチャーの講師なんて将来がないわ。美大の講師にしてよ」

「あほなこといえ。それは無理や」

「祥ちゃん、大津芸大の准教授やんか」

「それとこれとは話がちがう。大津芸大にポストはない」

「いまの大津芸大の講師を辞めさせてよ。永嶋智美を講師にしたように、わたしを講師にしたらいいねん。大津芸大の教授は室生さんの息がかかってるんでしょ」

玲子に芸術院会員選挙の裏工作を話したことを悔やんだ。室生に知れたらただではすまない。ここで首を振ったら、玲子は室生のところへ行く。

「玲子のいうことはよう分かった。おれはできる限りのことをする」

「それ、ほんとやろね」

「ほんまや。玲子のわるいようにはせえへん」

「わたしの絵、入選する？」

「する。入選させる」

「そう……」

玲子は後ろに括っていた髪をおろした。大村のそばに来てひざまずく。ズボンのベルトを外して顔を近づけた。

17

木元がインターネットで《書家・川端錦龍》のホームページを見つけた。川端は『龍璽舎』という篆刻の会を主宰し、その会員展が京都大和の美術画廊で九月二十六日から一週間、開催されるという。

殿村は大和の美術部次長、松坂の携帯に電話をかけた。

――龍璽舎が会員展をするらしいですな。

――はい。篆刻の展覧会ですが……。

――松坂さんは川端錦龍を知ってはりますんか。

――仙相寺塔頭の住職です。寺で書や篆刻を教えているようです。

こちらの質問を訝《いぶか》るように松坂は答える。

――川端さんの師匠は誰です。

――聞いたことないですね。わたしは龍璽舎展の担当じゃありませんから。

――担当のひとに訊ねてくれまへんか。師匠でも師匠筋でもかまへんさかい。

――分かりました。折り返し、連絡します。

――いつもすんまへんな。あれこれ頼むばっかりで。

受話器を置いて、椅子にもたれかかった。首から肩のあたりがしこったように感じる。

血圧だ。しばらく計っていない。

抽斗《ひきだし》から降圧剤を出して麦茶で飲んだ。肩を揉む。

先週の金曜日、殿村は淑に付き添って、仙相寺の管長、武田真妙に会った。武田は龍璽院方丈の襖絵を藤原静城に依頼したいといったが、具体的な方策については言葉を濁した。

宗議会では藤原を推すが、龍璽院住職の川端が浜村草櫓を推薦している以上、強い工作はできない。管長は大本山仙相寺派の御輿であり、御輿が自ら宗議会の多数派工作をするのはむずかしい——と、もってまわった言い訳をした。武田にそこまでいわれると、淑も殿村もそれ以上の話はできなかった。殿村は淑を自宅に送りとどけて画廊に帰り、川端錦龍の情報をとるよう、木元に指示した。

電話が鳴った。とる。松坂だった。

——川端の師匠は五年前に亡くなりました。川端はいま、米田洳雲の鞄持ちです。

——ほう、米田洳雲のね。

好都合だ。芸術院会員の米田には、ひと月ほど前、室生が金をつかませている。

——ぼくは書の世界をよう知らんのやけど、龍璽舎には何人ほどいてますんや。

——会員は三十人ですね。書の塾としては普通でしょう。

龍璽舎の筆頭顧問は米田洳雲だと松坂はいって、

――会長はなぜ、川端錦龍を。

――それは、ま、いろいろありますんや。このことは黙っててくださいな。

電話を切った。壁の時計を見る。二時四十分――。

室生の家に電話をかけた。すぐにつながった。

――殿村です。これからお迎えにあがってもよろしいか。

――なんですねん。やぶからぼうに。

――先生と連れ立って、米田洳雲の家に行きたいんですわ。

事情を話した。室生は黙って聞いている。

――で、現金が要りますんや。三百万ほど用意してもらえまへんか。

――いま、手もとにないんです。銀行へ行きますわ。

――もうすぐ三時です。閉まらんうちに行ってください。

金を立て替えはしない。これは室生の選挙なのだ。

――あと二、三十分したら、こっちを出ます。よろしいな。

館内電話に切り換えて木元を呼び、ハイヤーをチャーターするよう頼んだ。ヒュミドールから葉巻を二本出してシガーケースに入れる。

ワードローブの扉を開けてネクタイを選んだ。濃紺の背広に合わせて濃鼠《こいねず》の織柄にした。

枚方市藤阪。米田洳雲の邸は豪勢だが品がなかった。パイプシャッターの奥に大きな外車を駐めているのも、これ見よがしで嫌味たらしい。高価な石を塀に張りつめるくらいなら、シャッターは板張りにすべきだ。邸を一見するだけで米田という人物が分かった。

室生と殿村はハイヤーを降りて石段をあがった。玄関横のボタンを押す。すぐにドアが開いて、若い男が顔をのぞかせた。

「夏栖堂の殿村といいます。こちらは室生先生」

「お待ちしておりました。先生から聞いております」

男は内弟子だろう。室生と殿村は応接室に通され、ほどなくして米田が現れた。

「どうも初めまして。暑いですな」

如才なくいって、米田は名刺を差し出した。

「お忙しいところを申しわけありません。殿村と申します」

一礼して名刺を交換した。《文化勲章受章　日本芸術院会員　米田洳雲》と、篆書で書かれている。住所も電話番号もない変わった名刺だ。本来の名刺の用をなしていない。

「どうぞ、おかけください」

米田は革張りのソファに腰をおろした。小肥り、赤ら顔、髪はほとんどない。齢は八十七というが、七十代でも充分にとおる。頂点にのぼりつめた人間は齢をとらないのだ。

「それで、ご用件は」

「仙相寺龍璽院の障壁画の件でお願いにあがりました」直截《ちょくせつ》にいった。「住職の川端先生が翠劫社の浜村先生に襖絵を依頼されたことはご存じでしょうか」

「ああ、その話は耳にはさみました」

米田は肘掛けにもたれかかってうなずく。「川端くんと浜村さんは同郷らしいですな」

「仙相寺管長の武田真妙師は浜村先生のお齢を懸念されてます。そこで芸術院会員の藤原静城先生に――」

経緯を話した。米田は相槌を打ちながら聞いていたが、室生に向かって、

「室生さんは翠劫社でしょ。代表の浜村さんを追い落とすというのは剣呑《けんのん》ですな」

「いや、そんなふうにとってもろたら困ります」

殿村はいった。「浜村先生は九十のお齢です。もし途中で襖絵が中断したら仙相寺に迷惑がかかる。室生先生は翠劫社の幹事として、そのことを心配してはるんです」

「なるほど、そういうことなら話は分かる」

米田は笑って、「それで、わしにどうしろと」

「米田先生のご威光で川端先生を説得していただきたいんです」

「そらしかし、龍璽院の住職は川端くんやからね」

「面倒なお願いやというのは承知しております。つきましては、些少ですが」

持参した風呂敷包みをテーブルに置いた。米田は表情を変えず、

「わしがこれを受けとったら、龍璽院の襖絵は藤原さんが描くようになるんでしょうな」

「そのようにお願いします」

頭をさげた。室生もさげる。

「ま、ええ。わしも藤原さんも同じ芸術院の会員や。骨を折りましょ」

「ありがとうございます」

強烈な自信だ。米田の口ぶりでそれが分かる。米田が一本、川端に電話を入れれば、川端は宗旨がえをする。家元制度の確立した書の世界で師匠の意向を無視すれば、書家はつぶれるのだ。

「ところで、夏栖堂さんは書を扱うてませんのか」

「すんまへん。うちは絵だけです」

茶掛けの古筆は扱っているが、それはいわなかった。

「こないだ、懇意にしてる京都の画商が倒産してしまいましてな」

「それはお困りですな。どこか紹介しまひょか」

「ありがたい。わしも弟子がぎょうさんいてるから、売れ口を探してやらんとね」

弟子ではない。自分の売れ口を探しているのだ。三百万では飽き足らずに、まだふっかけてくる。さすがに芸術院会員は枯れることがない。

「西洞院に茶道具屋がありますす。そこでよかったら」

そういわざるをえなかった。室生は一言も口をきかず、膝をそろえて座っている。

＊

九月二十八日朝、燦紀展応募作品の制作が終わった。東京都美術館の搬入指定日は三十日だが、京都は二十八日に燦紀会指定の美術運送が作品を集めにくる。

梨江は作品にアルミの額を取り付けた。窓用のサッシを加工したような一万円の安い額だが、これが精一杯だ。別注の木の額など、とても手が出ない。

額に入れた絵を壁に立てかけて全体を見た。構成的に破綻はない。緑の濃淡に流れがあり、ノウゼンカズラの緋が効いている。出来ばえはいい。

でも、これで入選するのだろうか――。不安がきざす。

よく描けたと思った次の瞬間には自信がなくなり、しばらくするとまた自信がもどる。搬入の日はいつもこうだ。絵の制作は孤独な作業であり、下描きから完成まで他人の眼が入ることはない。燦紀会には邦展のような画塾がなく、合評会もしないのだ。

照明を消し、自然光で絵を見直した。岩絵具が光を反射してキラキラする。油絵にはない日本画だけの煌《きら》めきだ。これでいい、と梨江は思った。

アトリエを出てダイニングへ行った。美千絵が新聞を読んでいる。

「今年の絵、描きあがった」

「そう。がんばったね」

「二時ごろ、美術運送が取りにくる」

「入選しそう?」

「たぶん……」

審査の結果はハガキでくる。入選作は東京展、京都展と巡回展示されるが、選外作は運賃を払って送り返してもらわないといけない。出品料の一万二千円に、返送の運賃一万五千円を負担するのは痛い。入選と選外には雲泥の差があるのだ。

梨江はコーヒーを淹れて椅子に座った。

「これ、読んで」

美千絵が新聞を寄越した。「その火災事故のとこ」

《LNG基地火災の原因判明
九月四日、京都府加美市磯崎の臨海石油コンビナート地帯で起きた液化天然ガス基地火災は、隣接する石油化学工場のプラントが爆発炎上したためと判明した。》

「なに、これ、どうかしたの」

「その石油化学会社の社長さんはね、おじいちゃんの知り合いなんや」

「ふーん、そうやったん」
「そやから、ちゃんと読んでみて」
いわれて、記事を読んだ。

《京都府警と消防の合同捜査本部の調べによると、マイセル化学工業（常石和雄社長）磯崎工場の合成樹脂ポリマー（重合体）工室内で、技術開発課長ら三人の従業員がモノマー（単量体）混合槽に化学原料を投入し、重合缶（化学原料を反応させて製品にする容器）へ移す作業をしていたとき、重合缶の電気冷却装置が故障でとまった。このため重合缶の温度が上昇し多量のガスが噴出、脱臭ダクトが爆発した（一次爆発）。

同工場の安全管理を担当していた三人は一次爆発の原因究明に気を奪われ、混合槽内の化学原料を長時間放置した。このため混合槽内で徐々に自然重合が進み、反応熱がたまり沸点を越えて「暴走反応」が起こった。その結果、多量のガスがポリマー工室内に充満し、四日午後六時五十分ごろ、冷凍機などの制御電磁開閉器の電気火花が引火、大爆発（二次爆発）を起こした。

この爆発による施設火災が隣接する液化天然ガス基地に引火し、タンク一基が爆発炎上。その結果、基地の施設作業員一名が死亡、十二名が火傷などの重軽傷を負った。

合同捜査本部は事故調査委員会を設置し、マイセル化学工場からガス基地に引火した

原因などにつき、調べを進めている。》

「常石和雄いうひとが、おじいちゃんの知り合いなん？」

化学工業会社の社長と邦展の画家に、どんな接点があるのだろう。

「常石さんはね、日本画のコレクター。ずいぶんむかしから、おじいちゃんの絵を買って応援してくれてはる」

北白川の常石の邸には健児の大作が五点、小品も十数点はあると美千絵はいう。

「わたしも常石さんには会うたことがあるし、どうしたらいいか考えてるのよ」

「お見舞いに行くの？　おじいちゃんと」

「それが分からへんのよ。いまは事故でばたばたしてはるやろし」

「もうちょっと、ようすを見たほうがいいのとちがう」

「やっぱり、そうやろか」

「ひとがひとり亡くなったんでしょ。社長の進退にかかわるやんか」

ガス基地が炎上したころ、梨江はアトリエにこもって絵を描いていた。ニュースは知っていたが、まったくのひとごとだった。

「マイセルって、大きな会社？」

「社員が三百人くらいいると思う」

常石はオーナー社長で、以前は久御山町に工場があったが、昭和六十年ごろ、磯崎に移転したという。「隣に天然ガスの基地がなかったら、こんな大事故にはならへんかったのに」

「それをいうたら、亡くならはったひとにわるいわ。隣に化学工場があったから、NG基地が燃えたんやで」

死傷者が出たのは基地のガスタンクが爆発したからだ。プラントのパイプラインから引火したらしい。

「常石さんの会社、どうなるんやろ」

「工場は閉鎖かもしれんね。それと、裁判になる。刑事と民事の両方で」

「気の毒やな、常石さん」

「いざというときに責任をとるのが社長やんか」

美千絵の視点は偏っている。亡くなったひとの遺族から見れば、常石は加害者だ。マイセルが倒産しようと、技術開発課員が罪に問われようと、それで償われるものではない。

「けど、おじいちゃんて、いろんなとこに知り合いがいるんやね」

「五十年も絵を描いてるんやもん。応援してくれはるひとはいっぱいいる」

健児はつきあいが広い。毎年、千枚を越える年賀状がとどく。梨江は小学生のころから年賀ハガキのお年玉の当選番号を調べて賞品に換えてきた。

コーヒーを飲みほした。立って伸びをする。あくびが出た。

「あんた、寝てへんの」

「そう、完徹。今日が搬入やし」

「寝なさい。身体がもたへんよ」

「一時半に起こしてくれる。美術運送が来るから」

梨江はダイニングを出た。

＊

ハプスブルク王家の末裔《まつえい》、ブルボン家の当主、ロベルト・フェルディナンドが来日した。東京での晩餐会と歓迎会のあと、ロベルトは京都に招かれ、ロベルト会主催の歓迎会が開催された。

殿村と室生は玉川宇一の後援会に招待されて蹴上《けあげ》のパークロイヤルホテルへ行った。会場の大広間には二十のテーブルが据えられ、各々に十数人の席が用意されている。ウェイターに案内されて席につくと、殿村の左隣には《アテナ画廊・脇本祐正様》の名札があった。脇本とは歓迎会のあと、祇園で会食をする。

定刻になり、京滋テレビのアナウンサーの司会で歓迎会ははじまった。ロベルト会の名誉会長、仁科有基が歓迎の挨拶をし、スポットライトを受けてロベルト・フェルディナンドが謝辞を述べる。長身痩軀、銀髪、高い鼻梁《びりょう》と薄い唇に酷薄な印象を受ける。スペイン語を通訳するのは近畿外語大の教授だ。

ロベルトが後ろにさがり、玉川宇一がマイクの前に立った。国際政治におけるハプスブルク王家の影響力を滔々《とうとう》と語り、ロベルト会の活動を讃える。どうせ秘書の作った演説原稿を丸読みしているのだろうが、馴れているだけに巧い。玉川は京都市議から衆議院議員になり、民政党幹事長、副総裁まで昇りつめた党人派の政治家だ。

玉川の歓迎挨拶は二十分で終わり、司会が倉橋稔彦の名を告げた。ステージ左手から倉橋が登場し、会場に頭をさげる。殿村は久々に倉橋を見たが、まったく齢をとっていない。立ち居振る舞いに精気がみなぎっている。

「ええ気なもんや。まるで自分が絵を贈呈するような顔しとる」室生がいう。

「パフォーマンスは超一流。千両役者ですわ」

倉橋はロベルト・フェルディナンドの前に進み出た。白いスーツの女性がふたり、真紅の布をかけた額を持って現れる。

ロベルト会より、倉橋稔彦画伯の御作をフェルディナンド公に贈呈いたします――。司会が声高にいった。女性が布をとる。

作品名は『支倉常長』です――。

拍手が起こった。殿村も手を叩く。室生は憮然とした顔。

鳴り渡る拍手の中で、倉橋はロベルトに絵を手渡した。

四百年の時を経て、支倉常長がふたたびスペイン王に拝謁いたします——。

「くだらん。あれはわしが寄付したんや」室生が吐き捨てた。

「室生先生、それはいわんことです」

殿村はいった。「今日のこの贈呈式で、新展の四票が確定したんです」

「倉橋には恐れ入った。絵描きより政治家のほうが似合いや」

「ひとが群れるとこにはボスがいてます。室生先生も大ボスにならはったらよろしい」

「わしになれるか」

「芸術院会員になって、文化勲章をもろてください」

贈呈式のあとは京都商工会議所会頭の音頭で乾杯をし、食事になった。前菜が運ばれる。フォークを手にとったとき、脇本が現れた。隣の椅子を引いて、さも疲れたふうに腰をおろす。首筋の汗をハンカチで拭きながら、

「どうも、京都駅から道が込んじゃって。……そちらが室生先生？」

「室生です。よろしく」室生は一礼した。

「初めまして。アテナ画廊の脇本です。室生先生は写真よりお若いですな」

尊大な男だ。言葉こそ普通だが態度はふてぶてしい。室生に礼を返すこともしない。

殿村が脇本と顔を合わせたのは五、六年ぶりだろうか、前にも増して肥っていた。細い

眼に鼈甲《べっこう》縁の眼鏡、額は抜けあがり、弛《たる》んだあごにワイシャツの襟が食い込んでいる。

「ま、どうぞ」脇本のグラスにビールを注いだ。

「ところで、贈呈式は」と、脇本。

「ついさっき終わったばっかりですわ。『支倉常長』、達者な絵でした」

「倉橋さんは絵が巧い。世渡りだけでは日本のトップに立てませんよ」

「脇本さんはいつごろから倉橋先生の絵を」

「そろそろ三十年でしょう。倉橋さんが皇太后の絵の先生になったころからです」

倉橋の師、東野恒斎は先の皇后に日本画を教授していた。恒斎は九十二歳で亡くなったが、そのあとを継いで教授掛になったのが倉橋だった。皇室ブランドの権威は絶大であり、倉橋は一気に新展の頂点にのぼりつめ、芸術院会員を通り越して文化功労者、文化勲章を受章した。倉橋稔彦にはそういう強運がついてまわっている。

「末松くんの顔が見えませんな」脇本は玉川のテーブルを見やった。

「贈呈式のときは座ってましたけどね」

祇園で一席設けるといったのは玉川事務所の地元筆頭秘書、末松だ。

「彼も大変なんだ。京都がひっくり返りそうだから」

「京都がひっくり返る……。どういうことです」

「加美市のLNG基地爆発ですよ。わるくしたら市長が逮捕されるかもしれない」

「なんで、市長が……」

「殿村さんは加美市の市長を知ってますか」

「いや、名前も知りまへん」

「加美市の市長はね、玉川先生が当選させたんですよ」

元議員秘書の政治画商はウェイターを呼んでシャンペンを頼み、殿村の注いだビールには口をつけなかった。


〝ロベルト公歓迎会〟は八時に終わり、脇本、室生、殿村は末松の案内で祇園の『よし竹』へ行った。よし竹は殿村の馴染みの店だが、玄関へ挨拶に出た女将は殿村に向かって親しげな素振りは見せなかった。女将は今日の払いが玉川事務所だと心得ているのだ。四人は二階の座敷に通された。

「ここは幕末からの料理屋で、長州の桂小五郎のお妾さんが仲居をしていたという由緒があります」末松がいった。

「妾が仲居をしていたのが由緒ですか」

脇本が笑う。「京都という街は由緒だらけですな」

「聞いた話です。事実かどうかは分かりません」脇本に笑われて、末松は鼻白む。

「末松さんはどこの生まれです」室生が訊いた。

「長崎です」

「訛がないですな」

「親父が転勤族でしたから」

「大学はどこです」

「東京ですが……」

「東大ですか」

「いえ、東京の某大学です」

室生は平気で学歴を訊く。組織社会に生きてこなかった絵描きの無神経さだ。

末松のポケットで携帯が鳴った。失礼――末松は廊下へ出ていった。

「なんだ、あいつは。携帯の電源くらい切っておけよ」

「筆頭秘書はなにかと忙しいんですやろ」

「マナーがわるいんですよ。ああいう連中はね」

そういう脇本も議員秘書上がりだ。

障子が開いて、仲居が入ってきた。脇本から順に酒と肴を注文する。殿村は心付けを渡した。仲居はにこやかに礼をいって出ていった。

「脇本さんは去年の選挙で佐藤惟之を応援しましたな」

室生がいった。「何票ほど、とりましたんや」

「いきなり、生臭い話だな」

脇本は苦笑した。「――二十九票です」

「ほう、それは優秀や。票読みと結果は一致しましたか」

「ぼくは三十四票を読んでました。五人に食い逃げされましたね」

「二億を遣うたというのは、ほんまですかいな」

「室生先生、噂やスキャンダルはね、大きいほどおもしろいんです」

「けど、芸術院賞をとったその年に会員になったんは、佐藤惟之が初めてや」

「そりゃあ、ひとにいえないこともしましたよ。殿村さんが京都日本画壇の代理人なら、ぼくは東京洋画壇の代理人だ」

「東京の日本画壇で、いちばんの代理人は誰です」

「三井の美術部長と淀屋の美術部長でしょう。三井は新展の高坂さん、淀屋は邦展の矢崎さんをバックアップしてるようです」

「高坂と矢崎はどっちが勝ちます」

「さて、どちらですかな。ぼくはただの野次馬ですよ、今年の選挙は」

脇本は眼鏡をとり、おしぼりで顔を拭く。搾《しぼ》れば脂がしたたりそうな肥りようだ。

「脇本さんは洋画の若山先生と懇意ですか」殿村は訊いた。

「邦展の若山栄蔵ですな」

脇本は眼鏡をかけた。「懇意ですよ。絵も扱ってます。売れませんがね」

「脇本さんを洋画の代理人と見込んでいいますけど、若山閥の三票が欲しいんですわ。知恵を貸してもらえまへんかな」

棠嶺洞の木元に頼んで若山の周辺を調べてもらったが、食い込めそうな穴はなかった。しつこく挨拶まわりをする手もあるが、金で票を買えるような感じではない。このまま放っておいたら、若山閥の三票は稲山に流れる。

「殿村さんはいくら遣うつもりですか、若山さんに」低く、脇本はいった。

「五百万、ですな」少なめにいった。

「三票で五百万は安いでしょう」

「ほな、七百万……」

「一千万だな。それで三票をとってきましょう」

「とれるんですか」

「知恵は貸せないけど、票はとれる。任せてください」

「方法は」

「それをいったら、ぼくの値打ちがさがるでしょう」

脇本は薄ら笑いを浮かべた。「芸術院第一部第二分科の会員のどこをどう押せば票になるのか、この頭にしっかりインプットしてますよ」

この男はやっぱり、画商やない——。そう思った。バブルのころに祇園をのし歩いていた得体の知れない連中と同じ人種なのだ。

「一千万はいつお渡ししましひょ」

「明日の午前中にブライトンホテルへとどけてください」

脇本はルームナンバーをいった。「現金は重いから、小切手で」

「分かりました。とどけまひょ」

いって、室生を見た。室生はうなずく。

そこへ障子が開き、末松がもどってきた。

「どうもすみません。失礼しました」頭をさげて卓につく。

「末松くん、このあとはどこへ行くんだ」

まだ酒も来ないのに、脇本は訊いた。末松は当惑したように、

「予定はしておりませんが……」

「だったら舞妓を呼びなさいよ。ここは祇園だろ」

脇本は上着を脱いで座椅子にもたれかかる。真っ赤な吊りバンドをしていた。

18

玲子の再就職先が決まった。和賀が宝ヶ池の桜花造形短大の非常勤講師に押し込んだのだ。桜花の日本画科教授は和賀の京都美大のころの同級生だった。

玲子は大村に、頌英短大の専任講師から桜花の非常勤講師になるのは格下げだといい、大津芸大の助手か非常勤講師を望んだ。大村は玲子をなだめすかして、来年の前期から専任に昇格させると約束した。ただの口約束だが、十一月には芸術院会員選挙がある。室生が会員になってしまえば、玲子がいくら騒ごうと知ったことではない。

邦展搬入日の夕方、玲子がアトリエに来た。眼が落ち窪んでいる。美術運送が来る間際まで手直しをしていたのだという。

「祥ちゃんに受付番号を知らせとこと思て」

玲子は出品票を手にしている。「三二八番。憶えといて」

「三二八やな」大村はメモをした。「題名は」

「『追憶の海辺』」

陳腐だ。なんの芸もない。

「今年は和賀さんが審査員や。入選するやろ」

受付番号と題名を和賀にいっておくのだ。和賀は審査会場で『追憶の海辺』に手をあげる。一次審査は三票以上、二次審査は六票以上が必要だが、それくらいは談合でなんとでもなる。審査の票はほかの画塾との貸し借りだから。

「祥ちゃん、わたし、特選が欲しいねん」

「それはおれにいうてもあかん。和賀さんにも無理やろ」

いうにこと欠いて、特選をくれ、とは大した了見だ。

「なんで無理なん。わたしの絵があかんの」

「特選はたったの十点や。それもあちこちの画塾や派閥に振り分けられる。おまけに去年の特選は、三点が審査員の息子と娘、一点が元理事長の孫、一点が審査員の愛人やった」

「わたし、祥ちゃんの愛人やんか」

「おれは審査員やない」

「和賀さんに頼んでよ。特選をくれるように」

「審査員は十七人もおるんや。和賀さんひとりの力でどうこうできるもんやない」

うっとうしい。玲子は室生の選挙で馘《くび》になったことを精いっぱい利用しようとしている。

「要するに、わたしは永遠に特選をとられへんわけ」玲子は大村を睨《ね》めつける。

「室生さんが芸術院会員になるのを待て。あのひとが邦展の常務理事になったら、特選のひとつやふたつ、どうにでもできる」

「わたしは室生さんのために頌英を辞めさせられたんやで。忘れてもろたら困るわ」

「玲子も翠劫社に入ったらどうや。そしたら特選をとれる」

「あほらし。祥ちゃんみたいな小間使いをするのはごめんやわ」

「誰が小間使いや」カッとした。思わず立ちあがった。

「あら、怒ったん」

玲子は歩み寄る。「初めて見たわ。祥ちゃんのそんな顔」

「もうええ」堪えた。「こんなことで喧嘩してもしゃあない」

「三二八番、追憶の海辺。今回は入選でもいいわ」

玲子は背を向けた。アトリエを出ていく。

「待て。どこ行くんや」

「帰るんやんか。伏見に」

「飯、食いに行こ」

「食欲ないねん」

ドアが閉まった。エンジンのかかる音がする。

玲子とは長くない——。そう思った。

＊

十月十六日、燦紀展の初日——。

梨江は京都駅で優子とユリに会った。ふたりともきれいに化粧して、フォーマルなツーピースを着ている。梨江のジーンズとローファーを見て、結婚式もその格好やろね、と優子が笑った。梨江はこの一年、スカートをはいたことがない。

秋の本展に三人が揃って入選したのは初めてだった。初日の懇親会に出ようと優子がいい、ユリが上野のビジネスホテルを予約した。梨江は新京極で新幹線のエコノミーチケットを買った。三人いっしょに東京へ行くのは学生のころの『四美祭』——東京美大、名古屋芸大、金沢美術工芸大、京都美大が持ち回りで学園祭を開く——以来だった。

東京都美術館で展示作品を見たあと、不忍池近くのレストランに移動した。審査員を代表して堀田笙吾が講評を述べ、乾杯のあと、パーティーがはじまった。三人は会場をまわって料理を皿にとる。

「今年の燦紀賞はどう。順当？」スモークサーモンを食べながら優子が訊く。

「わたしは順当やと思う。みんな、いい作品やったわ」と、梨江。

燦紀賞は六点だった。燦紀展は四十七人の会員が全員で審査をする。創立会員が情実審査を排除しようとしたのだ。

「わたしら、いつ燦紀賞をもらえるんやろ」

「神のみぞ知る、やね」ユリが笑う。

燦紀賞を三回受賞すれば会員になれる。邦展のような複雑なステップはないが、それだけに受賞がむずかしい。燦紀会は絵が売れはじめると入選しないという閉鎖的な傾向があるから若手が育ちにくい。海鴻美術館賞を受賞した会友の郷田昇が退会したのも、それが理由だった。

会員のひとりがテーブルに来た。二次会に行かないか、と訊く。新橋のビアレストランを予約している、といった。あとで返事します、と優子は答えた。

「どうする。行く?」会員が離れるのを待って優子がいう。

「行きたくない」と、ユリ。「次は赤坂や、六本木やと、夜中まで連れまわされるもん」

「抜けよか、途中で」

「うん、そうしよ」

「わたし、新宿へ行きたい」梨江はいった。「二丁目のゲイバー」

「おもしろそう」

「早よう行こ」

「もったいないやないの。たくさん食べんと」

そこへまた別の会員が来た。銀座のラウンジで二次会をするという。先約があるといって、優子は断った。

「よう見たら、このテーブルだけやわ。若い女の子が三人もいるのは」

「わたしら、若いの」

「まだ二十代やんか」

「ほら、また来た」

派手なチェックのジャケットを着た会員が水割りを手に近づいてくる。

新宿二丁目へはタクシーで行った。『新宿仲通り』というゲートのそばで降り、方向も分からないままに通りを歩く。想像していた繁華な感じはなく、ひとも少ない。バーやスナックの袖看板は、半分ほどしか明かりが点いていなかった。

「なんか、寂《さび》れてる。ゲイの聖地とは思われへん」優子がいう。

「時間が早いんや。八時前やもん」ユリが時計を見る。

京都でいえば木屋町あたりに似ているだろうか。最近の木屋町は風俗店が目立つが。

化粧をしたおじさんが歩いてきた。優子が呼びとめて、どこか適当な店はないかと訊く。

じゃ、うちに来れば、とおじさんはいった。

細長いビルの七階にあがった。『青春』というスナックのドアにおじさんは鍵を挿《さ》す。これから開店なのだ。

「ごめんね。すぐ用意するから」

おじさんはカウンターの椅子をおろした。冷蔵庫からおしぼりを出す。客が十人も入ればいっぱいの小さなスナックだった。

ウイスキーの水割りを飲みはじめた。おじさんはメイコさんといい、二丁目は二十年になるといった。お嬢さんたちは関西よね――。うん、京都――。三人で旅行なんだ――。新宿二丁目を見学したかったから――。だめよ、オカマに惚れちゃ――。

ひとしきり話をして笑った。メイコさんは着替えてくるといって、奥の部屋に入った。

「明日は邦展の搬入日やね」ユリがいった。

「ああ、そういえばそうや」

燦紀展は十月三十一日まで。邦展は十一月二日から開催される。会場は同じ都美術館だ。

「山内さんはどう？　出品した」

「うん。出品したと思うわ」

ユリも優子も山内玲子が桜花造形短大の非常勤講師になったことを知っている。玲子はいま、梨江の同僚なのだ。

「山内さん、まだ大村さんとつきあってるんかな」

「わたしは知らへん。玲子さんとは喋らへんから」

日本画科の教員室で梨江と山内玲子は机を並べている。玲子の実技講座は週に四コマだが、授業が終わるとすぐに帰ってしまう。玲子は美人でスタイルもいいから男子学生――十人しかいないが――には人気がある。

先週の金曜日、梨江は学生食堂の前で玲子に呼びとめられた。「ね、稲山先生は勝てそう」と訊く。梨江が口ごもっていると、「運動してるんでしょ、芸術院の会員選挙」「知りません。関係ないから」「室生さんはすごい運動してるよ」「そうですか」「わたし、稲山先生を応援してるからね」——。

玲子がなぜそんなことをいったのか、梨江には分からない。ただ、山内玲子は大村祥三から芸術院会員選挙の経緯を聞いているのだろうという気はした。

「ね、歌うたお」話題を変えた。

「なにがいい」優子が歌の本をとる。

「キャンディーズのメドレー」

「古いわ、梨江」

「いいもん。好きやから」

そこへ、メイコさんが出てきた。女装している。金色のかつら、一センチの付け睫毛、シースルーの黒いドレス——。

「きれいッ」ユリが拍手した。

＊

十月二十四日、芸術院会員候補者の推薦が締め切られた。室生の推薦書は藤原静城が書いて選考委員会にとどいている。

仙相寺の宗議会は十月二十日に開かれ、龍璽院方丈の襖絵は藤原静城に依頼されることが正式に決まった。龍璽院住職の川端錦龍が〝浜村草櫓案〟を撤回し、藤原を推薦したのだ。米田洳雲に渡した三百万円は無駄ではなかった。藤原は上機嫌で室生に電話をかけてきて、村橋閥の四票を確約した。

大和の松坂からは三、四日ごとに連絡があり、稲山健児の推薦書は元沢閥の桐畑秀雲が書いたと知った。ボスの元沢英世が推薦書を書かなかったのは元沢閥の三票が割れていることの証左であり、室生にも一票来ることがそれで分かった。松坂がいうには、美術部長の吉永には稲山から毎日のように電話があり、吉永は会議室に閉じこもって方々に連絡をとっている。吉永は票がまとまらないのでひどく焦っているらしい。

殿村が現時点で読んでいるのは二十六票だ。これに建築の一票を足し、洋画の若山栄蔵閥の三票を加えれば三十票になる。ほぼ安全圏とみていいだろう。芸術院第一部の現会員数は四十六名。今年の第一分科の票は二名連記だから、票数にすれば九十二票。これを四人の候補者に等分に分ければ、ひとりあたり二十三票の割り当てになる。室生の票はそれより七票も多いのだ。

ただ、懸念するのは脇本に頼んだ若山閥の三票だ。ロベルト・フェルディナンド歓迎会の翌日、脇本には一千万円をとどけたが、あれ以来、一度も連絡がない。脇本が具体的にどんな運動をしているのか、週明けにでも聞く必要がある。

ノック――。幸恵が夕刊を持ってきた。デスクのスタンドを点けて眼鏡を殿村の手もとに置く。

「なにか飲まはります」

「コーヒーが欲しいな。モカにしよ」

画廊の筋向かいに旨いコーヒーを淹れる喫茶店がある。

「このごろのおとうさん、溌剌《はつらつ》としたはりますね」

「ほう、そう見えるか」

「夜は飲みに行かはらへんし、朝もいちばんに来はります」

「この選挙が忙しいてな」

「あんまり無理しはらんように」

「いつ死んでもかまへん。年寄りは今日一日がおもしろかったら、それでええんや」

「また、そんなこといわはる。縁起でもない」

幸恵は室町の呉服屋から嫁にきた。若いころは鼻っ柱が強く、姑の和子としょっちゅう衝突していた。博はおとなしい男だから、幸恵には逆らわない。それが気に入らないといって和子は怒り、幸恵は反発する。幸恵が実家に帰って博が迎えにいったことは一度や二度ではなかった。

平成のはじめに西陣の衰退で実家が店をたたみ、そのころから幸恵は画廊の手伝いをするようになった。博とのあいだに子供はできず、和子とはいまだに折りあいがわるいが、しかたのないことだと殿村は諦めている。夏栖堂は博の代で終わるのかもしれない。

「室生先生はどないしたはります。長いこと、お顔を見せはらへんけど」

「今日は翠劫社の祝賀会やないかな。翠月美術館で」

「薬師先生が特選もらわはりましたね」

「和賀さんが審査員に出て、がんばったみたいやな。薬師さんは二回目の特選やし、来年からは出品委嘱や」

「ほな、お仕事を頼まんと」

「博が行くやろ」

特選をとった画家には、祝儀代わりに作品を依頼している。

「それで、選挙のほうはどないです」

「十一月八日に芸術院の総会があって、候補者が四人にしぼられる」

新展の高坂徹雄、邦展東京の矢崎柳邨、邦展京都の稲山健児、室生晃人——。会員候補者選考委員会で補充人員の倍数の候補者が選考されると、つづいて無記名連記投票が行われ、これを書面投票と合わせて十一月十九日に開票。芸術院新会員が内定する。会員候補者は書面総会において承認を諮られ、十一月二十五日に正式な会員候補者と決定し、十二月十五日に日本芸術院会員として任命される。

「いまのとこ、東京は高坂、京都は室生先生がリードしてるな」

「おとうさんの読みが外れたことはいっぺんもない。室生先生もひと安心ですね」

「油断は禁物や。選挙いうやつはどこでどうひっくり返るかもしれん」

「ほどほどにしてくださいね。身体をこわしたらなんにもならしません」

幸恵はいって、部屋を出ていった。

殿村は眼鏡をかけ、夕刊を手にとった。《加美市長逮捕》——一面の見出しが眼にとまった。


《京都府警捜査二課は京都府加美市磯崎の化学工場爆発とLNG（液化天然ガス）基地爆発炎上事故に関連し、小橋弘隆加美市長がLNGプラント建設工事を受注した浦田化工建設の三宅信専務から千数百万円を受けとったとして、両者を贈収賄容疑で逮捕した。小橋市長と三宅専務は容疑を否認している。

浦田化工建設は98年の磯崎LNGコンビナート建設でJV（建設企業共同体）に参加し、プラントを建設したが、当初からガス漏れ事故などがあり、欠陥工事を噂されていた。事故調査委員会によると、プラントの基礎が脆弱《ぜいじゃく》だったため、パイプの継手がゆるんでガスが漏出し、5号タンクが引火爆発したものと指摘されている。

浦田化工建設は東証二部上場。加美市内ではこれまで工事実績がなく、磯崎ＬＮＧコンビナートのＪＶに参加したのは小橋市長の指示によるものと関係者は語っている。小橋市長は94年に初当選、98年、02年に再選されて現在は3期目。加美市議会は市長の逮捕を受けて――》

殿村は脇本の言葉を思い出した。京都がひっくり返る、と脇本はいっていた。加美市の市長は玉川が当選させた、と。

アテナ画廊の番号を調べてダイヤルボタンを押した。社員が出て、脇本に代わった。

――殿村です。いま、夕刊を読んでるんやけど、玉川さんは大丈夫ですやろな。

――どういう意味です。

――加美市長は玉川さんの子飼いやといいましたやないか。

――会長はなにを心配しておられるんです。

――玉川さんは嘉兵衛の会の会長や。ロベルト会に四千万を寄付させて倉橋さんの絵を買わせたんは犯罪になりまへんのか。

――殿村さん、あの四千万は盗んだのでも横領したのでもないんですよ。ちゃんと嘉兵衛の会の理事会に諮って承認を得た出金です。

――ほな、ややこしいことにはならんのですな。

――なるわけがない。小橋さんは玉川先生の子分だけど、子分が捕まって親分が逮捕されるのなら、日本の政治家はみんな刑務所の中です。

――いや、それやったらよろしいんや。わしは脇本さんや倉橋先生が警察に事情聴取でもされて、新展の四票が消えるのが怖いんですわ。

棠嶺洞とアテナ画廊を経由して倉橋稔彦に二千万の裏金が渡っている。もし明るみに出れば、室生は芸術院会員候補を辞退させられるかもしれない。億単位の金が飛び交っているのを誰もが知りながら、会員選挙は一点の曇りもない清潔なものでなければならないという論法だ。芸術院新会員の認証は天皇皇后両陛下の行幸を仰いで挙行される。

――万が一にも室生さんに累がおよぶようなことはありませんよ。

――すんまへんな。いらん心配でした。ところで、若山先生はどないです。

――ああ、あれはまちがいない。若山さんが三票をまとめてくれます。

――どないまとめるんです。

――だから、若山閥の三票を室生さんに入れるんです。

――不得要領ですな。答えになってへん。

――若山さんのアトリエですよ。

――アトリエ？

――若山さんは邸にアトリエを増築しました。四十坪もある、それは立派なアトリエですがね、建蔽率《けんぺいりつ》違反なんですよ。

——ほう、それで。

——建築指導課から工事差止め命令が来たのを無視して、若山さんはアトリエを完成させた。指導課も意地になって、アトリエの取り壊し命令を出す。これは本気だと気づいて、若山さんはわたしに相談した。わたしは民政党の某領袖に相談しましたよ。

——で、アトリエはそのままということですな。

——コネも金も遣いましたがね、若山さんからはなんの見返りもなかった。

その貸しを返してもらったのだと脇本はいう。あの一千万円は自分の懐に入れたのかもしれない。太い男だ。

——よう分かりました。一千万で三票は安うない。おたくが責任もってくださいな。

——困ったことがあったらいってください。微力ながら、お役に立ちますよ。

笑い声を残して電話は切れた。殿村は舌打ちする。どいつもこいつも選挙にたかるゴキブリだ。

葉巻の吸い口を切って火をつけたところへ、幸恵がコーヒーを運んできた。

19

アトリエの薪ストーブに、この秋、はじめて火を入れた。山科は朝晩が冷え込むから、十一月にはもう暖房が要る。ストーブに薬罐を載せ、コーヒーミルにブルーマウンテンを入れてハンドルをまわしはじめたところへ電話が鳴った。

――大村です。

――祥三くん、わしや。

舅の隆宏だった。

――どうも、その節はお世話になりました。

――いや、あの波山のやきものなんやけどな、まだ入金がないんや。

――えっ、そうですか。

大村が室生に指示されて、板谷波山の花生や墨跡を隆宏に集めてもらったのは八月だった。あれからもう三カ月になる。

――それ、室生さんには。

――請求書は送った。九月の二十日や。

――四十日も前ですね。

が金色のな。

――祥三くんから訊いてみてくれんかな。いつ入金してくれるんか。

――分かりました。訊きます。

――それはそうと、先週の金曜、有沙がうちの店に来た。若い男といっしょや。髪の毛が金色のな。

車高の低いスポーツカーに乗っていたという。

――有沙はきれいな子やさかい、変な虫がつかんように気いつけたって。

――妙子にいうときます。有沙が誰とつきおうてるのか、聞いてるかもしれません。

考えてみれば、有沙は真希より一歳若いだけだ。たとえ相手が金髪のどら息子でも、四十七歳の中年男と不倫をしている真希より、有沙のほうが健全なのかもしれない。

――有沙はな、新しいゴルフクラブが欲しいというんや。

五万円をとられた、と隆宏は笑う。

――おとうさん、そんな大金をやったらあきません。どうせ、ろくなことに使わへんのやから。

有沙は愛想がよくておねだりがうまい。しょっちゅう隆宏のところへ行って小遣いをせしめている。妙子も有沙には意見をしないのだ。

――ま、しゃあないわ。孫が顔出してくれるのはうれしいもんや。

――波山の件はぼくの責任です。調べてちゃんとします。

――わるいな。そうしてくれるか。

――すんません。迷惑かけて。

電話を切った。ストーブの扉を開けて薪を足す。この農家を借りてアトリエに改装したとき、念願のスウェーデン製ストーブを入れた。

豆を挽き、フィルターをパーコレーターにセットした。薬罐の湯はまだ沸かない。室生の家に電話をかけた。

――おはようございます。大村です。

――ああ、なんや。

不機嫌そうな声だ。寝起きだろうか、

――大阪の梓影堂から電話がありました。室生先生に請求書をお送りしたんですけど、とどいたかどうか訊いてもらえんかと……。

――請求書は来てる。七百三十五万のな。

――七百万でけっこうです。消費税は値引きするようにいいます。

――なんで請求書なんぞ送ってくるんや。帳簿につけてるんか。

――それはつけてると思いますけど。

――花生はわしの手元にないんやで。税務署が来たらややこしいやないか。

――おっしゃるとおりです。帳簿は破棄させます。

――梓影堂は名のある老舗やろ。老舗がそんな手落ちをしたらあかんな。

嫌味たらしく室生はいう。

――申しわけありません。気をつけます。

――君が謝ることない。金は選挙が済んでからや。そういうといてくれ。

――分かりました。伝えます。

――それはそうと、玉川宇一が引退を表明したな。

――はい、そうですね。

――あれはなんでや。

――総裁選で負けたからとちがうんですか。

――加美市長が逮捕されたせいやないんやな。

――関係はないと思います。

昨日、十一月三日、玉川宇一が記者会見で政界からの引退を表明した。民政党の最大派閥『軌生会』の事務局長を務め、党幹事長と副総裁を歴任した大物政治家の突然の引退表明は大ニュースになり、今朝の新聞は玉川関連の記事で埋めつくされていた。

玉川の引退理由は七十五歳の高齢と、自派の軌生会から民政党総裁選に出馬した候補者が現総裁の小堀泰樹に負けた責任をとるといったものだったが、軌生会は総裁選前から割れていた。玉川と並ぶ軌生会長老の横山健三が自派の候補者ではなく小堀を推したのだ。

玉川は横山に裏切られたといい、政治家の信義も地に堕《お》ちたといって会見を終えた。玉川の引退は唐突だが、京都2区の選挙地盤は娘婿の京都府議に譲るべく周到な根回しをしているという。転んでもただでは起きないのが政治家という人種だ。

——わしは殿村さんに訊いた。子分の加美市長が逮捕されたすぐあとの、玉川の引退は心配ないんかと。殿村さんは大丈夫やというたけど、時期が時期やさかいな。芸術院の秋季総会と候補者選考後の部会投票は今週末や。

——ぼくは殿村さんのいうとおりやと思います。玉川が引退したら、かえって好都合やないですか。玉川は嘉兵衛の会の会長もおりるはずです。

なにをいまさらあたふたしているのだ。選挙のことは殿村に任せたのだろう。

——それやったらそれでええけど、君は懇親会に出てこんかったな。なんでや。

ふいに室生は話題を変えた。東京で開催された邦展初日の懇親会だ。

——家のことで、ちょっとごたごたしてまして。懇親会には出たかったんですが。

室生の腰巾着がいやだったのだ。室生は会場を走りまわって芸術院会員のご機嫌伺いをしたにちがいない。

——君、よめさんとはうまいことやらないかんで。

——心がけます。

妙子とは仲がわるいわけではない。おたがい関心がないだけだ。

――腹減った。飯を食う。

――すみません。余計な電話をしました。

受話器をおろした。薬罐の湯が沸いている。フィルターに注いだ。

懇親会の日、大村は真希と旅行をした。新幹線で山口へ行き、秋芳洞と秋吉台の紅葉を見て、湯田温泉に泊まった。真希のセックスは身体を重ねるごとによくなってくる。

玲子とは邦展搬入の日以来、会っていない。作品を入選させてやったのに、電話の一本も寄越さないのだ。このまま切れるのなら、それもいいと思っている。

コーヒーの香りがアトリエ中に広がった。

＊

十一月四日――。連休明けのせいか、学生たちは卒業制作に身が入らない。絵具も溶かずに教室で喋りあっている。

そんなにぼんやりしてたら間に合わへんよ――。だってセンセ、まだ三カ月もあるやんか――。百号の作品に三カ月はぎりぎりなんやで――。いいもん、留年しても――。

どうせ就職先がないから、と口々にいう。梨江が美大を卒業したころも就職はむずかしかったが、いまはずっと状況が厳しい。日本画が好きで入学したわけでもなく、絵描きの真似事をして二年間を過ごせば、どこかの企業の宣伝部や企画部にもぐり込めるという時代はとっくのむかしに終わったのだ。高い授業料と制作費を黙って払いつづけている親こそ、やりきれないだろうと梨江は思う。

二コマ連続の授業を終え、校舎を出た。小雨が降っている。小走りで駐車場に向かった。アルトのドアを開けたとき、「斎木さん」と声をかけられた。振り向くと、山内玲子がバッグを抱えて立っていた。

「お家に帰るんでしょ。途中まで乗せてってくれへん」

「いいですよ」気はすすまないが、断るのもカドが立つ。

「ごめんやけど、四条河原町で落としてくれる。帰り道よね」

「ええ……」河原町通は込む。いつもは堀川通を走っている。

玲子はさっさと助手席に乗り込んだ。梨江は運転席に座ってシートベルトを締める。エンジンをかけた。

「この車、何リッター」

玲子は濡れた前髪を指で払い、たくしあがったスカートの裾を直した。脚に自信があるのか、短めのスカートにヒールの高いパンプスを履いている。

「これは軽四やから、六百六十ccかな」

「最近の軽四は大きいんやね」

「弟の車です」

シフトレバーをひき、ワイパーを作動させて走りだした。

「弟さんて、いくつ」

「二十六かな」

「社会人なんや。どこか勤めてはるの」

「新日本印刷で〝AD〟してます」アシスタントディレクターだとはいわなかった。

「伏見の新日本印刷よね。わたしのマンションも伏見桃山」

それがどうしたというのだ。紹介してくれ、とでもいうのか。

「弟さん、かっこいい?」

「背はわたしと同じくらいで、肥ってます。髪が薄いのを気にして、暇さえあったら頭をマッサージしてます」

智司にはわるいが、嘘をいった。体裁にかまわないのに、智司はもてる。

「あ、そう。それは気の毒やね」

玲子は興味が失せたように横を向いた。

宝ヶ池通から北山通を走り、下鴨本通に入った。これをまっすぐ南下すれば四条河原町へ行く。賀茂川の手前から渋滞がはじまった。

「斎木さん、燦紀展に入選したよね」ぽつり、玲子がいった。

「はい、なんとか……」

「わたしは邦展入選。今年は特選をもらえると思てたのに」

「ごめんなさい。玲子さんの作品、見てないんです」

邦展はいま、上野の都美術館で開催されている。燦紀展は先月末で終わった。

「今年の特選もむちゃくちゃやった。審査員の息のかかった子弟の作品ばっかりやもん。あんなことするから、邦展の権威がなくなるんや」

「そんなにひどいんですか」

「見たら分かるわ。腹が立つくらい下手」

そういう玲子の絵も巧いとは思わないが。

「わたし、燦紀会に出品してたほうがよかったかもしれん」

玲子は嘆息した。「でも、いまさら無理やもんね」

美術団体を脱退して無所属になる画家はいるが、所属を替える画家はいない。それが日本画の世界の不文律だ。玲子の口ぶりで、大村祥三とうまくいってないのではないかという気がした。

「斎木さん、怪文書、読んだでしょ」

「怪文書……。なんのことです」

「そう。読んでないの」玲子はつぶやくように、「わたしが頌英短大を辞めて桜花造形短大に来たこと、妙やとは思わんかった？」

「そら、おかしいとは思いましたけど」

怪文書は読んでいないが、事情通のユリから内容は聞いている。山内さんは翠劫社の室生晃人や和賀大示に利用されたんや——ユリはそういっていた。

ふいに玲子は笑いだした。なにがおかしいのか、ひとしきり笑って、

「芸術院の会員選挙、もうすぐやね」

「あ、はい……」

「十一月八日に総会と投票。今年もまた、何億というお金が動いたみたい」

「そんな大金……。ほんとですか」

「斎木さんは知らんの」

「知りません」

「だって、稲山健児先生の孫でしょ」

「選挙の話はしません。稲山は邦展やし、わたしは燦紀会やから」

「だったら、稲山先生にいってあげて。室生晃人は過半数の票を集めてるって」

芸術院第一部の会員は四十六名、その過半数は二十四票以上になる、と玲子はいう。

「玲子さんはなんで、そんなことを教えてくれるんですか」

「おもしろいから。火事と喧嘩は大きいほどおもしろいでしょ」

「選挙の情報、誰に聞いたんです」

「それは斎木さんの想像にお任せします」

大村祥三——。出かかった名前を喉元にとどめた。玲子は大村と別れたのかもしれない。そう感じた。

「雨、やんだね」

「あ、やんでる」

ワイパーをとめた。車は荒神口に差しかかっていた。

＊

松坂から電話がかかった。見せたいものがあるといい、いま祇園にいる、といった。殿村は、『ぜえろん』で会おう、といって電話を切った。

ソフト帽を被り、フランネルのジャケットをはおって画廊を出た。ぜえろんは四条通の『一力亭』の向かいにある。夏栖堂からは歩いて二分だ。店に入って窓際の席に座ると、すぐに松坂が現れた。

「もう昼どきですな。鮨屋とか蕎麦屋のほうがよかったですか」

「いいえ、喫茶店のほうがいいんです。二時に伊賀上野の陶芸家のお宅に参りますから」

「それやったら、早よう出んとあきまへんな」

ウェイトレスを呼んで、コーヒーをふたつ注文した。

「お見せしたいのは、これです」

松坂はクラッチバッグから一枚の紙片を取り出した。殿村は受けとって眼鏡をかける。

Ａ４のコピー用紙に米粒大の字で名前が書かれていた。《村橋、藤原、白川、西井、元沢、麻野、桐畑、弓場――》

芸術院第一部会員の名だ。第一分科の日本画から第六分科の建築まで四十六名が縦二列に並び、その右横に○、×、△の印が打ってある。印の横には1から5までの数字が書かれ、その横にはまたＡからＣまでのアルファベットがついている。数字とアルファベットはなにかの符牒だろう。

「吉永のメモです」

低く、松坂はいった。「吉永はいつも会議室にこもって、稲山先生や芸術院会員の先生に連絡をとっています。昨日の夜、美術部統括の役員が来て、吉永はあわてて会議室を出ました。役員とふたりで食事に行ったんです」

美術部の女子社員が会議室の片付けをし、テーブルの上にあったファイルを吉永のデスクに置いた。松坂はそのファイルを見て、選挙関連の資料ではないかと目星をつけた。松坂は女子社員が隣室で帰り支度をしているあいだにファイルを繰り、一覧表の部分をコピーした。そこへ電話が鳴り、着替えをした女子社員がもどってきて受話器をとった。話のようすでは吉永からの電話らしい。松坂はそっとファイルをデスクにもどした。

「彼女は電話を終えて吉永のデスクへ行きました。ファイルを抽斗に入れて錠をかけたんです」

「間一髪でしたな。抽斗の鍵はどないしました」

「彼女が持って帰りました」

「なるほど。よほど見られとうない資料なんや」

コピーに眼を落とした。数字とアルファベットの意味は分からないが、○×は分かる。稲山に票をくれる会員が○、くれない会員が×。

村橋、藤原、白川、西井は×だった。村橋閥は藤原がまとめて、四票を室生に入れる。

元沢△、麻野△、桐畑○――。これも殿村の読みと一致する。

弓場○、宮井○、堀田○――。これはおかしい。堀田の○は読みどおりだが、弓場の○と宮井の○は明らかにおかしい。弓場の票は鵜飼秀視に依頼したし、宮井は愛人の永嶋智美を頌英短大の講師に押し込んだ。宮井には京滋アートカルチャーの顧問料まで払うようにしたのだ。

洋画の若山栄蔵閥の三票も○だった。いったいどうなっているのか。

○の数を数えた。二十七個もある。過半数を越えていた。

「宮井先生、ふたまたかけてるみたいですな」

「室生先生と稲山先生に一票ずつじゃないんですか」

「あんた、吉永くんから選挙のことを聞いたことありますか」

「ありません。吉永はいっさい口をつぐんでます」

「吉永くんは宮井先生や堀田先生のとこへ行きましたか」

「何度も行ったと思います」

また、コピーを見た。○×の横の数字は挨拶まわりの回数のような気がする。アルファベットは各会員の感触だろうか。弓場にはB、宮井にはA、堀田にもAがついている。若山閥の三名はすべてAだ。

「こらあかん。足もとが冷とうなってきましたわ」

油断はしていなかったが、どこか隙があったのかもしれない。いままで吉永の動向に無関心でありすぎた。

殿村の知る吉永は慎重な男だ。大和という名門デパートの美術部長でありながら業界の表に出ることはなく、京都の有力画家やコレクターに手広く食い込んで業績を伸ばしている。切れ者の吉永が勝算もなく稲山の選挙参謀につくはずはない。この票読みには充分な裏付けがある。

「今日は六日や。候補者選考と投票は明後日ですな」

「すみません。もっと早く見ていただければよかったんですが」

「いやいや、これを見せてもろただけでもありがたい。恩に着ます」

コーヒーが来た。ブラックで飲む。松坂は砂糖を三杯も入れた。

「このコピーは、ぼくが持っててもよろしいんやな」

「かまいません。お持ちください」

「誰にも見せまへんさかい、心配はいりまへん」

紙片を折って内ポケットに入れた。


夏栖堂に帰り、アテナ画廊に電話をした。社員が出て、脇本は札幌にいるという。携帯の番号を聞いて、かけた。

――脇本です。

――京都の殿村です。

――あ、どうも。

――今日、あるところから情報が入りましたんや。若山閥の三票は稲山先生に行くそうやないですか。

怒りを抑えた。声が尖るのはしかたない。

――ほう、そうですか。

――話がちがいますな。あの三票は室生さんに……。

――待ってくださいよ。ぼくは室生さんの三票は確保した。若山さんは嘘をつくひとじゃない。今年の第一分科は二名連記でしょう。

――稲山さんと室生さんに三票ずつということかいな。

――あなたがそう思うのならそうでしょうな。

まるでひとごとといった口調だ。怒鳴りつけたいが、若山の三票を稲山に入れるなとはいえない。ここに油断があった。二名連記のもう一方を確認しなかったのは殿村の手落ちだ。

――脇本さん、あとひとりでもふたりでもかまへんさかい、室生さんに票をくれるよう、洋画の先生に運動してくれまへんか。

――そりゃあ、だめだ。時間がない。投票は八日でしょう。いくらぼくでも、できることとできないことがある。

――分かりました。若山さんの三票、まちがいはありまへんな。

――信用してくださいよ、殿村さん。ぼくもアテナ画廊の脇本だ。

――ほな、また。

受話器を置いた。さ、どうする。

室生には相談できない。狼狽《ろうばい》して、かえって足手まといになる。コピーを広げた。いまはもう関西の会員にあたるしかない。

宮井紫香はむずかしい。これ以上運動すると心証を害する。

堀田笙吾をひっくり返すことはできない。室生は堀田に嫌われている。

洋画の森一世は△だった。室生は森に〝板谷波山〟を献上したが、票をもらえるとは思えない。変わり者の森に働きかけるのは堀田より危ない。

書の米田洳雲は○、北原崋遠も○。このふたりは稲山と室生に投票するようだが、まだ間に合う。稲山を外すのだ。

館内電話に切り換えて博を呼んだ。

――はい。なんです。

――いま、茶掛けの古筆は何本ほどある。

――十本はあるはずです。

――値の張るのは。

――千宗旦、荻生徂徠、松平不昧《ふまい》ですか。

――高すぎるな。もうちょっと安いのは。

――賀茂真淵、十返舎一九、新井白石。

――真淵と白石にしよ。箱はあるな。

真淵が百六十万、白石が百四十万か。代金は室生にもらう。

――風呂敷に包んで持ってきてくれるか。

――どないしはるんです。

――書の先生にとどけるんや。強欲な、な。

――室生先生の遺い物に?

――そういうことや。ハイヤーも呼んでくれるか。

室生は役に立たない。淑を連れて行くのだ。

コピーを手文庫に入れて、葉巻を吸いつけた。

20

「まだか。遅いな」

室生の顔色が蒼い。ひどく緊張している。水を何杯も飲み、ウェイトレスを呼びつけてはグラスに注がせる。淑は端然として両手を膝におき、殿村は眼をつむっている。ぐずぐず喋るのは室生だけだ。

「もう三時や。藤原先生はなにしてるんや」

「室生先生、人事は尽くしましたんや。あとは天命を待つだけです」殿村がいった。

「部長会議は二時からはじまったんやで。開票に一時間もかかるのはおかしいやないか」

室生の口もとは強張っている。「わしは落ちたんや。そうにちがいない」

今年の日本芸術院会員候補者美術選考部会長は弓場光明だ。弓場は文芸、芸能の部会長とともに各部会投票を開票し、新会員を内定する。会議室の外には藤原静城が待機し、開票を終えた弓場から結果を聞いて連絡してくれる手筈になっている。藤原には殿村の携帯の番号を伝えてある。

「大村、藤原先生に電話してみい」

室生にいわれて、殿村の顔を見た。小さく首を振った。

「室生先生、あきまへん。藤原先生の電話を待つんです」殿村はいう。

「そうです。電話したらあきません」淑もいった。

大村は室生に指示されて東京へ来た。殿村と淑もいっしょだ。室生はのぞみの車中で殿村に何度も票読みを訊いた。第一分科から第五分科の見込票が二十九票、第六分科の建築から一票来れば三十票――。殿村は訊かれるたびにそう答えた。

「わしはあかん。やっぱり落ちた。一億も遣うてこのザマや。わしは裸になってしもた。次の選挙をする金はない」

着信音が響いた。殿村は携帯を手にしてボタンを押す。室生の顔は蒼白だ。

「はい、殿村です。――そうですか。――ああ、それは危ない。――ここにいてはります。――ありがとうございました」

殿村は電話を切った。室生にほほえみかける。

「内定です。勝ちました」

「そうか……」

室生は崩れるようにシートにもたれかかった。

「高坂二十七票、室生二十五票、稲山二十四票、矢崎十六票でした」

殿村は宙を仰いだ。「たった一票の差ですわ。室生先生と稲山先生が同票やったら、室生先生は負けてました。稲山先生のほうが齢上やさかい」

「どうでもええ。わしは勝ったんや」

「おめでとうございます」大村はいった。

「よかった。ほんまによかった」

淑は涙ぐんでいる。「肩の荷がおりました」

「藤原先生も、おめでとう、というてはりました」

「長かった。ほんまに長かった。芸術院賞をもろてから七年や」喘《あえ》ぐように室生はいった。

「どないです。芸術院会員にならはった感想は」

「なんかしらん、胸が張り裂けそうや」室生に笑顔はない。

「披露パーティーをせなあきまへんな。パークロイヤルあたりで」

「その前に、会員の先生方に挨拶まわりや。お礼をせんとあかん」

「室生先生、もう挨拶まわりはよろしい。押しも押されもせん日本芸術院の会員なんやから」

殿村は笑って、シガーケースから葉巻を出す。「これからは挨拶を受ける立場です」

「認証式はいつです」淑が訊いた。

「来年の二月末です。皇居に招待されて、陛下からお茶を賜ります」

「わたし、室生さんにお願いがあります」

淑は室生を見た。「認証式の羽織袴を作らせてくださいな」

「そら、ありがとうございます」

「ほんまは蕉風の羽織袴を着てもらいたいんやけど、紋がありますさかいな」

淑はにこやかに、「蕉風は認証式にいっぺん着ただけです。室生さんには文化功労者と文化勲章の受章式にも着てもらいましょ」

舟山蕉風は芸術院会員になって五年後に死んだ。あと一、二年生きていたら文化功労者だった。舟山翠月以来、翠劫社は文化勲章に縁がない。

「藤原先生はこれから、どないしはるんかいな」室生が訊いた。

「弓場先生や芸能部門の先生方と食事に行かはります。藤原先生へのお礼は、明日、ご自宅に参上したらよろしいやろ」

「わしらはどないしよ」

「銀座へ行きますか。ぼくが案内します」

殿村は金張りのシガーライターで葉巻に火をつける。「旨いもん食べて、旨い酒飲んで、選挙の疲れを癒しまひょ」

「なにからなにまで世話かけました」

淑は深く頭をさげた。「殿村さんのおかげです。ご恩は忘れません」

「いや、礼をいわなあかんのはぼくのほうです。この三カ月は張り合いがあった。現役のころを思い出しましたわ」

「次は稲山さんを応援してあげてください」

「稲山先生は大和がかつぎますわ。吉永くんはやり手やさかい、今度はやりますやろ」

殿村はそういうが、稲山がまた運動するかどうかは分からない。稲山は深手を負った。花生や壺のコレクションも、この熾烈な選挙でほとんど手放したのではないかと大村は思う。

「さ、行きますか」

殿村はテーブルの伝票をとる。「ホテルにもどって、休みまひょ。それから銀座や」

「わたし、不忍池のあたりを歩いてみたいんやけど」淑がいう。

「ああ、けっこうですな。ぼくでよかったら、お供します」

殿村は葉巻をくわえて立ちあがった。

＊

健児が落選した。東京へ行った美千絵から電話があった。美千絵はすすり泣いていた。もういいやんか。芸術院会員であろうとなかろうと、おじいちゃんの描く絵にちがいはないんやから――。慰めたが、美千絵の涙声はやまなかった。

電話を切って居間へ行った。智司が寝ころんで漫画本を読んでいる。朝からパジャマ姿のままだ。智司は昨日まで博多に出張し、今日は代休をとっていた。

「おじいちゃん、あかんかった」

「そうか……」智司はこちらを向いた。「残念やな」

「わたし、悔しいねん」

七十をすぎた父親とその娘が日本中を歩いて頭をさげてきた。なぜそこまで卑屈にならなければいけないのかと腹立たしい思いもしたが、労苦は報われていいはずだ。

健児は幻羊社代表であり、その地位に求められる肩書が欲しいと梨江にいった。だったらなぜ、芸術院の老人たちは健児の願いをかなえてやらないのか。みんな、残された日々は長くないのに。

「ま、しゃあないな。闘いには勝者と敗者がある。それが世の習いや」

「なによ、あんた。知ったふうなこというて」

「で、勝者は誰や」

「聞いてへん。おかあさん、泣いてばっかりやもん」

「がっくりきてるやろな、おじいちゃん」

「心配やわ。倒れたりせえへんか」

「おふくろのほうが倒れるやろ。あの入れ込みようでは」

「智司はおとうさん似やな」

「どういう意味や」

「情が薄いから」

居間を出て麻雀部屋に入った。壁紙は黄ばみ、部屋中に煙草の臭いが染みついている。雀卓に座って摸牌《モーパイ》をした。最後に麻雀をしたのは美大の三回生の正月だったろうか。健児が負けて智司が勝ち、サムホールの『桔梗』をもらったのだ。智司は子供のころから健児の絵を蒐めている。

壁の電話をとって、誠一郎の会社にかけた。誠一郎は席にいた。

――どうした。珍しいな。

――おとうさん、美味しいもん食べたいねん。ごちそうして。

――妙齢の娘からデートの誘いとはな。男はおらんのか。

誠一郎はやはり、今日が開票だと知らないらしい。健児の選挙にも梨江の絵にもまるで興味がなく、京都の燦紀展にも来たことがない。美千絵が今日は東京にいることさえ、意識にはないのだろう。その無関心さが、いっそ快い。

――わたし、『笹熊』の料理を食べてみたい。

――『笹熊』とは大きく出たな。うちの役員しか行けんとこや。

予約する、と誠一郎はいった。

*

博に披露パーティーの準備をさせた。十二月十五日の芸術院会員任命後、十九日にパークロイヤルホテルで開催する。招待客は京都画壇と室生の贔屓筋を中心に約二百名。室生は会費制にしたいといったが、殿村は祝儀で釣りがくると説き伏せた。

室生には注文が殺到し、選挙で失った資産を補塡しようと、アトリエにこもって小品を量産している。来年度の美術年鑑で、室生晃人の評価額は号七十万から八十万円程度にあがるだろう。殿村は参謀の報酬として、二十号の『渓流』と十五号の『紅葉』を室生から受けとった。

デスクの電話が鳴った。客が画廊に来ている、と木元がいう。

――大和の吉永部長ですが。

――吉永……。

――お断りしましょうか。

――いや、かまへん。応接室に通してくれるか。

髪に櫛を通し、パイプに葉を詰めて、二階に降りた。ドアをノックして応接室に入る。

吉永はアタッシェケースを提げて、翠月の『鶺鴒《せきれい》』を眺めていた。

「いい絵ですね。おおらかで品がある」

「舟山翠月、喜寿の作品ですわ。ええ具合に枯れてますやろ」

「その孫弟子の室生先生が芸術院会員に選出された……」

吉永は向き直った。「挨拶が遅れました。おめでとうございます」

「ぼくにいうてもろたら困りますな。祝いは室生先生に」

「室生先生には先週、お目通りを許されました。わだかまりもあろうかと危惧しておりましたが、なにもおっしゃらずに笑っておいででした。作品もいただけることになって、ひと安心です」

あの室生が罵倒もせず、嫌味もいわなかったのは不思議だ。室生の七十一年の生涯で、いまがいちばん機嫌のいいときなのだろう。

「ま、どうぞ。おかけください」

ソファに腰を降ろした。吉永も座る。仕立てのいい背広が長身によく似合っている。

「飲み物は」

「紅茶をいただけますか」

木元に紅茶とコーヒーを頼んだ。

「で、ご用件は」

大和の美術部長がただ挨拶に来たわけではないだろう。

「ご相談があって参りました」

吉永は膝を揃えて視線をあげた。「稲山先生が芸術院会員を諦めるとおっしゃって……。どうしたものかと困っております」

「そらあきまへんな。京都画壇のためにも、がんばってもらわんと」

「稲山先生は塞ぎ込んでおられます」

「終世のライバルに負けたんやさかい、落ち込みもしはりますやろ」

「精神的な面は、時間が経てば癒されると思うんですが」

「金ですやろ」はっきりいった。「稲山先生にはもう運動費がないんですな」

「おっしゃるとおりです」

「なんぼほど遣いました。今回の選挙で」

「五千万円です」

「優秀や。室生先生は、その倍ですわ」

殿村は笑った。「これは皮肉でもなんでもないけど、よう健闘しはった。たった一票のちがいでしたがな」

「一票の差で、室生先生は文化勲章を狙えるところまで昇られました」

「確かに、天と地の差ですな」

「会長からも稲山先生を説得していただけないでしょうか」

「それはしかし、吉永さんの面子《メンツ》ですやろ」

「面子……」

「大和の美術部長ともあろうものが、とっくのむかしに代理人を引退した夏栖堂の隠居に負けた。汚名を返上せないかん。そうですわな」

吉永は視線を逸らした。痛いところを突かれたのだろう。

「ぼくは稲山先生に会員になってもらいたい。正直な気持ちですわ」

パイプをくわえた。マッチで吸いつける。「けど、稲山先生が次回の選挙に出たら、家屋敷を抵当に入れなあきまへん。大和の美術部に、そこまで応援する肚がありますんか」

「金銭的な援助はできませんが、できる限りの努力はする所存です」

「努力するのはけっこうや。稲山先生をかついで、また落ちるようなことがあったら、おたくは腹を切らなあきまへんで」

「それは覚悟の上です」

「分かりました。時期をみて稲山先生にお目にかかりまひょ」

いずれは稲山に許しを請わなければならないと思っていた。画商としての仁義だ。

「どうでしょう、稲山先生の次回の選挙にお力添え願えませんか」

「いや、ぼくは疲れました。棺桶に片足突っ込んでる爺はこれで消えますわ」

「誤算でしたよ」

「誤算……」

「書の米田洌雲と北原皐遠。まさか、票がないとは考えてもいませんでした」

「ほう、同じ関西の会員が稲山先生に票を入れんかったんですか」

「わたしの詰めが甘かった。かえすがえすも残念です」

吉永は米田と北原の裏切りを知っているのだろうか。いや、そんなはずはない——。

「吉永さんは票の内訳を知ってはりますんか」

「調べました。敗軍の将は兵を語る、です」

吉永は傍らのアタッシェケースからファイルを出した。ページを繰ってテーブルに置く。

松坂から投票の直前にもらった〝コピー〟の原本だった。同じものがついこのあいだまで会長室の手文庫の中にあったとは、吉永は夢にも思わないだろう。

「建築の票を除いて、わたしは二十七票を読んでました」

緑と赤のサインペンでアンダーラインがひいてある。緑が票をくれた会員らしい。米田と北原は赤、建築の会員二名が緑だった。

「麻野渓水、諸田靖則、黒沢千鶴の票がなかったのも痛かったけれど、敗因はやはり、米田先生と北原先生です」

「書の世界はややこしいみたいですな」

殿村はいって、「しかし、ようこれだけ押さえはった。大したもんです」

「次回の選挙で会長のお知恵を拝借できたら、稲山先生は当選します」

「吉永さん、この年寄りをおだてたらあきまへん」

「お願いします」

吉永は低頭した。「お力添えをください」

「次の選挙はいつになるや分かりまへんがな」

「村橋先生が危ないと聞いております。今年いっぱいはもたないでしょう」

「死人を待ってるみたいですな」

思わず笑ってしまった。「わしも、いつ逝くやら分かりまへん」

「申しわけありません。つまらないことをいってしまいました」吉永も笑う。

あと一回だけ、がんばってみるか——。殿村はパイプのけむりを吐いた。

*

十二月十七日、邦展京都展初日——。懇親会がはじまってすぐ、和賀がそばに来た。ちょっと話がある、という。大村は会場の隅へ行った。

「君、山内玲子とどないなってんのや」眉根を寄せて、和賀はいった。

「なにかあったんですか」

よくない話だ。和賀の口ぶりで分かる。

「桜花造形短大や。山内は来期から専任にしてくれとごねてるそうやないか」

「ほんとですか」はじめて聞いた。

「桜花の日本画科教授がわしに電話してきた。山内は、専任になるという約束で頌英短大から来た、と言い張ってる」

和賀は大村を睨めつけた。「君は山内にそんなことをいうたんか」

「憶えはありません」

とぼけた。室生が芸術院会員になったいま、約束は反故にされるのだ。

「怪文書の経緯もある。山内がごねたら室生先生の経歴に疵《きず》がつくんやで」

「すみません。知りませんでした」

謝った。玲子を辞めさせて永嶋智美を頌英短大に押し込んだのは、和賀だったのだが。

「とにかく、山内は君が抑えるんや。それぐらいのことはできるやろ」

さも不機嫌そうに和賀はいい、室生のところへもどっていった。芸術院新会員の室生のまわりには人垣ができている。邦展参与の福田や瀬尾でさえ、室生に向かって追従笑いをしているのだ。浜村草櫓と稲山健児は出席していない。

大村は会場を見渡した。玲子は入口のそばで同年輩の女と話をしている。顔見知りの絵描きに挨拶しながら玲子のそばへ行き、背中越しに話しかけた。

「入選おめでとう」

「あ、どうも」玲子は振り向く。

「大村先生ですね」

玲子の相手がいった。「中野佳子と申します。いつも先生の作品を拝見して、勉強させていただいてます」

化粧は濃いが、男好きのする美人だ。初入選らしい。

「山内さんとはどういうお知り合いですか」

「以前、カルチャーで教えていただいておりました。四条烏丸の」

そういえば、玲子は京都染織会館の日本画教室で三年ほど講師をしていた。最近の邦展はカルチャーの生徒が入選することもある。

「中野さんの作品、題名は」

「『青の揺曳《ようえい》』です」

「揺曳とは洒落てますね。絵が眼に浮かぶようです」

中野佳子は玲子より背が高い。身体にぴったりした黒のワンピース。胸はそう大きくないが、色白で手足が長く、ヌードにしたら玲子よりいいモデルになるかもしれない。

「中野さんはいまもカルチャーに？」

「いえ、やめました。自宅で描いてます」

「誰か、先生についてるんですか」

「北柊社の田中先生です」

出品委嘱だ。齢は七十すぎ。絵描きとしては終わっている。

「よかったら、アトリエへ遊びに来てください」

名刺を渡した。玲子がどう思おうとかまわない。

「ありがとうございます」

中野は両手で名刺を受けとり、「それじゃ、失礼します」

一礼して離れていった。

「さすがやね。手際のいいこと」玲子がいった。「あのひと、人妻よ」

「そうか」人妻のほうがいい。後腐れがないから。

「長いこと電話もなかったけど、どうしてたん」玲子はメンソールの煙草をくわえた。

「忙しかった。選挙でな」ライターの火を差し出した。

「よかったやんか。思いどおりになって」

「挨拶まわりのお供はせんでもようなったわな」

「ご褒美は。祥ちゃんの」

「それはまだや。来年やろ」

来年の邦展は室生の推薦で審査員に抜擢されるだろう。晴れて邦展会員になれるのだ。

「室生さん、約束を守る？」

「あのひとが約束なんかするわけない。おれの希望や」

「希望はえてして絶望に変わる」玲子は笑った。「わたしがそう」

「桜花の教授に、専任にしてくれというてるそうやな」

「約束やんか。わるい？」挑むように、玲子はいう。

「わるくはない」かぶりを振った。「けど、教授に直談判するのはようないな」

「どういうことよ」

「おれは室生さんに根まわししてた。室生さんから桜花の主任教授に、山内玲子を専任にするよう頼んでもらうつもりやった」

「ふーん、綿密な計画やこと」

「来年まで待つんや。わるいようにはせえへん」

強くいった。「嘘やない。室生さんには負い目がある。玲子を利用した負い目がな」

「祥ちゃんに負い目はないの。わたしを利用したという」

「なんや、えらいつっかかるな」

「わたし、祥ちゃんのこと、信じてへんねん」

嘲るように玲子はいう。「もし専任にならへんかったら、京都中の絵描きに怪文書を送りつけるからね。室生晃人と和賀大示と大村祥三は、山内玲子という画家を踏みつけにして芸術院会員選挙をしたと」

「送りつけるのはかまへんけど、玲子の恥になるぞ」

「そう。それが腹立つねん」玲子は上を向いてけむりを吐く。

「玲子は、おれと別れる気か」

「さぁ、どうやろ」

「室生さんは邦展常務理事や。来年あたり、審査委員長になるかもしれん。特選の一点や二点、どないでもなるんやで」

「それ、なに？　またわたしに餌を投げてるわけ」

「餌やない。ほんとのことをいうてるだけや」

「わたし、室生さんとつきあおうかな。祥ちゃんと切れて」

「そらおもしろい。あの吝嗇《けち》の爺さんがなびいたら大したもんや」

「ワルやね、祥ちゃん」

玲子は大村を見つめる。「抱いてよ」

「うん？」

「いますぐ抱いて」濡れた眼で誘う。

「そうか……」

大村は会場を出た。あたりに知った顔はいない。少し離れて玲子がついてくる。

エスカレーターを降りて、ホテルのフロントに向かった。

21

『室生晃人日本芸術院会員就任披露祝賀会』は十二月十九日、パークロイヤルホテル『椿の間』で開催された。招待状を出した二百二十人のうち百七十人から出席の返事があり、テーブルをひとつ増やしたほどの盛況だ。祝賀会は六時にはじまり、京都商工会議所副会頭、京都市助役、京都市美術館館長、京都造形会館館長、洛西銀行頭取、大同建設会長、日本芸術院会員宮井紫香、日本芸術院会員堀田笙吾の順で祝辞がつづいた。壇上の室生は舟山淑が誂えた羽織袴を身につけてかしこまっている。祝辞のたびに会場から拍手が送られ、室生は顔を紅潮させて深々とお辞儀する。日本画家室生晃人の一世一代の晴れ姿だ。

主賓八名の祝辞は予定を二十分もオーバーして終了し、乾杯に移った。恒栄薬品工業会長が壇上にあがって音頭をとる。乾杯——。二百人近い声が会場を揺るがした。

「めでたいもんですな」

　隣に座っている三居洞の関根がいった。「京都日本画壇の芸術院会員は三人になりましたわ」

「来年、稲山先生がならはったら四人です」殿村はいう。

「またありますか、日本画の選挙が」

「村橋先生は今年いっぱい持ちまへんやろ」

　来年の三月ごろまでに死んだら選挙が実施されるだろう。毎年五月末に芸術院春季会員総会が開催され、欠員補充人数が決まるのだ。

「今年は大和と夏栖堂はんの戦争でしたな」

「戦争とは物騒ですな」殿村は笑った。

「食うか食われるかの潰しあいや。戦争ですわ」

　関根もそろそろ八十だろう。殿村が京都画壇の代理人といわれていたころ、右腕になって運動してくれた。三居洞は三条寺町に店をかまえる創業八十年の老舗だ。

「けど、同じ京都どうしでやりおうたんは後味がわるおすな」

「そやさかい、次は稲山先生を応援しよと思てますんや」

　落選の傷が癒えたら、稲山はまた立候補するだろう。それが芸術院会員という魔物の魅力だ。稲山にはまだ謝罪していないが、時機をみて会いに行こうと考えている。

「殿村はんはなんで室生先生の応援をしはりましたんや」

「それがぼくにも分からんのですわ。成り行きというたらそうかもしれんけど、やっぱり、いっしょに運動してたら情が移りますわな」

できのわるい子ほどかわいい――。そんな感情ではなかったか。人間的には稲山のほうが上だろうが、それだけで割り切れるものではない。ひとにどう見られようと必死で這いあがろうとする室生の姿に打たれたといえば、きれいごとにすぎるだろうか。

つまるところは自分がおもしろかったのだ。いつ死ぬともしれない八十二の老人が京都画壇の第一線の画家を手足のように動かせる機会はほかにない。画商として六十年を生きた証がそこにあったことを、あらためて実感できたのだ。感謝するのは室生ではなく、殿村のほうかもしれなかった。

「関根はんはどないです。またぼくと組んでみますか」

「いやいや、遠慮しときます。わしはもう隠居のままでこの世にさいならしますさかい」

「まだまだ老け込む齢でもおまへんやろ」

「わるいけど、充分に老け込んでますわ」

関根は笑い声をあげた。つられて殿村も笑う。

シガーケースから葉巻を出した。吸い口を切って席を立つ。葉巻は匂いがきついから、テーブルでは吸えない。

三階ロビーに出て、壁際のソファに座った。プラズマというのだろうか、額縁のようなテレビが柱に掛かっている。ＮＨＫの七時のニュースだ。キャスターが話しはじめた。

——先日、政界引退を表明した民政党の元副総裁、玉川宇一衆議院議員が東京地検特捜部の取調べを受けていることが明らかになりました。

「なんやて……」独りごちて、テレビに見入った。

——東京地検の発表によると、玉川議員は特捜部の任意出頭要請を受け、午後二時ごろから特捜部の事情聴取を受けており、今夜中に逮捕状が出る模様です。玉川議員の逮捕容疑は、九八年夏ごろ、大手消費者金融会社『エルム』から未公開株一万株を無償で贈られたもので、エルムは二年後の二〇〇〇年八月に株式店頭公開を行い、一株あたり八千八百円の初値をつけ、時価総額八千八百億円の大商いとなりました。玉川議員は未公開株すべてを店頭公開時に売却し、八千八百万円の利益を得ながら、これを申告せず、東京地検特捜部は玉川議員を収賄容疑と政治資金規正法違反、証券取引法違反容疑で逮捕する模様です。玉川議員は京都2区選出で、七二年に衆議院議員初当選、その後は連続当選して、七八年に郵政政務次官、八二年に——。

「なんで九八年の収賄がいまごろになって……」

やはり、十一月初めの政界引退表明だ。玉川ほどの大物が政界を退くにはよほどの理由《わけ》がある。玉川は子飼いの加美市長が逮捕されて身辺が危うくなったことを知り、賭けに出たにちがいない。東京地検の先手を打って政界を引退すれば、地検の追及と起訴を免れることができるかもしれないと考えたのだろう。玉川は国会議員の不逮捕特権と東京地検の不起訴を秤《はかり》にかけて、目算が狂ったのだ。

玉川の逮捕容疑はおそらく、収賄や政治資金規正法違反だけではない。元首相の坂下功から引き継いだ『軌生会』がらみの疑惑や醜聞には、これまでに何度も名前があがっていた。加美市長が逮捕されたのも、玉川のところに金がまわっていたからだ。

テレビは民政党本部を映した。軌生会代表幹事の横山健三が沈鬱な表情で記者団のインタビューを受けている。玉川の収賄容疑について、青天の霹靂《へきれき》、とだけいった。横山は坂下功の秘書から衆議院議員になり、坂下の死後は玉川とともに軌生会を引き継いだ。玉川と横山の権力争いはすさまじく、玉川が副総裁までのぼりつめて勝負あったかに見えたが、現総裁の小堀泰樹が台頭したことで、ふたりの力関係は逆転した。玉川は小堀と反目し、横山は小堀の後見人的な立場にいる。玉川が引退を表明したのも、横山との権力争いに敗れたことが理由のひとつだろう。

殿村は葉巻を吸いつけた。玉川の逮捕がこれからどう出るか。

室生はすでに芸術院会員に任命された。もう心配はないはずだ——。

＊

その記事は社会面の下のほうに小さく載っていた。

《マイセル化学工業社長逮捕

京都府警捜査二課は京都府加美市磯崎のマイセル化学工業磯崎工場の施設火災と隣接するＬＮＧ（液化天然ガス）基地爆発炎上事故に関連し、小橋弘隆加美市長（63）と浦田化工建設の三宅信専務（57）を贈収賄容疑で逮捕し、調べをすすめていたが、マイセル化学工業が磯崎ＬＮＧコンビナートに工場を建設する際、マイセル化学工業の常石和雄社長（65）が三宅専務を介して小橋市長に五百万円相当の絵画を贈り、工場用地取得を有利にはかるよう働きかけたとして、二十二日午後、常石社長を贈賄容疑で逮捕した。

調べによると、磯崎ＬＮＧコンビナートは99年5月から開発造成がはじまったが、進出を希望する企業が複数あり、常石社長は浦田化工建設がプラント建設に参加すると知って便宜をはかるよう、三宅専務に依頼して――》

〝五百万円相当の絵画〟が梨江の眼に焼きついた。新聞を持って庭に出る。美千絵はセーターの上にウインドブレーカーをはおって、木蓮の根方に寒肥をやっていた。

「大変や、おかあさん。常石社長が逮捕された」

「えっ、ほんま……」美千絵は顔をあげた。「なんでやの」

「これ、読んで」新聞を差し出した。

「そんな細かい字、読まれへん。眼鏡がないもん」

「聞いて」

梨江は記事を読んだ。美千絵はスコップを持ったまま聞いていたが、

「常石さんは、そんなこと一言もいうてなかった。またやりなおしますと、元気にいうてはったのに」

美千絵と健児が北白川の常石の邸へ、磯崎工場の事故の見舞いに行ったのは十月下旬だった。あれからもう二カ月が経つ。

「五百万円相当の絵画というのは、おじいちゃんの絵とちがうかな」

「うん、きっとそうやわ」美千絵はうなずく。「十号くらいの絵やね」

常石は健児の小品を十数点所有している。

「おじいちゃん、これを知ったら落ち込むよ」

健児はあまり新聞を読まない。常石が逮捕されたことはまだ知らないだろう。

「今年はろくなことがない。なんでこんなにわるいことばっかりつづくんやろ」

美千絵は芸術院会員選挙の落選をいっている。

「この絵、作者の名前が出るかな」

「それは分からんけど、出たら困るわ」

美千絵はスコップを置いた。「あの爆発事故のせいや。あれさえなかったら、常石さん

は警察に捕まったりしてへん」

「爆発事故とちがうやんか。賄賂を渡したからや」

「法律に違反するようなことはしたらあかん。大きな会社の社長さんやのに、そんなことは分かってるはずや」美千絵はためいきをつく。

このあいだまでの選挙運動は法律違反ではないのか——。梨江はふと、そう思った。

「お腹空いた。なにか食べる」

美千絵は膝の土を払い、軍手をとった。

「うどん、食べに行こうよ。おじいちゃんも誘って」

先月、物集女《もずめ》の浄水場のそばに讃岐うどんの店ができた。〝生醤油《きじょうゆ》うどん〟が美味しい。

「おじいちゃんにはいうたらあかんよ。常石さんのこと」

「いうわけないやん」

ダイニングにもどった。

＊

夕刊を傍らにおいて、眼鏡を外した。マイセル化学工業社長逮捕——。〝五百万円相当の絵画〟という箇所が気になった。コレクターの常石にはむかし、小品を三、四点、売ったことがある。室生の絵ではなかったと思うが、確かな記憶ではない。

大和の美術部に電話をかけた。吉永は席にいた。

――殿村です。

――どうも。こんにちは。寒くなりましたね。

――稲山先生はその後、どないしてはります。

――しばらく、お会いしておりません。電話もありませんから。

吉永も稲山には会いにくいのだろう。先週末、室生の祝賀パーティーがあったばかりだ。

――会長は、稲山先生には……。

――あらたまった挨拶は正月にしようと思てます。

――いっしょに参りましょうか。

――そら、よろしいな。おたくがいっしょやったら、ぼくも行きやすい。

――それはわたしも同じです。稲山先生には合わす顔がありませんから。

――話は変わるけど、マイセルの常石社長は稲山先生の絵を蒐めてましたな。

――新聞をお読みになったんですね。

――いま読んだとこですわ。それで電話しましたんや。

――常石社長が加美市長に渡したのは稲山先生の作品じゃないと思います。

――というのは。

――常石社長から買いもどしの申し入れはありませんでしたから。

――なるほど。そうでしたか。

政治家や官僚に業者が絵を持参するのは珍しいことではない。その場合、業者はあらかじめ画商に話をつけておいて買いもどしをさせる。

例えば業者が政治家に絵を持参したとき、業者は必ずこう言い添える。「この絵は大和の美術部で購入しました。お気に召さないときは遠慮なく交換してください」と。政治家は絵が小切手だと承知しているから、半年ほど手元に置いたあと、大和に連絡して引き取らせる。大和は業者から、絵と交換に五百万円を支払うよう指示されているのだ。

バブルのころは賄賂の額が大きかったから、倉橋稔彦や橋本渓鳳の絵がやりとりされた。ピカソやウォーホルなどの西洋絵画はサザビーズやクリスティーズといったオークションに出品されて国際的な評価額が確立しているため、賄賂の道具にはしにくい。

――常石社長は碧穂画廊を使われたんじゃないでしょうか。

このところ、碧穂画廊が常石の邸に出入りしていると吉永はいう。

――そうか、五百万円相当の絵画というのは、宮井先生の作品でしたか。

碧穂画廊は宮井紫香のスポンサーだ。常石は宮井の小品に〝買いもどし特約〟をつけて市長に渡したらしい。

――加美市長の親分は玉川宇一ですな。その玉川も先週、逮捕されて、京都はなんやしらんキナ臭い。大和の美術部は大丈夫ですか。

——うちは幸い、玉川事務所とのつきあいはありませんでした。大変なのは東京のアテナ画廊でしょう。

——アテナの脇本さんは民政党の軌生会にべったりですな。

その脇本に一千万を渡して若山閥の三票を頼んだのだ。吉永には想像もできないだろう。

——脇本氏と玉川先生は『平安美術館』の常任理事でしょう。あれも危ないな。

——確かにね。戦々恐々ですやろ。

——わるくしたら、平安急便にも飛び火するんじゃないですか。

——ま、あれも相当に生臭いですな。

平安急便……。負の遺産をいまだに引きずっている大手運送会社だ。

バブルの最盛期、東京平安急便のオーナー社長だった綿井某が青糴連合系企業に四千億円もの債務保証をした。綿井は民政党の坂下功が総裁選に出馬して右翼団体から妨害を受けたとき、青糴連合会長に仲裁を頼んで妨害を収めたが、これがのちに大きく報じられ、平安急便に対する負のイメージが定着した。

綿井は坂下のタニマチであり、坂下は倉橋稔彦のパトロンであった関係から、綿井は三百点もの倉橋の作品を坂下の勧めで購入した。当時、倉橋の絵は一点あたり一億円を超えていたから、綿井は三百億円以上を〝倉橋コレクション〟に注ぎ込んだことになる。三百億円のうち、少なくとも三、四十億のマージンは坂下の懐に入ったはずだが、この一連の絵の売買を仲介したのが、アテナ画廊の脇本だった。

バブルが崩壊し、四千億円の債務保証が明るみに出て、綿井は東京平安急便の社長を解任された。三百点もの倉橋稔彦の絵は京都の平安急便本社に運び込まれたが、これは会社資産とみなされて巨額の税金が課せられる。坂下功の死後、倉橋稔彦のパトロンを引き継いだ玉川は国税庁に圧力をかけて課税評価額を抑え、平安急便本社に財団法人の『平安美術館』を設立させて三百点の絵を収蔵した。以来、玉川と脇本は平安美術館の常任理事を務めている。

玉川の逮捕を受けて、政治画商の脇本がどう立ちまわるのか。玉川の取調べがすすめば脇本が逮捕される可能性もなくはない。これまでも民政党議員の絵画がらみの贈収賄事件には、必ずといっていいほど脇本の名がささやかれてきたのだ。

——しかし、脇本氏が捕まったりしたら、ことが大きくなりますよね。あのひとは去年の芸術院会員選挙で二億円も遣った佐藤惟之の選挙参謀です。

——脇本は喋りまへん。墓場まで持っていきますわ。そういう男です。

それが政治画商の矜持《きょうじ》だろう。食えない男だが、骨はあるはずだ。

——わたしは、個人的には会員選挙の実態が世間に知れたらいいと思っているんです。

——それはまた、剣呑ですな。

——たかだか二十数票をとるのに億単位の金を遣わないといけないのは異常です。いっそ公開審査にして、識者や美術関係者に賛否を問えばいい。わたしの持論です。

稲山先生が負けたからこんなことをいうのではない、と吉永はつけ加えた。正論だ。殿村もそう思う。

——いっそのこと、芸術院なんぞは解体したらよろしいんや。日本の社会になんの寄与もせん老人クラブを税金で運営する必要はありまへん。

——過激ですね。殿村会長のお言葉とは思えません。

吉永の笑い声が聞こえた。

——そやけど、稲山先生を次の会員に送り込むまでは、せいぜいがんばりまひょ。

——そういっていただけると心強いです。

よろしくお願いします、と吉永はいって、

——話は変わりますが、うちの松坂が退職しました。

——えっ、松坂くんが……。

驚いた。十一月の末、松坂には室生の八号の小品を渡したが、なにも聞かなかった。

——形は依願退職ですが、事実上は解雇です。松坂は社を通さずに作品を売買していました。

——ほう、そらあきまへんな。

絵の自己売買など、ベテランの美術部員なら大半がしている。いちいちめくじらをたてていたら、優秀な部員はいなくなる。

——松坂がもし夏栖堂さんに顔を出しても、相手にしないでください。

——それやったら、廻状でもまわしたらどないです。〝ヤ〟の字がつく業界みたいに。

嫌味でいった。松坂はひとりで〝風呂敷画商〟をはじめるのだろう。そのときは挨拶に来るはずだ。

——会長のお話は勉強になります。年内に一度、酒でも飲みませんか。

——わるいけど、いっぱいですんや。大晦日まで。

——それは残念です。

——年明けにしまひょ。稲山先生のご機嫌伺いもせなあきまへん。

——分かりました。じゃ、よいお年を。

電話は切れた。殿村はデスクダイアリーを繰る。今日は七時から中京の表具師たちと忘年会だ。表具師の業界も若い職人が入らず、年々、高齢化している。殿村と同年の職人さえ、いまだに糊刷毛を手放せないのだ。

館内電話が鳴った。幸恵だった。

——東京の棠嶺洞さんから電話がありました。

——木元さんやな。用件は。

——あとで電話する、といわはりましたけど。

——分かった。こっちからかける。

電話を切り換えて、ダイヤルボタンを押した。木元が出た。

——夏栖堂の殿村です。電話をいただいたそうで。

——あ、どうも。……トラブルが持ちあがりました。

——トラブル……。

——東京地検の手塚という検事から電話があったんです。玉川事件に関連して、事情を訊きたいと。

手塚は日時と場所を指定した。二十三日午前十時、霞が関の東京地方検察庁へ出頭願いたいといったが、木元は多忙を理由に断った。地検の取調室で事情を聴取されることがどれほどの重圧になるか、それを木元は恐れた。

——ぼくは、年内は無理だといいました。すると、これは出頭命令です、ときた。……で、結局、二十五日の午前十一時、地検へ行くことになりました。

——それはえらいことやな。

《木元——手塚検事 12／25・AM11 東京地検》——デスクダイアリーにメモをした。

——手塚は調べの内容をいいましたか。

——聞いてません。ただ、玉川の贈収賄事件関連だと……。

——木元さんは『エルム』の未公開株とは関係ありまへんな。

――ありませんよ、消費者金融なんて。

――高田屋嘉兵衛の会、ですな。

――だと思います。

まさか、棠嶺洞の木元が出頭命令を受けるとは思いもよらなかった。足もとの堤が蟻の穴から崩れはじめている。加美市磯崎のコンビナート爆発事故から加美市長の逮捕、市長の取調べから玉川の逮捕、一連の流れがいまになって分かる。玉川宇一という汚辱にまみれた政治家を逮捕すれば、それにつながる悪が次々に炙《あぶ》り出されるのだ。

どこかひとごとのように感じていた恐れが現実になった。玉川は高田屋嘉兵衛の会を財布代わりにしていた……。

――木元さんがアテナ画廊へ金をとどけたんは、いつでした。

――九月九日です。

――室生先生から振込があったんは、その前日ですな。

――そう。前日でした。

記憶をたどった。金の動きを反芻《はんすう》する。

九月八日、高田屋嘉兵衛の会の理事会が開かれ、ロベルト会に対する四千万円の寄付が決まった。殿村はそれを室生に知らせ、室生は二千万円を自分の銀行口座から棠嶺洞の取引銀行に振り込んだ。

翌九日、棠嶺洞の社長、木元信雄は室生から振り込まれた二千万円を現金に換え、麻布の嘉兵衛の会の事務局へ行って四千万円の小切手を預かった。木元は現金と小切手を持って銀座のアテナ画廊へ走り、『支倉常長』を受けとった。アテナ画廊が《高田屋嘉兵衛の会》宛に切った領収証の額面は四千万円で、室生の二千万円は裏金として消えた。玉川宇一の政治団体にはおそらく、一千万単位の金が還流しているはずだ。

——棠嶺洞さんの取引銀行はどこです。

——三協銀行の日本橋支店です。

——その口座へ室生先生の二千万が振り込まれたんですな。

——ええ。そうです。

室生の取引銀行は大同銀行今熊野支店のはずだ。大同銀行から三協銀行の振込は記録が残っている。二千万円もの金が領収証もなしに消えたとなると、よほどうまい話を作らなければ検事を言いくるめることはできない。

なぜあのとき、室生を強く説得しなかったのか——。いまさらながら後悔した。裏金の振込先が倉橋ではなく、棠嶺洞ということで、殿村は折れたのだ。

——室生さんから振り込まれた二千万円は、絵の代金ということにしましょうか。

木元はいう。

——画家が画商に金を払うのは、話が逆ですやろ。

——うちは古画の扱いも多い。狩野派あたりの軸物を室生先生に売ったことにしたらどうでしょう。

——適当な軸がありますか。

——いま、探幽と文晁があります。

値付けは二千万円前後だろう。適当だ。

——ほな、お手間やけど、探幽を夏栖堂にとどけてもらえまへんかな。九月八日付の二千万の領収証といっしょに。室生先生とこは、わけをいうて、ぼくが持って行きますわ。絵描きが古画を買う例はなくもない。手もとに置いて技法を勉強するため、と室生にいわせるのだ。探幽が室生の家にあれば、検事の追及はかわせる。

——それで、うまくいきますかね。

——いくもいかんも、ほかに方法《すべ》はないでしょ。

地検が政治家を逮捕し、強制捜査に入るのは、それまでに何百日もの内偵捜査を経た結果だ。その程度の知識は殿村にもある。玉川宇一の金脈は裸になっているはずだが、嘉兵衛の会から出た四千万円と室生の二千万円は直接の関連がない。

——棠嶺洞には税理士が入ってますな。

——はい。もちろん。

——金の流れに手落ちがないか、税理士に確認してください。

――そうします。

――手塚という検事に会《お》うたら報告してくれますか。

――分かりました。電話します。

――ぼくも心あたりがあるさかい、相談してみますわ。

崩れかけた足もとの堤を踏み固められるような気がした。

中京表具師組合の忘年会は八時半に中座した。料理屋を出て三条通まで歩き、タクシーを拾う。衣笠の等持院前へ行ってくださいな、運転手にいった。

三条西小路からまっすぐ北上した。京福北野線を越える。清悠会病院は等持院のすぐ南だ。白いタイル外装の四階建、前に広い車寄せと駐車場を配し、敷地はコンクリート打ち放しの化粧塀でかこまれている。ガラス越しに見える玄関ロビーは薄暗く、二階中央部の窓にだけ明かりがともっているのは看護師詰所だろう。

お釣りはけっこうです、殿村は料金を払ってタクシーを降りた。駐車場を抜けて、玄関右横の夜間通用口へ行く。制帽をかぶった警備員がテレビをながめていた。

「夜分、すみまへん。大河内先生にお会いしたいんですが」

「お約束ですか」

「はい。夏栖堂の殿村といいます」

大河内には夕方、電話をした。九時に来るよういわれた。

警備員は大河内から指示されていたらしく、詰所を出てきた。

「どうぞ。ご案内します」

警備員について病棟に入った。大河内の住まいは別棟だ。

廊下を歩き、病棟を出た。裏庭は一面に芝生を敷きつめている。芝生の突きあたりの枝《し》折《お》り戸を警備員は開けた。

「おおきに。ここでけっこうです」

警備員は一礼して病棟にもどっていった。

枝折り戸の中は純和風の庭園だ。槙、松、杉、楓、臘梅、樹形の整った木々が庭園灯に映え、築山のあいだには池をしつらえて石橋を渡してある。これだけの庭を維持管理するには専属の庭師が必要だ。

踏み石伝いに母屋へ行った。数寄屋風の平屋は百坪はあるだろう。大河内清隆は病院に住んでいる。

玄関の格子戸を開けると、畳の間に和服の女性が座っていた。

「夏栖堂の殿村です」

「お待ちしておりました。こちらです」

燻《いぶ》しの平瓦を敷いた土間に靴を脱いで上にあがった。広縁の天井は煤竹を垂木《たるき》にした竿縁、床は縁《へり》なしの畳敷きだ。個人の居宅でこれほどの凝った造作は京都でもそう多くはない。いつ来ても感心する。

殿村は応接間に通された。十六畳の和室、床の間と書院がある。高麗白磁の瓶に寒椿が一輪、掛かっている軸は応挙の『雪中鴛鴦図《せっちゅうえんおうず》』だ。応挙の名品はこういう床の間にあってこそ釣り合いがとれる。

「寒椿に鴛鴦《おしどり》、よろしい取りあわせですな」卓の前に正座した。

「あんたが来るさかい、掛け替えさせたんや」大河内が笑う。

「ありがとうございます」

頭をさげた。『雪中鴛鴦図』はベトナム戦争が終結した年に三千万円で大河内に売った。あのころは殿村も大河内も五十代の働き盛りだった。

「そんなとこにかしこまってんと。座布団敷いて胡坐になったら」

座椅子にもたれかかって、大河内はいう。でっぷりと肥えた赤ら顔、海松《みる》色の結城に鉄紺の茶羽織をはおっている。殿村は座布団を引き寄せて正座した。

「ああ、礼いうのを忘れてました。忠のとこに蕉風さんの絵をいただいたそうですな」

「小品です。昇進のお祝いに」

「もったいない。あの男は無粋やさかい、値打ちもなにも分からんのに」

大河内忠は清隆の次男だ。先月の小堀内閣改造で官房副長官に就任した。

大河内は戦前から京都を地盤にする政治家の一族で、清隆の父親が参議院議長、清隆が民政党総務会長まで昇りつめて、十数年前に政界を引退した。京都1区の地盤は次男の忠に譲り、長男の隆が理事長を務める清悠会病院に自分の隠居所を建てたのだ。

大河内清隆は一時期、坂下功のライバルと目されるほどの勢力をもったが、所属した派閥が弱小だったため、大臣ポストは防衛庁長官と建設大臣のふたつを歴任しただけだった。引退後、勲一等旭日大綬章をもらって大々的な祝賀パーティーを開き、殿村は三十万円の祝儀を持っていった。それまで大河内に納めた書画の総額を考えると、三十万円は決して多すぎる祝儀ではなかった。大河内は表には出ないが、京都でも有数の日本画のコレクターであり、応挙をはじめとして、若沖《じゃくちゅう》、竹田《ちくでん》、雅邦《がほう》、直入《ちょくにゅう》などの名品は、日本各地で開催される企画美術展にしばしば貸し出されている。

さっきの女性が茶と茶菓子を運んできた。鮮やかな緑の濃茶だ。女性は丁寧に礼をして出ていった。

「ま、どうぞ」

「いただきます」

茶菓子は口にせず、両手を碗に添えて濃茶を飲んだ。正式な茶席ではないので、面倒な点前《てまえ》は要らない。

「——けっこうです」

しばらく碗をながめて卓においた。大振りの唐津だが、値打ちは分からない。茶道具は姿の良し悪しより由緒と箱書きがものをいう。

「で、相談ごというのはなにかいな」大河内も濃茶を飲んで、いった。

「玉川先生の逮捕です」

「玉川の……」

「先生は高田屋嘉兵衛の会をご存知ですね」

「知ってる。玉川が会長をしてるな」

「今年の芸術院会員選挙で、わたしは室生先生を応援しました――」

隠さず、経緯を話した。大河内に知られても害はない。大河内は結城の袖に腕を入れ、座椅子にもたれて聞いていた。

「――そんなわけで、これからの状況と、わたしがするべきことをお教えいただきたいと、ご迷惑もかえりみず参上しました」

「あんたが木元にいうた事後工作はむずかしいな」ぽつり、大河内はいった。

「あきませんか……」

「検察を甘う見たらあかん。相手は法律のプロや。生半可な嘘はかえって墓穴を掘る」

「そしたら、探幽を室生先生にとどけるのは」

「とどけるのはかまへん。……それはかまへんけど、検察は木元からとった調書の裏をとる。今度は室生くんが検察に呼ばれて事情を訊かれることになる」

　室生の周章狼狽が眼に見えるようだ。室生に嘘はつきとおせない。

「下手な口裏合わせはいらん。二千万円の領収証もいらん。なにを訊かれても、知らぬ存ぜぬでとおしたらええ」

「黙秘権というやつですか」

「そう。耳をふさいで歯を噛みしめとくんや」

「木元さんはともかく、室生先生にそれができますかね」

「わしは室生くんの人物を知らん。肚が据わってへんのか」

「肚も性根も据わってません。絵が描けるだけの人間です」

「わしが思うに、危ないのは裏金の二千万やのうて、嘉兵衛の会から出た四千万や。全額がアテナ画廊に入ったはずはない」

「わたしもそう思てました」

「アテナ画廊は玉川にキックバックした」

　大河内は茶菓子を割って半分を口に入れる。「そのことがもし証明されたら、玉川は背任罪に問われるな」

「背任とは……」

「玉川は四千万円が不正に遣われると知りながら、嘉兵衛の会に出金を指示した。それが理事会の承認を得た上であったとしても、検察は玉川個人の背任になるとみて起訴するかもしれん」

「理事会の承認は無効なんですか」

「そこは検察の判断やな。嘉兵衛の会の理事は玉川の腹心にちがいないし、理事会に対する玉川の影響力がどの程度のものか、そこが争点になるやろ」

「ほな、室生先生の二千万は」

「分からん。問題は検察がどこまで立件するかや」

さすがに海千山千の大狸だ。八十半ばとはいえ、頭は少しも衰えていない。大河内は京大の法科を出ている。司法試験を受けて弁護士になりたかったが反対され、意に染まぬまま父親の秘書になったと聞いたことがある。

「わしは毎日、玉川の記事を読んでる。あれだけ新聞に出たら、いやでも眼に入るさかいな」

大河内は濃茶を飲みほした。「検察は正義で動くんやない。政治的判断で動くんや。玉川宇一を逮捕したときの世論と永田町の反応、霞が関の動向……。一切合切を読みに入れた上で、玉川を逮捕したほうがええと判断したからこそ、上層部がゴーサインを出したんや」

「ということは、玉川さんは……」

「無罪放免はあり得へん。東京地検特捜部の検察官四十人と検察事務官九十人全員が、玉川の有罪判決に向かって動いてる」

〝検察の威信、イコール九九パーセントの有罪率〟――日本の検察は法廷で弁護人にどんなに攻められても、まちがいなく有罪になる見込みがなければ起訴しない。すなわち内偵捜査の段階で有罪判断をくだしたからこそ、玉川を逮捕したのだと大河内はいう。

「玉川は叩いたらなんぼでも埃が出る。いまはエルムの未公開株やけど、次は『グレープ共済』が出てくるような気がする」

耳に憶えがある。そんな事件があった。

「あれは確か、詐欺事件でしたな」

「詐欺というより、贈収賄事件やな」

友成某という詐欺師が『グレープ共済組合』という詐欺組織を作り、〝貯蓄型グレープスーパー定期〟を高齢者に販売して十億円を集めた。友成は九二年の参院選に出馬したが落選。七億円の政官工作資金を民政党の有力議員二十数人にばらまいて比例区の高い名簿順位を得たのち、九五年の参院選に出馬して当選を果たしたが、議員になってすぐに共済組合が摘発されて逮捕された。友成の選挙参謀は国会喚問を受け、しらを切りとおして事件はいつのまにかうやむやになった――。

「その九五年当時の民政党幹事長が、誰あろう玉川宇一や。名簿順位をいじって一億の金を懐に入れたと噂されてたな」

大河内はこともなげに、「金をばらまいた相手が二、三人やったら、検察は贈収賄事件にして逮捕した。……しかし、大物議員二十数人を逮捕するのは、あまりにことが大きすぎる。民政党どころか、日本の政治機構がつぶれてしまう。検察は政治的判断の末に詐欺師ひとりの犯罪を立件してお茶を濁したというわけや」

「なるほど。そんな裏話がありましたか」

胸がわるくなる。あまりにも汚い。

「玉川は判断を誤った。議員を引退してただの隠居になったら、鎧も兜もない。四方八方から矢が飛んでくるわな」

「グレープ共済は事件になりますか」

別口のもっと大きな犯罪が出てきたら〝嘉兵衛の会の背任〟は立件されないかもしれない。

「それも検察の判断やけど、受託収賄の公訴時効期間は五年や」

「そうですか……」

「検察が玉川を逮捕した目的はもうひとつある。まだ明るみには出てへんけど、おそらく、そいつが本線や」

大河内は小さくいった。「四年前、加美市がＬＮＧコンビナートを造成したときの地元対策。これが玉川の命とりになる」

「教えてください。詳しいに」

「磯崎コンビナートでいちばん大きな施設はマイセルでもLNG基地でもない。近畿電力の火力発電所や。玉川は近畿電力から五億を受けとって、地元の反対運動を抑えた」

「地元対策費で五億というのは大した額やないのとちがいますか」

「表の対策費は十五億。五億は裏金や」

「それは大きい」

「玉川は市長の小橋を使うた。小橋が浦田化工建設から賄賂を受けとったというのは氷山の一角や。水面下には五億の金が隠れてる」

「玉川はどれくらい撒いたんです」

「普通は半分やな」

「二億五千万……」

「年内に動きはない。年が明けたら、加美市の役人と地元ボスがばらばら逮捕される」

大河内はうなずき、「あんたも肚を据えるんやで。これからが本番やからな」

背筋を伸ばしてそういった。

22

年明け——。

児童画教室は一月五日の月曜からはじまる。小学校の始業式より三日も早いのは、母親が子供を持てあましているからだ。五年前に教室をはじめたときは一月十日だったのが、母親たちに頼まれて、毎年のように前倒しになってきた。梨江はでも、かまわないと思っている。一日でも早く、子供たちの元気な顔を見たいのだから。

午後の教室にそなえて、梨江は朝から教材の準備をした。厚さ二十センチもあるベニヤ板大の発泡スチロールを鋸《のこぎり》で三十センチ角に切りわける。スチロールの粉末がアトリエ中に舞って、あとの掃除が大変だ。『発泡スチロールと紙粘土の彫刻』——スチロールをカッターやヤスリで削り、おおまかな形を作ってから水性ボンドを塗り、紙粘土を薄く張りつけていく。彫刻としての造形がととのったら、アクリル絵具を塗る。色は一色でもいいし、絵を描いてもいい。毎年、一月にはこの彫刻をしているが、子供たちのにぎやかなこと。身体中にスチロールの粉をつけて雪が降ったようになる。小さいころからカッターを使いなれている子は怪我をしないし、他人に刃を向けたりしない。

スチロールを切り終えて腰を伸ばしているところへ、辻が花を着た美千絵が来た。

「梨江、いま誰が挨拶に来たと思う」

「知らんわ。わたしは母屋に行ってないもん」

松の内、美千絵は母屋に詰めて来客の世話をしている。三が日は幻羊社の画家や画商がひっきりなしに来て、梨江も手伝いをした。玄関先で年賀の挨拶をするだけならいいのだが、ほとんどは座敷にあがって酒になる。健児はつきあいが広いから、客の数も半端ではない。よくもあれだけの客の相手をして疲れないものだと梨江は感心する。

「大和の吉永さんと、夏栖堂の殿村さん」

美千絵はさも不機嫌そうに、「吉永さんはともかく、殿村さんが来るて、どういうことよ。あの神経が分からへんわ」

「殿村さんは、なんて？」

「知らん。座敷に入って、おじいちゃんと話してはる」

美千絵は振り返って広縁のほうを見る。障子は閉じている。

「おかあさん、お茶は」

「出してへん。だって、ばかにしてるやない」

「わたしが行くわ。夏栖堂の殿村いうひと、見たことないねん」

「見んでもいい。眼が腐るから」

「よほど嫌いなんやね」

「あんなヤモリの陰干しみたいな爺さん、胸がわるうなるわ」

ヤモリの陰干しに興味がわいた。トレーナーとジーンズについたスチロールの粉を払い、梨江はアトリエを出て、濡縁から母屋に入った。台所で玉露を淹れ、清水《きよみず》の茶碗に注ぎ分ける。黒柿の盆に載せて座敷へ行った。

失礼します――。障子を開け、両膝をついて座敷に入った。静々と卓へ行く。薄茶のツイードジャケットを着た白髪の老人が梨江に顔を向け、小さく頭をさげた。

「お孫さんですか」健児に訊く。

「梨江といいます」

健児の表情は穏やかだ。口調も柔らかい。

「斎木梨江さん？」

「そうです」梨江は答えた。卓に茶碗を置く。

「燦紀展、いつも拝見してます」

にこやかに、殿村はいった。「題名は忘れましたけど、去年出品しはった廃屋の絵、あれはほんま、ええ作品でしたな。とりどりの緑の中にぽつんとノウゼンカズラの緋が映えて、タッチは大胆やのに静謐《せいひつ》で、伸びやかで、日本画らしい趣がありました。ふんわりしたおおらかな作風はおじいさん譲りですな」

「ありがとうございます。丁寧に見ていただいて」

驚いた。あの廃屋の絵を殿村は詳細に憶えている。画商は普通、つきあいのある画家の作品しか見ないのに。

「祇園界隈へ出はってお暇があったら、いっぺん夏栖堂に寄ってくださいな。燦紀会の先生方とも、もっとおつきあいさせてもらわなあかんと思てますんや」

殿村は梨江の眼を見つめてゆっくり喋る。八十をすぎた老人とは思えない精気……〝枯淡の精気〟というようなものを梨江は感じた。

「すみません。そのときは寄せていただきます。どうぞ、ごゆっくり」

座敷を出た。ふうっと長い息をつく。盆を台所に置いて、アトリエにもどった。

「どないやった、おじいちゃん」美千絵が訊く。

「関係修復みたいな雰囲気やったね。みんな、おとなやもん」

「殿村さんは」

「役者がちがう。おじいちゃんがなんで負けたか、分かったような気がした」

「嫌味な爺さんやろ」

「そうかな……」

「梨江はどないしたんや。悔しいないんか」

「わたし、分かった」

「なにが……」

「殿村さんはきっと、次の芸術院会員選挙でおじいちゃんを応援するんやわ。その挨拶に来たんやと思う」

梨江はスチロールの塊をテーブルに並べた。

夕方、携帯電話が鳴った。

――はい、斎木です。

――おれ。慶雄。

――あ、慶ちゃん。明けましておめでとうございます。

――おめでとうさん。いま、京都にいるんや。

会いたい、と五十嵐はいった。いつもこうして唐突に電話をしてくる。

――どこに行ったらいい。

――八坂神社の石段下。いっしょに初詣でをしよ。

六時半、といって五十嵐は電話を切った。今日は京都に泊まるつもりなのだろう。

梨江はシャワーを浴びた。ドレッサーの前に座り、化粧をする。久々に着物を着たかったが、美千絵に着付けを手伝ってもらったら、出かける理由を訊かれるだろう。五十嵐のことはあまり話したくなかった。

セーターにジーンズ、ツイードのコートをはおって部屋を出た。リビングを覗くと、誠一郎がおせちの残りをつまみながら、棋譜を片手に碁石を並べていた。

「ちょっと出てくるわ。今日は帰らへんかもしれんから」

「おう、そうか」

誠一郎は顔を向けもしない。どこへ行くとも、誰に会うとも訊かないから気が楽だ。

「車、使う？」

「いいや。使わへん」

「ほな、乗っていくわ」

智司は長野へスキーに行っているからマークⅡはない。アルトのキーを持って玄関を出た。

八坂神社は参詣客でいっぱいだった。五十嵐と並んで賽銭を入れ、今年も健康で、いい絵が描けますように、と手を合わせた。

祇園の切り通しから巽橋《たつみばし》を渡り、新橋通を歩いた。石畳、犬矢来、軒下の行灯《あんどん》、白川沿いに連なる町家のたたずまいは、いかにも古都の花街らしい華やぎと風情がある。

「おれ、四年も京都にいたけど、こういうとこは初めてやな」

「祇園町は学生には縁がないもん」

「縁がないままに備前へ行ってしもた」

「いいやない。空気はいいし、食べ物も美味しいし、いい土も採れるし」

備前焼は釉薬を使わないから、轆轤《ろくろ》の巧さと土の味が作品のよしあしを決める。五十嵐は学生のころからオブジェは作らず、日常に使える器を焼いていた。

「今年、おれ、窯を持つことにした」

「それって、どういうこと」

「自前の窯や。知り合いの伊部の作家が新しい工房を建てて、そこへ移るから、古い窯を譲ってもらうことにした」

「慶ちゃん、独立するわけ」

「まぁな」

「おめでとう。わたしもうれしいわ」

立ちどまり、五十嵐の手を両手で握った。五十嵐は小さくうなずいて、

「おれはもう京都にもどらへん。梨江も備前に来てくれへんか」

「えっ……」言葉につまった。「そんなこと急に言われても、答えられへん」

「急やない。いままでになんべんもいうたはずや」

五十嵐は梨江の手を握り返す。「絵は備前でも描けるやないか」

「ちょっと待って。絵を描くにはお金が要るんやで」

五十嵐には定収入がない。去年の日本陶芸展で準グランプリをとった水指は四十万円で

売れたというが、新しい作品の制作費に消えたはずだ。五十嵐と結婚して備前に住み、絵を描きつづけることは、どう考えてもできない。

「梨江はそんなに絵が好きか」

「うん。好き」

「絵と人生と、どっちを優先するんや」

「そんなん、おかしい。わたしから絵をとったら、人生なんてないもん」

五十嵐の眼を見つめた。「慶ちゃんかて、陶芸をやめられへんやろ」

「梨江の考え方こそおかしい。ふたりがいっしょになっても制作はできる」

「霞を食べて制作はできへん。子供もできるのに」

また同じことの繰り返しだ。五十嵐に梨江を食べさせようという考えはないし、梨江もそれを望んではいない。おたがい、来年は三十なのだ。梨江はもう、五十嵐と結婚することはない。

舞妓がふたり、そばをとおりすぎた。色鮮やかなだらりの帯を垂らし、おこぼを鳴らして歩いていく。正月の稲穂の花かんざしが揺れていた。京都を離れて舞妓を写生することはできない。

「四条へ出て、鮨でも食お。今日は泊まれるんやろ」五十嵐はいう。

「ごめん。今日は帰る」

気持ちを整理したかった。

＊

新年の三が日、大村は初詣でも年始まわりもせず、家で酒を飲んだ。有沙はスキーで年末から長野にいるし、妙子とは話すこともない。真希は加美市に帰省し、玲子は香港にいる。懇親会で会った中野佳子からの年賀状に携帯の番号が小さく書き添えてあったのは、電話をしてくれということだろう。

四日は翠月美術館で翠劫社の新年会があり、室生の年賀の挨拶で会ははじまった。代表の浜村草櫓が風邪と称して欠席したのは、翠劫社が室生晃人のものになったという証だ。浜村は龍璽院襖絵の仕事が藤原静城に決まってから、邦展や翠劫社の集まりに一度も出てきたことがない。室生は終始上機嫌で、新年会のあとは十数人の若手を引き連れて先斗町へ行った。二次会の料理屋と三次会のラウンジの払いをみんな室生がしたのだから、人間、変われば変わるものだと感心する。芸術院新会員になりおおせたいま、室生の次の目標は〝人徳〟になったのかと大村は嗤った。文化功労者と文化勲章の選考は業績だけでなく、その人物が大きく評価されると室生は知っているのだ。いずれにしろ、分かりやすい男ではある。

五日はアトリエに行き、真希の携帯に電話をした。真希は十日の昼すぎまで加美にいるという。

——ごめんね、センセ、十日の夜にデートしよ。

——おれは今日、真希に会いたいんや。

——わがままいうたらあかんの。我慢しなさい。

——しゃあない。十日は彦根で近江牛でも食うか。

——うん。食べる。

電話を切り、彦根プリンスホテルのツインを予約した。外泊の口実はなんとでもつく。妙子には「写生に行く」と一言いったらそれでいい。

中野佳子の年賀状を手にとった。住所は《東山区今熊野北日吉が丘二—一二—六〇五》とある。北日吉が丘は阿弥陀ヶ峯町の室生の家の近くだ。〝六〇五〟はマンションだろう。

携帯の番号を押した。

——もしもし、中野です。

——おめでとうございます。去年、邦展の懇親会でお会いした大村です。

——あっ、大村先生。明けましておめでとうございます。

佳子は大村の名をいった。そばに夫はいないようだ。

——ごめんなさい。年賀状に番号があったので、ついかけてしまいました。

——いえ、いいんです。ご迷惑かなと思ったんですけど。

佳子の反応はわるくない。好意的だ。

――『青の揺曳』を拝見しました。色がいい。構成も広がりがある。あと、人物のポーズをテーマの表現に添ったかたちにすれば完璧ですね。

いかにもカルチャーふうの、デッサン力のない感覚的な絵だった。風変わりな色調が受けて初入選したのだろう。

――大村先生にそういっていただけると、ほんとにうれしいです。ポーズはどうしたらいいんでしょうか。

――視線ですね。顔をもう少し横に向けて、遠くを見させるようにすればいい。

――おっしゃるとおりだと思います。わたしも顔の向きが気になってました。これからもアドバイスしてください。

――どうです、アトリエに遊びにいらっしゃいませんか。薪ストーブと美味しいコーヒーがあります。山科の農家を借りて改装したんです。

――あら、ご自宅じゃないんですか。

――家と仕事場は分ける主義です。

――羨ましい。わたしは六畳の和室で描いてます。

――アトリエにはヨーロッパや中東の写真、いままで描きためたデッサンがあります。中野さんに見てもらいたいな。

――わたし、ずっと前から大村先生の作品が好きでした。いつか邦展に入選して、先生にお目にかかるのが夢でした。

――それは申しわけない。作品と本人のギャップが大きすぎたでしょ。

――そんなことはありません。年鑑のお写真より、ずっとお若くて、どきどきしました。

――中野さんを写生したいな。ぜひ、アトリエにいらしてください。

――でも、わたしなんかでいいんですか。

――ぼくは中野さんを描きたいから電話したんです。

――光栄です。うれしいです。

――十日と十一日以外なら、いつでもけっこうです。ご都合のいいときに。

壁のカレンダーを見た。十日は土曜日、十一日と十二日は連休だ。

――じゃ、十四日のお昼はいかがですか。

――はい。いらしてください。食事をごいっしょしましょう。

十四日の午後一時、JR山科駅から南へ行った三条通沿いのフレンチレストラン『アンジェリーク』。約束をして受話器を置いた。

さて、どうなる――。つぶやいた。

三十をすぎた人妻がひとりで男と会うことの意味を知らないはずはない。一回きりの浮気に終わるか、何年ものつきあいになるか、それは成り行きだろう。

しかし、おもしろいものだ。玲子とはもう長くないような気がするが、その後釜が玲子の日本画教室の生徒とは、思いもよらない皮肉ではないか。

祥ちゃんて、ワルやね——。玲子がいつもいう。

どこがワルなのか、大村にはまったく分からない。不倫が悪というのなら、妻子持ちの男と知りながら関係した玲子のほうが、よほど質《たち》がわるいと思う。

要は生きかたの問題だ。世の中には男と女しかいない。男は女に誘いをかけ、女は男を選ぶ。そう、選択権はいつも女にある。つきあいがつづくかどうかは相性だろう。

また年賀状を見て『ピアノ』の美咲に電話をした。美咲はすぐに出た。

——おめでとう。大村です。

——なんや、久しぶり。生きてはったん。

——えらい挨拶やな。店はいつからや。

——明日から。わたしはハワイから帰ったばっかり。センセ、暇なん？

——正月はあかん。誰も遊んでくれんのや。

——それって、うちを誘ってるわけ。

——鮨でも食お。祇園あたりで。

——食欲ないねん。時差ぼけで。

——ほな、酒飲も。

――ほんまに勝手なんやから。お店にも来てくれんと。

――今日、デートしてくれたら、明日は同伴する。

――しゃあないね。どこで会う。

――七時に国際ホテルのロビー。

――お年玉、ちょうだいね。

電話は切れた。美咲のセックスを思い出す。玲子や真希よりつまらないが、贅沢はいえない。

ストーブに薪をくべ、CDデッキに『オーティス・レディング』をセットした。リクライニングチェアにもたれてスコッチの水割りを飲む。夕方まで寝てもいい。

＊

稲山邸を出て、吉永が運転する車に乗った。左ハンドルの白いベンツ。大和の社用車ではない。画商が画家の邸に高級車を乗りつけるのは無粋とされているが、吉永は無頓着だ。大和の美術部長ともあろうものがクラウンやセドリックに乗れるか、というプライドだろう。ベンツは国道171号線を京都市内へ向かう。

「村橋先生の告別式は出られるんですか」吉永が訊いた。

「えらい気が早いですな。まだ逝ってはらへんのに」

村橋青雅は去年の暮れ、東京の慶応病院に入院した。四日から危篤状態だという。葬儀は音羽の護国寺で行われるらしい。

「ぼくは村橋先生の絵を扱うたことはあらしまへん。弔電だけにしとこかと思てます」

「わたしは東京へ行きます。東京の美術部長を補佐しないといけませんから」

村橋ほどの大物になると、葬儀は遺族ではなく、大手デパートの美術部や有力画商が協力して取り仕切る。殿村も京都の大物画家の葬儀を何件も仕切ってきた。《村橋青雅(95)・邦展顧問・文化勲章受章》――新聞の死亡欄が眼に浮かぶ。昭和四十年代から平成にかけて、橋本渓鳳や元沢英世とともに邦展第一科を支えた日本画家だ。渓鳳のような広範な人気こそなかったが、その濃《こま》やかな花鳥画は住吉派の系譜を継ぐ清澄、典雅なものだった。青雅は弟子筋の藤原静城や白川雨谷、西井道などを擁して村橋閥を形成し、邦展理事長にまでなりおおせた政治上手でもあった。村橋閥は藤原静城が継承し、白川や西井、室生の後押しを得て理事長の座を狙うのだろう。

村橋はここ一、二日のうちに亡くなり、今年十一月の芸術院第一部第一分科会員補充選挙は〝欠員一〟を受けて行われる。候補者は稲山健児と矢崎柳邨、前年度芸術院賞受賞者鳥井洋介の三名だから、順当にいけば稲山が勝利するはずだ。

殿村は見通しを稲山に説明し、今年の会員選挙は命がけで応援するといった。稲山は了承し、殿村と吉永が参謀につくと決まった。資金面で不安はあるが、稲山は資産をすべて選挙に注ぎ込む覚悟だといった。

「室生先生の参謀を務めたぼくがこんなことというのはおかしいかもしれんけど、室生先生には人望がない。稲山先生が芸術院会員になったら、室生先生を追い越して、先に文化功労者になることもないとはいえまへんな」

「しかし、文化功労者も金でしょう。こんどは政治家に運動しなければいけません」

「玉川さんが引退したんは痛いですな。あのひとは文化庁に顔がききました」

玉川宇一の利権のひとつは〝勲章〟だった。学術部門はともかく、芸術部門の文化勲章は民政党の政治家が裏で糸をひいている。この日本という国は〝○○になりたい〟〝××が欲しい〟と運動しなければ、なにひとつ実現しない仕組みになっている。

「会長は、芸術院会員選挙で玉川さんに頼ったことはありますか」吉永はいう。

「ぼくはありませんな。政治家はなにかとややこしいさかいね」殿村は答える。

高田屋嘉兵衛の会を利用して新展の四票を得たことを吉永は知らない。その嘉兵衛の会と倉橋稔彦の腐れ縁が棘《とげ》になり、殿村の喉もとに刺さったまま抜けないのだ。

十二月二十五日、棠嶺洞の木元信雄は東京地検特捜部検事の事情聴取を受けた。その夜、木元から報告があり、黙秘をとおした、と聞きはしたが、木元の言葉はどこか歯切れがわるかった。地検の取調室にいたのは、検事と検察事務官と木元の三人だけ。三時間にも及ぶ事情聴取で、果たして木元は黙りとおすことができたのだろうか。

手塚という検事は、アテナ画廊が高田屋嘉兵衛の会宛に切った四千万円の領収証のコピーを木元に示したという。その領収証の日付が九月九日で、同じ日に木元は三協銀行日本橋支店から二千万円を引き出している。手塚は木元に棠嶺洞の普通預金口座の取引履歴照会表を見せて、二千万円の使途を訊いた。木元は黙して答えない。手塚は前日の九月八日に大同銀行今熊野支店から振り込まれた二千万円について、その目的を訊いたが、木元はやはり答えなかった。

手塚は振込人の『室生明夫』が芸術院新会員の室生晃人だと知っていた。室生晃人の二千万円は棠嶺洞とアテナ画廊を介して倉橋稔彦に渡ったのではないか――。手塚はそういって、木元を追及した。木元は眼をつむって三時間を耐えたが、嘉兵衛の会の四千万円と室生の二千万円が、なんのためにどう遣われたか、手塚はつかんでいるようだったという。

「玉川さんはもうあきまへんな。あまりにも露骨に金を集めすぎましたわ」

「議員なんてみんなそうでしょう。ヘドロに手を突っ込んででも金をつかまなきゃ成りあがれません」

「倉橋先生もひょっとしたら危ないですかな」

「まさか、それはないでしょう。日本美術界の星なんだから」

「星を地に墜《お》とすわけにはいきませんか」

「いくら東京地検でも、皇室ブランドに疵をつけるわけにはいかんでしょう。前《さき》の皇后の教授掛にね」

「それもそうですな」

殿村はいま、大河内に聞いたとおりの展開になりつつあると考えている。東京地検特捜部は四十人の検事と検察事務官九十人を振り分けて、玉川宇一の利権をひとつひとつ洗っているのだ。手塚という検事は玉川の〝公益法人利権〟や〝美術品斡旋利権〟を捜査しているにちがいない。その利権の延長上に『高田屋嘉兵衛の会』があり、アテナ画廊の脇本がいる。

車は久世橋を渡り、西大路九条にさしかかった。道は空いている。祇園まで十分あまりか。

「そろそろ一時ですな。食事しまへんか」

「いいですね。どこへ行きましょう」

「四条通から切り通しをちょっと上がったとこに、こぢんまりした割烹がありますんや。五日から開けてますわ」

「分かりました。じゃ、そこへ」

「吉永さん、酒は」

「飲みます」

「この車は」

「代行を頼みます」

吉永は笑った。


切り通しから歩いて夏栖堂に帰ったのは三時だった。若いころは飲みはじめたら半日でも平気だったが、いまは身体が受けつけない。酒は二合、水割りならダブル二杯でほろ酔い気分になる。

正月らしく、一階の画廊には松や鶴、紅梅、富士などの軸が掛かっていた。いつもは木元が奥のカウンターに座っているのだが、七日まで休みをとっている。車で九州を一周するといっていた。木元は最近、同志社女子大の事務職員とつきあっている。

「おとうさん、室生先生からなんべんもお電話がありました」

幸恵がいった。「なんかしらん、急《せ》いてはります」

「携帯の番号、知ってるはずやけどな」

「電源を切ってはるんとちがいますか」

「あ、そうやった」

忘れていた。稲山の邸を訪れたときに切ったのだ。「電話は上でかける」

エレベーターで会長室にあがった。デスクに腰をおろし、ダイヤルボタンを押す。室生はすぐに出た。

——明けましておめでとうございます。夏栖堂の……。

——なにしてたんや。待ってたんやで。

室生は言葉を遮った。紅潮した顔が眼に浮かぶ。

——東京地検や。電話がかかってきた。去年の九月八日の振込のことで訊きたいことがありますと、くそ丁寧にいうんや。

——ほう、そうですか。

——そうですか、やあるかいな。相手は東京地検やで。

——手塚という検事ですか。

——そう、手塚やった。

——室生先生、探幽の件はいうてまへんな。

——ああ、いうてへん。

——いまはなにも喋ったらあきまへん。木元さんも黙ってました。

狩野探幽の掛軸は去年のうちに棠嶺洞から室生にとどいている。九月八日付の二千万円の領収証もある。

室生には、〝東京地検から出頭要請があるかもしれない。二千万円の振込に関して事情を訊かれるだろうが、なにも話してはいけない。最悪の場合は二千万円で探幽を買ったことにする。芸術院会員選挙云々が表沙汰になる恐れはない〟といい、地検から電話があったときはすぐに知らせるよういっていた。

——手塚は十日に京都へ来るといいよった。土曜やで。

——検察の捜査に曜日は関係ないでしょ。で、室生先生は。

——十日の二時や。新町通の京都地検へ出頭せいといわれた。手塚と検察事務官が京都へ出張してくる。

——そら、東京地検も本気ですな。

上京区新町通の京都法務合同庁舎を思い浮かべる。あの厳《いか》めしい建物の何階かに京都地検があるのだ。

——会長、わしに考えがあるんやけどな。

興奮がおさまったのか、室生の甲高い声はやんだ。

——二千万の探幽はわしが買うたんやない。大村が買うたことにするんや。

——なんですて……。

——大村のよめの実家は大阪の梓影堂や。大村は梓影堂に頼まれて、棠嶺洞から探幽を買うた。それでつじつまがあう。

——ちょっと待ってくださいな。二千万円は室生先生の口座から棠嶺洞の口座に振り込んだんですよ。

——大村はわしに、探幽が欲しいというたんや。そこでわしは探幽を買うて、大村に渡した。二千万円は立て替えた金や。

——そんな絵空事がとおりますかいな。どこの絵描きが弟子のために二千万もの大金を立て替えます。第一、大村先生や梓影堂はんに迷惑です。

——梓影堂は絵を売り買いするのが商売やないか。

——室生先生、夏栖堂も絵を売り買いして食うてますねん。

怒鳴りつけたかった。画商というものを舐めている。こんな男を増長させるために芸術院会員にしたのか。

——とにかく、地検の調べについては作戦を練らなあきまへん。木元さんにも詳しい話を聞きますさかい、室生先生はじっとしててください。

——十日の二時やで。忘れんようにな。

室生は気弱にいい、電話は切れた。

ええ加減にしてくれ。選挙はとっくに済んだんや——。ためいきをついた。

問題は室生の姿勢だ。検事に対していっさい口をきかずに黙秘するのと、探幽を二千万円で買ったと言い張るのは、どちらが心証がわるいのか——。

大河内は黙秘しろといったが、室生にそれができるのか——。

室生はだめだ。この半年でよく分かったが、室生はことにあたって狼狽する。信義がないから妄動する。あれほど働いてくれた大村や梓影堂に尻拭いをさせようというのだから救いがない。

殿村は棠嶺洞に電話をした。新年は六日から営業いたします、とメッセージが入っている。木元の自宅にかけなおした。

——はい、木元です。

——おめでとうございます。京都の殿村です。

——ああ、どうも。旧年中はお世話になりました。

——すんまへんな。お世話になったんはぼくのほうですわ。実は今日、東京地検から室生先生に電話がありました。

経緯を話した。木元は黙って聞いている。

——で、ぼくは明日、東京へ行こと思てますんや。木元さんのご都合はどないです。

——わたしは画廊におりますが、事情聴取の件は、このあいだお話ししたとおりですよ。

——アテナ画廊にも寄るつもりです。脇本さんに状況を聞きたいさかい。

——それは玉川代議士の？

——『エルム』だけやない、グレープ共済やら磯崎のコンビナートやら、これからはもっと大きな犯罪が出てくるみたいです。

——あのグレープ共済事件までね……。それはしかし、殿村さんにとって、わるいニュースですか、いいニュースですか。

——ええニュースでしょうな。玉川宇一の悪行が表に出れば出るほど、嘉兵衛の会の背任は陰に隠れる。ぼくはそれを望んでますんや。

——室生先生が芸術院会員になったのに、いつまで経っても手が離れませんね。

ひとごとのように木元はいう。

——木元さんもぼくも、室生先生から絵をもらいましたさかいな。

皮肉った。木元はなにもいわない。

——明日の何時にお邪魔するか、脇本さんに聞いてからまた電話しますわ。

いって、受話器をおろした。電話帳を広げる。《アテナ画廊》を眼で追うが、字が霞んで読めない。眼鏡をとってこめかみを揉む。

ふいに視界が歪んだ。息苦しい。動悸がする。

頸動脈に親指の腹をあてた。脈が早い。トトトト……と脈が連続する。頻脈だ。

背中を丸めて喘《あえ》いだ。息ができない。喉で空気を吸う。

館内電話に切り換えてコールポタンを押した。

——はい、なんです。

博の声が聞こえる。殿村は電話のマイクに向かって呻いた。

23

室生のアトリエに入ったのは五、六年ぶりだろうか、天窓にロールブラインドが取り付けられ、絵具棚やパネル台の配置が変わり、画架には描きかけの小品が四点も並んでいる。室生は筆が早く勤勉だから、選挙に注ぎ込んだ金は二、三年で取りもどせるだろう。

大村は十二時すぎにこの家に来た。アトリエで待機し、もし室生から連絡があれば、探幽の掛軸を持って京都地検へ走る手筈になっている。室生は緊張した面持ちで口数も少なく、スーツにネクタイを締め、黒いウールのコートを着て出ていった。あの小心な男が検事を前にして黙秘をつらぬけるのか。まず不可能だろう、と大村は思う。

ポットのコーヒーをカップに注いだ。すっかり冷めていて湯気もたたない。室生の娘の雅子は父親の事情聴取などまるで関心がなく、コーヒーを淹れてテニスのレッスンに出かけた。この家にいるのは大村ひとりだ。携帯のボタンを押して真希に電話した。

――おれや。いま、どこ。

――駅前のケーキ屋さん。友だちとお茶してんねん。

真希はまだ加美にいるらしい。

――今晩は彦根プリンスをとった。琵琶湖沿いのきれいなホテルや。

──ありがとう、センセ。何時に会う？

──センセ、はあかんやろ。そばに友だちがいるんとちがうんか。

──いいねん。幼稚園からの幼馴染みやし。

笑い声が聞こえた。

──ちょっと代わるね。

──おい、待て……。

──初めまして。夏帆といいます。

ほんとうに代わった。真希とちがって大人びた口調だ。

──真希がお世話になってます。かわいい子でしょ。

──ああ、そうですね。

──わたし、トヨタのディーラーに勤めてます。ベンツもかっこいいと思うけど、セルシオに乗ってください。

──セルシオは親父が乗ってます。

──じゃ、奥さまにどうですか。

──家内は運転できんのです。

免許証はある。有沙が子供のころに追突事故を起こし、以来、運転はやめた。

──加美はいい町ですよ。一度、遊びにきてください。

——案内してくれますか。

——わたしでよければ。

そこでまた、真希に代わった。

——センセはいま、京都よね。何時に彦根へ行くの。

——まだ予定が立たへんのや。仕事が終わったら彦根へ走る。たぶん、夕方には着くと思うから、先にチェックインしとってくれ。おれの名前でツインをとってるから。

——だったらセンセ、早く来てね。

真希は三時半に加美駅から電車に乗るといい、電話を切った。

それにしても近ごろの若い女はなにを考えているのか。いくら親しい友だちとはいえ、真希との関係を知られるのは危ない。ほかの友だちには喋るなと、真希には口どめする必要がある。

煙草を吸いつけて時計を見た。午後三時。事情聴取は二時にはじまったはずだから、すでに一時間が経つ。室生から連絡がないのは、〝探幽を買った〟と話していないからだろうか。

一蓮托生か——。大村は思う。室生がもし罪に問われれば、大村も終わる。この齢になってボスを代えることもできず、邦展出品委嘱のまま、会員にもなれないかもしれない。

室生を守れば、大村の出世も約束される。たった九人しかいない邦展第一科の顧問と常務理事の意向で理事会は機能し、毎年の審査員と新審査員が決められるのだ。人事権をもつ人間の権力がいかに大きいか、それはその組織に属してこそ実感できる。

しかしながら、この危急のときに殿村がいない。今週の月曜日に夏栖堂で倒れ、救急車で東山赤十字病院へ運ばれた。知らせで室生と大村は病院へ走ったが、殿村の息子、博から、心筋梗塞の疑いがあると聞かされただけで、詳しい病状は分からなかった。殿村は日頃から不整脈があったという。

翌日の夕方になって検査の結果が揃い、殿村は『急性肺性心』と診断された。下肢の静脈などにできた血栓が遊離し、肺動脈につまって閉塞を起こしたらしい。肺動脈の圧力が急激に上昇して心臓右室の負荷が極度に高まり、ときに急死を招く病気だという。殿村はいまも集中治療室で酸素吸入や血栓溶解などの治療を受けている。

コーヒーを飲みほして大村は考える。室生が検事に追及されるのは、倉橋稔彦に貢いだ二千万円の裏金だ。高田屋嘉兵衛の会から出た四千万円は東京の棠嶺洞が仲介したが、棠嶺洞と室生は表向き、直接の利害関係がない。検察が強硬に室生の裏金を追及すれば、芸術院会員選挙そのものの構造腐敗が明るみに出ることになり、玉川の犯罪とは離れた別の事件になってしまう。動いた裏金の大小でいえば、芸術院会員選挙のほうが、おそらく玉川の収賄額より大きいのだから。

要は政治的判断だろう。玉川宇一という大物議員を起訴し、有罪判決に持ち込むために東京地検特捜部がどこまでを立件するのか。玉川は嘉兵衛の会を私物化し、金の生《な》る木に仕立てていたが、室生の金を懐に入れたわけではない。室生は確かに二千万円を棠嶺洞に振り込んだが、それは政治家玉川への贈賄ではなく、新展理事長倉橋への献金だったのだ。

考えれば考えるほど、分からなくなる。あまりにも複雑な構図は、大村には読めない。いまは室生の運を信じるしか方法《すべ》はないのだろう。

大村は絵具棚の前に立った。青から緑、黄、橙《だいだい》、朱、赤、紫と数百個のガラスの小瓶が整然と並んでいる。瓶にはラベルが貼られ、几帳面な字で《群青》《焼群青》《松葉緑青》《群緑》《ラピス》……と書かれている。群青は藍銅鉱、緑青は孔雀石、ラピスはラピスラズリの粉末だ。上質の群青なら一両（十五グラム・スプーン一杯強）で三千円はする。ざっと見渡して、この絵具棚には一千万円を超える岩絵具が納まっているのだ。

室生は舟山蕉風が亡くなったとき、絵具の大半を譲り受けたという。ここには蕉風だけでなく、舟山翠月の絵具もあるかもしれない。翠月は自作のために特製の和紙を漉《す》かせていて、それがいまも『翠月紙』と呼ばれて残っている。戦前の大物画家の威勢は半端ではなかった。地方の絵描きが帝展に入選すると新聞の一面に載り、知事表彰を受けた時代だ。それを思うと、邦展は徐々にではあるが確実に衰退しつつある。

大村は絵具棚を離れて窓際の椅子に腰をおろした。六時までには彦根へ行きたい。酒を飲みたいが、運転することを考えて自重した。

室生が帰ってきたのは五時前だった。相当に憔悴しているのが表情と歩き方で分かる。室生はアトリエに入ってくるなり、リクライニングチェアに座り込んだ。

「——どうでした」室生のそばに腰かけた。

「どないもこないもない。重箱の隅をつつくみたいに細かいことを訊かれた」

「棠嶺洞から探幽を買うたというのは」

「話した。……信じてへんな。……というより、まるで興味がなさそうやった」

「検事はなにを訊きました」

「わしの口座や。大同銀行だけやない。菱和銀行、洛西銀行、平安信用金庫、口座の金の動きをコピーした資料を、わしの眼の前に出しよった」

検事は残高の激減について、その理由を訊いた。室生は答えられない。一億円もの金がどこに消えた、と執拗に追及され、室生はただ俯《うつむ》いていたという。

「検事は金の遣い途《みち》を訊いただけですか。嘉兵衛の会の件には触れんかったですか」

事情聴取は二時間以上つづいたのだ。ほかにも訊かれたにちがいない。

「検事は嘉兵衛の会からロベルト会に四千万が流れたと知ってた。……棠嶺洞の木元がどう動いたかも知ってた。……わしの二千万が倉橋のとこへ行ったことも、その目的も、なにもかも知ってた……」

室生は力なく、途切れ途切れに話す。いつもの横柄な素振りは見えない。

「けど、それはあくまでも推察やないですか。誰が認めたという証拠はありません。シラを切りとおしたらいいんです」

「あかん。そんな甘いもんやない」

室生はかぶりを振る。「どこまでも知らぬ存ぜぬで行くつもりなら、逮捕もあると、検事はいいよった」

「そんなもんは脅しです。芸術院会員を逮捕してどうするんです」

「わしを逮捕したら、ことは日本芸術院の存続まで左右する、特捜部もそこまでは望んでないというた」

「そらそうでしょ。本筋はあくまでも玉川の起訴です」

「けど、玉川を有罪にするには証拠がいる」

「証拠はほかにいくらでもあるやないですか。室生先生を責める必要はありません」

「わしもそういうた。……けど、検事は聞かんかった」

「狙いはなんです。検事の狙いは」

「玉川が嘉兵衛の会に四千万を出金させたんは、『文倉常長』という絵を隠れ蓑にして金を得るためであったと証明したいんや」

「しかし、証明するには倉橋先生と脇本の証言が要ります。ふたりが喋るとは思えません」

「わしは今日、はじめて知った。みんな脇本が図《え》を描いたんや」

「脇本が……」

「脇本は木元から受けとった嘉兵衛の会の小切手を現金にした。四千万のうち三千万を倉橋に渡したんやけど、そのとき、唐三彩の『駱駝』をいっしょに持って行った」

「唐三彩……」

「つまり、倉橋は『支倉常長』を売った四千万で、アテナ画廊から『駱駝』を買いましたという構図や」

「すると、その唐三彩は」

「二束三文の贋物やけど、鑑定でそれを証明することはできん。『支倉常長』は『駱駝』に化けて、倉橋の手もとには四千万円の領収書と三千万の現金が残った。アテナの脇本は二、三百万の領収書代をとって、七、八百万を玉川事務所にとどけたんや」

「なるほどね。さすがに隙がない」

マネーロンダリング——。美術品を利用して金を洗うシステムができている。脇本はそのノウハウで食ってきたのだ。

「感心してる場合やない。わしの嫌疑はひとつも晴れてへんのや」

室生はいらだたしげに、「棠嶺洞に金を振り込んだせいや。あれさえなかったら、どうということはなかった。……殿村のいうとおりにしたんがわるかったんや。はいはい、といわれたとおりに金を出して、あげくの果てがこのザマや。……わしがこんなめにおうてるのに、あの爺さんは入院しよった。いざというときは役に立たん男やで」

「京都画壇の代理人といわれてたんは、買い被りでしたか」

「殿村は八十二や。耄碌《もうろく》もするやろ」

室生は舌打ちした。「わるいのは殿村だけやない。もっとわるいのは棠嶺洞や」

「木元がなにか喋ったんですか」木元は先月、事情聴取を受けている。

「あの男は画商のくせに『支倉常長』を扱うて、一円も口銭をとってへん。検事はそれを突きよったんや。これは正常な商行為ではない、とな」

「そうか。棠嶺洞は利益を得てなかったんですね」

室生は木元に小品を渡したが、検事に話せることではない。

「検事はわしに迫った。棠嶺洞に振り込んだ二千万円は、芸術院会員選挙の運動資金ですね、と。わしがそれを認めへんのなら、木元を逮捕して取調べをする、とまでいいよった」

「まさか、先生は認めたんですか」

「この捜査の根幹は玉川宇一であって、わしや木元は枝葉にすぎん、と検事はいうた。わしの証言さえもろたら起訴はせん、といいよったわ」

「そこまで調べがすすんでるんやったら、じたばたしてもしかたない。わしは認めたがな。あの二千万は木元に要求されて、目的も知らんままに振り込みました、と」

室生は自嘲するように、「心配ない。芸術院会員選挙をついたら日本の画壇がひっくり返る。たかが地検にそこまでする権利はあらへん」

「それは言葉で認めただけですか」

「取調室には検察事務官がおった。わしと検事のやりとりをパソコンに打ち込むんや。調書みたいなもんを印刷して、わしに読み聞かせよった」

「そこへサインしたんですか」

「してくれというから、したがな。わるいか」

「いえ、わるいとは思いませんけど……」

「なんや、その顔は。君はわしのしたことに文句つけるんか」

「そんなことありません」あわてて手を振った。

「どいつもこいつも頼りにならん。殿村も木元もわしに仇《あだ》なすばっかりや」

室生は吐き捨てる。「君ももうちょっと自分の行動を考えたほうがええのとちがうか。和賀から聞いてるで。山内玲子の抑えもできん、と。女遊びもかまへんけど、鼻面ひきまわされるようでは笑いもんになる。絵描きが絵の妨げになるようなことは慎まんとな」

「取引を持ちかけられたんですね」

「おっしゃるとおりです。ご忠告、ありがとうございます」頭をさげた。

「わしは疲れた。頭の芯がもやもやしてる。酒でも飲みに行こ」

「お言葉ですが、今日はゆっくり休みはったほうが……」真希の顔が眼に浮かんだ。

「ほう、わしの誘いを断るか。君も偉《えろ》うなったもんやな」

「そんなつもりでいうたんやないです。お供します」

「車は夏栖堂に駐めたらええ。ついでに殿村の病状を聞こ」

室生は立ちあがり、コートを手にとった。


十一時半に小菊を出て、室生を自宅に送りとどけたのは零時前だった。東山通に車を停めて真希の携帯に電話をしたが、出ない。電源を切っている。

室生は酒を飲んだが、大村は飲んでいない。室生に隠れて、真希に三回、電話をかけた。最後に話したのは十時すぎで、真希は相当に機嫌がわるかった。

いま、どこよ——。まだ京都や——。なにしてんの——。室生さんのお守りやないか——。お酒、飲んでるんやね——。飲んでるのはウーロン茶や——。真希と室生さんのどっちが大事——。真希に決まってる——。ほな、来てよ、いますぐ——。行けたら行く——。彦根に来いといったんはセンセやで——。わるい、もうちょっとだけ待ってくれ——。嫌いや、センセなんか——。

あれから二時間近く経っている。真希はふて寝をしているのだろうか。

一〇四で彦根プリンスホテルの番号を聞き、かけた。

——部屋を予約した大村といいます。連れが部屋にいるんですけど、つないでもらえますか。

ほどなくして、

——お待ちください。

——お連れさまはチェックアウトされました。

——そんな……。まちがいでしょ。

——いえ、十一時前に出られました。

——料金は。

——お支払いいただきました。

——若い女ですよね。

——はい、女の方でした。

真希はロビーを出てタクシーに乗ったようだという。

——いや、どうも。ありがとうございます。

電話を切った。真希はたぶん、彦根駅から電車に乗り、山科のアパートへ帰るつもりだ。

部屋には電話がないから行ってみるしかない。

世話の焼ける女や——。去年、東京の挨拶まわりをしていたとき、真希がホテルに現れたことを思い出す。地方の素封家の末娘で父親が女を作って出ていき、母親と祖母のもとでわがまま放題に育ったせいか、他人の事情は斟酌《しんしゃく》せず、思い立ったらブレーキが利かないのだ。大学院まで進んで日本画を描いてはいるが、玲子のように、生涯これで食っていこうという覚悟はさらさらない。所詮は金持ちのお嬢様の手遊《てすさ》びだ。それが大村にとって都合のよい面もあったのだが。

大村はまた携帯の時刻を見た。これから真希のアパートへ行ったら零時半になる。今日は昼から室生の腰巾着をしてへとへとに疲れているのだ。

くそっ、もっと便利な女はおらんのか——。携帯をシートに放って走り出した。

＊

アテナ画廊の脇本が逮捕されたことを知ったのは、集中治療室から個室に移った五日目だった。余計な心配をかけたくなかったから黙っていた、と博はいう。

「それはいつのことや」壁のカレンダーを見て、殿村は訊く。

「一昨日の夕方ですわ」

「十九日やな」

月曜日——。殿村が倒れたのは五日だったから、ちょうど二週間目に、脇本は逮捕されたのだ。

殿村は左腕の点滴のチューブを押さえた。

「ちょっと起こしてくれるか」

博は立って、リモコンのボタンを押した。モーター音がして、ベッドが起きあがる。ずれた枕を博が元に直した。

「脇本の罪状はなんや」

「贈賄です」

玉川だけではなく、軌生会の議員数人も収賄の捜査対象になっているようだと博はいう。

「脇本のしてることは贈賄やない。詐欺横領のたぐいやないか」

「そんなむずかしいこと、おれに分かるはずがない」

博は笑う。「脇本がつかまって顔を青うしてる連中がいっぱいおるのは分かるけど」

「棠嶺洞の木元はんは大丈夫やな」

「昨日、木元さんから、会長のようすはどうです、と電話がかかりました。変わったことはないみたいです」

「室生先生はどないや」

「電話もないですわ。精出して絵を描いてはるんやろ」

「調書に署名したというのはほんまか」

「ほんまらしいですな。大村先生に聞きました」

「つまらんときに倒れてしもた。署名だけはするなと念を押すべきやった」

大河内に聞いたが、検察の事情聴取には参考人聴取と被疑者聴取の二種があるという。室生はどちらだったのか、それも確かめたかった。

「調書にサインしたんは、まずいんですか」

「大いにまずいな。重要な証拠物件になる。いったん署名したもんは、なんぼ否定しても覆すのはむずかしい」

室生は腑抜けだ。聴取調書に署名することの意味を理解していない。検事にいわれるままに書いたにちがいない。

「室生先生は逮捕されますんか」

「そこまではないやろ。……けど、起訴される可能性はあると思う」

在宅起訴だ。大河内がそういった。

「起訴されたら」

「裁判になる」

起訴、すなわち公判請求だ。「軽い交通違反なんかの略式手続きでない限り、室生先生は法廷の被告人席に座らされて、検察官に訴追されるんや」これも大河内に聞いた。

「芸術院会員が被告というのはおおごとですな」

「文化庁も知らんふりはできんやろ」

有罪か無罪かは関係ない。名誉ある日本芸術院会員が国会議員の収賄事件に関連して罪に問われることが問題なのだ。

「芸術院の会員資格剝奪いうのは」

「そういう規定はない」

昭和二十四年に公布された『日本芸術院令』だ。会員は終身とし、自ら退任を申し出ない限り、資格を剝奪されることはない。

「しかし、ほんまにそこまで行くんかな。東京地検が室生先生を起訴したら、文科省と文化庁の顔に泥塗ることになりますやないか」

博はためいきをつくが、真剣に思い悩んでいるふうはない。室生を芸術院会員にしたのは博ではなく、殿村なのだ。室生の会員資格が剝奪されたところで、夏栖堂の商売に大きな実害――手持ちの室生の絵は値がさがるだろうが――はない。

「わしは歯痒い。室生先生が二千万を振り込むというたとき、なんでもっと強う反対せんかったんか。ほんまに悔やまれる」

「それはおやじ、あとの祭りというもんですわ」

「わしも勘が鈍ったんやろな。京都画壇の代理人といわれてたころは、もっと目配りが利いた」

「なにをいうてますんや。おやじが参謀についたからこそ、室生先生は会員になれたんやないですか」博はまた笑う。

「そのあげくがこのザマや」

殿村は点滴のスタンドを見あげた。「生まれてはじめて救急車に乗せてもろたわ」

酸素吸入を受けながら病院に運び込まれ、ストレッチャーに乗せられて集中治療室に入ったところまでは記憶にある。息苦しくて意識は途切れがちだったが、不思議に死の予感はなかった。ひと眠りしたら眼が覚めると思っていた。あとで知ったが、意識がもどったのは二日後だった。葉巻が吸いたいといって、医者に叱られた。肺動脈の血栓は溶けて流れたようだが、不整脈はいまも起きる。動悸がして息苦しくなるたびに、また血栓が詰まったかと恐怖にかられる。齢が齢だけに死ぬのはしかたないが、葉巻が吸えなくなるのは困る。ハバナ産の上物をあと一年分、ストックしてあるのだ。

「わしはいつまでこんなもんにつながれてないかんのや」チューブをつまんでみせた。

「そう簡単には退院できませんやろ。静養やと思て辛抱してもらわんと」

「もう倦きた。わしはどこもわるうない」

今週末、心臓と肺動脈の再透視をする。それで異状がなければ、無理にでも退院するつもりだが……。

「おやじはいいだしたら聞きはらへんさかいな」

　博は窓の外を見た。「祇園の灯《ひ》が恋しいんですやろ」

「おまえはこのごろ、どこで飲んでるんや」

「縄手が多いかな」

「これは」小指を立てた。

「親が子供にそんなこと訊いてどないしますねん」

「クラブなんかやめて、お茶屋にせい。おまえは京都の画商なんやで」

「おれは遊びで飲んでるんやない。仕事ですわ」

　お茶屋は金がかかると博はいう。「それに、おやじとは飲みとうない」

「おまえはあかん。遊び方を知らんのや」

「そういう憎まれ口を叩けるようになったら大丈夫や。安心しましたわ」

　博は立ちあがった。「帰ります。明日は幸恵が来ますさかい」

「葉巻を持ってくるようにいうてくれ」

「はいはい、いうときます」

　博はベッドを倒して、部屋を出ていった。

　殿村はあくびをし、眼をつむった。博と二十分ほど話しただけでぐったりする。一日の大半をうつらうつらしながら過ごしているのは、やはり身体が弱っているのだ。栄養はほとんど点滴で摂っている。ものを食べはじめたのは昨日からだ。薄味の病人食に食欲はわかない。

少し眠ろうと思ったが、脇本の逮捕が気にかかった。十九日の夕方に逮捕されたのなら、新聞の掲載は二十日の朝刊だ。枕もとのブザーを押して看護師を呼んだ。

——はい、なんでしょう。

天井のスピーカーから返事が聞こえた。

——二十日の朝刊が読みたいんやけど、ありますかな。

——あると思います。お持ちしましょうか。

——すんません な。お願いします。

看護師はみんな若くて親切だ。頼めば湯で身体を拭いてくれるし、トイレに行くときも点滴のスタンドを押して付き添ってくれる。看護師を息子の嫁にしたがる親の気持ちがよく分かった。

三十分ほど待って、看護師が現れた。一階のロビーまで新聞を探しに行ったという。

「ほんまに勝手ばっかりいうて、申しわけないな」

「いえ、いいんですよ。カルテをとりにいったついでだから」

看護師は新聞を手渡して、ベッドを起こしてくれた。枕頭台のスタンドを点ける。点滴のつまみを調整し、「あと一時間で夕食です」にこやかにいって、出ていった。

殿村は新聞を広げた。社会面を開く。脇本逮捕の記事は思っていたより小さかった。

《画廊経営者逮捕
　東京地検特捜部は19日、東京銀座のアテナ画廊の経営者、脇本祐正社長（65）を贈賄の疑いで逮捕した。脇本社長は99年8月、当時の小橋弘隆加美市長（昨年10月に増収賄容疑で逮捕。市長辞職）に二百万円相当の洋画、7点を贈り、加美市磯崎のLNGコンビナートに建設予定の近畿電力磯崎火力発電所の地元対策を有利にとりはからうよう依頼した疑い。脇本社長は請託を受けた相手について黙秘している。
　脇本社長は78年ごろ、坂下功元首相の私設秘書から画商になり、先に逮捕された玉川宇一元民政党副総裁（75）とは密接な関係があったとされている。玉川元副総裁は小橋容疑者が加美市長選に立候補した際に選挙対策本部顧問をしており、特捜部はこの両者の関係も視野に入れて磯崎コンビナートをめぐる金の流れを解明するとしている。》

大河内が予言したとおりの展開だ。近畿電力磯崎発電所の地元対策という本丸に火がついた。表の対策費が十五億、裏金が五億――。玉川は二億五千万円を懐に入れ、残りを磯崎に撒いたという。

　脇本は玉川の手先になって絵を配ったのだ。新聞には〝二百万円相当の洋画、七点〟と書かれているが、実際はこんな値段ではない。絵はあくまでも〝形〟であり、裏には一億円近い金が隠れていると考えてまちがいはない。

小橋は受けとった七点の絵を、子飼いの役人や市議を使って、地元ボスや反対運動をしていた連中に渡したはずだ。地元ボスはその絵をアテナ画廊に持ち込んで換金している。一点がおそらく一千万から二千万。絵が七点というのは、渡す相手が七人いたということだろう。

脇本は失敗した。自らが小橋のところまで絵を持参したのはまちがいだった。七点の絵は近畿電力に売り、あとは地元ボスから買いもどすだけでよかったのだ。近畿電力は〝賄賂のための〟絵を買いとることに抵抗しただろうが、そこは玉川の力で押し切れたはずだ。

玉川も脇本も油断した。何度も同じ手口を使って億単位の金を得てきたことに慢心したのだ。まさか京都府の北端に位置する地方都市のＬＮＧ基地火災がここまで飛び火するとは想像もしていなかっただろう。

しかし、脇本が逮捕されたんは危ない――。

東京地検は玉川と脇本が結託した犯罪を徹底的に追及する。炙《あぶ》り出されるのは室生だ。そして室生は検事の書いた調書に署名している。

ふいに胸が押さえられたようになり、動悸がした。新聞を捨てて枕に頭をうずめる。じっと眼をつむり、意識して深い呼吸をするが、不整脈はやまない。

しっかりしてくれ――。心臓に手をあてた。頻脈がつづいている。息苦しい。

八十二のこの齢まで糖尿病にも癌にもならず、頭もボケないできた。足腰も人並み以上に達者だ。まだ死ぬわけにはいかない。

24

二月二日、月曜——。梨江宛の封書がとどいた。東邦新聞事業局とある。

東邦新聞？　すぐに『東邦現代ビエンナーレ』だと気づいた。日本画、洋画、版画の作家を対象とするコンクールで日本各地の美術館が後援をし、四十年以上の歴史がある。去年の暮れに初めて応募票が送られてきたから、燦紀展のあと、今年の春季展に向けて描いていた百五十号の作品を仕上げて、美術運送に預けたのだ。そういえば一月末に審査が行われると応募規定に書いてあった。『東邦現代ビエンナーレ』の審査員は全員が美術評論家で、情実に左右されないという評価がある。

梨江は玄関に入って封を切った。入選か、落選か、どきどきする。

二つ折りの応募票を出して広げた。《二席》と、朱印が押してある。

えっ……。朱印につづいて《神戸白鳳美術館賞》——これは手書きだ。

思わず眼をつむって応募票を胸に押しあてた。燦紀展の入選もうれしいが、これは何倍もうれしい。梨江はダイニングに駆け込んだ。

「おかあさん、賞をもらった」

「なんの賞？」ホットケーキを焼いている美千絵が振り向く。

「東邦現代ビエンナーレの二席。白鳳美術館賞も」

「えーっ、ほんと。おめでとう。かっこいいね」

美千絵も笑う。「現代ビエンナーレって、新進作家の登竜門でしょ」

「そうかな。大きな賞かな」胸を張った。

「何百人も応募して二番やて、ほんとにすごいわ」

「これは日本画部門の二席やけど」

「それでもすごい。おじいちゃんに報告しなさい」

いわれて、壁の電話をとった。すぐにつながって健児が出た。

――わたしね、東邦現代ビエンナーレで二席をもらった。

――ほう、それはええな。おめでとう。いま分かったんか。

――うん。手紙が来た。白鳳美術館賞ももらってん。

年明けまで描いていた百五十号の新作だといった。タイトルは『春雷』。健児には一度だけ完成間近の絵の写真を見せた。

――あの絵はよかった。去年の燦紀展の絵より一段、深みを増したと、わしは思てた。

――思てたんやったら、いうてくれたらよかったのに。

——ひとの作品を安易に褒めるもんやない。目標は高いとこに置くんや。

——けど、おじいちゃんに褒められたんは初めてやわ。

——美術館賞は買上げや。賞金があるやろ。

——賞金？

応募票を見た。下のほうに《副賞百万円・買上げ賞》と小さく書いてある。

——びっくりした。百万円もくれるんやて。

——明日か明後日、白鳳美術館から電話がくる。買上げに同意してくれますか、とな。

——もちろん、同意する。わたしの作品がちゃんとした美術館のコレクションになるんやもん。

描いた絵が初めて売れるのだ。百万円という大金で。

——おじいちゃんもお祝いせなあかんな。

——わたしがごちそうするわ。賞金で。

——そんなことはせんでもええから、絵具でも買うんや。けど、梨江はようがんばった。おじいちゃんも鼻が高い。

——賞金よりなにより、わたしがうれしいのはね、作風が認められたこと。わたしのテーマはまちがってなかったんや。

——その自信が大事や。いまの絵を深めていったらええ。

——ありがとう、おじいちゃん。

熱いものがこみあげる。電話を切った。

「はい、できあがり」

美千絵がホットケーキを皿にのせた。きれいに焼けている。

梨江は紅茶の葉をポットに入れて湯を注いだ。

＊

東山赤十字病院から清悠会病院へは幸恵の付き添いで行った。殿村はひとりで行くつもりだったが、主治医が難色を示したのだ。付き添いをつけ、午後五時までに帰るという条件で外出許可を得た。

ハイヤーは清悠会病院の車寄せに停まった。ドアが開く。

幸恵とふたり、正面玄関から中に入った。ロビーを抜けて別棟へ行く。裏庭へ出たところで立ちどまり、息を整えた。脚が衰えているのか、ほんの三、四分歩いただけで膝が重くなる。医者は歩けというが、歩くと不整脈が出るような気がして怖いのだ。

「おまえはロビーで待っててくれるか。一時間もかからんやろ」

幸恵を残して芝生を歩き、突きあたりの枝折り戸を押した。振り返ると、幸恵はまだこちらを見ている。心配いらん、大丈夫や——。手を振って、庭に入った。

踏み石伝いに母屋へ行き、玄関の格子戸を開けた。畳の間に和服の女性が正座している。

「こんにちは。殿村です」

「お待ちしておりました。おあがりください」

応接間に通された。床の間の花生は織部の角瓶で、沈丁花《じんちょうげ》が一枝差してある。軸は若沖の『鶉《うずら》』だった。大河内は〝鳥〟が好きだから、名品が手に入ると持参した。

「あんた、痩せたな」

大河内の第一声がそれだった。蠟色《ろいろ》の紬《つむぎ》を着て座椅子にもたれている。

「なんせ、病みあがりですさかい」卓の前に座った。

「入院してたとは知らんかったんや。見舞いにも行かんと、すまなんだな」大河内は頭をさげる。

「もったいない。大河内先生にそんなことされたら罰があたりますわ」殿村も低頭する。

「肺に血栓が詰まったんやて？」

「急性肺性心とかいう診断です。脚の静脈にできた血栓が剝がれて、肺動脈に詰まったみたいです。血栓さえ流れたら危ないことはおまへん」

大河内にはそういったが、一時は重篤な状態だったのだ。心臓が丈夫だったから助かった、と医者はいった。

「後遺症はないんかいな」

「はい。幸いに」

めっきり弱ったような気が自分ではする。誰にもいいはしないが。

「で、いつ退院したんや」

「まだ入院してますんや」

「ほんまかいな。そらわるいことした。病人を呼びつけてしもたがな」

「いえ、かまわんのです。毎日、病院の中を歩きまわってますさかい」

「それやったらあんた、この病院に転院せんかいな。特別室を空けさせる」

「おおきに、ありがとうございます。けど、近いうちに退院します」

「それを聞いて安心した。あんたはわしより年下なんやさかい、先に逝ったらあかんのやで」

「大河内先生にそないいわれたら、わたしは百まで生きなあきまへんな」

おたがい齢をとった。働き盛りのころに知り合って四十年になる。早いものだ。大河内と同じ年頃の顧客はもう数えるほどしかいない。

さっきの女性が濃茶を運んできた。深緋の着物に象牙色の帯、ぴんと糊の利いた白足袋、楚々とした挙措は舞の素養があるようだ。この女性を知ってから十年にはなるが、名前も大河内との関係も聞いたことはない。齢は五十代半ばだろう。

どうぞ、ごゆっくり。女性は一礼して出ていった。

「会長にわざわざ足を運んでもろたんはほかでもない、室生さんのことや」

大河内は濃茶を一服して切り出した。

「はい。そんなことやないかと思てました」殿村も茶をすする。

「よりによって、このわしにいうてきた。軌生会の正木義雄や」

正木義雄――。民政党の文教族で文部政務次官の経歴がある。軌生会の横山健三の子分だ。正木は滋賀選出で、新展の向井朋子が文化功労者に選考されたとき、強力な裏工作をした。

「正木がいうには、東京地検は室生晃人の処遇についてふたつに割れてるらしい。起訴か起訴猶予か……。特捜部は脇本と室生を起訴して、その共犯関係を衝きたいんやけど、地検の上層部が消極的なんや。室生を起訴したら芸術院の選挙を避けてとおることはできん。玉川と脇本はワンセットやけど、そこに室生という芸術院会員がひっついてるのが余計なんや。地検は芸術院を触りとうない。まして会員選挙の不正を表に出したら、玉川の贈収賄と同規模の事件になる可能性がある。巷間で噂になってる芸術院会員選挙の不正が、それも億単位の買収合戦が表沙汰になったら、日本芸術院そのものが瓦解してしまう」

「そのことはよう分かります。わたしもいろんな状況を考えてました。けど、高田屋嘉兵衛の会に対する玉川さんの背任と室生先生の選挙は、そんなに深い関係はないんとちがうんですか」

「考えちがいをしたらあかん。そもそも玉川が嘉兵衛の会に四千万を支出させた理由はなんや。室生が倉橋に票をくれと頼んだからやないか」

大河内は濃茶を卓に置き、ひとつ空咳をして、「室生は棠嶺洞の木元に二千万を振り込み、木元は室生の意を受けて嘉兵衛の会、アテナ画廊、ロベルト会を駆けまわった。その上、木元は一円の利益も得てへん。……特捜部はそこを衝いた」

「それはまさか……」背筋がひやりとした。

「そう。木元は喋った。なにもかも」

「ほな、室生先生から小品を受けとったことも？」

「芸術院会員当選の報酬としてな」

やはり木元は喋っていたのだ。黙秘をとおしたというのは嘘だった。

「東京地検が捜査の内容を洩らしたんですか、政治家の正木に」

「意図的なリークや。玉川の有罪という根幹に影響はない。検察は政治的に動く」

「リークの目的は」

「室生晃人の日本芸術院会員辞任」

「そんな……」

「特捜部はすべて知ってるんや。あんたが選挙に果たした役割、あんたとわしのつながり、なにもかも知った上で正木を動かした」

正木義雄には勲章利権にからむ数々の疑惑を特捜部から指摘された弱みがあると大河内はいう。

「室生先生はどないしても会員を辞任せんといかんのですか」

「認証式が迫ってる。今月の二十七日や。天皇皇后両陛下のご臨席を仰いで挙行される認証式に室生のような犯罪者を出席させるわけにはいかん」

「それをいうたら、芸術院第一部の会員はほとんどが犯罪者やないですか」

「認証式に列席するのは新会員だけや」

芸術院会館での認証式のあとは皇居に招かれ、天皇陛下から茶を賜るという。

「室生先生が会員を辞任したら」

「起訴は猶予される」

「辞任を断ったら」

「起訴される」

「芸術院会員を起訴するのは大ニュースになります」

「そやさかい、室生は辞任せんといかんのや」

「結論は出てますんやな」

「これだけはいうとく」

殿村を見すえて、大河内はいった。「室生を陛下の御前に出すことは、このわしの命にかけて阻止する」

「室生先生が起訴されたら、棠嶺洞の木元さんは」

「むろん、同罪や。木元だけが起訴猶予というわけにはいかん」

木元も調書に署名しているという。

「よう分かりました。やむをえまへん」

低く、殿村はいった。「いつかこんなことになるんやないかという気がしてました。室生先生の会員披露祝賀会の日からです」

「祝賀会から？」

「あの日、玉川先生が逮捕されたんです」

「皮肉なもんやな。あんた、残念やろ」

「わたしは残念やない。やるだけのことはやりました」

「えらい、さっぱりしてるな」

「所詮は器やなかったんでしょ、室生先生は」

「器でないもんを芸術院に押し込んだんやから大したもんや。わしは正直、感心してる」

「次は稲山先生を押し込みますわ。罪滅ぼしというわけやないですけど」

殿村は笑った。「今年は選挙運動がやりやすいかもしれまへん。大金を遣わんでもよさそうです」

「一罰百戒か」大河内も笑う。

「検察庁もそれを考えたんですやろ」

諦めがついた。「室生先生の説得は、大河内先生が？」

「明後日、文化庁次長と東京地検の次席が京都へ来る。わしが室生に引き合わせるつもりや」

「外濠も内濠も埋められてますんやな」

「室生は抵抗するかな」

「抵抗するもなにも、辞任せんかったら被告人でしょ」

室生が有罪になったら、芸術院は総会決議で会員資格を剝奪するだろう。「どうあがいても、室生先生は辞めるしかないんです」

「それで安心した。わしはあんたに報告して、了解をとっておきたかったんや」

「ありがたいことです。わたしみたいなもんにそこまでしてもろて」精いっぱいの嫌味だった。

「ところであんた、御舟《ぎょしゅう》や華岳《かがく》は持ってへんか」大河内は床の間の軸を見る。

「御舟と華岳ですか。どちらも寡作ですさかいな」速水御舟、村上華岳――。市場に出ることはめったにない。

「この『鶉』はちょっと飽きたんや」

『鶉』を引き取らせて、ほかの軸が欲しいといっているのだ。

「玉堂の『鶴』やったらありますわ。墨絵ですけど」

「浦上か、川合か」

玉堂はふたりいる。浦上玉堂は江戸時代、川合玉堂は昭和の日本画家だ。

「もちろん、浦上です」

若沖の『鶉』と浦上玉堂の『鶴』は、ほぼ同じ値だ。

「いっぺん見せてくれるか」

「博に持ってこさせます」

この齢になってまだ絵が欲しいというのだから、人間の欲には限りがない。若沖なら引き取っても売れ口はある。

「ほな先生、わたしは失礼します。病院にもどりますわ」

「車を呼ぶか」

「ハイヤーを待たせてますさかい」

膝をそろえて一礼し、応接間を出た。大河内は座ったままだった。

＊

薪ストーブにかけた薬罐から湯気が噴きあがっている。暑い。汗が首筋に滲む。

三脚を引いて中野佳子の全身をフレームに収めた。色白の肌がほんのり桜色に染まっている。

「そう、右手は肘掛けに。ちょっと寄りかかって」

佳子の胸がアングルの真ん中にくる。佳子は首が長く、肩から胸へ流れるようなラインが美しい。太腿は太めで膝下が細い。プロのモデルを含めて何十人とヌードを撮ってきたが、これほどみごとな裸身はなかった。

「こんなふうに山内さんの写真も撮ったんでしょ」

挑むように佳子はいう。「本人から聞きましたよ」

「いつ聞いたんや」

「一昨年かな」

「口が軽いな、山内くんは」

「写真だけですか、山内さんとは」

「そう、写真だけや」

「ほんと？」

「嘘やない」

玲子とは去年暮れの懇親会以来、会っていない。電話をかけても会おうとしないのだ。玲子は桜花造形短大の専任講師が決まったら会うという。玲子と切れるのは惜しいが、室生には玲子のことを頼みにくい。絵描きが絵の妨げになるようなことは慎めと叱責された。

玲子は大村が審査員になるのを待っている。そのときは玲子を推して特選をとらせるつもりだ。そのくらいの工作はできる。玲子との仲は〝大村の審査員〟という条件だけでつながっているのかもしれない。

「顔をゆっくり横に向けよか。あごをひいて」

つづけざまにシャッターを切る。もし佳子と揉めるようなことがあれば、この写真がものをいうのだ。つきあった女はみんな、こうしてヌードを撮った。

真希はあの夜、山科のアパートにもどってこなかった。ようやく連絡がついたのは五日後で、ボーイフレンドと旅行していたと、あてつけのようにいった。

センセとはもう別れるねん――。あほなこといえ――。わたしは気がついた、センセのおもちゃやったんや――。会うて話をしよ――。話なんかないわ――。そう怒るな――。ちゃんと謝ってよ――。謝ることなんかない――。最低やね、二度と電話せんとって――。

それが最後だった。真希は授業に出てこないし、山科のアパートにもいる気配がない。携帯も電源が切れたままだ。若い女との関係はいつもそんなふうに唐突に終わる。真希は大学院をやめるような気がする。

「先生は今年、邦展の会員になるんですよね」佳子がいう。

「審査員になったらな」

「なれるんでしょ」

「それは理事会で決まることや」

三脚を移動したとき、電話が鳴った。放っておいてピントを合わせる。電話は鳴りやまない。

「うるさいな」

「出れば。気になるから」

佳子はポーズを崩した。煙草をくわえる。大村はテーブルの電話をとった。

――はい、大村。

――わしや。

――は……？

――分からんのか。わしや。

――あ、すみません。お声がちがうように聞こえました。

室生だ。声が掠《かす》れている。いまにも死にそうなものいいだ。

――わしは辞めた。

――はい……。

――辞任したんや。

――辞任……。

――芸術院会員やないか。

――なんですて。

――寄ってたかって、わしをなぶりもんにしくさった。どいつもこいつも腐ってる。なにが皇居や。なにが認証式や。わしは血の滲む努力をして選挙に勝ったんやぞ。

――ほんまですか。会員を辞めはったんですか。

血の気がひいた。声が震える。

――棠嶺洞の木元が裏切りくさった。あることないこと喋りくさって調書にサインした。

室生は酔っている。ひどい酔い方だ。

――わしは諦めへんぞ。いっぺんは身をひいたけど、来年からまた運動するんや。

――待ってください。運動て、なんです。

――挨拶まわりやないか。

――挨拶まわり……。

膝の力が抜けた。

――芸術院会員を辞任すると、はっきりいうたんですか。

――いうてへん。書いたんや。退任届をな。

――なんでそんなもんを書いたんです。

――おまえはわしを前科者にするつもりか。

——そんな……。

——わしは負けへん。稲山なんぞに負けるかい。また運動や。参謀なんぞいらん。

——撤回してください。退任届を破ってください。

返事がない。声も聞こえない。電話は切れていた。

絵具棚に寄りかかった。瓶が落ちて割れる。

「どうしたんですか」

佳子がいう。「顔色が真っ青」

大村は座り込んだ。だるい。棚にもたれた。

「大村先生、大丈夫ですか」

「おれは絵描きやな」

「はい？」

「おれは絵描きやろ」

「そうです」

「絵描きは絵を描かんとあかん」

床に散った岩絵具を指先ですくった。細かな粒子が蒼く煌めいた。

参考文献

『私物国家』広瀬隆（光文社）
「芸術新潮」一九八五年二月号「特集〈日展〉の権威」
「現代」一九九二年七月号「東海銀行『絵画スキャンダル』に躍った怪人物」森功

解説

日本画家 森田りえ子

京都市立芸術大学日本画大学院を修了して間もないころ、日本画の某団体展主催のヌードデッサン会に通っていました。会に所属していなくてもお手軽な会費さえ払えば自由に参加でき、メンバーも15人程度でゆったりと写生ができて、若い画家にとってはとてもありがたい存在でした。5分の休憩をはさみ、モデルさんは20分5ポーズで、メンバーはモデルを囲み好きな位置から写生する2時間のコースでした。いつの頃からか休憩時間に言葉を交わす人が見つかりました。芸大の6年先輩の気さくなお姉さん、それが黒川雅子さんです。

「うちの主人、芸大の彫刻科出て高校の美術教師してるけど、推理小説書いてるねん。今年『サントリーミステリー大賞』の佳作貰《もら》った。もう一息やわ」「芸大出身で大昔に東映の映画俳優はいたけど……それって推理小説の登竜門の賞ですよね。ご主人はとてもユニークな方ですね。是非読ませていただきます」

ほどなくして「大賞受賞した！」実にうれしそうに告げてくださった。「え、すごい！すごいじゃないですか！　いやあ、本当におめでとうございます」１９８６年、黒川博行氏を知るきっかけとなる出来事でした。その後のご活躍ぶりは言うまでもありません。

久しぶりに中学の友人と食事会をした時の事。「黒川博行さんて芸大の先輩と違うのん？京都の日本画界をテーマにした『蒼煌』て小説知ってるか？　登場人物のなかの梨江って森田がモデルと違うんか？」。今から5年ほど前のことです。「梨江ってあかん人？」「いや真面目な娘さんや」。その足で文庫本を買ってドキドキしながら、一気に読み切りました。大学時代の共通の知人を経て、昨年末、黒川先生より直々《じきじき》のお電話をいただきました。京都の日本画家の視点からの解説のご依頼でした。再度じっくり拝読させていただき、徐々に責任が背中に重くのしかかってきました。プロの物書きの先生の解説ですか？　滅相もないと後悔しましたが、思い切って書かせていただきました。素人の下手な感想文と読み流して頂けると幸いです。

京都の日本画家の世界を扱ったストーリーのせいか、ほとんどの登場人物が雅号なのでややこしい漢字の連続で、最初から躓《つまず》きました。幾度もページを繰り戻し頭の中に相関図を畳み込みながらも、それとは裏腹に黒川節とも言える歯に衣《きぬ》着せぬ軽妙なテンポの速い語りが面白く、ぐいぐい引き込まれていきます。

金と欲にまみれたえげつない物語なのですが、ペーソスあふれるユーモアのエッセンスが、そこかしこにちりばめられ小気味よい関西弁のセリフラリーでストーリーが展開していきます。芸術院会員選挙戦で繰り広げられる一大騒動なのですが、実のところ私には芸術院制度の仕組みはほとんどが未知の世界です。ただ『蒼煌』を読んだ実在の画家が立候補を踏みとどまったと、風のうわさで聞いたことがあります。内容は読んでのお楽しみということで、特に心に残るキャラクターを3名紹介しましょう。

まずは主人公の室生晃人。邦展の評議員で次のポストである芸術院会員を狙い選挙戦に向け二度目の立候補に立ち上がる。15の歳に従手空拳で鹿児島から京都に出て、紆余曲折《うよきょくせつ》の末、舟山蕉風の弟子となります。滅私奉公で歯を食いしばり、先輩にいじめられながらも辛い修行に耐え、妾腹の娘を嫁に迎え、そこまでして出世したいかと仲間に笑われながらもひたすらに絵を描いた。人一倍強い目的意識と上昇志向があったればこそ、芸術院会員を狙うところまで這《は》い上がってこられたが、品格には乏しい。上には諂《へつら》い下には怒鳴り散らす、俗気の塊。ここまで滅多打ちにされる人物はあまり見た事がありません。

次に目が離せないのがバイプレーヤーの殿村惣市。かつては芸術院会員選挙の代理人とうたわれた祇園の画商。80歳を過ぎた今は画廊を息子に譲り会長職に退き、悠々自適で粋な日々を送っています。

そしてもう一人、室生の師匠で芸術院会員にまで上り詰めたところで生命尽きた、舟山蕉風の未亡人の淑。

この二人はできの悪い息子に対する親心のような、憐憫《れんびん》というか慈愛というかとにかく室生に甘い。泣きつかれせがまれて、選挙戦に向けて全身全霊で協力を惜しまないのです。殿村はもう一度勝負の場に身を置きたい。かつてのヒリヒリするような興奮をもう一度味わいたい。

淑は、夫の蕉風と共に一所懸命に運動をした日々が脳裏に甦《よみがえ》り、またあの頃のようにフィーバーしたい。

何故二人が、こんな最低の人格と皺ネズミのような風貌の老人にこれほどのドーパミンを出すことができたのか。

今までは室生晃人の人となりだけに触れてきましたが、忘れてはいけないのは彼が日本画家、室生晃人画伯であるという事実です。画伯の描く作品に触れる一文。

〈冷たく凛《りん》と冴えわたり、描いた対象に錐《きり》で切り込むような鋭さがある。また筆先のちょっとした遊びに独特のセンスがある。運筆、彩色ともに非の打ちどころがなく、峻烈《しゅんれつ》な中に華と気品がある〉これは、室生の弟子の大村の見るところ。

また、「我を忘れて描いてるものの中にフッと現れるなにかや。絵の神様が天から下りてきて、そこからまた新しい絵が描ける」これは室生の宿敵の画家稲山健児の言葉です。

二人は同じ気持ちで絵に向かっているのです。一切を忘れ、無心にひたすらに筆を動かし、対象と語らう唯一無二の至福の時を過ごしているのです。

ここまで書き進んでだんだんと室生画伯が愛おしく思えてきました。室生も稲山もその孫娘梨江も、みんな絵を描くことが大好きなのです。

日本画の絵の具職人は、地中深く眠るアズライト（藍銅鉱《らんどうこう》）の原石を掘り起こし、筆先にからめることができる一定の粒子にまで粉砕し、幾度も丁寧に洗い不純物を取り除いた後に、ほんの少しばかりの最高純度の群青《ぐんじょう》の岩絵の具を造り出します。

地殻変動の中から奇跡的に生まれた群青。室生の絵の中にある無垢の煌《きら》めきを放つ蒼い宝石のような美の本質に、殿村と淑はインスパイアされたのです。だからこそ二人はこの度の室生画伯の「一大事」に一生懸命に奔走したのだと思うのです。

生前どれほどの悪を重ねても、清らかな絵はその後もずっと残り、後の世の人々の心に明かりを灯し続けるのです。ヒトは突き進むしかない、留まれない。詮無《せんな》いことです。

一波乱が去って「今年は選挙運動がやりやすいかもしれまへん。大金を遣わんでもよさそうです」「一罰百戒か」殿村らのセリフ。その予言通り、最近はカステラ事件もなく、候補者が手を挙げその作家の業績次第で、芸術院会員審査に通るそうです。

「蒼惶」は室生のヒト、「蒼煌」は室生の絵の世界。黒川氏の美へのオマージュが「煌」の一文字に込められているのではないでしょうか。

最後になりますが、斎木梨江さん東邦現代ビエンナーレ二席おめでとうございます。これからが画家人生本番です。サメに食べられんよう気を付けて、大海原に自力で舟を漕ぎ出してください。

二〇二五年二月

この作品は2007年11月文春文庫より刊行されました。
なお、本作品はフィクションであり実在の個人・団体などとは一切関係がありません。

徳間文庫

蒼《そう》煌《こう》

2025年3月15日 初刷

著者 黒《くろ》川《かわ》博《ひろ》行《ゆき》

発行者 小宮英行

発行所 株式会社徳間書店

東京都品川区上大崎三-一-一 〒141-8202
目黒セントラルスクエア

電話 編集〇三(五四〇三)四三四九
販売〇四九(二九三)五五二一

振替 〇〇一四〇-〇-四四三九二

印刷
製本 株式会社広済堂ネクスト

ISBN978-4-19-895014-9 (乱丁、落丁本はお取りかえいたします)